U0956873
乱世错爱
The Endless Love In Fire
安迪可可 著
【下】

图书在版编目（CIP）数据

乱世错爱. 下 / 安迪可可著. -- 广州 : 广东旅游出版社，2013.9
ISBN 978-7-80766-487-1

Ⅰ. ①乱… Ⅱ. ①安… Ⅲ. ①长篇小说－中国－当代Ⅳ. ①I247.5

中国版本图书馆CIP数据核字(2013)第052757号

～～～～～～～～～～～～～～～～～～～～～～～～～～～～

◎策划编辑：王湘庭
◎责任编辑：张晶晶、王湘庭
◎封面设计：邓传志
◎正文设计：谢晓丹
◎插　　图：韦　轲
◎责任技编：刘振华
◎责任校对：李瑞苑

～～～～～～～～～～～～～～～～～～～～～～～～～～～～

出版发行　廣東旅游出版社
GUANGDONG TRAVEL AND TOURISM PRESS
（广州市越秀区先烈中路76号中侨大厦22楼D、E单元　邮编：510095）
邮购电话：020-87348243
广东旅游出版社图书网
www.tourpress.cn
深圳市希望印务有限公司印刷
（深圳市坂田吉华路505号大丹工业园二楼）
开本：787毫米×1092毫米　1/16
印张：25
字数：263千字
版次：2013年9月第1版
印次：2013年9月第1版第1次印刷
印数：1-5000册
定价：38.00元

～～～～～～～～～～～～～～～～～～～～～～～～～～～～

目录

目录

　　这时那门一下子从内半拉开，梅果衣衫凌乱地出现在门缝里。透过梅果肩上的缝隙，叶蕴仪直直地向昏暗的房间内看去，只见半趴在床上的潘启文上身赤裸，仅穿着一条半长底裤，似听到门口的响动，他费力地翻过身来，眼神迷离地看向门口，突然睁大了眼，惊慌地叫了一声：『蕴仪？』

第三十二章

拨开乌云

清晨，潘启文突然从睡梦中警醒，他下意识地向怀中看去，当他看到怀中那温顺安静地蜷成一团的女人时，不由长长地吁了口气。

他的眼中不由自主地堆上了笑意，忍不住俯身下去，轻轻地亲吻着她的眼皮，再顺着向下一路吻去，最后，将那缨红的唇含进自己口中，柔柔地嘬弄起来，右手早已伸进衣摆，向上探去。

叶蕴仪终于被他搓弄得嘤嘤醒转，潘启文有些得意地抬头向她看去，只见她眼中先是闪过一丝茫然，在看到自己几乎全身赤裸后，突然涌上了一股怒气，她一把扯下被子，盖住自己的上半身，厉声喝问道："潘天一，你在做什么？"

潘启文心中瞬间如堕冰窖，直觉透心的凉！一股悲愤由心底不可抑制地升起，她这是在做什么？借了酒劲，当耍着他好玩吗？现在，又要反复不认账了吗？

冰冷的话语脱口而出："叶蕴仪，你先看清楚，这是谁的房间！"

眼见着叶蕴仪脸色由白转红，继而有些懊恼、羞涩地垂了头，不再吭声，一丝希望再次涌上了心头，潘启文叹了口气，轻声道："蕴仪，你仔细想想，昨晚你为什么会过来？"

叶蕴仪一时间竟讷讷地说不出话来。

昨天，当爷爷告诉了她潘启文为她所做的一切时，她的心里便慌乱无比，不知所措地将爷爷留下的红酒一杯一杯地灌进自己口中，也不知道爷爷什么时候走的，脑子里轰轰然然全是爷爷的话：

“蕴仪，你想想，若不是因为你，他会毫不犹豫地为爷爷挡子弹？要知道，在这一方土地上，要说他是千金之躯，也毫不为过！

“他为了能赶去救你，竟然不许医生为他打麻药，硬生生地将子弹给取了出来！

“若是因为他的谎言，导致你父母的死，但那毕竟是他的无心之过，他救了爷爷一命，足够抵消他的过错！更何况，他已杀了那几个凶手！

“如今，他发了疯般要报复日本人，要将他们赶尽杀绝，你敢说不是因为你？”

除了细细密密的疼以外，她心里空空荡荡的，没有着落，以前她所做的，为难他也为难自己的一切，似乎都没有了意义，就像是一个一直支撑着她的东西突然间轰然倒塌，令她再没了方向。

她不知所措地嘬着红酒，不知不觉中，竟昏昏然地控制不住自己的脚步，来到他的房门口，不由自主地走了进去，看到桌上的白酒，便下意识地拿起酒，想要为他退烧，再后来，再后来……

叶蕴仪的头越来越低，脸越来越红。潘启文抬起她的下巴，紧紧地捏住她，一双眼一眨不眨地盯着她看，然后，他眼中逐渐泛起一丝笑意。

随着潘启文伤势的好转，柳府原本沉闷压抑的气氛，便如这天气一般，突然便放了晴。

叶蕴仪也不假手他人，亲自一手打理着潘启文所有的事，潘启文是又心疼又甜蜜，却也无可奈何，干脆便享受起这样的日子来，将公务一律交给了黎昕。

柳府大门外，叶蕴仪将叶琛等人送上了车，转头面向黎昕，犹豫了一下，轻声说道：“黎昕，可不可以拜托你一件事？”

黎昕略微有些迷蒙的眼神一闪：“可是日本人的事？”

叶蕴仪一怔，不由点点头道：“这事还须从长计议，万不可莽撞。”

黎昕抬眼看她，正色道：“这事，他很坚决，他说，他与日本人已是结下了血海深仇，你跟他之间的一切，包括你们失去的孩子，都要算在日本人头上，只杀了几个喽啰，怎么能解他心头之恨？”

叶蕴仪浑身一震，不由再次想起爷爷那天的话：“蕴仪，你糊涂！你的仇人是日本人，而不是潘启文！”

“蕴仪，说到底，你不过是懦弱！找不到仇人，杀不了仇人，你为求自己心安，便非要将如此罪名，安在启文的头上，不过是因着他好欺负！你远不如他有担当！为了报仇，他会派人千里追杀凶手，他会尽力找出主使之人并杀之，他甚至会将日本人在他的地盘上赶尽杀绝！”

爷爷的话是那样的沉重如铁，压得她喘不过气来：“这样的男人，又岂是好欺负的？蕴仪，你不过是仗着他爱你！若他不爱你，你又凭什么能伤得了他？”

叶蕴仪红了眼圈，直直地看向黎昕，眼中带上了一丝恳求：“可不可以请你先拖上一段时间？等我们回了省城再说？”

黎昕眼神锐利地看向她：“他决定了的事，你认为拖延就有用吗？更何况，如今这些日本人威胁到你的安全，你认为，他会心软吗？”

叶蕴仪微微一笑：“多给我三天时间就好！我想我能说服他！”

卧室的窗户向外推开，窗外，刀疤手里捧着一个陶瓷的烟灰盅，笔直地站着。窗内的潘启文，右手夹着一支烟，嘴角挂着一个淡而惬意的笑，悠悠然地吞云吐雾着。

他弹了弹烟灰，半眯了眼，问道：“不过是去送个人，怎么还去了这么久？”

刀疤忍住笑：“这院子大，来回都得走老半天，再说，要是少奶奶回来了，您这烟就抽不成了！”

潘启文伸出左手弹上了刀疤的脑门，眼中是藏不住的得意：“我乐意！”

刀疤忙站正了，恭敬地道：“司令让我来问一声，潘家集那些个日本人真的全都要杀？还有几个是女人。夫人现在念佛呢！”

潘启文鼻子一哼：“怎么？我娘念佛，我爹他也吃起斋来了？”

他眼中狠戾毕现，斩钉截铁地说：“杀！全杀！你告诉我爹，这些人大部分是黑龙会的人，黑龙会的原则是不死不休，我不能让他们有任何机会再危害到蕴仪！”

刀疤背上一挺，弓身道：“是！”

这时楼梯口传来一声重重的咳嗽声，潘启文忙将手中的烟头摁熄，一边挥手驱赶烟雾，一边张开嘴，大口地向外呼出两口气，再将手拢到鼻子边闻了闻，他低声对刀疤说了句："这些个杀人的事，不要给少奶奶知道！"

刀疤忙低头应了，转身往走廊另一头去了。

潘启文继续站在窗边，悄悄呼着气，温软的身体蓦然从背后环上了他的腰，他清晰地感觉到她将整个脸贴在了他的背上，手抚上了他的心口，他听到她喃喃的声音："启文，你还疼吗？"

潘启文轻轻一震，她的声音里有悲伤、歉疚，还有暖暖的柔情。

他一把抓住她的手，啄了啄，转过身将她轻拥进怀，他审慎而小心地看她，她眼里的忧伤让他心中一恸，他立即竖起右手，嘿嘿笑道："你是说伤口吗？好吧，蕴仪，我告诉你，其实伤口早好了，我只是想赖着你，所以让大夫骗了你！"

叶蕴仪如何不知他是想要岔开话题？她心中一暖，一把推开他，佯怒地瞪大了眼，狠狠地叫了一声："潘天一！"

潘启文心头一跳，他歪了头，小心地看了叶蕴仪一眼，见她似不像真的生气，不由苦笑道："蕴仪，你一叫我潘天一，我就心惊肉跳的！算我求你，以后别再这样叫了，行不？"

叶蕴仪心里一疼，偎进他怀里，轻声道："天一，既然你好了，咱们去骑马好吗？"

潘启文猛然将她拉开，双手扶住她的肩，紧紧地盯着她，颤声道："你叫我什么？"

叶蕴仪斜睨他一下，眨眨眼，开心地笑："天一啊！别人能叫，我为什么不能叫？"

潘启文一把将她拉进怀里，死死地箍住了，一双胳膊不停地轻颤着，他哑声道："蕴仪，这是不是表示，是不是表示，你终于能接受那个完整的我了？"

叶蕴仪红了眼，在他怀中哽咽着道："启文，以前是我傻，是我自欺欺人的想要将你一分为二，可潘天一就是潘启文，怎么可能分得开？爷爷说得对，以前是我不懂事，你的世界里不止有我，我却自私地要将你的世界一切两半，那是生生地要将你连骨带肉地剖开啊！你怎么会不痛？"

潘启文喉咙发紧，说不出话来，只抖着唇，来来回回地在她的头顶一遍遍吻过。

叶蕴仪双手揽住他的脖子，脸依偎在他胸膛，轻笑道：“你看外面天气好不容易放了晴，你关了这么多天，就不想出去放放风？”

潘启文瞟了眼窗外明媚的天空，眼中闪过一丝挣扎，他突然放下她，贼贼地笑：“咱们去骑马！”

第三十三章

浮生缱绻

出了柳府大门，叶蕴仪看到一队黑衣护卫越过他们，急驰而去，马上驮着满满当当的东西，不由好奇地问道："这些是什么？"

潘启文将她稳稳地抱上马，神秘兮兮地笑："到了你自然就知道了。"

两人一马缓缓地向镇外遛去，夏日清晨的凉风习习而过，十分地惬意，潘启文挥挥手，随行的护卫们便放慢了速度，只远远地跟着。

叶蕴仪依稀认得路，不由惊奇地道："咱们要去铁矿那边？"

潘启文紧紧地环住她，在她颈边喷着热热的气息，笑道："我带你去一个有山有水有桃林的地方！"

叶蕴仪感觉痒痒的，不由微微偏了偏头，咯咯笑道："你又哄我！这个时候，哪来的桃花？"

潘启文轻轻咬了咬她的耳垂，含弄着，嘴里含混不清地道："傻瓜！没有桃花，有桃子啊！又大又甜的水蜜桃！水灵灵的！"说着，他坏坏地盯着她的领口里，伸手在她胸前捏了一把，邪气地笑，"喏，就像这个！"

叶蕴仪一把拍掉他的手，回头瞪他一眼："你做什么？这在大路上呢！"

潘启文嘿嘿一笑，收回手，指着前方那个山坳笑道："进了那里，就只有我们两个人了！”

叶蕴仪狐疑地看了看那毫不起眼的坳口，正要发问，只见一队黑衣护卫从那山坳内飞奔而来，依稀便是先前驮着东西先行的那一队人马，看到潘启文，这些人齐齐下了马，领头的一人来到潘启文马前，弓身道：“少爷，已经按您的吩咐办好了！里面也清理过了，没有人！”

潘启文满意地点点头：“嗯，你们守住这坳口，谁也不许进来！”说完，一扬马鞭，向山坳内急驰而去。

刚一转过那狭窄的坳口，里面豁然开朗，叶蕴仪眼前不由一亮，这是一个四面环山的开阔之地，里面是看不到边的桃林，绿油油的树上，水汪汪的蜜桃挂满了枝头，夏日的阳光只能透过树叶的缝隙洒些光进来，一下子清凉了许多。

叶蕴仪开心地就要跳下马来，却被潘启文一把箍住，笑道：“里面还大得很，咱们先骑马走一圈。”

两人缓缓地穿行在清幽桃林中，叶蕴仪叹道：“这要是在春天，得是多大一片桃花林啊！”她突然回头，“你是怎么找到这块地方的？”

潘启文沉默半晌，方幽幽地道：“那还是你没到潘家集前，第一次听日本人说这里有铁矿，我就带人过来看看，不想却走迷了路，阴错阳差就来到了这里，那时正值春天，这里漫山遍野的都开满了桃花，粉色的那种。”

说到这里，他突然紧了紧她，语气中带上了一丝伤感：“那时，我以为你没了，一看到这桃林，便生了一种恍如隔世之感，突然便不想再走了，只觉疲累之极，我坐在桃花树下，竟然睡着了。”

叶蕴仪不由自主地转过头，呆呆地看向他，只听他喃喃地道：“那是我得知你的死讯后，第一次梦见你，就在这桃树下！那时我总觉得，或许冥冥中，是你的魂灵指引我来到这里与你相会，我傻傻地想，我的妞儿，最喜欢桃花，她定是舍不得我远天远地地跑去广州，所以选了这个地方来与我相会。”

叶蕴仪只觉喉中哽痛，不由自主地红了眼圈。

潘启文接着说道：“我在这林中整整呆了三天，走遍了这里每一个角落，想要找寻属于你的，哪怕是一丁点的痕迹，可是，什么也没有！于是，我就命人给我带来酒，可每每在酩酊大醉中入睡，却再也梦不到你的身影！这样一直过了十天，当我再次醒来，居然已被人抬回了潘家集！就在那天下午，我见到了与你有七分相似的林婵凤！明知那不是你，可我仍是忍不住将她带回去，心底里，便自己骗自己说，那就是我的蕴仪！”

叶蕴仪反手捂住了他的唇，哽咽着道：“启文，别说了，我在这里！你的蕴仪在这里！”

潘启文轻轻一震，眼神逐步由迷离转为清醒，继而是充满了喜悦，他一把抓过她的手，印在唇边，满足地叹了口气道：“蕴仪，我买下了这个地方，派了专人打理，那时，我做梦也没想到，有一天，我竟还能带你来这里！”

叶蕴仪偎进他的怀里，轻声道：“启文，你该早点带我来的！”

缓缓前行的马背上，潘启文轻轻柔柔地吻着叶蕴仪的后颈，她忽然觉得后背一凉，他竟然从后面将她的长裙直掀到她的腋下，紧接着，他温热的胸膛紧紧地贴上了她。

叶蕴仪惊呼一声，却听潘启文在她耳边轻笑低唤：“妞儿，咱们要飞了！”说着，双腿轻轻一夹，那马便“得得得”地小跑起来。耳边是呼啸而过的风声和相互粗重的喘息声，长裙翻飞，两个人在这样上上下下的激越翻滚中驰骋飞翔。

终于，随着叶蕴仪的一声尖叫和潘启文一阵嘶哑的低吼，马的速度慢了下来，马背上的两个人均是大汗淋漓，叶蕴仪早已瘫软在潘启文怀中，再没了力气。

潘启文轻轻拨开叶蕴仪额前的湿发，带着一丝心疼，柔柔地吻着她，长裙遮掩下的两人的下身却仍然紧紧地粘在一起，就这样缓缓地晃悠了好一阵，潘启文在她耳边轻声道：“蕴仪，睁开眼来看看！”

叶蕴仪勉力睁开眼，疲惫的眼中突然一振，前方桃林的尽头，赫然是一帘瀑布飞泻而下，下方一条清澈的小溪潺潺而过，夏日的阳光下，那水帘和溪面竟都漾出银色的光芒来。

潘启文策马来到小溪边，跳下马，将叶蕴仪轻轻抱下来，放她下地，叶蕴仪这才觉得浑身便如散了架一般，尤其是双腿，竟是合不拢，根本站立不稳。

潘启文轻笑一声，干脆打横抱起她，直接往溪水里蹚去。

清浅的溪水在阳光下波光粼粼，潘启文伸脚甩掉了鞋，又将叶蕴仪脚上的鞋也除下，抱着她径直来到小溪中央，那里的水齐到他腰深，他将叶蕴仪横放进水中，双手轻轻托住她，那被阳光照得温温的水，漫过叶蕴仪的身子，她搂着潘启文的脖子，闭上眼，舒服地叹了口气。

叶蕴仪睁开眼，第一眼便看见头顶上那厚实的帆布帐篷顶，她惊讶地动了动，却发现身子被紧紧箍住，低头一看，薄薄的大被下，她被潘启文紧紧抱在怀中，而两人肌肤相接，竟都是全身赤裸！

潘启文被她的动作惊醒，他半撑着坐起身来，一只手搂着她，柔声笑道：“你醒啦？饿不饿？都中午了呢！”

说着，他掀开帘子，就那样赤条条地走了出去，不一会儿，竟拿进来一条树枝，上面串着一条烤好的鱼，还冒着热气。

叶蕴仪闻着那香味，听到肚子里咕咕一响，她却别开了眼，皱眉道：“我们的衣服呢？先穿上衣服再吃！”

潘启文眼神一闪，他指了指外面：“喏，晾着呢，还没干！”

叶蕴仪恼怒地叫起来：“潘天一！你既然想得到让他们架帐篷，带被子，还带了烤鱼的香料，为什么不记得带衣服？”

潘启文垂了头，态度良好：“忘记了！”

叶蕴仪见他一副低眉顺眼的模样，倒发不出气来，气哼哼地抢过他手上的烤鱼吃了起来，吃了两口，突然停住，看向他：“你吃过了吗？”

潘启文眼中带笑，他点点头：“吃过了！”

说着，他蹲下身来，从角落的一个包里翻出一堆的罐头和一个水壶来，推到她面前，笑道：“这儿还有好多东西呢，慢慢吃！”

他古铜色的紧实肌肤散发着健康的光芒，叶蕴仪脸一红，别开了头，埋头吃起来。

潘启文却一把将她抱到自己腿上坐下，箍住她，轻笑道：“老夫老妻的了，怕什么？”

叶蕴仪哼哼道：“不习惯看着一团肉在面前晃！”

潘启文面对着叶蕴仪跪坐下来，他一把掀开她裹在自己身上的薄被，叶蕴仪下意识地想要抓住什么，却被潘启文将那被子远远扔开，她慌乱地低下了头，却被潘启文抬起下巴，她被动而疑惑地看向他。

潘启文抓起她的右手，轻轻放在自己胸口，眼中晶亮：“蕴仪，咱们以前，都是被太多外在的东西给迷惑，却从未认真去看对方本身，如果你肯，或许你能更早地感受到我的心。”

叶蕴仪眼中的羞涩和局促渐渐消散，她释然一笑，大大方方地抬起手来，抚上了他的眉眼，在他的鬓角停下，突然她心中一痛，他竟已有了白发！她轻轻地扯下那根白发，她手抚过他的脸庞向下移去，她的目光随着手移动，竟真的认认真真地“看”起他来。

修长的手指在他肩上的枪伤处停留轻颤，她倾身过去，将唇轻轻地贴在那里印了印，轻声道：“这是为救爷爷受的伤。”潘启文身体微微一颤，他没有说话，只眼神温柔地看向她。

她的手继续下移，来到左胸处一个长长的白色印迹前，她的手指顺着那印迹斜斜地滑过，眼中有过一丝愧疚：“我知道，这是北伐时受的伤，但我却从未仔细看过它。”她抬起眼睑，“启文，你从未跟我说过北伐那次，你是怎么受的伤？”

潘启文将自己的手掌盖上她的，两串紫檀手珠碰在了一起，他咧咧嘴，笑道：“本来那天没事的，可我在扔一个手雷时，不小心这手珠竟甩了出去，也来不及细想就向前去扑那手珠，就在离开隐蔽那一刹，我抓住了这手珠，却也被一个流弹滑过，这里其实只是皮外伤，真正致命的是我撤回隐蔽时，小腹上又中了一枪。”

说完，他拉了她的手，轻轻按在了小腹上侧一个不起眼的小伤痕上。

叶蕴仪一下子红了眼，她想起，这一次，也是因为这串手珠，他不顾身上的伤，不要命地寻她而来！想到这里，她一根手指头戳上了他的额头，怒道：“命要紧还是东西要紧？你怎么这么没有轻重？这次也是，就一个死物，你要真中了别人的圈套怎么办？”

潘启文抓过她的手指，放进嘴里，轻轻咬了咬，轻声道：“蕴仪，那时我来不及想，我只知道这手珠是将咱俩连在一起的，不能丢。”

叶蕴仪咬着唇，摇摇头看向他，颤了声道：“启文，你要答应我，任何时候，先保命要紧！”她突然双手抓上了他的肩，带着哭音道，“你怎么不想想，要是人没了，我一个人戴着这东西，有什么用？！”

潘启文一下子慌了神，忙一把将她揽进怀中，故作轻松地笑道：“说起来，还得感谢这次受伤呢，要不是我住了医院，没准那次他们清理青军会时，就把我给抓了呢，听说，那一次可死了不少人！”

叶蕴仪撑起来，一脸怀疑地看他：“真的？”

潘启文重重地点头："当然真的！"他不愿意继续这么沉重的话题，拉着她的手，放到自己左腋下，抬起胳膊笑道，"看没看到，这里有个疤？"

叶蕴仪低头看了看，"嗯"了一声。

潘启文笑道："这是小时候跟黎昕去爬树掏鸟窝，给挂伤的！我告诉你啊，那时候……"

就这样，叶蕴仪一边看一边抚过潘启文的全身，一边听他讲述着自己各类印迹的来历，她的眼神逐渐迷蒙起来，很多的事，跟他潘天一的身份相关，所以，他从未告诉过她，至到今天，她才算真正了解了一个完整的他，一个既是潘启文又是潘天一的他。

一直到他抓住她的手，握住了他下面那挺立滚烫的一柱擎天时，她才猛然醒悟过来，只听他嘿嘿一笑，不无委屈地道："蕴仪，这不怪我，你摸来摸去的，这东西它自己不老实起来！"

叶蕴仪轻轻一哼，睥着他："潘天一，你个色胚！"这样说着，手指却轻轻地在那上面刮了刮，那小东西一颤一颤地点着头，潘启文倒吸了一口气，呲牙咧嘴地叫嚣道："妞！我的好妞！你居然会这一招！"

话未说完，已一把将叶蕴仪扑倒，他压在她身上，在她腿根处蹭了蹭，眨了眨眼，满脸诱惑地笑："蕴仪，想不想试试地为床、天为被的感觉？想不想试试在蓝天白云下、潺潺流水旁的浪漫？敢不敢在光天化日下与我共赴巫山？"

叶蕴仪眼中闪过一丝向往和挣扎，她抬手圈住了他的脖子，微微一笑："好！"

两个人在这逍遥谷中整整呆了两天，两天里，他们真的什么也不穿，却越发地自在起来。

他们就这样在林中漫步，有时骑骑马，游游水，他们在水中、在草地上、在星空下，在马背上，在蓝天白云下，肆无忌惮地做爱，一直到第二天傍晚，当他们在水中嬉戏时，天空中却下起雨来。

那时，两人站在水中，潘启文从背后环住叶蕴仪，他的勃发正昂然顶立在她身后，潘启文懊恼地叫："下雨了！"

叶蕴仪转过身来，双手在他胸前轻轻划拉着，眼角媚态十足："那又怎么样呢？我们反正在水里，不是吗？"

潘启文哈哈一笑："是，下雨又怎么样呢？"

雨越下越大，却完全浇不灭水中的那一片火热。

当他们终于结束这一场雨中旖旎，潘启文怅然若失地轻叹一声："蕴仪，我们得走了，这么大的雨，只怕帐篷内的东西全都被打湿了。"

叶蕴仪踮起脚，轻轻吻上他的唇，笑道："启文，心中释然了，到处都可以是我们的逍遥谷！"

潘启文微微一震，他深深地凝视她，微笑着道："蕴仪，或许，我真该早带你来的！"

山中惊雷滚滚响起，两个人迎着雨，打马向谷外疾驰而去，山坳外的护卫们看到两人，脸上都是一喜，一行人快马加鞭，向云顶镇方向而去。

第三十四章

何其无辜

行出不远，隐隐听到雨中有人大声疾呼：“救命！”

潘启文忙勒住马头，向身后看去，只见身侧小路上，跌跌撞撞跑来一个男人，看到他们这一行人，也不管是谁，只叫道：“快！你们有马，快去云顶镇找人来救人！”

叶蕴仪不由惊呼出声道：“杨老三？”

满身泥浆的杨老三抬头看到那高头大马上，被军用雨披包裹得严严实实，被身后男人紧紧抱着的女人，绝望的眼中立刻闪现出希望来，他跌跌撞撞地来到马前，“扑通”一声跪了下去，大声哭叫道：“少夫人，请您派人救救乡亲们吧！”

叶蕴仪赶紧下马，上前扶起杨老三柔声道：“杨三哥，有什么事好好说。”

杨老三站起身来，怯怯地看了一眼潘启文，仍是看向叶蕴仪，急切地说道：“坟山整个塌了！好多人被埋在了下面！”

叶蕴仪心里一沉，她与潘启文对望一眼，只见潘启文皱眉问道：“有多少人被埋？是不是都还活着？”

杨老三哭道：“咱这附近的百多户人家的男人大都被埋在里面了！我运气好，埋得浅，是最先被我家女人和孩子刨出来的！”

潘启文点点头，他来不及细问，向身后一招手，吩咐道：“你去潘家集，直接找林团长，给我调两个骑兵连来，让他们连夜赶来！命他们务必子夜之前赶到，否则军法处置！”

山脚下一片黑暗，只有零星几盏油灯在闪烁着微弱的光芒，山下的情形完全无法看到，只听见一片的哭声、呼号声此起彼伏。

潘启文一挥手，沉声道：“点火把！”护卫们齐齐应了，很快几十根火把点燃，又分散到各处，将整个山脚都照得透亮。

仔细看去，叶蕴仪与潘启文心中都不由一沉。

原来，这几天，大部分的男人都上了山修补坟墓，今天下雨他们更是不敢停，不承想整个坟山竟突然垮塌，因为速度太快，几乎没人能来得及逃出去。

叶蕴仪与潘启文沉重地对视一眼，在互相的眼中看到了绝望和惊恐，这山上全是泥土和石头，许多人相当于是被活埋在下面，人若不能呼吸，挨不过几分钟！只怕现在相救，已是来不及！

潘启文微一沉吟，忙吩咐下去：“咱们人手不够，先找人，每找到一个人，先把头给刨出来，露在外面，把头都露出来了，再刨身子！”

20多个护卫立即行动起来，潘启文也加入了刨人的行列。

潘启文一把揪起正蹲下身去要伸手刨人的叶蕴仪，低吼道：“你带两个人专负责找人，找到了吼一嗓子。”

叶蕴仪看了看潘启文已鲜血淋林的十指，眼泪猛然涌了上来，她眼睛向四周一望，知道各家所有的铲子、铁锹都已用上，要给潘启文找把工具来的话，便说不出口。

她喉中哽咽着点点头：“好！你放心，我会照顾好自己！”

说完，她带着两个护卫匆匆向另一头走去。

未到午夜，骑兵连就赶了来，刀疤第一个迎上去，血红了眼，抢过一把铲子，递到十指早已惨不忍睹的潘启文手上，看到自家少帅拼了命地在刨着土，士兵们哪还有话说？赶紧按建制划分区域救人。

这时候被埋在下面的人都已被找了出来，其中一半以上，早没有了呼吸。杨老三一个个确认过，走到潘启文面前，哽咽着道：“少帅，都出来了，现在兵也来了，您歇会儿吧！”

潘启文直起身来，皱眉问身边的刀疤：“少夫人呢？不是人都找出来了吗？她还在做什么？”

刀疤忙道："少夫人分派那班女人去烧热水、找干净纱布去了，说是等下人全都刨出来，清洗伤口要用。"

就在这时，一个骑兵连的连长匆匆跑过来，将手中一包东西高高举起："少帅，您看看这个！"

潘启文一看，不由厉声问道："炸药？哪来的？有多少？"

那连长忙回道："我们挖出来的，已经发现的足足有十包！显然这炸药是埋在这山上的，但还未引爆！"

潘启文面目狰狞地一挥拳头："狗日的东洋人！说不定这山塌也跟他们脱不了关系！"

他突然心中一惊，颤声叫道："刀疤，快！带我去找少夫人！"

潘启文匆匆来到山脚下一户农家小院，未踏进院门，他便听到那个熟悉而镇定的声音："李婶儿，谢谢您，这干净纱布放堂屋就好！曾家嫂子，东屋军医那儿需要热水，麻烦你再打一盆来！"

潘启文那颗惊慌不安的心瞬间安定下来，他蓦然驻了足，远远地透过那低矮的篱笆院墙，一眼看到那在细雨中指挥着妇人们的从容身影，宽大的雨披下，她的身子显得越发瘦削，雨披的帽子早已向后掀开，湿漉漉的发梢不停地向下滴着水。潘启文心口微微发疼，却有一丝骄傲在心底升起：她所做的一切，都是为了他！

叶蕴仪抬起手来，轻轻抹了抹脸上的水珠，突然一个身影猛然蹿到她面前，闻到那熟悉的气息，她下意识地一缩手，却被那人狠狠地攥住了她的手腕并高高举起，潘启文怒气冲冲的声音在她头顶响起："叶蕴仪，我不是让你找人就好了吗？你的手又是怎么回事？"

叶蕴仪心虚地瞟了眼已被纱布裹了起来的双手，仰起一个大大的笑脸："启文，快到屋里坐下，我问了护卫，他们有带你喜欢喝的香片哦，我给你泡去？"

潘启文眼神狠戾地转向刀疤，厉声道："双喜和董七呢？不是让他们跟着少夫人的？让他们给我滚过来！"

叶蕴仪急急地去拉他的胳膊："我让他们去给军医帮忙了！受伤的都是男人，这里的女人们去不方便！"

潘启文一把甩开她的手，怒道："叶蕴仪，我就不该让你来！"

叶蕴仪甩甩手，痛苦地"咝"了一声，咧着嘴皱了眉，委委屈屈地道：“找人还不是要动手刨来看的？这里谁的双手不是这样？再说，军医一来，我就第一时间先清理包扎过了，结果还要被你骂！就因为手伤了，我现在才在这里光动动口，人家双喜和小董还得干活呢！”

被那双水光潋滟的凤眸一瞥，潘启文的心一下子化了开去，也顾不得人前，一把将她拥进怀里，小心翼翼地抓起她的手，轻轻地在唇边摩挲着，那粗粗的纱布咯得他心里抽着疼，他没好气地斥道：“他们那些人皮糙肉厚的，你比得了吗？”语气却已是软了下来。

叶蕴仪的视线却停在他那混着血水和泥浆的十指上，她一下子红了眼眶：“过来，让军医给你清洗下！”

叶蕴仪让军医给潘启文清洗、包扎，自己却不敢看，她刚经历过，知道鲜血淋淋的十指被淋上酒精是怎生的疼法，这时却听到军医战战兢兢地开了口：“少帅，你忍耐一下，我必须要将你指缝和肉里的碎石先挑出来，有的地方恐怕还得剪开来！”

叶蕴仪心口一跳，她紧张地盯着潘启文的脸，整个过程中，潘启文却连眉也不皱一下，对她笑道：“这里现在用不着我们了，林团长留下来善后，明天政务处那边也会有人来，等下我就带你先回去。”

叶蕴仪鼻子一酸，他取子弹都能不打麻药，这点痛对他真不算什么，可是，他要忍着一点都不表现出来，不让她心疼，得多大的定力？

她脸上浮出一个笑来，迟疑着问道：“杨老三那边人员名单有没有清理出来？伤亡到底怎么样？”

潘启文抿紧了唇，怕她多想，却又不愿意瞒她，只得咬牙道：“有56个人刨出来时，就已没了呼吸！”

叶蕴仪心里一沉，潘启文已断然拦住了她的话：“蕴仪，这事与你无关！我怀疑，这山体垮塌，也与日本人有关！”

叶蕴仪一惊抬头：“什么？”

潘启文点点头，沉声道：“我问过杨老三，往年夏天下的雨比这还大、时间还长的时候，这坟山也一点事没有！就在刚刚，骑兵连的人在垮塌的碎石泥土里发现了十包未引爆的炸药！”

叶蕴仪的脸因愤怒而涨红：“他们到底要做什么？若是冲着我来就好，为什么要害死这么多无辜的人！”

潘启文深深地凝视她，眼神凌厉：“蕴仪，你现在还会劝阻我将那些日本人赶尽杀绝么？在你亲眼见到死了这么多无辜的百姓之后？”

叶蕴仪一脸愕然地看向他，讷讷地道：“你，都知道？”

这时军医正剪开潘启文手指上的一块皮，将里面的碎石往外挤，潘启文眼皮跳了跳，叹口气道：“蕴仪，无论如何我们要先回去，明天咱们收拾一下就回省城，刚看到那炸药，我这心里直打鼓，蕴仪，我不能再将你置于险地！”

叶蕴仪胸口酸酸涨涨的，她吸了吸鼻子，点点头道：“好！”

第三十五章

勿忘心安

潘家集，潘烨霖与黎芙铮吃过晚饭，坐在厅内，喝着茶，有一搭没一搭地聊着天。

潘烨霖拿出烟袋，装好烟，将烟枪递向黎芙铮："我看你这两天胃口差得很，几乎没吃什么东西，你要不要尝一口这个？这是天一那小子不知哪搞来的，我尝着淡得很，或许倒对你的胃口！"

黎芙铮有些心不在焉地推开烟枪，端起茶，抿了一口，怔怔地看着浮在水面上的茶叶沫子，轻轻地道："听说他们两个又好了？这次是真的好了吧？"

潘烨霖收回烟，狠狠地吸了一口，吐出一口烟来，爽朗地笑道："那天叶家老爷子回省城前来这儿道别，不说了没事了嘛，你没听到昕儿说，这次，是媳妇儿主动搬到天一房里住的？你呀，就等着抱孙子吧！"

黎芙铮撇撇嘴，红了眼圈："这儿子一年都没见到一回，好不容易来一趟，就受了伤，连话都没跟我说一句，就又走了！还不如黎昕和黛儿贴心！这媳妇儿更是有了还不如没有！真要有了孙子，依她那德性，会给我带？"

潘烨霖眼神一黯，叹口气道："咱儿子也不容易，你看经过了这么多事，他们都还好好地活着，已是万幸了，你呀，看开些吧！"

他磕了磕烟灰，又笑道："儿孙自有儿孙福，不给带就不带呗！你以前不总埋怨我没好好陪你？过两天，我带你四处走走逛逛，听说西山那边的温泉池子不错，我带你去泡泡？”

黎芙铮轻哼一声，赌气道：“干吗过两天？明儿个就去！”

潘烨霖眼中掠过一丝笑意，听那叶家老爷子的意思，儿子媳妇儿这次回省城前，定是要来家一趟的，黎芙铮不过是气话，哪舍得不见？

潘烨霖戏谑地笑：“我倒无所谓，好啊，你要去，我这就让文管家准备着，咱明儿个就走？”

黎芙铮将茶碗重重往桌上一放，怒目而视：“你！……”

潘烨霖急忙拉过她的手，安慰地来回轻抚着，笑道：“好了，好了，逗你玩儿呢不是？”却见黎芙铮捂了嘴站起身来，刚走两步，但忍不住弯腰吐起来。

潘烨霖吓了一大跳，连忙扔了烟枪，上前扶住一阵晕眩，往后就要倒的黎芙铮，一迭连声地向外喊：“来人，快给我请华大夫！”

立即有丫头应声去了，又有丫头进来收拾，打来热水，潘烨霖扶着黎芙铮坐下，亲自接过毛巾，细细地为她擦拭起来，一脸心疼地叫：“这是怎么了呢？这多年，你可没病过！”

黎芙铮甩开他的手，埋怨道：“胡说什么呢！我本来没事，倒要给你掐出事来！我不过是看着吃的反胃，有些乏而已，这倒像当初……”

说到这里，她突然停住，张大了嘴，怔怔地看向潘烨霖。

潘烨霖被她看得心慌，他突然瞪大了眼，眼中充满了恐惧，一双手紧紧地抓住黎芙铮：“阿铮，咱还没抱上孙子，你可不能有事！”

黎芙铮皱眉道：“胡说什么呢，经过多少事了，这点算什么？”

这时华大夫急匆匆地走进来，潘烨霖急急地道：“快、快，快把脉！”

华大夫把了脉，一脸惊讶地看向黎芙铮，期期艾艾地道：“夫人，换个手给我再把下？”

潘烨霖心里更慌了，却也不敢吼出声来，却见华大夫满脸的又惊又喜，不敢置信地叫道：“司令、夫人，大喜！”

正在厅中烦躁地踱着步的潘烨霖猛然顿住脚步，惊疑不定地看看华大夫，又看看黎芙铮，只见一贯大气的黎芙铮竟低了头，红了脸，也是一脸惊喜的模样，他心中一动，颤声道：“给我说清楚！”

华大夫忙站起身来，弓身笑道：“夫人这是有喜了！”

潘烨霖大步跨上前去，一把揪住华大夫的领子，吼道：“你说真的？”

华大夫也不惧，淡定地笑道：“千真万确！”

潘烨霖甩开他，走到黎芙铮面前，一把抱起她，兴奋地大叫：“阿铮，咱们又有孩子了！”突然想起什么似的，赶紧又小心翼翼地放下她。

黎芙铮却是红了眼，仍是不敢置信地叫：“这怎么可能？这么多年了，都没有，咱们都四十好几了，反倒有了？”

华大夫忙笑道：“夫人，前些年，司令受了很多伤，也没有好好休息调养，身子骨一直不怎么好，这一年多，少爷接手军政以来，司令的身体明显比以前好了许多，这个年纪再怀上孩子，也是很平常的事！”

潘烨霖哈哈大笑起来，对着一旁也是喜笑颜开的文管家叫道：“快，派人去通知少爷、大少爷还有三小姐，让他们都给我回来，我要好好庆祝一番！”

柳府，叶蕴仪放下粥碗，接过潘启文递过来的毛巾，皱眉道：“你真要将日本人赶尽杀绝？那些个日本商人和领事，你也都要赶走？”

潘启文走到桌边坐下，沉声道：“蕴仪，你真当他们都是正经商人吗？黑龙会，最开始就是那纱厂的日本人请来帮他们‘管教’那些不听话的中国工人的！那个日本领事，你又不是没领教过！”

叶蕴仪叹口气：“可是这无凭无据的，很难交代啊？”

潘启文冷笑一声：“要什么凭据，要向谁交代？再说，出了这么多事，死了这么多人，我也要向百姓交代！”

叶蕴仪走到桌边，倒了一杯水，递给潘启文，她的手抚上了潘启文的背，从后面环住了他的肩，脸轻轻地贴上了他的，柔声道：“启文，我知道，你这么做，大半是为了我！你是怕黑龙会不死不休，你是怕我再有危险，你更是为了要报我爸、妈的血海深仇！”

潘启文握着茶杯的手，微微一颤，他放下杯子，反手向上握住了她的手，没有说话。

叶蕴仪接着说道：“日本人要赶走，可是我们要有策略地赶，现在意气用事，就怕后患无穷！你若一辈子当这土皇帝，我绝不拦你，可明摆着这不可能，那你就不能授人以柄！”

潘启文用力地按了按她的手背，摇摇头道：“蕴仪，你说的，我都明白，可是，要策略地赶，即便是下套子，也得花时间！但黑龙会的人都是穷凶极恶之徒，我不能，再让你陷入险境！”

叶蕴仪转到他前面，面对着他，神色凝重地道：“启文，你只求你心安，可考虑过我是否心安？”

潘启文一愣，只见叶蕴仪定定地看向他，郑重地说道：“启文，潘家军迟早要归了南京，南京那边，对国与国之间的事，自有考量，定不能如此简单率性而为！而自古以来，曾拥兵自重者定然遭忌，更何况，若你为了我，将如此大一把柄授于人手，你叫我如何心安？”

潘启文脸一沉，冷笑一声道：“若南京那边如此心胸，不归也罢！”

叶蕴仪叹口气道：“启文，你的理想呢？你的抱负呢？你可是真想要做这土皇帝？更何况，你若不归向南京，迟早便是将这西南之地陷入战火，百姓好容易才安生了几年，你能忍心？到时成王败寇，现在南京已将各路军阀收得七七八八，你又有几成把握能胜得了？你一人之身可系着潘家军上下几十万人，还有他们的家眷！到时，你又拿什么来护我？”

潘启文浑身一震，只见叶蕴仪忽然放松了神情，轻笑一声道：“启文，日本人再怎么横，这里总归是你的地盘，从今以后，我天天在你身边，你还怕保护不了我吗？”

潘启文听到那句“天天在你身边”，心头一热，一个“好”字就要脱口而出，然而，他一看到叶蕴仪被裹得馒头似的那双手，他却生生咽了回去，咬着牙道：“可我不能放过那些日本人！”

叶蕴仪郑重地点点头，一双凤眼中现过一丝冷色：“当然不能放过！即便是为了那五十六个无辜的百姓，咱也不能放过他们！”

潘启文脸上一喜：“你已有了想法？”

叶蕴仪冷笑一声道：“那些公然作乱的黑龙会的人，你尽管抓了杀了就是！那些个日本商人，我知道，他们主要是银行和纺织厂，还有些贸易行，这个好办，回到省城，咱们银行第一批贷款，就是选几个纺织作坊，扶持他们开纺织厂，那周一才便是其中一个！到时，咱们再暗中垄断了棉花的收购，让日本人收不到棉花，他们在这里办厂，明摆着就是看上了咱这里的廉价棉花和劳动力，若是棉花收不上来，明年他这厂自然就办不起来！还有，银行，要挤兑他们，咱们也有的是办法！”

潘启文一拍桌子：“好！就这么办！到时我专门派人暗中保护这些个商家，只要有日本人捣乱，咱们就有了理由赶他们走！”

叶蕴仪点头笑道：“至于那日本领事，咱们只需下个套子给他钻，定叫他被赶得心服口服！”她眼珠子一转，俯首在潘启文耳边说了一番话，潘启文眉一挑，拍手笑道：“蕴仪，你学坏了！”

叶蕴仪轻哼一声：“我这叫以其人之道还治其人之身！”

潘启文在她脸上揪了一把，忍不住地笑：“你叫他看得到吃不着，还非给他安上一个强奸民女之罪，蕴仪，你这招够狠！”

叶蕴仪斜睨他一眼，似笑非笑地道：“他们送个林婵凤给你，你倒是吃着了，你很享受不是？”

潘启文眼皮一跳，忙赔着笑道：“蕴仪，这哪儿跟哪儿啊？”他站起身来，一把抱住她，在她耳边轻轻地坏笑，“以后我只给你一人吃，管饱！如何？”说着，他的唇便压了下去。

叶蕴仪用手肘推着他，咯咯地笑着，潘启文不依，将她抓回来，正在这时，却听到“笃、笃”的敲门声响起。

潘启文不悦地喊了声：“什么事？”

门外只听刀疤抑不住的兴奋的声音：“少爷，司令和夫人那边派人来报喜！”

潘启文和叶蕴仪一愣，报喜？

潘启文打开房门，瞪了刀疤一眼：“你最好真的是有喜事报来！”

刀疤掩住笑，喜滋滋地道：“少爷，大喜事！夫人有喜了，司令派人来让你们赶紧回去呢！”

潘启文瞪大了眼，看了看叶蕴仪，又看看刀疤，不敢置信地问：“什么？我娘、我娘她有喜了？”

刀疤连连点头：“是的，是的，潘家就要有小少爷了！少爷，您要做哥哥了！”

潘启文哈哈一笑，转头对叶蕴仪兴奋地笑道：“哎哟喂，我爹那叫一个勇猛哎！”

叶蕴仪一拍他胳膊，横他一眼：“别没大没小的！”

她对刀疤笑道：“司令跟夫人定是高兴坏了吧？你赶紧去备马，咱们现在就去潘家集！”她看了一眼潘启文的手，又叫住刀疤道，“还是坐马车吧！他这手，抓缰绳可都疼！”

马车上，潘启文小心翼翼地道：“蕴仪，我娘这么大年纪怀了孩子，可不容易，她这身子可不一样了，以前的事，只怕她心中有怨气，若是、若是……”

叶蕴仪一伸手，捂住了他的嘴，瞪他一眼：“爷爷已经训过我好大一通啦，你还说！”

潘启文神色一僵，叶蕴仪放开他，柔声道：“启文，以前是我不懂事，你娘一直就只你这一个独子，必定宝贝得什么似的，你为了我不认爹娘，已是大不孝，现在既然咱们都放下了，自是要以孝为大的。”

叶蕴仪低了头，轻声道：“爷爷命我，这次定要去潘家集，向爹娘磕头认错的！”

潘启文眼中掠过一抹心疼，在她的额头亲了亲，叹口气道：“蕴仪，以前都是我不好，怎能怪你？磕头认错倒是不必了，只是若我娘脾气不好的话，你多担待些！”

叶蕴仪抬起头来，自得地笑笑：“你就看好吧，我呀，保准哄得你娘开开心心的！”

潘启文脸上挂起一个欣慰的笑来，他搂过叶蕴仪，感叹地道：“我娘生我的时候，因为在打仗，她吃了不少的苦，我也不懂事，总是惹她生气，可每次我惹了祸，都是她帮着我，要不然，我早被我爹给打死了！这一次，咱们一定要让她开开心心、平平安安地生下这个孩子来！”

马车来到潘家集潘家大院门口时，已是黄昏时分，潘启文与叶蕴仪刚到门口便感受到了上上下下一派喜气洋洋的气氛。

一个黑衣护卫忙迎上来禀告：“司令和夫人去上香去了，文管家也去了。”

潘启文点点头，对那护卫道：“你去把华大夫给我叫来，我要问问夫人的身子状况如何！”

那护卫忙笑道：“司令不放心，令华大夫也跟着去了！”

潘启文转头对叶蕴仪笑道：“我爹这回倒是仔细起来了！”

他携着叶蕴仪来到前厅，对叶蕴仪笑道：“咱们先喝点茶等会儿，天快黑了，他们也该回来了！”

这时厅外刀疤远远走过来，欲言又止，潘启文对叶蕴仪道：“你先坐会儿，我去去就来！”

潘启文走到厅门外，压低了嗓子对刀疤说道：“那些日本人都处理干净了没？别现在让我娘沾上那血腥之气！”

刀疤低了头回道：“我问过了，那些个男人都已杀了，只余下两个女人和那个孩子，当时夫人说看着怪可怜的，说是等你回来跟你商量一下再处理，后来，昨儿个查出夫人有喜了，夫人就作主要放了他们几个，说是为小少爷积福！”

潘启文皱了皱眉：“已经放了？”

刀疤忙道：“夫人要文管家问清楚他们住在哪里，可有家人，好送他们回去，可他们却什么都不肯说，夫人觉着他们是害怕才不肯说，今天上香，就带他们去了庙里，说是让寺院先收留他们一段时间，以后是走是留，由他们自己决定。”

一股强烈的不安猛然涌上潘启文心头，他急急地问道：“上香得一大早去，为何现在到黄昏了，他们还没回来？”

就在这时，一阵急促的脚步声传来，潘启文心头一跳，转身向门外看去，只见一个黑衣护卫正飞奔而来，看到潘启文，他一下子脱力般跪倒在地，带着哭腔，急叫道：“少爷，快！司令命我来接你，去庙里，见夫人最后一面！”

潘启文身形一晃，闻声赶来的叶蕴仪急急地扶住他，潘启文已一把揪起那个护卫，厉声吼道：“你在胡说什么？”

第三十六章

寸草心灰

叶蕴仪眼见着潘启文脸上瞬间失去了血色，揪着护卫的手不停地打着颤，她心里一慌，急急地问那护卫："你说清楚，夫人不是好好儿的吗？到底怎么回事？"

那护卫带着哭腔叫道："日本人、日本人派人来抢那个小孩，谁能料到，他们出动的人数，竟然比我们出去的黑衣卫队还多！夫人、夫人她，她跟那个小孩子在一辆马车上，那些日本人不问青红皂白，抢上去就是一枪！"

叶蕴仪只觉眼前一黑，脚下一个踉跄，她死死地抓住潘启文的胳膊，因为用力过猛，一阵剧痛从本已受伤的指尖传来，她的双手止不住地抖索起来。

巨大的恐惧向她袭来，她只觉得一股寒气，从脚底直爬上了她的背脊：又是日本人！

是她，是她让黎昕给她三天时间来劝说潘启文！

若是黎昕一回到省城，便将日本人赶尽杀绝，他们是否还有时间和精力来布置这一切，他们是否还有机会伤到黎芙铮？

潘启文一把甩开那个护卫，同时用力挣脱了叶蕴仪的手，看也不看她一眼，径直向门外奔去，叶蕴仪心底一凉，呆呆地站在那里，一动不动。

刀疤急急地跑到潘启文前面去，高声叫道："备马、备马！黑衣卫队，全跟我走！”

潘启文却蓦然顿住了脚步，回转身来，一把抓过叶蕴仪，沉声道：“你跟我一起，不要离开我身边！”

叶蕴仪眼圈一红，她点点头，跟着潘启文的步伐，飞跑起来。

飞奔的马上，耳畔的风声呼啸而过，潘启文死死地咬着嘴唇，不吭一声，叶蕴仪眼见着他紧勒缰绳的双手上，一丝丝血红已浸透了纱布，她的眼泪止不住地往下直掉，她伸出手，将套在他手上的缰绳向上拉，将自己的手伸进去，覆在他的手背上，马一跑，缰绳一紧，手背上的伤被一勒，钻心的疼直冲上鼻端，瞬间带着一股温热浸湿了眼眶。

叶蕴仪咬紧牙关，才没让自己痛呼出声来。

突然听到头顶一声怒斥：“你做什么？”潘启文已一把将她的手扯了出来，他的胳膊紧紧地箍住她，也将她的双手夹住，他的双手随着缰绳起伏着，叶蕴仪的心便随着那绳子的放松勒紧而起伏，只听到他冷厉的声音传来：“叶蕴仪，这个时候，你不要给我添乱！”

叶蕴仪喉中哽痛，她软软地向他怀里一偎，轻声说道：“对不起！”

潘启文又疼又怒：“叶蕴仪，你说什么对不起！这个时候，只要你照顾好你自己，就算是对得起我！”

叶蕴仪温顺地点头，哽咽着吐出一个字来：“是！”

元华寺门口，潘启文跳下马，当他听到庙内传来整齐而低沉的诵经声时，他的脚下一软，一个趔趄磕在庙门前的石阶上，他爬起身来，甩开前来扶他的叶蕴仪，迅速向门内奔去。

厢房外，一排和尚坐在地上，低声诵着经，房内，黎芙铮双目紧闭，静静地躺在床上，她的头枕在一脸木然的潘烨霖腿上。

潘启文倚着门框便滑了下去，“扑通”一声跪倒在地，痛呼了一声：“娘！”他几乎是连滚带爬地来到床边，颤着手就要探上黎芙铮的鼻息，却被潘烨霖一把重重地挥开！

潘启文惊叫了一声：“爹！我娘她……”

潘烨霖似怕惊了黎芙铮似的，他轻轻地放下她的头，站起身来，却猛然一脚踹上了潘启文的心窝，直踹得潘启文向后一倒，随后而来的叶蕴仪“扑通”一声也跪了下来，一边去扶潘启文，一边惊呼了一声：“爹！”

潘烨霖颤着手指着潘启文，狂乱地叫道：“你这个孽障！你现在来做什么？她活着的时候你做什么去了？啊？你为了这个女人，整整一年没来看过你娘一眼！上次唯一回来一次，又是为了这个女人，却跟你娘连一句话都没说上！你娘一口气吊了那么长时间，就为看你一眼，跟你说上一句话！你却死活不来！你现在又来做什么？啊？”

潘启文瞬间泪流满面，他甩开叶蕴仪，齐膝爬到黎芙铮床前，紧紧地拉住了黎芙铮的手，连连呼唤着：“娘！娘！”

潘烨霖无力地跌坐在床头，再次抱起了黎芙铮的头，柔声低喃：“阿铮，咱们的儿子来了，天一，他来看你了！你不许我怪他，又怕他难过，也不许我怪媳妇儿，我都听你的，我没把他们赶出去，你看，媳妇儿也跪在你面前了，这次，她是真的认你了！”

潘烨霖的话，句句诛心，叶蕴仪心内绞痛，她重重地磕下头去，再忍不住痛哭失声，发自内心地唤了一声：“娘！”

潘启文跪直了身子，抖着手细细抚过黎芙铮的脸庞，最后，他拉起黎芙铮的手，贴在自己脸上，默默地流着泪。

良久，他抬起头来，哀求地看向潘烨霖：“爹，我娘她，有没有说什么？”

潘烨霖眼神温柔地看向黎芙铮，柔声道：“你娘说，下辈子，她一定给我生好多儿子，个个都比天一懂事、听话！”

潘启文重重磕下头去，痛声叫道：“娘！天一不孝！”

潘烨霖的手轻轻地抚上了黎芙铮的脸，脸上浮起一个诡异的笑来，他细细碎碎地说道：“我知道，你死不瞑目的是没给我再生下这个孩子来！其实我根本就不想要这个孩子，你年纪这么大了，我怕你有事！”

“有你和天一，我真的已经很满足，以前你却总是怕我为了生儿子再娶，我怎么说，你就是不信，我只好让那算命的说，离了你，我就有血光之灾！”

说到这里，他顿了顿，声音微带恼怒：“你的胆儿一下子肥了起来，有时，我被你气极了，才去找那些个女人，但我真的，从来都没碰过她们！你却总是不信！临了，你要走了，却硬要给我扣顶帽子，说什么你死了，我就可以娶别的女人来生儿子了！”

他的语调蓦然放缓，眼神也越发温柔起来：“你忘记了，咱们成亲时，你就逼着我发过誓，不能同生，但愿共死！我知道，那其实是你给你自己发的誓，因为我要打仗，随时没命的啊！以前那么多次，我真怕我先你走了，你若是真的跟着我来，天一怎么办？所以，每一次，我都挺了过来。”

他深深地叹了口气：“好在，这一次，天一已经大了，也不需要我们了，我就要来陪你了呢，我还怎么娶？这回，你总该要信我了吧？”

潘启文犹自沉浸在自己的哀痛中，直到叶蕴仪一声尖叫惊醒了他：“爹！”他才怔怔地向潘烨霖望去，只见潘烨霖双手紧紧搂着黎芙铮，嘴角一抹黑血缓缓淌下，脸上却是一个淡淡的笑。

潘启文骇然站起身来，他一把抱住潘烨霖，痛苦地大叫：“爹！你这是做什么？”

潘烨霖轻咳一声，手揪住自己胸口，皱眉道：“这药真他妈的疼！”

潘启文紧紧抱住他，偏了头向门外吼道：“华大夫！华大夫！”

潘烨霖一把抓住他，低喘着笑：“没用的，这是黑衣卫队那药，我刚刚偷了来的！你应该知道，这药吃下去，必死无疑的！”

潘启文痛苦地仰天狂叫一声，拼命地摇着他：“你为什么要这么做？你要我怎么办？啊？”

潘烨霖喘息着道：“是我一时心软，没能听你的话，若是那时将那日本小孩一起杀了，你娘跟你弟弟或许就不会有事！”

他抓紧了潘启文的手，突然厉了神色：“天一！你给我杀了日本人，给你娘和你弟弟报了仇，才许将我们下葬！听到没有？”

潘启文含泪点头，眼中充满了仇恨：“是！”

潘烨霖这才看向黎芙铮，眼中带着笑道：“记得将我们合葬，你娘喜欢的墓地，文管家知道！”说完这句话，潘烨霖闭上眼，溘然长逝！

潘启文狂叫一声，终于痛哭出声来：“爹！娘！”

蜂拥而来的人们齐刷刷跪了一地，人人均是痛哭失声。

第三十七章

国仇家恨

潘烨霖夫妇遇刺身亡的消息迅速传遍了西南，以至全国。灵柩停放在潘家集，省城司令府也设置了灵堂，供社会各界头面人士吊唁。

这一日，是司令府定下的供各国领事或商务参赞吊唁的日子。

天还未亮，叶蕴仪便起了身，她身着一袭白色旗袍，坐在梳妆台前，拿起粉扑，将眼底那抹青黑淡淡地掩去，她怔怔地看了看镜中的自己，恍然间似见镜中出现了潘启文那邪邪一笑的眼眸，她的心中不由一痛，现在的他，怎么可能还笑得出来？

一旁侍立的小清，将一帘黑纱套上叶蕴仪的手臂，又将一朵白色的小花别在黑纱上，叶蕴仪摸了摸挽起的发髻，轻声道："头上也戴一朵吧！"

两下低沉的敲门声响起，小清将花插在叶蕴仪发髻上，上前开了门，文四静静地立在门口，叶蕴仪心中一沉，却是淡淡地看向文四，轻蹙了眉头："他，不肯来？"

文四低垂了头，哑声道："少爷他……"

叶蕴仪一抬手止住了他后面的话，叹了口气："辛苦你了，你赶紧先下去休息会儿，等下门口迎来送往的，你还要跟梅廷方一起才好！"她语气中的艰涩，令文四心中一紧。

那一天，他在省城，早上接到夫人怀了小少爷的喜讯，大少爷与三小姐正亲自出门去挑选了礼物回来，却接到黑衣护卫传来的噩耗：“夫人被刺杀身亡了！”

他一下子蒙住了，只听见三小姐的尖叫以及从来温文尔雅的大少爷的咆哮：“你胡说！”

那黑衣护卫却哭叫道：“文管家领着我们一路追来，日本人逃入了领事馆，文管家正带着人往里冲，日本人火力强，只怕咱们的人撑不了多久，大少爷，赶紧派兵啊！”

黎昕立即命他与林泰带着亲卫连将领事馆死死围住，“一只麻雀也不许给我飞出去！”黎昕颤着手，咬牙切齿地叫！

当文四飞速赶到领馆门口时，见到的却是身负重伤还不顾一切死命要往里冲的文管家，他从来没有见过自家爹如此疯狂的情形，直到林泰命人按住了他，大声喝道：“黎师长有令，先围住，不许放一人出去，一切等少帅来了再行动！”

从来唯命是从的文管家，却血红了眼吼道：“夫人没了，司令也活不成！少爷怎么还来得了？让我进去杀了那些狗日的！”

文四和林泰浑身一寒，同时大喝道：“别胡说！司令怎会有事？”

文管家面孔扭曲：“夫人中了枪，眼见是活不成了，司令却命我带了所有护卫前来追击凶手，他身边一个护卫都没留！他却偷偷拿了护卫的药！”

文四倒吸了一口凉气，急切地叫道：“爹，你、你怎么不阻止司令？”

文管家喘着粗气，叫道：“司令跟夫人发过血誓，不能同生却要共死！司令是袍哥人家，血誓绝不可能违背！司令为了夫人，曾命我找来算命的，谎说离了夫人，会有血光之灾，以前有过两次，夫人以为司令活不了，她将少爷托付给我，只待司令一旦去了，她便要追随而去！便因为这个，司令硬是挺了过来。这一次，司令也一样！”

他终于忍不住放声大哭：“可是，可是这一次，夫人，却挺不了了！”

文四一个激灵，拔了枪就要往里冲，却被林泰死死按住：“这是别国领馆，非同小可，一切等少帅来了再说！”他们的人不再往里冲，里面的人便也不招惹他们。

第二天，少爷便杀气腾腾地飞马而来，与他共乘一骑的还有一脸悲戚与惶恐的少奶奶。

是的，惶恐，以前，无论与少爷闹成怎么样，都从未在一贯至少表面坚强的少奶奶面上出现过的表情，那是一种，发自内心的——慌。

少爷下了马，当先一脚踢向领馆大门，却迅速被黑衣护卫按倒在地，随即是一排子弹从头顶扫射而过。

被护卫强拉着退后的潘启文，眼中是嗜血的光，他冷冷地扫向林泰和文四："你们确定这里没有跑出一个人去？"

得到林泰肯定的回答后，潘启文脸上挂起一个狰狞的笑来，他挥起明明缠着纱布却一片血红的手，狠狠地下着命令："给我直接用手雷，将这里夷为平地！"

叶蕴仪一把抓住了他的胳膊，失声惊呼："不要！"

她神情凄然地对上潘启文那双喷火的眼眸，急急地道："启文，我不是要阻止你，只是，你别忘记了，难保他们没有百合会馆那样的暗道，这一炸，什么也分不清，只怕会让真正的凶手跑了也未可知！"

潘启文抬起的手一僵，他眉头紧蹙，瞪着叶蕴仪，那眼中充满了怀疑和审视的意味。

叶蕴仪深深地吸了口气，小心翼翼地道："让我试试对他们喊喊话，看能不能让他们交出凶手！"

潘启文用冻如寒冰的眼神，死死地盯着她，而叶蕴仪却僵硬地挺直了背脊，坦然迎上他的目光，半晌，方听潘启文冷声说道："我给你五分钟时间！"

叶蕴仪点点头，放开早已嘶哑的嗓音，费劲地对着里面叽里呱啦喊了一大通话。

一片寂静之后，领事馆大门"吱呀"一声开了，日本领事岩井英一带着一个翻译模样的人走了出来，他傲慢地扫视了一眼潘启文和叶蕴仪，用蹩脚的中文，有恃无恐地说道："潘少帅，你终于来了！你的人围了我的领馆整整一天，你难道不应该给我一个交待吗？"

潘启文却一枪顶上了岩井英一的头，面色狠戾："少废话，交出凶手，否则，我一枪崩了你！"

岩井英一一梗脖子，鼻腔里发出不屑一顾的声音：“潘天一，南边冯大帅那里刚刚归整完，早对你这块地盘虎视眈眈，不过碍于南京那边才没打过来，你今天要是杀了我，我大日本国必定向南京和西南周边的势力施压，你就不怕他们趁机剿灭了你这迟迟不肯表态投奔的一方势力吗？”

叶蕴仪冷冷一笑道：“岩井英一，那个小男孩的身份定然非同一般吧？否则，你们怎么敢冒如此大险，不顾一切地要抢他回来？你以为，在你们犯下如此大事之后，他还能安然离开吗？若他出了事，即便我们不杀你，你还能活吗？”

岩井英一脸色刷地一下便白了，他惊疑不定地看了看叶蕴仪，又看向潘启文，强自稳住了心神，叫道：“不知道你们在说什么！”

叶蕴仪上前一步，厉声道：“岩井英一！你不要妄图心存侥幸！”

她用手一指潘启文，恨声道：“潘大帅夫妇双双身亡，这个时候，你还妄想跟少帅讲什么国家礼仪吗？”

岩井英一满脸震惊，眼神中立时充满了恐惧：“什么？潘大帅夫妇都死了？怎么可能？”

潘启文眼中怒火大盛，手中的枪往下一晃，“砰”地一声，一枪击中了岩井英一的左膝，岩井英一一声惨叫，单膝跪在了地上，潘启文一抬脚踹上了他的心窝，岩井英一猝不及防向后倒去，那名翻译下意识地勉强扶住了他，院中一干日本人同时愤怒地大声喊叫起来。

文四眼见着叶蕴仪的身形随着那声枪响一震，却又立即咬牙挺直了背脊。

潘启文举枪对着岩井英一的右膝，狞笑着问道：“你交不交人？”

岩井脸色惨白，因为腿上剧痛，额上的汗珠大滴大滴地往下直掉，他却咬紧了牙，跌坐在地上，一声不吭。

潘启文一抬手，再“砰”地一声，一枪击中了院中一个日本人左胸，刚刚还大声叫嚷的日本人瞬间噤了声，全都目瞪口呆地看着潘启文。

潘启文手中的枪再次对上了岩井英一的右膝，满脸戾气地道：“你还是不说吗？”

岩井将头一偏，闭了眼，咬牙切齿地道：“潘天一，你是军人，怎么可以这样对待手无寸铁之人！”

潘启文蹲下身来，用枪拍上了岩井的脸，凄厉的声音在院中回荡：

"手无寸铁？你们这是手无寸铁！那我娘呢？还有我娘腹中的孩子呢？"

他浑身散发出冰冷的气息，站起身来，漠然地再一抬手，枪响伴随着岩井的闷声惨叫，潘启文看着岩井英一汩汩向外冒血的右膝，眼中泛着野兽般的噬血光芒，森然道："你若不交出凶手，那我便杀光包括你在内的，这西南之地所有的日本人！"

倒地的岩井英一浑身一颤，径直痛昏了过去。

潘启文阴森的目光扫上了院中的日本人，叶蕴仪眼见着那些日本人虽然目中惊惧，但却个个倔强地抬着头，唯有岩井身边的那个瘦小个的翻译，一直低垂了头，瑟瑟发抖。

她心中一动，一把按住了潘启文再次抬起的枪，潘启文枪往上一挑，挥开了她的手，直直地指向了另一个日本人，叶蕴仪毫不退缩地迎上他那似要吃人的目光，再次按上了他的枪，将枪头拨转了方向，指向那个翻译，轻声说道："问他！"

似乎感觉到了潘启文森寒的目光，那翻译一惊抬头，看到那黑洞洞的枪口，不由抱了头，颤声叫道："我不是日本人！"

叶蕴仪冷声说道："只要你说出那个日本小孩子和他的护卫们的下落，我们便当你不是日本人！"

那翻译惊恐地看了一眼昏迷的岩井英一，眼神游离不定。

叶蕴仪皱眉道："我来问你，那个小孩子是什么身份？今天带着他进了领馆的人是些什么人？"

就在这时，潘启文冰冷的枪管已顶上了他的太阳穴，那翻译立即叫道："我也不知道那孩子是什么身份，但他们都叫他殿下！那些人是前几天才从别的地方过来的，不是这领馆中的人！"

叶蕴仪眼中闪过一丝震惊，却听潘启文不耐烦地叫道："少废话，他们现在在哪里？"

那翻译一脸惊慌地看了看院中的日本人，嗫嚅着说不出话来。

叶蕴仪神情了然地道："听你口音，你是本地人吧？你放心，只要你说了出来，在这西南之地，少帅定保你全家平安就是！"她眼神蓦然一厉，"你若知情不报，只怕你会跟这些日本人一样，死无葬身之地！"

那翻译肩膀一抖，眼睛不由自主地向南边厅房瞄去。

潘启文犀利的眼神一闪，他一把揪起那翻译，拖着他就往厅房里带，一边叫着："林泰，带一队人，跟我来！"

院中的日本人眼中流露出惊慌的神色，却全都默不作声。

叶蕴仪一直目送着潘启文消失在厅房的阴影中，这才转头看了眼地上的岩井英一，对文四吩咐道："让军医来，给他包扎下，先止住血，别让他死了！"

文四恨恨地对着岩井啐了一口："死了才好！"

叶蕴仪却脸色一沉，声色俱厉地道："文四，你家少爷心中伤痛，需要发泄，但现在却不是人人都可意气用事的时候！"

文四一凛，忙弓身应下，转头吩咐下去。

门外一阵急促的脚步声传来，却是黎昕行色匆匆而来，叶蕴仪忙迎了上去，低声询问道："爹、娘的灵柩都安排好了？"

黎昕眼中布满了血丝，他点点头："都放进冰窖了，黛儿守在老宅。"

他转头面向文四，厉了神色，问道："怎么样了？抓到没？"

文四惊异地看了看黎昕嘴角的淤青，忙低头道："少爷已经带了人跟着那翻译去搜人了！"

就在这时，只听潘启文暴怒的声音响起："林泰，你带人沿着这条秘道去追！"

接着潘启文一阵风般卷了出来，喝令道："文四，带着人给我向西地毯式搜索！"

黎昕忙道："我去！"

潘启文恶狠狠地瞪了黎昕一眼，冷哼一声，没有说话，叶蕴仪心中一紧，她一把抓住潘启文的手，急急地道："启文，你别这样！"

潘启文猛地挥开她，血红着眼，大吼一声："别哪样？"

他大步跨上前，一脚踢开正在给岩井英一包扎的军医，指着地上的岩井英一，恨恨地咆哮道："若是早将这些混蛋赶尽杀绝，我娘、我爹怎么会死？"

文四清晰地看到叶蕴仪浑身一震，双手止不住地打着战。

只见潘启文一脚踏上了岩井的伤腿，一脸残戾地踩着脚重重地碾了碾，那膝盖上刚止住的血立即又迸了出来，潘启文冷冷地叫道："包什么包？反正都是一个'死'字！"

文四心头一跳，紧张地向叶蕴仪看去，却见叶蕴仪急急地拉住潘启文，叫道：“启文，现在先抓凶手要紧！”

这时，只听一个沉稳浑厚的男声响起：“抓到了！”

所有人的目光循声向门外看去，只见影壁后，转出叶翔龙的身影，他身后，是一队黑衣护卫，当先一人手上夹着一个小男孩，那男孩子不哭不闹，只以仇恨的目光看着这里的人。

后面的人陆陆续续抬进来十八具男人和两具女人的尸体。

院中的日本人看到那个男孩子，神色都是大变，刚刚被潘启文踩醒的岩井英一大叫一声，向后一倒，又已昏了过去。

叶蕴仪又惊又喜地迎上前去，叫道：“大伯！您怎么在这儿？”她不无担忧地四处看看，“爷爷呢？”

叶翔龙忙安抚地拍拍她的肩：“爷爷已赶去了潘家集。”

他转头对着那些日本人冷冷一哼，向潘启文解释道：“我一听说这事后，知道黎昕派人围了领馆，我便立即再去审了上次抓来的日本银行的人，果然得知日本领事馆是有秘道通往西城，那出口就在大和银行的金库！我来不及通知，便带上你派给我和爷爷的黑衣护卫，埋伏在金库出口，果然逮了个正着！”

他瞥了一眼地上那些尸体，眼中闪过一丝钦佩：“他们倒是强硬，连女人都不肯就范！我们只好将他们全杀了！”

潘启文点点头，也不客气，直接对担架上的文管家说道：“文叔，你去看下，是不是这些人？可还有漏网之鱼？”

文管家被人抬上前，仔细辨认后，他颤声说道：“没错！就是他们！一共十八个男人，两个女人，一个不少！”

潘启文连连点头：“好！好！好！”

他一把扯过那个小男孩，手上的枪已是顶上了他的头，叶蕴仪颤声叫道：“启文！”只一声，却又顿住了脚，神色紧张地看着他。

潘启文对上男孩子那毫不畏惧却晶亮而童真的大眼，他的胸膛剧烈起伏着，终是手一抖，无力地垂下了举枪的手，仰头向天，闭了闭眼，半晌，侧了头，将男孩往文四手中一扔：“先关起来！”

文四看了眼院中的日本人和地上的岩井英一，怯怯地问道：“这些人怎么处置？”

潘启文脸上挂起一个残忍的笑来，一挥手："将这里封了，给我烧！"

叶蕴仪眉眼间全是焦灼不安，她急急地上前，扯了扯潘启文的衣角，轻声道："启文，这个孩子，若是留在手上，后患无穷！"

听了这话，所有人都是一怔。文四更是满心迷惑，刚刚看少爷对那小孩的神情，虽说恨极，却偏偏下不去手，而少奶奶明明是个心软的，为何却要说出这样的话来？

潘启文微眯了眼看向她："你什么意思？"

叶蕴仪不经意般瞥了一眼地上的岩井英一，淡淡地道："若我估计得不错，这个孩子，应该是日本皇家之子，他们才会称他为殿下，也正因为此，这些日本人才会如此紧张！"

潘启文微微一震，不由瞪大了眼，看了看那小孩，不敢置信地瞪向叶蕴仪："皇子？他一个皇子跑到这里来做什么？"

叶蕴仪摇摇头："不知道，或许仅仅是游玩也未可知。"

潘启文脖子向后一仰，一拉衣角，将叶蕴仪的手掸了开去，冷声道："皇子便又怎样？"

叶蕴仪低了眉眼，轻声道："若是知道他在你手里，只怕日本人会不惜代价，再次抢夺他，甚至可能会向中国各方势力施压。"

她的手按上了潘启文的手，指尖在他手上的纱布上来回摩娑了两下，抬头看向他，她轻轻摇摇头，直直对上他的眼："启文，先前岩井英一所说，各方势力趁机围剿潘家军，并非没有可能！"

潘启文手掌一翻，紧紧地捏住了她的手，他的话从齿缝中一个字一个字地蹦出来，眼神凌厉："你要我放了他？"

叶蕴仪脸上霎时露出痛苦的神色，她看了一眼那小男孩，毫不退缩地盯着潘启文："要么杀，要么放！杀了，你可以不认账，根本不承认见过这样一个人！日本人便明知人是你杀的，也是师出无名！"

潘启文看到叶蕴仪脸上的表情，手上的力道不自觉地松了，他冷哼一声："抓了他，我也可以不认账！"

叶蕴仪甩甩手，叹口气："启文，依你这样快意恩仇的性子，抓了他，会不认账么？你若不认账，不让日本人知道是你的报仇之举，你抓他这样一个小孩子又有什么意义呢？再说，这西南之地，各方探子少得了么？一个大活人，又岂是你不认账就能了结的？”

潘启文黑着脸，抿唇不语。

叶蕴仪接着说道：“启文，爹娘的仇，这十八个日本人已经偿了命了！他还只是个孩子，能懂得什么？你若还不解恨，不如将这岩井英一驱逐出西南之地，让他带着他们的皇子滚蛋！”

潘启文猛地抓起叶蕴仪的手腕，死死地盯着她，冷冷地道：“叶蕴仪，原来你的意思是，不仅要我放了这个什么狗屁皇子，还要放了这个岩井英一！”

叶蕴仪毫不畏惧地迎上他喷火的双眸，重重地，一字一句地道：“凶手都已经死了，你若是怪到日本人头上，这天下的日本人，你杀得完么？他们的天皇，你又杀得到么？”

潘启文眼中闪过一丝痛楚和迷茫，叶蕴仪放缓了语气：“其实驱逐日本领事和他们的皇子，这比你杀了他们，更让日本人难受！你杀了他们，只会让他们成为日本人的英烈，但若找出理由，驱逐他们出境，不仅让日本人和他们的皇室颜面扫地，也会让这岩井英一日子更难过！”

潘启文斜睨了眼，看向叶蕴仪，眼中是掂量、是探究，更有一丝怀疑。

叶蕴仪反握住他的手，掷地有声地道：“启文！你是潘天一，更是这西南百姓和潘家军的天！你不能，不能凭一时意气，就将好不容易安生几年的西南之地陷入战火的边缘！”

“一时意气？”潘启文酷厉的声音直直地刺向叶蕴仪。

他一把甩开叶蕴仪的手，胸膛急剧起伏着，愤然低吼道：“叶蕴仪！那是我的爹和娘！反正你从来就没认过他们，是不是？若死的是你的父母……”

他猛然住了口，同时听到黎昕和叶翔龙齐齐大喝：“天一！”、“启文！”

潘启文怔怔地看向叶蕴仪，只见她微微弯了腰，双眼通红，银白的牙齿紧紧地咬住下唇，一双手捂住胸口，浑身止不住地战栗。

文四眼见着少爷的眼神就那样慌乱起来，只见叶蕴仪抬起头来，一双眼悲哀地看向潘启文，幽幽地说道：“启文，我心中的恨，不比你少一分！”

潘启文的手不自觉地抚上了她的脸，嗫嚅着道：“蕴仪，我……”

叶蕴仪伸出手，按住了他抚在她脸上的手，将脸颊向他的手侧贴了贴，轻声道：“启文，我能理解你，我那时的恨，就是恨错了方向，恨得太过执著，以致我们错过了太多，包括对你爹、娘的亏负，我们甚至、甚至失去了我们的孩子！”

潘启文的手止不住颤了颤。

叶蕴仪的睫毛忽闪着，两滴泪珠在上面犹疑良久，终是掉了下来，她哽咽着说道：“启文，我只是不愿意、不愿意再为了这仇恨，让我们失去更多！”

潘启文的指腹轻轻揩去她眼角的泪，脸上神情又痛又悔。

叶蕴仪深深吸了口气，一双眼坦然地看向潘启文，低声道：“启文，我不会再反对你将日本人全部赶出这西南之地，但这件事，你交给我来处理，好么？我保证，不仅将所有日本人名正言顺地赶走，让他们颜面扫地，还要夺了他们的财产，让他们哑巴吃黄连，有苦说不出！这样，才能解咱们心头之恨！”

潘启文一把将她揽进怀中，闭了闭眼，哑声说道：“好！”

第三十八章

不让须眉

叶蕴仪往他怀中偎了偎，又迅速直起身子，吸了吸鼻子，对文四道："文四，命人取纸笔来，另外，泼冷水，将岩井英一浇醒！"

岩井英一刚一醒来，便听见叶蕴仪在他头顶，居高临下地说道："岩井英一，只要你答应我们两个条件，我便放你和你们的皇子殿下一起离开！"

岩井英一一脸警惕地看向叶蕴仪："什么条件？"

两张分别写了中文和日文的纸立即伸到岩井眼前，他强忍着枪伤的疼痛，定下心神仔细一看，不由愤怒地叫起来："你这是什么意思？"

叶蕴仪傲然地道："只要你在这两张纸上签了字，盖了你领馆的印鉴，明天我们会召开记者招待会，你只需要承认这些事，并出示你签了字盖了章的这两张纸，我们便放你们走！"

岩井英一梗起了脖子，断然地道："不可能！你们这完全是无凭无据，信口胡说！这样做，就等于是给了你们驱逐我们的公然理由！这是给我们大日本帝国和天皇陛下抹黑，我绝不可能答应！"

叶蕴仪冷笑一声道："这些事你们敢说你们日本人没做过？你敢说你不知情？我们要是有凭据，早就赶了你们走，还用等到现在？这次，我们就是要用你来做足了这凭据！"

岩井英一对叶蕴仪怒目而视："你……"

叶蕴仪跨前一步，冷冷地说道："当然，你也可以选择不答应，那么，这院中所有的日本人，包括你们尊敬的皇子殿下，都要死！"

岩井英一愤愤地说道："你们就不怕我大日本帝国向南京、向你们周边的势力施压，围剿你们么？"

叶蕴仪重重地哼一声，冷笑道："施压？你们凭什么施压？你们都死光了，就像刚才少帅所说，一把火烧了这里，你们怎么死的，为什么会死，还不是由我们说了算？像什么走水起火、日本人内讧、有土匪打劫等等，我们想怎么安名目就怎么安！至于你们这皇子殿下嘛，谁认识？有谁能证明他来过这西南之地？谁知道他在哪儿？"

岩井英一一下子如泄了气的皮球，委顿在地，这时，只见潘启文揽过叶蕴仪，不耐烦地道："给你1分钟时间，是带着你家狗屁皇子滚蛋，还是让我一把火烧了这里，你自己选！"

岩井看了看那瞪着眼的小男孩，无奈地仰天长叹，咬牙道："我签！"

叶蕴仪长长地舒了一口气，潘启文不屑地哼了一声，揽过叶蕴仪就向大门外走去。

门口，文四亲自牵了潘启文的马过来，叶蕴仪却定住了脚步，抬头看向潘启文，迟疑着道："启文，我知道，你现在定是要回潘家集陪爹、娘的了！我想，我还是留在省城，处理这里的事为好！"

潘启文眼中流露出迷惑，还有一丝——脆弱。

他突然有些神经质地抓住她的肩，喃喃地道："蕴仪，我想你陪着我！"

叶蕴仪伸出双臂，紧紧地抱了抱他，像安慰孩子似的轻抚着他的后背，她在他怀中轻声道："启文，你心里清楚，爹、娘去世，不仅仅是家事，还是国事！"

潘启文环视四周，见所有人的目光都若有若无地瞟向他们两个，他咬咬牙，掰开叶蕴仪的手，将她拉离自己，再一把甩开她，紧蹙了眉，看向她，加重了语气，眼中积聚着怒火，他不耐地重复了一句："叶蕴仪，我要你陪我回潘家集！"

叶蕴仪轻声解释道："省城这边需要设置灵堂，供人吊唁；驱逐日本人不是小事，还有很多事要处理，包括其他国家的领事、参赞，需要借他们吊唁的机会做些解释和说明；日本人的银行、商行和工厂，还需安排人接手，不能让工人失业。”

潘启文猛然打断她，语气微冷：“叶蕴仪，这些事军政府自有人去安排！”

叶蕴仪稍稍偏了头，目光一闪：“启文，驱逐他国领事是大事，其他国家的舆论很重要，即便主事之人能很好把握，但翻译也很难做到准确表达，稍有偏颇便失之千里，所以，我想……”

潘启文伸出手，抬起她的下巴，他深深地注视她，似要看透她一般，他眼中是阴沉沉的灰霾，沉声道：“你确定，这些事，比跟我一起回潘家集陪爹、娘最后一程重要？还是说……”

他顿了顿，眼中闪过一丝迟疑，终是冷声说道，“还是说，你根本就不想，或者不敢面对我爹娘？”

叶蕴仪浑身轻轻一颤，她回过头，伸手抚上他的眉眼，眼中是满满的疼惜和愧疚，她哽咽着道：“启文，你安心回潘家集陪爹、娘最后一程，这边我尽快安排好，我就回来陪你可好？”

潘启文突然俯下身来，在她耳边压低了声音却恶狠狠地说道：“叶蕴仪，你当我不知道你跟黎昕的三日之约吗？”

叶蕴仪浑身一震，她张了张嘴，正要说什么，突然感觉下颌一疼，却是潘启文恨恨地掐住了她，他眼中掠过一丝受伤的表情，冷冷地道：“叶蕴仪，你真让我失望！”说完，他一把甩开她，转过身扶在马鞍上，就要上马。

牵着马的文四赶紧稳住了马头，一抬眼，却见叶蕴仪一步冲上前，猛然从后面抱住了潘启文的腰，潘启文的背一挺，眼中闪过一丝倔强，咬牙去掰她的手，叶蕴仪却更紧地搂住了他，整个脸贴上了他的后背，喃喃地道：“好，启文，我陪你去！”

潘启文僵硬地一把扯开她，牙缝里迸出两个字：“不必！”说完，他便翻身上了马，叶蕴仪伸手笼住马头，定定地看向他，眼中是深切的痛楚与不敢置信：“启文，你、你是在怪我吗？难道你要将爹、娘之死归咎于我吗？”

潘启文满眼失望地看向她，一字一句地道：“叶蕴仪！我的心里，同样有家国天下、有我的父母亲人，我也有我的抱负、我的愧疚，可是，为了你，这一切，我都曾舍下！而你呢？每一次，你最先舍下的，都是我！”

叶蕴仪一脸愕然地仰视着他，眼中再无一贯的处变不惊，她慌乱地试图解释：“启文，不是的、不是这样的，你听我说！”

潘启文鼻子里重重一哼，他脸上挂起了一个嘲讽的笑：“叶蕴仪，今日之事，若你纯粹是一个少帅幕僚，你做得很好！可是，从头至尾，你可有将你当成是我潘天一的妻？”

说完，他一挥马鞭，不管不顾地冲了出去，叶蕴仪呆呆地立在那里，扬尘处，听到他的声音远远传来：“叶蕴仪，你就留在省城，好好做你的民生顾问吧！”

文四正要上马，却听到潘启文不容置疑的命令：“文四，你留下，听她差遣！”

第二天，各大报纸均刊登了岩井英一手拿自己签字盖章的认罪书的照片以及相关新闻，几天后，国内外的报纸均转载了《西南日报》的新闻和照片。

据《西南日报》报道，日本某商社疑因铁矿问题，雇佣黑龙会成员，刺杀了潘烨霖夫妇，凶手却逃进了日本领事馆，日本领事拒不承认，潘家少帅硬闯领馆，当场拿获了凶手，为此，痛失父母的潘家少帅，一怒之下，驱逐了日本领事。

而凶手拿获之后，又有多起凶案苦主寻上门来告状，涉及多家日本商社、工厂、银行，日本工厂残酷压榨中国工人和棉农，日本商社垄断挤压本地贸易行等方方面面的问题也暴露出来，一时之间，西南之地群情激愤，将日本人赶出去的呼声日益高涨，军政府已查封了这些商家，并抓了相应主事之人。

所有新闻中，只字未提有关日本皇子的问题。

潘启文与黎昕都去了潘家集，军务上的事，由林泰安排，而叶蕴仪则将这些政务的处理一手接了过来。

军政府安排了灵堂供各界吊唁，叶蕴仪对文四和林佑佳吩咐道：“将所有外国人都集中在后天。”

司令府前院，叶蕴仪办公室内，林佑佳迟疑着道：“少夫人，您的目的是要利用他们的吊唁，游说他们相信我们，制造有利于我们的舆论，可集中在一天，我是怕您忙不过来，而咱们这里其他的人……”

叶蕴仪点点头道：“我大伯在，他还请了梅廷方帮忙，他们两个人足够独当一面，另外，梅廷方的妹妹梅果，英文、德文都是相当好的，只是可能社交经验不足，你跟她一起就好。加上我，应该忙得过来了。”

她叹了口气，又道：“其实，这样的接待，说什么在其次，关键是要让这些外国人感觉到，咱们军政府都是有理有节的人，不可能做出什么不顾大局的事就行！”

她抬眼看看二人，眼中是坚定的神色，“最起码，我们要做到，不让这些国家的人，与日本人一起，联合向南京施压！否则，我们后面的日子，就太难过了！”

她转头又吩咐道：“文四，让小清按潘家集的礼俗，为我准备好一切热孝物品和衣物，后天这里的事一完，我们连夜赶去潘家集。”

就在这时，林泰拿着一封电报匆匆而来，他看了看叶蕴仪，默默地将电报递了过去。

叶蕴仪接过一看，不由惊道：“这南京要派人来？也是后天到？他们怎么会这么快？”

林泰点点头道：“打听过了，这个叫关大鹏的人，本来在武汉巡视，听说他得到消息后，主动向南京请命，代表南京前来吊唁。”

叶蕴仪眼睛盯着电文，皱眉道：“这个关大鹏的名字，我怎么觉得有些耳熟？”

她的眼中闪过一丝不安，猛地抬头对林泰道：“他是什么职务，可有什么背景？你可有查过？”

林泰忙道：“查过了，关大鹏是南京那边为数不多的上将之一，在北伐中立过战功的，听说曾为总司令挡过子弹！目前在军中并无实职，听说是明年新任参谋总长的热选人物！”

叶蕴仪惊疑不定地道：“参谋总长？”

她随即眼中闪过一丝了然的神色，点点头道：“若是趁此机会能让潘家军归了南京，他可是大功一件，这总长之位，可又是多了一份筹码！”

叶蕴仪略微沉吟，将电报递给文四道：“文四，你亲自跑一趟，将电报交给少爷！你告诉少爷，这关大鹏地位不同一般，就说我说的，最好请他亲自与关大鹏见一面。”

她迟疑了一下，又加了一句：“你跟少爷说，南京那边的事，我不敢擅作主张应对，他只需来一天就好，后天晚上我就跟他一起回潘家集！”

文四接过电报，转身要走，却听林泰叫了一声：“等等！”他不由收住了脚步，只见林泰面有难色地看向叶蕴仪，吞吞吐吐地说道，“少夫人，还有一件事！”

叶蕴仪疑问的眼神看向林泰，并未说话，林泰犹豫半晌，终是说道：“消息还说，明年南京那边新任参谋总长的另一个热选人物，便是方宗尧的父亲方淮之！据说，委员长一直在二人之间摇摆不定。”

叶蕴仪心中一惊，她眉头紧蹙，似在紧张思索着什么，突然抬起头来，急急地对文四道：“文四，你把这个情况告诉少爷，让他一定要提前过来，我们需要事先估计可能出现的情况，并商量应对之策！”

文四点点头，转身离去，却听见背后叶蕴仪说道：“林泰，你帮我发份电报去南京方家！”

当文四赶到潘家大宅时，却得知少爷竟是在他爹文管家房中，他赶紧来到自家爹房前，正要推开门，却听里面传来潘启文阴冷不悦的声音：“文管家，这些话到此为止！这大宅中你是管家，若再让我听到有一句说少奶奶的不是，我便只当是你的失职！你好好养伤吧！”

第三十九章

丝萝乔木

文四心里先是一惊，接着又是一松，惊的是自己爹不知又说了什么惹得少爷发火，松的是，看来少爷并未真生少奶奶的气，他这趟差事，或许不用那么担心。

听到潘启文的脚步声向外而来，他赶紧站住了，垂首立于一旁。

潘启文看到文四，一下子沉了脸："不是让你跟着她吗？你回来做什么？"

文四赶紧将手上的电文递过去，又将叶蕴仪的话一字不漏地复述了一遍，最后说道："少奶奶说，只需要您去省城呆一天，她明天晚上就可以跟您一起回来。"

潘启文将手中的电报纸胡乱往文四手上一拍，怒道："她的意思是，我要是不去，她就不回来了？"

文四眼皮一跳，急忙说道："不是的，少爷！在接到这封电报前，少奶奶就命小清按潘家集礼俗为她准备一切热孝物品和衣物，还说，后天省城一完事，就连夜赶回潘家集。"

潘启文眼神一闪，背了手，径直往外踱去，文四一脸忐忑地跟在后面，这少爷到底是去还是不去？想问，又不敢问。

潘启文来到黎昕的书房，"哐"地一声，重重地推开房门，黎昕从书桌后站起身迎了出来，皱眉道："什么事？"

潘启文立在门槛前，也不进去，夕阳的余晖斜斜地笼在他一身的素白上，令屋内的黎昕不由觉得微晃了眼，有些看不清。

潘启文手一指黎昕，对着文四道："把电报给他，让他去！"

文四赶紧双手将电报递给黎昕，黎昕有些莫名其妙地接过来，仔细一看，他不由低呼道："这事当然得你去！蕴仪不敢拿主意，我也不敢拿的！"

潘启文冷冷一笑："不敢？上次你们的三天之约，她就敢说，你也就敢听！怎么？这次反倒不敢了？"

黎昕一脸震惊地瞪着他："你知道了？"他一把抓上了潘启文的胳膊，急急地道："你对她发脾气就是为了这事？你不要怪她！她也是为你好！"

潘启文鼻子里重重一哼："怪她？黎昕，你少拿她来做借口！军队在你的手上，若是无论谁说件什么事，只要理由是为我好，你就要听他的命令？"

黎昕一怔，立即低了头道："这件事是我的错！"

潘启文一把甩开他的手，冷冷地道："黎昕，我早说过，这潘家军你要就拿去，你想听谁的就听谁的，想不听谁的就不听谁的！如今，我就将它交给你，这些事，你去处理吧！你爱听谁的听谁的去！"

黎昕总算听出了潘启文的弦外之音，忙正色道："天一，我明白了！这次的确是我的错！要打要罚，我都认了！以后，我保证，定唯你的命是从，绝无推托！"

潘启文半眯了眼，斜睨着黎昕："真的？"

黎昕竖起了右手中间三指："我黎昕可指天为誓！"他眼见潘启文一脸的怀疑，又咬咬牙道，"你若不信，我可以黛儿为誓！"

潘启文一挑眉："好啊！"

没料到潘启文竟会如此说，黎昕额上青筋突突直跳，无奈地举起右手说道："我黎昕指天为誓，以后凡军中之事，唯潘天一之命是从，绝无推托，若违此誓，则黎黛、黎黛……"

他突然放下手，对潘启文怒道："潘天一，你适可而止！"

潘启文转过身，背对着黎昕，慢慢悠悠地说道："黎昕，你不是不能发这个誓，也不是不能听我之命！你只是，过不去你心中的那道坎！

在心底里，你还是将你自己当成是潘家大少爷，是我的大哥，而非我的部下！”

黎昕微微一怔，他喃喃地吐出一个字：“我……”

潘启文猛然转身，直直地看向他：“可这军令如山，只有上下之分，绝无兄弟之情！这少帅之位，要么是你，要么是我，你今天定要做一个选择！”

黎昕点点头，也不搭话，径直再次举起右手，神色凝重：“我黎昕指天为誓，以后凡军中之事，唯潘天一之命是从，绝无推托，若违此誓，则黎黛终身嫁不得如意郎君，终身不得幸福！”

黎昕将手中的电报纸举到他面前，哼哼着道：“潘少帅，这个事，还是你自己去吧？”

潘启文却摇摇头：“不，还是你去！”

文四跟着黎昕连夜又赶回了省城，临走前，黎昕有意无意地在潘启文面前叹道：“听文四说，这两天，蕴仪心情不好，又忙得团团转，基本没吃什么东西，整天就几杯咖啡吊着！手上的伤口都化了脓，她也不好好上药，军医说，再这样下去，感染了，就麻烦了！”

当他们一大早赶到省城，文四话未说完，便被叶蕴仪一脸落寞地打断，文四禁不住说道：“不是少爷不肯来，而是少爷让大少爷来与关大鹏见面，说是，说是给自己留个余地！”

叶蕴仪眼中一亮，已明其理，不由点点头道：“嗯，这样也好！”

她抬起头来，急切地看向文四：“你家少爷，他，可好？有没有按时吃饭？他手上的伤有没有换药？这么热的天，有没有人提醒他，纱布不要包了反而好得快？”

文四忙道：“少爷一切都好，手上的伤华大夫有给他换药，也没包了，吃饭都是黛儿小姐和大少爷守着他吃，还有叶老爷子，听大少爷说，好像在叶老爷子面前，少爷倒规规矩矩的。”

叶蕴仪安心地点点头，又满脸期盼地看着文四，毫不掩饰地问道：“他，可有问起过我？”

文四一愣，这话，可不好回答，不由低垂了头，眼角余光中，只见叶蕴仪眸中的星光一点点黯淡下去，她神情萧瑟地挥挥手，示意文四下去。

文四暗暗叹口气，转身向门外走去，刚跨出门槛，却突然听到“哐当”一声，似有杯碟落地的声音，伴随着一声怒叱：“一大早，送什么咖啡！”

文四一惊：这、这不是少爷的声音吗？

他怔怔地抬头向前方看去，只见潘启文一阵风似的卷了进去，随即是“砰”的一声关门响，前方廊檐下，只留下小清傻傻地拎着个托盘，呆呆地看着地上被打翻的咖啡杯。小清身后，是若有所思看着这边的黎昕。

门内，叶蕴仪一脸愕然地看着眼前这个突然冒出来的男人，只见他一身素白，胡子拉碴，眼窝深陷，她还没来得及心疼，那只满是伤痕的手已探上了她的前额，先是手背，再是手心，叶蕴仪莫名其妙地看到他放下手，原先紧绷的眼神一松，却又一脸懊恼地低咒一声：“该死的黎昕！”

叶蕴仪小心试探地唤了声：“启文？”

潘启文却又抓起她的手，仔细看了看，她手上也已拆了纱布，指头上涂了淡淡的黄色药水，那些伤痕在药水下沟沟壑壑，与她原来纤细白嫩的手大不相同，他的眸色转深，却又一把甩开她的手，鼻子里轻哼一声：“丑死了，等下就不要跟那些洋人握手了！”

叶蕴仪小心翼翼地看了他一眼，伸出手，犹疑着抚上了他的脸，一脸心疼地道：“不是说不过来了吗？又赶了夜路？还没吃早餐吧？”

她转头向门外一迭连声地叫道：“小清，去给少爷端点早餐上来。”

潘启文沉着脸，别开了头，走到床边，两下蹭掉了鞋，直直地躺下，一把扯过薄被盖在身上，侧身朝里而卧。

叶蕴仪跟过去，站在床边，无奈地看着他的背影，轻声道：“先前是我考虑不周，你让黎昕来是对的，这样，总要给自己留点余地。”

她在床头坐下来，手扶上了他的肩：“你先休息一下也好，不过，你先吃点东西再睡好不好？”

见他不吭声，叶蕴仪转头看了看窗外，她眼中闪过一丝受伤的神情，叹口气：“那你先睡吧，时间不早了，我得到前面去了。很多事，还得跟梅家兄妹交代一下。”

床上的人却呼地一下坐起身来，咬牙切齿地叫：“叶蕴仪！”

叶蕴仪眨眨眼：“嗯？”

潘启文猛地一把将她扯倒在床上，用胳膊圈住她，恶狠狠地叫道：“天都没亮，去什么去？陪我睡觉！”

叶蕴仪也顾不得刚梳好的头，将脑袋往他怀里一拱，闷闷地道：“我知道天还没亮啊，可是，你这么凶巴巴的，又不理人，我以为你不待见我，只好出去啊。”

头上的人又没了声音，只听到两人重重的呼吸声，叶蕴仪不知他到底想做什么，刚想抬起头来，却又被他重重地摁了下去，她再抬，再被摁下去，只听头顶上潘启文没好气地叱道：“知道我不待见你，还不好生伺候着，还只想着往外跑？”

叶蕴仪鼻子里一酸，委委屈屈地道：“我都不知道哪里惹到你了，怎么伺候？”

潘启文眼中闪过一抹心疼，他的手忍不住伸向她的发际，却又缓缓收回，轻哼一声：“自己想！”

叶蕴仪抬起头来，定定地看向他，犹疑着道：“我要黎昕晚三天处理日本人的事，你是知道的了，难道，你是因为这个将爹娘的事迁怒于我？”

潘启文嗤道：“叶蕴仪，你当我是你，那么是非不分、黑白颠倒？”

叶蕴仪悠悠地呼出一口长气，再无了先前的小心和隐忍，神情中只余了满满的委屈和伤心，她红了眼，轻声道：“启文，你以为，看你伤看你痛，我心中好过吗？你以为我不想在你最难受的时候陪着你吗？你以为，我人不在你身边，心里就没有伤你所伤，痛你所痛吗？

“我只是想着，你心中伤痛，需要发泄，那么，你尽管去发泄，我来给你善后就是；我知道，你定想陪爹娘最后一程，那么，我就将这些纷纷扰扰全都揽下，让你安安心心陪着他们。

“你说得对，我也愧对爹娘，但我知爹娘对你的期望，所以，我也想在这些事安排好后，才敢再去见他们。”

叶蕴仪眼中的泪再也忍不住，大滴大滴地往下掉，那滚烫的泪水一下子灼慌了潘启文的眼，他急急地抬手去抹她眼角的泪，却越抹越多。

她抽咽着道：“是，我是你的妻，可你的身份是什么？你的身份是少帅！在这样的时刻，你可以只是以人子的身份去尽你的本分，可我却必须站在少帅夫人的角度来尽我的本分！”

潘启文又急又疼，他一把揽过她，轻轻地吻上了她的额头，喃喃地道：“蕴仪，别说了，我知道，我都知道！”

叶蕴仪却撑起身来，一巴掌拍上了他的肩头：“你说，我所思所想，是一个少帅幕僚的身份，还是你的妻子的身份？”

潘启文捉住她的手，将自己的唇贴上她的手心，一迭连声地道：“是我说错了！蕴仪，是我浑。”

叶蕴仪眼中精光一闪，她一把推开他，翻了个身，背对着他，幽幽地道：“你都知道，还那么对我？！我就知道，你就是报复我以前那么对你是不是？可是，以前你也有不对啊，你也做错了很多事，才会生了那么多事啊！可这一次，我做错了什么？你要这般对我？”

潘启文眼皮一跳，这旧账翻起来，可没他好果子吃！

他急急地用手肘撑起身来，另一只手从后面去扳她，她却拗着不肯回头，潘启文焦灼地伸长了脖子，想要去看她的眼，却见她紧闭了眼，只有长长的睫毛一颤一颤的，潘启文的心也跟着颤起来，他急道：“你又扯从前那些事做什么？”

潘启文叹了口气，从后面搂住了她，急急地道：“我知道，我都知道！我就是、就是别扭一下，我就是，就是想让你陪着我，这样的时刻，我、我……”

说到这里，他突然蛮横地冲口而出：“我爹娘都没了，你还不让我撒下娇吗？”

整个室内一刹那是一片寂静，叶蕴仪眨眨眼，再眨眨眼，又伸出双手将自己双颊紧紧按住，终是将止不住向上翘起的嘴角死死压了下去，只听身后潘启文恼羞成怒的低吼声传来：“叶蕴仪！”

叶蕴仪心中暗叹，这个别扭的男人！

她缓缓转过身去，将头埋进他怀中，轻声道：“现在我先陪你睡会儿，等下我走了，你起来吃点东西，再接着补觉，中午我陪你一起吃饭，晚上，咱们一起回潘家集可好？”

潘启文皱了眉道：“你跟我一起吃早餐！光靠咖啡不吃饭怎么行？以后早上不许喝咖啡！”

叶蕴仪一脸错愕：“我哪有光喝咖啡不吃饭了？这几天，我特别注意，我告诉自己，再没胃口也要硬塞东西进去，这个时候，我自己绝不能倒下。”

说到这里，她的声音低了下去，“因为，我知道，我的启文现在需要我，所以，我绝不能倒下！”

潘启文深深吸了口气，将冲将到眼眶的温热硬生生地逼了回去，他揽紧了她，虔诚地吻了吻她的头顶，轻叹一声道：“蕴仪，虽然我知道你都对，可是，你知道吗，我别扭的还有一点，就是，哪怕我明知你是为我好，可我也不愿意由你来为我顶起一片天，遮风挡雨，那是男人应该做的事！”

叶蕴仪伸手抚上了他的眉眼，轻声道：“你说过，我们要携手并肩，这一次，只不过是咱们一起前行的路上有一个坑，我携了你的手，扶了你一把。启文，咱们并肩前行中，遮风挡雨，从来就是你的事。”

中午，当叶蕴仪回到芳华苑时，潘启文正指挥着一堆下人在房内忙活着。远远地，便听见潘启文的声音传来：“小清，我的书，搁那儿！哎，那谁，说你呢，小心着些。”

叶蕴仪跨进门槛，见了乱糟糟的房间，不由皱眉道：“你不好好休息，忙活啥呢？”

潘启文正要迎上去，一抬眼，却对一个丫头叫道：“哎，往哪儿塞呢你这是？那可是我最稀罕的围巾！”

那丫头怯怯地道：“这是冬天的，现在用不着，先放箱子里。”

潘启文一翻眼皮：“用不着，我不能看啊！给我挂上、挂上！对，就衣柜里。”

叶蕴仪转头看去，却不正是她给他织的那条灰色围巾？她的脸色猛然一白，那惨烈的记忆一下子涌上心头。就在那一天，她为他戴上这围巾那一天，他们两人联手，杀死了自己的孩子！

潘启文一转头，只见叶蕴仪脸色惨白，眼睛死死地盯着那条围巾，双手轻轻战栗着，他心中一紧，忙走上前去，左手一把将她揽进怀中，右手轻轻抚上了她的背，柔声唤道：“蕴仪、蕴仪！没事了，没事了！”

他将她的头压在自己胸口，同时向丫头们挥挥手，一干人等霎时退得干干净净。

潘启文感到怀中的人还在战栗着，他的唇焦灼地印上了她的额头，他将她冰凉的小手捂在自己的胸口，紧紧地压住，叶蕴仪半闭了眼，紧紧地向他怀中偎去。

半晌，两人谁也没说话，有些事，发生了，就是发生了，当所有人都无法面对时，逃避便似乎成了唯一的选择。

感觉到叶蕴仪的手逐渐暖了起来，潘启文才缓缓放开她，柔声问道："那些洋人都见完了？累不累？"

叶蕴仪心中伤痛，却默契地配合着他的顾左右而言他，她点点头："嗯，他们倒来得齐整，上午都来了，也没什么累不累的，就是寒暄几句，这种时候，也没什么话好说。"

潘启文眼中闪过一丝愧疚，不无懊恼地道："蕴仪，你由着我一时任性妄为，却要来帮我善后。我还说什么为你遮风挡雨！"

叶蕴仪抬起头来，看向他的眼中沉静似水。

在那双凤眸的凝视中，几天以来，潘启文那颗被暴怒、悲愤、愧疚、焦躁不安的浪潮淹没的心，似乎一下子找到了归处，他清晰地感觉到灵魂深处那汹涌起伏的波涛，竟奇迹般地平静了下来。

他揽紧了她，下巴在她的头顶蹭了蹭，喃喃地道："蕴仪，对不起！"

叶蕴仪鼻子一酸，心底却长松一口气，她知道，他总算过了他自己那道坎，她总算可以不再为他一力承担，他们终于可以，再次比肩而行。

她抬起头来，看着他那陷下去的眼窝，不由埋怨道："你不好好补下觉，在这儿折腾啥呢？"

潘启文幽幽地道："蕴仪，自打你搬到省城来，就是跟我分开住的，现在，我终于可以将我的东西都搬过来。这一次，我们总算是可以真正在一起。"

叶蕴仪手指抚弄着他领口的纽扣，轻声道："嗯，我租的房子内也还有些东西，回头让文四也一起搬过来。"

潘启文深沉的眼中蓦然晶亮。

叶蕴仪直直地看向他，眼中是一种坚定的深情，她一字一句地说道："启文，从今以后，有你的地方，就是我们的家！"

一股热浪直冲上潘启文的眼眶，他终于等到，这一句结语般的话，一个"家"字，标志着，他们终将过去种种痛苦恩怨统统埋葬，从此以后，他将再无负担，再无隐瞒，再没有了战战兢兢、如履薄冰，真真正正地与她在一起。

他的唇虔诚地吻上了她的头顶，他的眼中星光熠熠："蕴仪，我有没有跟你说过，我爱你！"

第四十章

来者不善

两人刚吃完饭，文四便匆匆而来，他向叶蕴仪递上一封信，道："少奶奶，外面有人送来一封信，指明是给您的。"

叶蕴仪拆开一看，那信纸上就短短几个字："蒋桂即将开战！"

叶蕴仪满脸狐疑地将信纸递给潘启文，皱眉问道："信是谁送来的，人呢？"

文四忙道："是邮差送来的，没有发信人的地址和姓名。"

叶蕴仪不由向潘启文看去，潘启文迎上她询问的目光，沉吟道："若我没猜错，这是提醒我们，既然南京与广西那边要打仗，那么便无暇顾及我们，更要安抚住我们，是不是意味着，我们可以尽可能地向南京多提有利于我们的条件？"

叶蕴仪点点头，却仍是有些怀疑地问道："字面上看应该是这样理解，可这是谁给我们传递的消息？这个消息是否可靠？"

潘启文眼中精光一闪，他肯定地答道："这个消息与我们前段时间情报处的分析不谋而合，我想应该可靠！至于是谁传递的……"他俯身在她耳边低声道，"你刚刚不在说方家为什么不给你回信吗？这不是最好的方式？"

关大鹏一身黑色中山装，步履沉稳地进入灵堂，他在灵位前上香时，整个动作一丝不苟，表情沉痛严肃，却毫不做作。

当他做完这一切，转向叶蕴仪时，他眼中的惊诧转瞬即逝，他礼貌地一低头，沉声道："请节哀顺变！"

叶蕴仪心中微微一惊，这个人，他的眼神太过精明而阴沉，她也按照礼仪标准地鞠躬："谢谢！"

一旁的黎昕忙道："关先生，请前厅奉茶！"

关大鹏的眼神再次扫过叶蕴仪，他一边随着黎昕向外走，一边问道："不知少帅身在何处，关某须代委员长亲自向少帅致意！"

黎昕叹口气道："天一突然父母双亡，他心中伤痛，留在潘家集为爹娘守灵。省城一应吊唁事宜，都是由我和弟妹一力操办。"

关大鹏脚下一顿，他眼中闪过一丝犹疑，终是回头，对着叶蕴仪问道："关某昔日在军校有一故人，直觉少夫人与我那故人的夫人面相十分相似，因此，斗胆敢问少夫人芳名？"

叶蕴仪眼中的怀疑一闪而逝，她大大方方地道："我叫叶蕴仪，家父便是当初广州军校的叶翔宇，莫非先生与家父有旧？"

关大鹏眉头一皱，心中似沉吟不决，终是说道："我与你父亲曾为同僚，都效力于蒋校长，只不过你父亲一直在军校，我在军中，难得他乡遇故人之女，不知可否请少夫人一同到前厅一叙？"

一丝不安在叶蕴仪心中涌起，照理说，关大鹏要谈军政之事，潘启文不在，他便应与黎昕谈，这个时候，硬将她拉进来，却是为何？

叶蕴仪迟疑着道："先生若是有公事要谈，蕴仪倒不方便在场了。况且，这两天吊唁的人多，这灵堂，我也不方便离开。"

关大鹏眼中精光一闪，忙点点头道："嗯，倒是我唐突了。"

他突然叹口气，意味深长地道，"我只是，当初听闻叶将军夫妇惨死，一双儿女下落不明，又听说此事与潘少帅有关，不承想，你竟是嫁给了潘少帅，做了正室夫人。这乍一相见，我也有些懵了，看来，这传闻到底是不实啊！我有些过于冲动了，还请见谅！"

叶蕴仪一凛，她与潘启文之间的纠葛，所知之人并不多，而这关大鹏显然是有备而来，只是，他这一席话，到底想要说什么？尤其是他口中着重强调的"正室夫人"几个字，更是话中有话啊。

她不由自主地挺直了背脊，淡淡地道："传闻，自是不可信的。"

关大鹏皱了眉，他瞄了瞄身边的随从，那随从立即朗声道：“去年中央派出方宗尧为特使来西南，不想不仅无功而返，更重伤而回，以致整个南京炒得沸沸扬扬，说是方宗尧为了少夫人，因私废公，与潘少帅起了冲突，这其中，有关少夫人的传闻，更是说得悲惨之极，我想，关先生因与叶将军有旧，乍一看到少夫人，方才如此激动啊！”

叶蕴仪心中冷笑，原来是为坐实宗尧因私废公之罪而来！

她转头对上关大鹏，冷了神色，愤然说道：“宗尧是被潘家军叛军丁长和所伤，这在西南人尽皆知，不知为何，到了南京，却又走样成了这等状况！”

她顿了顿，皱了眉，直直看向关大鹏道，“想来，是方伯伯位高权重，在南京遭人忌恨，方才有此说法罢！倒要多谢关先生关心！”

听了这连讽带刺的话，关大鹏却是不动声色，只是匆匆抱拳道：“看着你好，我心甚慰，我与黎师长还有公事要谈，暂时先告退。”

随着关大鹏的脚步声远去，潘启文满脸戾气地从灵堂后面走出，他连声叫道：“文四，你去，跟黎昕说，不用跟他谈了，直接将这人赶走！”

叶蕴仪忙挥挥手让文四退下，皱眉道：“他有心而来，你不上他当就是，发什么脾气？”

潘启文恨恨往虚空一踢，叫道：“你听他那话，啊？什么正室夫人，什么悲惨之极，不就是要挑拨你我二人之间的关系？”

叶蕴仪眉头轻蹙，她看向他：“你气的是这个？其实，他倒不是为了挑拨，只不过看到传说中悲惨的十九姨太居然成了正室夫人，无形中让所谓宗尧的因私废公的传闻没了依据，他心中惊疑，试我来着。”

她轻哼一声，“这有什么好气的？你做得便让人说不得？我还当你是为宗尧抱不平！”

潘启文心里一堵，立即暴跳如雷道：“什么叫我做得便让人说不得？”见叶蕴仪目光斜斜地睨向他，他突然心里一虚，不管不顾地一把抓住叶蕴仪的肩，急切地道，“蕴仪，你说过不再提以前的！”

前厅内，关大鹏字斟句酌地说道：“少帅驱逐日本领事一事，举国震惊，南京那边压力不小啊！”

黎昕故作惊诧地道：“哦？日本领事参与刺杀大帅，致使少帅父母双亡，日本人炸塌坟山致56人身死，人证物证俱在，那井上村一也供认不讳，潘家军上下人人愤恨，无不杀之而后快，是天一考虑到国与国之间的关系，也是怕南京难做，才强压下来，没有公开56名百姓死亡真相，只是将那日本领事驱逐出西南之境，已是做到仁至义尽，南京方面居然还有异议？”

关大鹏叹口气道：“黎师长有所不知，这总归是国与国之间的事，不能如此草率行事啊？”

黎昕立时拍桌而起，怒道：“杀父弑母之仇，他潘天一眼睁睁放过仇人，已是大大不孝，为此，他愧对潘家列祖列宗，愧对潘家军上上下下，便是我这个兄长，也没有给过他好脸色看！他只好连日长守父母灵前，泣血跪拜，而在你们那里，竟只落得个草率行事？”

关大鹏脸色一变，他站起身来，拍拍黎昕的肩，安抚道：“黎师长，请少安毋躁，听我把话说完！”

黎昕气呼呼地坐下，关大鹏在厅中来回踱了两步，沉声道：“少帅的苦衷，委员长那里其实是清楚的，委员长在给我的电报中说，潘德众能做到如此地步，实属不易，不愧是军校出身，也算委员长门生！”

见黎昕脸色稍霁，关大鹏又道：“只是，南京也实在不好做啊！日本那边现已提出，咱们这边所提证据，都是死无对证，还倒打一耙，说日本国公民在西南死于非命，请求由南京指派调查小组，前赴西南调查事实真相。”

黎昕冷哼一声道：“调查就调查，我们还怕他不成？”

关大鹏却忧心忡忡地道：“只是，听说南京那边调查小组的负责人方淮之，便是方宗尧的父亲！我听说，方宗尧与少帅之间……”

黎昕打断了他：“刚刚少夫人不是说过了嘛，方宗尧与少夫人家是世交，上次他受伤，也是丁长和所为。”

关大鹏苦笑着道：“只怕方家未必这样想啊！方宗尧苦恋少夫人，当初广州军校人尽皆知，而这次他身负重伤，直到现在还在外地休养，说是潘家军叛军所为，但在方家和南京许多人看来，这只是潘家对外的公开说法而已，只怕方家的人却认定是少帅所为啊！”

黎昕微微一怔：“那怎么办？”

关大鹏眼神一闪，似漫不经心地道：“当初方淮之私自派出特勤连成员共13个人，一路跟随方宗尧，最后却无一而返，听说，当时方淮之以防长之名发了一份电报给特勤连连长古天舒，命古天舒要不惜代价将少夫人从少帅手中夺回！”

黎昕不由皱了眉：“有这样的事？”

关大鹏淡淡地道：“听说古天舒最后是死在潘府的，那么，不知那份电报可是有被少帅搜出？”

黎昕故作不解地道：“那份电报有什么用？”

关大鹏听他这样一说，似乎是真有这样一份电报，眼中不由泛起一丝兴奋，面上却不动声色：“当时防长并未下此命令！若有此电报实据，那么方淮之……”

黎昕诧异地道：“古天舒那时身负重伤，来潘家报信，说方宗尧被丁长和抓了，求我们前去救人，话未说完便已死了，他并没有提过什么电报的事。我们也并没有留意过。”

他顿了顿，又说道，“哎呀，这事过去了这么长时间了，我看那电报即便有，多半也随着古天舒一块被烧了，这可找不到！”

关大鹏心里一堵，不由皱了皱眉，没有说话。这时关大鹏身旁的随从立即说道：“其实东西是死的，人才是活的，只要少帅这边能证明有这件事，有人看到过这件东西，其余的，我们来办就好！”

黎昕惊道：“这不是要我们作假证？”他随即面有难色地道，“这个……我可作不了主。”

关大鹏脸上闪过一丝不悦的神色，他忙摆摆手道：“这事先不急，我还是想问一句，少帅对早先委员长提出的，去中央任职、共商国是有何想法？”

黎昕放下手中的茶杯，淡淡地道：“潘天一和潘家军可以归于南京政府麾下，听命于中央，但这离开西南去南京任职，似有不妥。同时，我们也不希望潘家军被打散混编入其他军中。”

只听关大鹏有些为难地道：“不瞒你说，若是如此而为，即便委员长相信你们，可怎么能让天下人相信潘家军是真心来归呢？”

黎昕双手一摊：“我也不瞒关先生，南京那边情势复杂，这是天一与我们潘家军上下既定的策略，恐怕也很难改变。”

关大鹏点点头道：“少帅的担忧我能理解，我会尽力向中央转达，可是，这之前，少帅是不是可以拿出些诚意的表示来呢？这样，我也好说话些。”

黎昕不由满脸不解地问道：“先生所说的诚意，是指……？”

关大鹏沉吟半晌方道：“委员长曾多次提过，西南‘赤匪’有愈演愈烈之势，实在担心‘赤匪’日益坐大，所以，我想首先一条，少帅可否有计划地‘剿灭赤匪’，以示与中央一条心的诚意？”

黎昕答道：“这个不难，我想天一应该会应承。”

关大鹏满意地点了点头，又说道：“这第二条嘛，便是与日本国的关系。日本方面已提出，既然两国并未断交，那么无论井上村一是否真的犯了事，他们都会另行委派领事前来西南。所以，还请少帅能本着邦交原则，保护新任领事的人身安全！”

这话一落，黎昕与耳房内的潘启文、叶蕴仪均是赫然站起！

黎昕一拍桌子，冷笑一声道：“我们这头刚把日本人赶出去，司令和夫人尸骨未寒，日本人就又要派领事前来，他们就不怕死无葬身之地么？若是南京应承此事，又将潘天一和我潘家军置于何地？你们竟敢说保护日本人？你不如直接一耳光扇在潘天一脸上！”

关大鹏脸上一时挂不住，他不由沉下了脸，神色微厉：“黎师长！我这也是为少帅着想！少帅既不想去南京任职，又不愿意将潘家军打散编制，若再因意气之争，而伤了国体，岂不因小失大？我说句不好听的话，现在是因为潘家军还未正式收归中央，所以我们才与你们商量，若以后潘家军归属了南京，便得听命于中央，只要两国未断交，这日本领事迟早是会再派，到那时，这命令，你们从是不从？”

厅门外响起一个阴冷森寒的声音：“若这是南京方面的条件，恕潘某难以从命！”

关大鹏抬眼一看，厅门外，叶蕴仪与一年轻男子立于门口，那男子一身素服，胡子拉碴，满脸憔悴，却掩不住浑然的凛冽之气。

他心中一惊，却立即上前一步，伸出手去：“这位可是潘少帅？”

潘启文点点头，不屑地瞥了瞥关大鹏伸出来的手，在叶蕴仪胳膊肘轻撞之下，他才缓缓地伸出手去，傲然道：“正是在下！”

叶蕴仪赶紧打着圆场道：“天一听说关先生到访，专程从潘家集赶回省城，与关先生一会。”

关大鹏忙正色道：“少帅，委员长电令我替他在大帅灵前默哀，同时向少帅致意，还望少帅节哀顺变！”

潘启文这才收起懒散不屑的神色，站直了身子，做立正的姿势，说道：“多谢校长关心！”

叶蕴仪忙说道：“先生请坐！”

几个人重新落了座，潘启文又阴沉着一张脸不吭声，关大鹏正自坐立不安之时，只听叶蕴仪柔声道：“关先生，少帅他痛失双亲，心神俱碎，若有不周之处，还请见谅！”

关大鹏摆摆手道：“少夫人言重了！少帅之痛，关某感同身受，也能理解。只是先前关某所说，还请少帅三思！”

叶蕴仪淡淡地道：“刚才先生所说三条，一是查方淮之矫造防长之令，二是西南‘剿匪’，三是接受日本重派领事，不知这三条是南京那边收编西南之军的条件呢，还是先生一人之言呢？尤其是这第一条，却是可大可小！”

关大鹏一凛，后面两条的确是上头授意，要他前来试探潘天一是否真心归顺，却并未说是条件，若是因这而与潘天一闹翻，自己这一趟，可要无功而返了。而第一条，则只是他想要将那传言坐实而为，原以为潘天一与方宗尧已因叶蕴仪而反目成仇，只要稍加挑拨，便能成事，不想这黎昕却只装聋作哑，他知其中利害，当即住了口，而从现在叶蕴仪与潘天一之间看来，似乎传言有误，若是真与潘天一闹翻，这件事被他反咬一口，一旦传到南京，只怕他要吃不了兜着走！

他不由多看了叶蕴仪两眼，心中惊疑不定，这个女人，着重强调的却是第一条，她，想要做什么？

想到此处，他狠狠地瞪了身边的随从一眼，对叶蕴仪说道：“刚才是下面的人胡说八道，还请不要当真！那传言毕竟是传言，听听便罢。”

叶蕴仪眉一挑：“哦？那么，先生刚才说的第二条和第三条，可当得真？”

关大鹏胸口一堵，他皱了眉，叹口气道：“还请少帅和夫人相信我的诚意才好！”

潘启文冷笑一声道：“诚意？日本人杀我父母、害我西南百姓56条人命，更有其他受害者无数，我潘天一背上不忠不孝之骂名，放了井上村一，只将他们赶出西南，你们现在却要让我同意他们卷土重来？是不是我若不同意，便是没有诚意？”

关大鹏被潘天一毫不留情的话说得脸上一阵红一阵白，正暗自恼火中，却听见叶蕴仪似哄孩子般安抚地拍了拍潘启文的手，转头对关大鹏说道：“先生所说，我们自是相信先生是为我们好！既然先生所说第一条作不得数，那么便只余了两条。我们便权当这两条是南京那边对潘家军的要求和条件。”

关大鹏狐疑地看向叶蕴仪，只听她接着说道：“既然是谈条件，这两条，我们答应了一条，先生当不至于不好交差，至于这第二条……”

她眼带怯意地看了看潘启文，走到关大鹏面前，略低了声音道：“我知先生说的都有道理，也是迟早之事，只是，在这个时候提，是否有些欠妥？这让少帅情何以堪？又让他如何向爹娘在天之灵，向这潘家军上下，向这西南百姓交代？”

关大鹏心中一动，他直直地看向叶蕴仪：“依少夫人之见，如何？”

叶蕴仪转身回到自己座位上，端起茶碗，揭开盖子，轻轻地抹了抹面上的浮茶，缓缓地道：“先生回去后，我们可择日发表一个公开联合声明，表明西南军政府正式承认并拥护南京为中央，并归属于南京，同时，由南京方面授予潘家军新的番号，对少帅重新任命，并接受南京关于‘剿匪’之部署，先生以为如何？”

关大鹏心中不由又惊又喜，惊的是，这个先前还说不便参与正事的叶蕴仪，却是这样一副好心机！

这看似承认了归向南京，但在这个节骨眼上发表联合声明，却同时也相当于南京默认甚至是肯定了潘启文对日本人采取的一切行动，而日本重派领事之事，自是不必再提。而且，授予潘家军新的番号和对潘天一重新任命，更是默许了潘天一继续坐镇西南，拥兵自重！以后，南京要再在这件事上做文章，便难了！

然而，他喜的却是，若是他此行有了这份联合声明，于他关大鹏来说，便是实实在在的大功一件！

关大鹏正沉吟间，却听叶蕴仪若有所指地道：“这领事又不是大使，本便不是所有地方都有的，日本人派领事之事，拖上个几年也未尝不可。可是，我听说，广西那边并不太平，这个时候，潘天一的易帜，只怕对南京来说，是雪中送炭之举。孰轻孰重，我想，关先生应该掂量得清，在南京那边也好说话！”

关大鹏越发地震惊，且不说叶蕴仪如何得知与桂系即将开战之事，而南京与桂系开战，若是这个时候潘天一能表明立场，对南京将大大有利，潘家军此时抛出这个筹码，不可谓不大，当然能为潘天一争取到最大的利益。

关大鹏再不迟疑，点点头道：“此事，我须请示中央方敢回复少帅！”

叶蕴仪双手举起茶杯，郑重地道：“以后少帅若能有幸与关先生共事，定不忘先生提携之情！”

关大鹏心中一喜，她这是替潘天一表明立场了？他若以后要争位，若能得到潘天一这样重兵在手之人的支持，将于他大大有利。

他按下心中的情绪，试探地道：“听闻少夫人与方家是世交，只要方将军肯鼎力支持，少帅定是前途无量啊！”

叶蕴仪轻轻叹了口气道：“我父母去世之后，与方家便少了来往，而以少帅之傲，怎肯仰仗方家而活？”

关大鹏心下了然，看来这潘天一虽不愿害方家，却也绝不愿意将情敌作为靠山。他原先还有些不安的心，顿时放松下来。

第四十一章

蓝田暖玉

一个月后，省城司令府，清晨，叶蕴仪急急地向餐厅走去，一边走，一边瞪了一眼身旁的潘启文："都是你，又害我起晚了，只怕爷爷已经吃完早餐了！"

潘启文神情慵懒地揽住了她的肩，在她耳边轻声笑道："还有精神跟我瞪眼睛发脾气，看来，今晚我可以不必再像昨晚一样克制了！"

叶蕴仪面上一红，这个人，热孝期刚满，便如饿死鬼投胎般，晚晚将她吃得渣都不剩，她每天累得要死，他却仍是乐此不疲，还敢跟她开这种玩笑！她恨恨地伸手在他的胳膊上重重一掐，跺足道："你还说！"

潘启文夸张地"哎哟"一声，却又挤眉弄眼地叫道："爷爷前几天跟我说了，说你也老大不小的了，该要个孩子了，我可是答应了爷爷，明年一定让他抱上重外孙，你说，我不努力，怎么行呢？"

叶蕴仪急急地去捂他的嘴："你小声点！"

潘启文拉开她的手，顺势在她手心一吻，叶蕴仪只觉面红心跳，正要再掐，却听到一声重重的咳嗽，却见叶琛手里拿着一份报纸，与叶翔龙一起向餐厅而来，正似笑非笑地看着他俩，叶蕴仪赶紧甩开潘启文，上前叫道："爷爷早！大伯早！"

几个人进了饭厅，围桌而坐，叶琛顺手将手中的报纸往桌上一放，用手指点了点，笑道："启文，做得好！"

报上，赫然便是南京政府关于正式授予潘天一少将军衔，将原潘家军整编为西南集团军，并任命潘天一为该军司令。而在此前一天，西南军政府便发表了易帜的声明，正式归属于南京。

黎昕与黎黛走了进来，只听黎昕笑道："老爷子，这次，还多亏了蕴仪与天一两人这双簧演的，他们俩啊，一个白脸一个黑脸，那唱得，呵呵！"

潘启文提起茶壶，为叶琛和叶翔龙上了茶，只听叶琛缓缓说道："启文、蕴仪，我们这次已经耽搁了不少时间，必须得要回去了。前段时间你们有孝在身，我不好提，可现在，我想，趁我走之前，咱们那个远华银行的酒会还是要按原定方案办起来才是。"

叶蕴仪眼神一黯，爷爷和大伯来了这么长时间，终是要走的了。她的目光不由自主地向坐在叶琛身边的空位看去，她皱了皱眉，对小清道："蕴杰怎么还没下来？"

小清低头答道："蕴杰少爷昨天晚上哭了一整晚，天快亮了才睡，现在还没起来。"

叶蕴仪脸上蓦然变了色，她将手中的筷子往桌上一放，起身要走："怎么回事？我去看看！"

叶琛却对着她，右手向下压，沉声道："你坐下！由他去！男孩子，这么点事都经不了，以后怎么办？"

叶蕴仪不敢违拗，询问的眼神却看向叶翔龙，叶翔龙笑道："没事！就是昨晚我们跟他说了，让他跟我们一起回美国，他不肯，你爷爷训了他几句。"

叶蕴仪神情一滞，她咬了咬唇，缓缓地坐下来，潘启文看着她难受却说不出来的模样，心里一疼，不由转了头，对叶琛赔着笑道："爷爷，蕴杰还小，这事，不如等他大一点再说？"

叶琛却转头看向叶蕴仪，沉吟道："蕴仪，你怎么说？"

叶蕴仪低垂了头，半晌方抬头，下定决心般地道："让蕴杰跟你们走吧，我知道，这是为他好！"

叶琛和叶翔龙眼中掠过欣慰和赞许的神色，潘启文却拧了眉，不赞成地低叫道："蕴仪，你怎么舍得？或者，你还是不相信我？"

叶蕴仪吸了口气，轻声道："启文，我不是不信你，只是，你的身份注定了你的生活要跌宕起伏，我是不管上天入地，一定要跟你在一起的了，我只希望，蕴杰他，能平平安安。”

前半句，令潘启文眼中闪现感动之色，后半句，却令他怫然不悦：“你还是不信我能护你们平安？”

叶蕴仪神情有些恍惚地看向他，凄然道：“启文，你不是万能的，否则，我的父母、你的爹娘都会好好活着！如今日本人虽被你赶了出去，可上次从关大鹏来看，南京那边也是波谲云诡，未必能事事顺心啊！”

潘启文心里一堵，却知她说的不无道理，不由低了头，闷声不响地喝起茶来。

西南大学，校门口的广场上，中山先生塑像前，一字排开摆上前后两排长条桌，上面拉开了两条横幅，左边一条上面写着“西南军政府招才纳贤”，右边一条上面写着“远华银行诚聘英才”。

蜂拥而至的人流中，梅果手上拿了一份履历，远远地向前方看去，神色犹疑不定。

在远华银行的横幅下，坐着她的哥哥梅廷方与一个临时请来的职员，在军政府的横幅下，却是坐着叶蕴仪和林佑佳。梅果脚下一滞，叶蕴仪是代表军政府来招人？

知道叶蕴仪的身份后，梅果心里是五味杂陈。对于叶蕴仪与潘天一的关系，她一直是云里雾里，自己的心里也是矛盾异常。

自从那次在学校门外，潘启文来接黎黛，匆匆一面以后，便再没见过他，后来，当她从父母口中得知，他的夫人竟然就是叶蕴仪时，她的眼前立即便闪现出那天他问她那首裴多菲的自由诗时，眼中那一抹深刻的痛楚和迷茫。

再联想到过去种种，她知道，他不幸福！

从那天她听到叶蕴仪与霍夫曼的谈话来看，只怕是他强迫了叶蕴仪嫁他，而叶蕴仪，便连少帅夫人的身份也不肯公开承认的。

她终于明白，原来，学校里的辩论会，他只是冲着叶蕴仪而去的，只为了让叶蕴仪做他的民生顾问。

他，堂堂少帅，在这西南可以只手遮天，却要这般费尽心思，只为了让他的夫人回到他身边？

她回想起来，他看向叶蕴仪的眼神，是那么的炽热而无奈，当枪声响起时，他扑下叶蕴仪的动作毫不迟疑，可想而知，他对叶蕴仪的爱有多么的执著而浓烈。

她的心莫名地疼起来，这样强扭来的婚姻，哪有幸福可言？叶蕴仪那样的人物，岂是肯为权贵折腰的？只怕他越是逼她，她的心会离得越远。

心底里，她又有一丝的嫉妒、怨愤和不理解，叶蕴仪再美、再有才华又怎样？像潘启文这样的人，哪里就配不上她了？

且不说潘启文外貌的英挺以及他那强大的男子霸气，单只他这样一个权势滔天的人却那样的一往情深，难道叶蕴仪就一点不动心吗？

除非她……，梅果心里一惊，除非叶蕴仪心中另有爱人！

梅果的心里莫名地生起一股悲凉之感来。

接着就传出潘大帅夫妇遇刺身亡的消息，她心里说不出的难受，只想着，这么大的事，他可还好？心里如猫抓了似的，她却没法见他，便连黎黛也突然失去了踪影。

就在那时，叶翔龙亲自上门，恳请他们兄妹去司令府帮忙接待那些洋人。

梅果心里想着，这些个外国领事，都算是有头有脸的人，上门吊唁，那么潘少帅应该是要亲自出面的，而她需要协助的，是不是就是少帅本人？

她只想看一眼他，这样的时刻，只怕叶蕴仪未必肯在他身边安慰他的吧？

然而，到了司令府，才知道，他们兄妹不过是被安排在大门外，与军政府的人一起，迎来送往，一起的，还有另两个分别懂法语和俄语的人。

当林泰给他们讲一些注意事项时，梅果鼓起勇气问道："难道灵堂内不需要我们吗？"

林泰诧异地看了她一眼，耐心地解释道："少夫人懂四门外语，灵堂内只是礼貌地答谢，寒暄两句而已，所以不需要特别多的人帮忙。"

梅果心里说不出是酸涩还是安慰，原来，这个时候，叶蕴仪还是选择跟他站在一起的。那么，遭受父母突然双亡的他，是不是会好过一点？

那天在灵堂，叶蕴仪在那些领事面前，却是以少帅夫人的身份，处处维护潘天一，她以为，他们两个已经好了，然而，灵堂外，她看到潘天一那憔悴的模样，以及那追逐着叶蕴仪背影的痴迷的眼神，倒让她又有些迷茫了。

就在昨天，黎黛还特意嘱咐她："我嫂子的身份，学校里的人都不知道的，我嫂子没发话，谁都不能说的。"

她在心底里，又有些愤愤不平，还有一丝的——嫉妒。

她想着，既然不爱，就没必要强扭在一起，少帅的视线若能放宽一些，不再强求，或许，他就没那么痛苦。

她知道，这一次，军政府要招一大批人，充实民政，其中有一个职位，便是少帅的秘书，要求懂外文。直觉上，她觉得没有人比她更适合这个位置。她想，在他身边工作，一想到，可以每天都能看到他的身影，她的心里便莫名地兴奋起来，或许，有一天，他的眼中也能看到她。

刚刚才上午，日头便有些毒辣起来，叶蕴仪鼻尖上微微渗出了汗珠。

林佑佳小心地看了她一眼，迟疑着说道："上次那个来过司令府帮忙的梅小姐，我看她知书达礼，为人又大方，这外貌气质也符合您的要求，您大伯还说她外文口语也相当不错。您看？……"

叶蕴仪笑道："这个人选，其实我第一个就想到的是她！可是，黛儿跟我说，梅小姐是要准备出国留洋的，倒可惜了。"

林佑佳将手中的履历递给了她，不解地道："可是，她却递了履历过来应征！"

叶蕴仪诧异地一挑眉："哦？她人在哪儿？快快请过来。"

就在这时，一个人影挡住了强烈的日光，同时一只大大的杯子递了过来，抬头一看，却是黎黛，她将杯子往桌上一放，揭开盖子，一脸笑嘻嘻地道："呐，这是我二哥命我送过来的酸梅汤！"

叶蕴仪扫一眼那杯子里淡紫色的水，浑身顿时清凉了不少，她拿过林佑佳的杯子，往里倒着酸梅汤，笑道："来，佑佳，你也尝尝！"

她放下杯子，拿起桌上的履历，对黎黛笑道："黛儿，我上次问你梅小姐的情况时，你不是说梅小姐要出国留洋的？她怎么又来应征？"

黎黛神色一变，她手一压那份履历，急急地道："嫂子，梅果不适合这个位置的！"

叶蕴仪一怔："为什么？"

黎黛眼神一闪，抿了抿唇，跺脚道："反正不合适！"

叶蕴仪轻轻一笑，在她耳边悄声道：“你是怕她喜欢你二哥？”

黎黛一怔，愣愣地抬眼看向她：“你知道？”

叶蕴仪好笑地看向她：“你二哥那天在西南大学大出风头，有几个女生不喜欢他的？所有女生看向他的眼神都是那么的崇拜和热烈，岂止一个梅果？你怕得过来吗？很快，他还要学会跟南京和各地的官小姐、官太太们交际，又防得过来吗？”

黎黛觉得叶蕴仪说得有道理，可又觉得有什么不对，不由皱眉道：“可是梅果，不一样。”

叶蕴仪拉起她的手，微微一笑道：“黛儿，我跟你二哥经历了这么多，难道我还信不过他么？”顿了一顿，她似笑非笑地看向她，“要说防，我是不是更应该防着你？毕竟你跟你二哥才是青梅竹马，感情比谁都好！”

黎黛一呆，一直以来，这个问题所有人都避而不谈，这是那次假喜宴后，叶蕴仪第一次跟她谈起这个话题，她一时竟不知该如何说才好。

叶蕴仪安抚地拍拍她的手，笑：“黛儿，我既说得出来，就表示我已经释然了，我知道，你是真心拿我当嫂子，所以才说这些话，而我，现在，也跟你二哥一样，真心拿你当妹妹。”

黎黛眼圈不由一红，这个问题，大家心里都明白，却谁也不提，现在终于说了开去，一时心里竟是前所未有的轻松。

叶蕴仪笑道：“黛儿，所以说，我跟你二哥之间，若有问题，只能是我们自己，跟其他人是没有关系的。”

黎黛不由自主地点点头，释然地笑道：“看来真是我瞎操心，我二哥那样，谁能拉得走？”她向人群外看去，突然向着外面大力地挥手，叫道，“梅果！梅果！这边！”

第四十二章

疑窦暗生

奔驰的车内，潘启文看叶蕴仪那疲惫的模样，心中一疼，自从潘家军宣誓效忠南京以来，她就为他的事思虑筹谋又东奔西跑着。

叶蕴仪懒洋洋地趴在潘启文胸前，她突然想起一件事来，闭着眼道：“这潘家军归了南京，就不再属于潘家了，同样，这军政府也是要与潘家分割开来，以后，潘家再要兴什么生意，尤其是涉及到公共民生的，为避嫌，就不能再以潘家的名义，而需要用到远华银行！”

潘启文双眼微微一眯：“你又在打什么主意？”

叶蕴仪睁开眼来，看向他：“我们这西南分行，由远华银行与潘家共同出资开办吧，远华银行出七成，潘家出三成，你与黎昕均要避嫌，合作契约上，就写黎黛的名字吧！”

潘启文眼中一亮，却听叶蕴仪半开玩笑地道：“这样一来，以后我跟你，可真是纠缠不清了呐！”

潘启文狠狠地瞪了她一眼：“叶蕴仪！说你国文不好，你还不好好学！什么纠缠不清？这叫水乳交融！”

他得意洋洋地笑着，“水乳交融什么意思，知道吧？就是让你想分都分不开！”

十天后，西南饭店门口，接连停下三辆黑色铮亮的雪佛兰轿车，每辆车上副驾位上都跳下一个黑衣护卫，走到后排前，恭敬地拉开车门。

第一辆车上下来的，首先是潘启文，他还是那一身打扮，白色衬衫扎进军装裤中，黑色皮鞋，简单，却又大气。他下了车，回过身去，绅士地伸进手去，将车内的叶蕴仪牵了下来。

两人一起来到第二辆车前，静静地等着叶琛和叶翔龙下了车，潘启文一伸手，笑道："爷爷、大伯，你们先请！"

叶琛和叶翔龙均是一袭中式杭绸长衫，他们也不客气，只微笑点点头，径直并排向前走去，潘启文伸出胳膊去，叶蕴仪挽了，两人紧跟着叶琛父子向门内走去。他们身后，是从最后一辆车上下来的黎昕与黎黛。

当这一行气宇轩昂的人进入到酒店后，人们都是眼前一亮，作为军政府秘书，一早就来负责接待的梅果更是心头一震。

那一身说不出的洒脱之气的潘启文，进门时，他的眼一直盯着弯着的胳膊上挂着的那一只小手，眼中是无尽的骄傲和得意，仿佛那只手便是他的天下。

潘启文一贯霸气的脸上，对着叶琛却是恭敬的神情，再看向叶蕴仪时，眼中又是那能滴出水来的温柔，梅果怔怔地看着潘启文与自己擦身而过，却没有看过自己一眼。

当叶琛一行缓缓步入宴会厅，听得门童大声唱诺，喧闹的厅中瞬间安静下来，有的已坐下的人都站了起来，随即有人带头鼓起掌来，一时间整个大厅里都是热烈的掌声。

掌声背后，却是人们止不住的窃窃私语声："为什么潘少帅会走在远华银行的人后面？"

"那个叶蕴仪今晚是少帅的舞伴？不是说少帅夫人今晚会出来吗？"

"没听到报叶蕴仪女士而不是小姐吗？说明那叶蕴仪已经结婚了！"

台上，叶琛与叶蕴仪先后做了简短的致辞，随后叶琛走到麦克风前，笑道："现在请容许我请出西南集团军司令潘天一少将，为我们这个酒会致辞！"

掌声中，潘启文轻松地跃上台去，半开玩笑地道："刚刚我进来，就听到有人在抱怨，说自己不如远华银行面子大，开业什么的都请不动我。在这里，我可得要澄清了！今天这酒会，不是谁的面子大，而是，这酒会，我本便是半个主人。因为……"

当人们翘首以待着他下面的话时，却见他径直走到叶蕴仪面前，牵着她的手，来到麦克风前，他举起叶蕴仪的手，笑道："因为，这位叶董事长，可是我的夫人！"

他满意地看了看下面一片哗然的情景，眼中闪过一丝愉悦的神色，他侧头看了一眼叶蕴仪，轻皱了眉道："我知道大家都传闻我潘天一惧内，你们说，夫人的场子，我能不来撑吗？"

下面立时响起一片轻笑声。叶蕴仪脸上保持着矜持的微笑，暗自掐了潘启文一把，潘启文的手指轻抚过她的手背，在麦克风前继续得意地笑："其实，依远华银行的实力，完全不需要我来撑这个场子，可是，刚刚我夫人进场的时候，我很荣幸地已经看到了全场男士惊艳的抽气声，刚刚我在说这是我夫人时，又明明听到了大家的叹息声，所以我想，我硬要挤来参加这酒会，证明下我的叶家女婿的身份，还是来对了！"

这番话，令一旁的叶琛暗自微笑点头。

随着乐队伴奏声的响起，潘启文牵着叶蕴仪来到大厅中央，翩翩起舞，随即，黎昕带着黎黛也下了场，然后便是客人们陆续地下场跳起来。

舞池中已分不清谁是谁的时候，叶蕴仪终于横了潘启文一眼，嗔道："幼稚！"

潘启文邪邪一笑，手在她腰上捏了一把，轻哼一声道："你是没看到，你刚进来时，那些个男人的眼都直了！我总得要警告他们一下！便是这样直勾勾地看着你，都是不许的！"

叶蕴仪嘴角抽了抽，叹道："等下，你还得去请别的女人跳舞呢，别人请我去，我也要去的好不好？"

潘启文嘻嘻一笑："放心吧，我都安排好了！一共就三支舞曲，这三支，我都跟你跳，过后，乐队就撤了！还怎么跳？"

叶蕴仪双眼一瞪："你这是什么安排？"

潘启文撇撇嘴："我问过大伯的，大伯说，洋人很多酒会也是不开舞的，主要以谈事交流为主，我这三支，已经很多了！"

三曲终了，潘启文和叶蕴仪一下场，便被各色人等围住了，不停的寒暄中，突然一个中国人模样的人，对叶蕴仪用英语说道："叶董事长，您好！我是美利坚银行的Sam，我们在美国与你们远华银行有业务往来，这一次，我们也希望能与你们合作！"

潘启文侧身背对着叶蕴仪，正与另一位中年男子应酬着，他礼貌地对那男子点点头，一伸手，从侍应生的托盘中取了一杯香槟和一杯橙汁，将橙汁递给叶蕴仪，小声嘟囔着："明明是中国人，讲什么洋文！"

叶蕴仪微笑着对Sam点点头，用英文道："不胜荣幸！"

她这才侧身，从潘启文手上接过橙汁，对身后的潘启文用中文小声说道："你小心别人听得懂！他是美利坚银行的Sam，很多在国外长大的中国人，根本就不会讲国语！"

潘启文微笑着对Sam举了举杯，眼中锐利的目光直直刺向Sam，见对方彬彬有礼地对他举杯回礼，他这才不甘地转过头去，跟先前的中年男子接上了话头。

就在这时，梅果端着一杯红酒走到潘启文面前，用手指了指远处一堆聊着天的洋人，笑道："少帅，几个外国领事都在那边，我都是见过的，不如您过去一起见见？"

潘启文面上一喜，顺着梅果手指的方向看了看，随即一沉脸："他们都没带夫人吗？"

梅果眼中闪过一丝复杂的神情，她瞟了瞟一旁正与Sam侃侃而谈的叶蕴仪一眼，对潘启文笑道："夫人们在另一边打着堆呢，男人跟女人的话题总是不同的。"

潘启文不甘心地看了一眼叶蕴仪与Sam，对叶蕴仪不情不愿地道："我过去那边一下。"

叶蕴仪看他那副孩子气的模样，不由轻笑出声来，她伸出手，在他手背上安抚地拍了拍，潘启文顺势反手一握，轻轻捏着她的手，俯下身去，在她耳边悄声笑："等我来了，回去之前才许喝酒！"

叶蕴仪微微一怔，随即只觉耳根一热，她手下用力一掐，脸上带着笑，却是咬牙切齿地道："赶紧去吧！我一会儿也过去！"

潘启文低下头来，用面颊贴了贴她的脸，戏谑地耳语道："咦，怎么一提到喝酒，你就这么烫？"

只听旁边Sam一声轻笑，用英文说了句什么，叶蕴仪的脸颊更红了，潘启文不满地瞪了她一眼，转头睥睨着眼对梅果道："他刚才说什么？"

梅果忙笑道："他说，少帅的这些西洋礼仪学得倒是挺好！很绅士！"

潘启文鼻子里轻哼一声，捏了捏叶蕴仪的手，转身便走。梅果有些奇怪地看了一眼Sam，赶紧跟上。半晌，她嘟囔了一句："奇怪，明明会说国语的，偏要说英文！"

潘启文蓦然脚下一顿，回了头，拧了眉看向梅果："你说什么？"

梅果猝不及防他会停下，差点一头撞上去，而他那居高临下的神情，更迫得梅果心口一窒，她忙笑笑道："这个人好像上次跟美国领事一起去过司令府吊唁过，我记得他是会说国语的。"

潘启文脸色沉了下来，转身回头就要走，却被梅果一把拉住胳膊，他睨了一眼梅果的手，那阴鸷的眼神令梅果一惊，急急地松了手，小心地道："他也就是问了下路，或许只会说一两句，也是有可能的！"

潘启文定下脚，他看了看那群洋人，又看看叶蕴仪所在的方向，对梅果吩咐道："你去帮我把文四找来！"

梅果犹豫着道:"那，那群领事那里？……"

潘启文不耐烦地道："你没见叶老先生现在也过到那里去了吗？他自会为我圆着。你悄悄带文四去认下先前那个人，跟他说，要他今晚全程暗中跟在少夫人身边。"他眼中猛然浮起一股狠戾之色，"你告诉他，少夫人若是少了一根毫毛，我唯他是问！"

梅果背上一凛，不敢再说，点点头转身去了。

当梅果心神不定地回到潘启文身边时，却听潘启文正对一个洋人彬彬有礼地笑道："我夫人本是要一起过来答谢各位的，不过现在正跟美利坚银行的人谈着，她一会儿定会过来的。"

一旁的叶琛为他翻译了，又对潘启文微微一笑道："是不是那个Sam？他在美国就跟我们有合作，刚刚是我让他去找蕴仪的，我告诉他，这边的业务，是由蕴仪全权负责。"

叶琛一眼瞟到了梅果，笑道："梅小姐来了，启文，你们先聊着，我过去那边一下。"

梅果总觉叶琛眼中似有深意，她背上一寒，翻滚到嘴边的话，生生咽了下去。

就在刚刚，她带着文四来到叶蕴仪附近，发现叶蕴仪与Sam已移到一个角落里，文四熟练地四周一看，三两下转到一个叶蕴仪和Sam看不到他，却距离他们很近的一个柱子背后，撩起那里的纱缦，紧紧地盯着叶蕴仪和Sam。

梅果刚要离开，却听见叶蕴仪对Sam惊喜地叫道："什么？宗尧？他可好？他在哪里？他为什么不来找我？"

梅果直觉这个名字有些熟悉，回头一看，明明听不懂英文的文四听到这两个字，脸色明显一沉，她心里一动，便放缓了脚步，似不经意般，从纱缦另一边慢慢走过，却听Sam镇静地笑道："对不起，方家的人不允许他在这西南公开露面，你若要见他，我可以为你安排。"

叶蕴仪忙点点头道："我明白的！方伯伯如今地位敏感，我可以令司令府的护卫安排好一切，定不让人知道就是！"

却听Sam一声轻笑，他警惕地看了看四周，摇摇头道："Lisa，你怎么还不明白，方家人并非为着方伯父的权势，而是为了方宗尧的安全！而他们认为，对宗尧安全威胁最大的，便是潘天一！"

叶蕴仪急急地道："以前只是有些误会，我保证，再不会发生那样的事了！"

Sam却叹了口气，坚定地看向她："Lisa，除非你答应我，绝不会让潘天一的人知道此事，否则，我不会带你见他！"

叶蕴仪只稍作迟疑便答道："好！我答应你！"

梅果心里一跳，只觉得有什么东西在心里鼓噪着，她有些慌不择路地快步离开，心里只想着，或许应该告诉潘启文。

"Miss梅，告诉我，Lisa在哪儿？"正边走边思虑间，猛然被人拍拍肩，梅果一惊，抬头一看，却正是德国领事夫人，用德语在问着她话。

听到这德语，梅果蓦然想起，那一次，在德国大夫霍夫曼的诊所，也是听到叶蕴仪跟霍夫曼提起过"方宗尧"这个名字，那时间，叶蕴仪要霍夫曼瞒着潘启文帮她联络方宗尧！

梅果全身每一个细胞都莫名地兴奋起来，下意识地，她不想让人打断叶蕴仪与Sam的谈话，于是，她对领事夫人笑道："对不起，我也正在找少帅夫人！一会儿见到她，我会跟她说，您想见她！"

当她兴冲冲地来到潘启文面前，听到叶琛一席话，心里猛然一凛，自己贸然这样去告诉潘启文，算是什么？

她看向潘启文，微微一笑："少帅，按您的吩咐，文四已经过去了！"

在大厅的那个角落里，Sam对叶蕴仪微微一笑：“Lisa，领事夫人们都在那边，你不过去跟她们打个招呼？”

见叶蕴仪一脸狐疑地看着他，他不由笑道：“等下，美国领事夫人Jessie会请你帮忙陪她去她在这里的专用化妆间，整理一下。”

叶蕴仪不由又惊又喜，不由低叫道：“你是说，他今天在这里？”她有些激动地说不出话来，“我以为，我以为……”

叶蕴仪只觉一股温热直直冲向眼眶，方宗尧于她，与蕴杰一样，是她最亲的亲人之一，在她心目中，方宗尧的地位，或许比叶琛还要重要些。因为，叶琛和叶翔龙毕竟与她在一起的时间不长，而方宗尧，与她从小一起长大，更在她最艰难的时候，陪在她与蕴杰左右。而方宗尧那次身受重伤，更是因为她，这样的情伴着这样的内疚，一直便压在她心头。

她与潘启文重归于好之后，她给方家发过电报，也写过信，却始终不见回音，心里一直忐忑不安，心底里，还有一丝的恐惧，她怕——宗尧出了什么事！她更怕，宗尧是因为她而出的事，方家才会在她再三解释前因后果后，却并不理她！

Sam突然想起什么，他从胸前口袋里掏出一方手帕，递给叶蕴仪：“这是他给你的，怕你不信我，特意叫我拿这个给你看！”

叶蕴仪接过一看，却是一方雪白的丝帕，丝帕的正中，用紫色的丝线，龙飞凤舞地斜斜地绣上了一行英文“Happy Birthday to ZY”。

叶蕴仪心中一热，她眨了眨眼，将眼底的温热逼了回去，吸口气，笑道：“这是我11岁那年学刺绣时绣的，这可是我第一个作品，没想到他保存得这么好！我哪儿敢用！”

大厅内，叶琛领了一个身材高大的洋人，为潘启文介绍道：“启文，来，给你介绍下，这是美利坚银行的David。”

潘启文用国语对叶琛低声笑道：“爷爷，你们这些个银行的事我可不懂，要闹了笑话，您可别怪我丢了您的面子！”

叶琛拍拍他，笑道：“他呀，是为了黛儿的事来的！他对黛儿一见钟情，要我为他引见黛儿的兄长！这事儿啊，还得你们自己拿主意，我可不敢掺和！但有一点我可以保证，这个David的外公跟我是朋友，他虽然看上去很热情，但他的私生活非常检点，以他如此年轻，不到30岁便当上美利坚银行执行总裁，人也长得一表人才，却从未闹出过桃色新闻来！”

那David一开口却说出一番惊人的话来："潘先生，我爱上了令妹，我有很好的家世背景，我也有能力照顾好我的家人，虽然我很希望得到你们的认可，同意我与令妹交往，但有件事，我一定要先向你们说明，就是，我因为身体曾受过伤，不能生育！这也是表达我是以结婚为前提，提出与令妹交往的诚意。"

潘启文一脸凝重地听着梅廷方为他翻译着的David的话，心里反反复复地在掂量着David那句"不能生育"上。

这人既然能将如此隐私的事和盘托出，可见对黛儿的确出自真心。

对于这个David来说，他坦诚地道出自己的缺点，无形中却成了对潘启文、黎昕兄弟俩最具诱惑的条件！

潘启文与黎昕早已达成共识，黛儿以前的事，定要瞒得滴水不漏，可华大夫早已断言，黛儿此生，只怕难以生育，那么，这便将成为黛儿获得幸福的最大阻碍！

若是嫁给这个David，一切便自不成问题。

但是，这些心思，却不能让对方知道！只有让他觉得欠了黛儿的，他才会对黛儿愈加地好！

他不由皱了眉，一脸严肃地问道："爱德华先生，请恕我无礼！可否告知，你不能生育，是什么原因？可有治好的可能？"

David嘴角泛起一个苦笑道："我有一次去打猎，不小心被同伴伤到了左胸，在乡村里，那里的大夫在给我取子弹时，用了一种早已废弃不用的麻药，还用过了量，我差点死去，后来回到纽约，医生便断言我不能生育。"

潘启文有些半信半疑地道："用了麻药不能生育？那……"饶是潘启文一贯的张狂，那句"能不能人道"，终是没能问出口。

David以为他不信，忙道："你可以去查，那种麻药是美国一家公司生产的，叫Sleep，原意即'安睡'的意思，可是，几年前被查出，里面有两种成分会导致男子精子活力下降而不育，在美国已经被禁止使用了。"顿了顿，他又道，"我听说，中国现在所有的医院，包括军队，都在用这种麻药呢，您一查便知！"

潘启文一惊："你说什么？"

David见他脸有怒意，忙道："也不是所有人用了这个都会不育的，只要不是多次使用，不是过量使用，一般还是安全的！”

潘启文心下稍安，却见叶蕴仪正有些神思恍惚地向他走来，他一把将叶蕴仪揽进怀中，抓起叶蕴仪的一只手，只觉那小手里汗津津的，手心却是冰冷，他脸色不由一沉：“你刚才去哪儿了？为什么这么累？”

叶蕴仪眼神一闪，她叹口气笑道：“还能去哪儿？夫人们的东家长西家短呗，后来美国领事的夫人又被酒泼湿了裙子，又陪她去化妆间换衣服。你也知道，一会英文、一会法语、一会德文，有多累人！”

潘启文仔细地看了看她眼底那抹浓郁的青黑，心疼地道：“一会儿早点回去休息！”

深夜，司令府书房，潘启文直挺挺地坐在宽大的书桌后，皱了眉，看着眼前的文四：“你确认少奶奶今天没有什么事？”

文四忙低了头，答道：“那个叫Sam的查过了，他的确是美利坚银行的高级职员，而且，他在酒会上就跟少夫人谈了一会儿，就离开了，之后少夫人再没见过他！”

潘启文揉了揉眉心：“让人去查下，当初在围剿丁长和那个团时，报上来说，丁长和死了，我们却并未见到尸体，你派人去查一下！”

文四一愣，诧异地道：“少爷，您怎么突然想起要查丁长和来？这事过去这么长时间了，再说了，当时本就乱，现在来查恐怕不好办呐！”

潘启文不语，手上的打火机盖子“啪”地甩开，又再“啪”地合上，来来回回，那清脆的声音在安静的室内反复响着，令文四心里一跳一跳的，不安极了。

潘启文突然将打火机往桌上一扔，对文四向外挥挥手，文四悄无声息地退出书房，潘启文无力地往后一靠，闭了眼。

今天一天，真的有些累了，可他却不愿意回到卧室中去。

他眼前尽是她那苍白的小脸和尽管掩饰却仍是惊疑不定的神色，在酒店里，他问过一回，她没有说什么，他只当是人多她不好开口。从酒店回司令府的车上，他等着她的话，她却轻轻地偎进他怀中，正当他揽紧了她，为她这样的时候对他的依赖而欣喜时，她开了口，却是莫名其妙地只问了一句话：“启文，我一直没问过，当初那个叛军丁长和后来怎么样了？”

潘启文心里虽觉怪异，却仍是毫不迟疑地答道：“他死了！”他低头看向她，“为什么突然问这个？”

叶蕴仪伸出双手，环住了他的腰，将脸埋进他的胸口，他看不到她的表情，只听到她的声音闷闷的：“没什么，只是昨晚做了个噩梦，突然便想起这件事来了！”

潘启文心中一紧，她明知道，那一段过去是他们都刻意避开的，所以她才以这个话来堵他，让他无法再问下去？

一路沉默，他只是揽紧了她，她也一直环抱着他，明明那样侧身却要环抱着他腰的姿势并不舒服，她却一直没有松过手，就像，生怕她若不抱紧了，下一秒，他便会消失不见似的。

这样的她，让他无法再开口，心底里，多多少少却有些感动，一贯倔强的她，如此脆弱而依恋他的时候，并不多。她不愿说，他便不逼她，只要她心里有他，在他潘启文心中，便不再有什么大事。

回到卧室，她却不待他开口，便急急地洗漱上了床，面朝内躺下，一句“好累”令他习惯性伸向她胸前的手猛然缩了回来。

不一会儿，便传来她平稳的呼吸声，但她僵硬的背脊却出卖了她，或许她自己都不知道，当她熟睡时，她的姿态是完全不一样的，因为他，从来就喜欢看着她入睡，这样让他安心。

她入睡的过程，从浅眠到熟睡的表情、姿势，甚至呼吸，他都一清二楚，所以，现在的她睡没睡着，他心里清楚得很。他暗中叹口气，他不愿意她装睡得这般辛苦，他起了身，走到门口，对门外的护卫小声道：“去叫文四把今天要处理的紧急公文拿到书房去。”他知道，她听得见。

书房中的潘启文嘴角泛起一个苦笑，哪里有什么紧急公文，他不过是让她安心呆在那个她需要的空间内，她说过，每个人都需要自己的空间，而自己，是不是让她喘不过气来了？

可是，一想到，她心里有一块地方，是他所触及不到的，潘启文心里便似百爪挠心般难受。要在过去，他定会抓着她问，不达目的誓不休，可是，经过了那么多事，他知道，他得给她空间和时间，他不能，再如以前般，因为自己心底的不安，处处逼迫自己更逼迫她，导致一错再错。

第四十三章

故人归来

卧室中，叶蕴仪听到潘启文出去的声音，不由长长地呼出一口气，僵直的身子放松下来，明明知道他已离去，却仍是忍不住翻过身，向外面的方向看去，眼中闪过一丝内疚。

她知道，他心里已有疑虑，却终是没再逼问她，她心里微微一疼，他的启文，那个跋扈张扬的潘启文，平常在她面前，虽说仍是那不拘的性子，可真遇到事，却越发地稳重起来了。

她不是不愿意跟他说，可是，今天的事，来得太快太突然，宗尧的话，让她心里莫名地不安，酒会上的人事又多又杂，她还没来得及思考，有些事，她是要问的，可她得想想。

今天，她随着美国领事夫人进到化妆间，一眼便见到了房间中央的方宗尧，他还是那样一副儒雅清淡的模样，见了她，明明眼中是绽放的喜悦，脸上却是微笑着唤了一声："蕴仪！"说完便张开双臂，做出一个拥抱的姿势。

叶蕴仪心中一紧，最后一次见到他，是在喜宴上，那时的他，目眦欲裂，满眼的愤恨，哪有平日的淡定风度？而这一切，却都是为了她！

她一下子红了眼眶，快步上前，上下打量着他，确认他完好无缺，这才一下子冲进他怀中，像小时候那样，哽咽着唤了声："宗尧哥哥！"

方宗尧脸上泛过一丝苦涩，他的手微微有些僵硬在叶蕴仪背上拍了拍，他拉开她，笑道："蕴仪，刚刚我一直在暗中观察你，原来，真如你信上所说，你是真的过得很好，这样，我就放心了。"

叶蕴仪心中感动，她知道，经过上一次的事，他已不再相信潘启文，甚至也不敢相信她发的电报和写的信！他是怕，她是在潘启文的胁迫之下，才违心地发出这些信息。

叶蕴仪笑道："宗尧，从此以后，你可以大大方方地来，走，我带你去见见启文，对了，还有我爷爷和大伯！你也应该很多年没见过他们了吧？"

她又一拍手心，笑："嗨，我忘记方伯伯的身份，现在未必适合你公开在这里露面，你等着，我去叫他们上来，保证不会让外人知道就是！"

方宗尧却一把拉住了她，他走到沙发旁坐下，摇摇头，皱眉道："蕴仪，我相信你所说，潘启文或许真的是对你好，可是，我一再向父母保证，我会完好无缺地回去，他们才肯放我来这里。"

他的言下之意，是他和方家人根本便不信潘启文！

叶蕴仪心里不由一沉。

且不说她与方家的关系，单只这西南军归了南京，若是朝中无人，以后将会举步维艰，现在南京是准备跟广西那边开战，无暇顾及西南军，若是一旦广西平静，又怎能容他潘启文重兵在握、独霸一方？

在她看来，在京中唯一可无条件信任的人便是方家，若是潘启文与方家之间不能达成谅解，这将于西南军十分不利。

叶蕴仪走到方宗尧对面坐下，直直地看向他，说道："宗尧，启文以前是有做错的地方，但是，他一切的出发点都是基于爱我！"

顿了顿，她咬咬牙，有些难以启齿地道："我让他向你赔礼道歉，你，能不能看在我的面子上，原谅他一回？"

方宗尧叹了口气："蕴仪，我明白你的心思，在我来说，只要你一切安好，我便放了心，只要你开心，便是拿了我的命去，我也是愿意的，更何况只是原谅他？"

叶蕴仪不由皱了皱眉，当初并非潘启文开的枪，一切都是叛军所为，哪有说拿命这么严重？

却听方宗尧接着说道："蕴仪，你说你爷爷和大伯已原谅潘启文，我想，他们并不知道蕴杰被绑架，哮喘发作，差点死去，更这一生都无法治愈的事吧？如果说你父母的死，潘启文只是无心之过，那么蕴杰的事呢？”

叶蕴仪脸上一僵，他知道爷爷知道她和潘启文之间的事，是潘烨霖告诉他的，但潘烨霖有没有告诉爷爷蕴杰的事，她并不知道，也不敢问，本质上，她只是需要一个借口、一个理由推动她去原谅潘启文吧？而爷爷给了她最好的理由，下意识里，她又怎么敢再去提蕴杰的事？

方宗尧看她神色，便知如自己所猜一般，不由苦笑道：“或许蕴杰跟我一样，并没将这件事当成很大一件事，可是，为人父母者却不一样。他们恐怕很难轻易原谅。”

叶蕴仪不由急道：“可是，你当初受伤，并不是启文开的枪，都是叛军所为，而后来、后来……”说到这里，叶蕴仪不由怔怔地看向方宗尧，后来的事，她并不知晓！

她心里突然涌起一阵强烈的不安，当初古天舒那拼了命地刺杀，一下子涌现在眼前，而古天舒的确是死在了潘家！

方宗尧冷笑一声道：“潘启文是不是告诉你，都是叛军所为？可是，我告诉你，最后拼了命，受了一身的伤，将我救回上海的，却是他口中所谓的叛军——丁长和！”

叶蕴仪霍然站起，一脸惊恐地道：“什么？”

叶蕴仪心中一片慌乱，又听方宗尧说道：“对我开枪的，是潘启文身边的罗副官，他们是不是告诉你，罗副官也是叛军的人，他们杀我，目的是要挑起潘家军与南京的矛盾？”

叶蕴仪一惊抬头：“难道不是？这说法合情合理！”

方宗尧轻哼一声，讽刺地笑道：“是，是合情合理！但若是潘启文为了不让叛军被南京所收容而故意为之呢？”

叶蕴仪眉头紧蹙：“什么意思？”

方宗尧叹口气：“蕴仪，你是关心则乱，你那么聪明，怎会想不明白？你坐下，听我说！”

叶蕴仪胡乱地坐下，一贯清晰的头脑这时却完全理不出头绪来，只得听方宗尧一一道来。

“我那时受了伤，被古天舒他们救下，一路到省城做了手术，中间我曾醒过一次，我求古天舒去救你和蕴杰！他答应下来，他留了四个特勤队员，连夜护送我回上海，可就在我们刚要出西南界面时，却被潘家军的人给团团围住，为首的，便是那名罗副官！

“我当时昏迷不醒，这些，都是后来护送我的特勤队员告诉我的。我们被潘家军的人抓住，关了起来，不知他们出于什么目的，既不放人，也不杀我们，也每天派人来给我换药，特勤队员几次想办法要逃出去，都因为我伤重在身，没能成功。

“半个月后，有一天晚上，我刚刚醒来，便听到一阵枪响，好像是潘家军与谁打了起来，再后来，丁长和便领着人冲到了关押我们的门外，却与罗副官带着人对峙起来，我亲耳听到罗副官狞笑着道‘丁长和，你自己逃了也就罢了，为何还要上来送死？’

“那丁长和喘着粗气答道：‘罗副官，你背着是我的人的名，对方宗尧开枪，又抓了他，这个黑锅，老子不能背！西南不能呆了，老子只能往南京逃，方家势大，我不能被潘家军追，再被南京通缉！’”

听到这里，叶蕴仪不由自主地打了个寒战。

方宗尧接着说道：“正好那时，我身边的特勤队员刚刚想法搞到了几条枪。”

他苦笑着解释：“你应该知道，这些特勤队员是关不住的，若不是因为我重伤在身，医生叮嘱移动必须抬担架，他们早便逃了出去。

“四个特勤队员立即冲了出去，他们的战斗力岂是一般士兵能比，很快便与丁长和的人会合在一处，丁长和的人冲进来，抬了我的担架便走，枪战中，我亲见罗副官被丁长和一枪打死，而他也身受重伤！

“就这样，且战且走，一路出了西南，换了装，这才到了上海。”

方宗尧看了看欲言又止的叶蕴仪一眼，说道：“对于丁长和，开始我也怀疑他别有用心，可他的人将我们送到上海后，便坦言，他们知道，潘家军迟早要归南京，潘家军势大，他们绝不想我们为难，只求一块活命之地，绝不在军、政中任职。而这么长时间来，他们的人打散了在上海不同的地方，各自做着苦力为生，也从不来找我，还是我母亲时常接济他们一些。后来，我们去了南京，他们并未跟去，并就此断了往来。”

叶蕴仪心里一梗，嘴边的要想辩解的话便再也说不出来。

方宗尧眼神黯然地道：“那时，古天舒曾想法传出信息给特勤队员，说你已经死了，那时我心灰意冷，便命特勤队员传信说我死了，死前命古天舒替你我报仇！”

叶蕴仪大惊失色道：“什么？古天舒怎么会以为我死了？”她眼前猛然闪现出古天舒临死前见到她时，那惊骇的眼神！

方宗尧点点头：“我想着，古天舒即便来救我，也是送死，不如让他去杀了潘启文，为你我报仇，也算死得其所！”

一种无法言说的哀伤在室内弥漫起来，叶蕴仪低下头，哽咽着道：“可是我们都还活着，古连长却已死了！”

方宗尧侧了头，没有说话，眼中一片黯然。

半晌，两个人谁也没说话，室内一片静谧，终于，叶蕴仪抬起头来，眼中是坚定的神色：“不，宗尧，我相信他！他杀了你，对他没有半点好处！南京不能容他，我也不能原谅他！”

方宗尧却平静地看向她，淡淡地道：“蕴仪，当时的他，你能确定是理智的么？为了你，他连蕴杰都能绑，还有什么做不出来？还有，全面驱逐日本人的事，你也认为他是理智的么？”

叶蕴仪仍是坚定地摇摇头：“不，宗尧，他虽说经常做事容易冲动，可我相信他不会再骗我！我连我父母的死和蕴杰的病，甚至，那个孩子的失去，我都能原谅他了，他还有什么必要对我撒谎？”

方宗尧神色一变：“孩子？”

他见叶蕴仪提到孩子时，脸上一片惨淡，便忍住不再提，只是笑道：“蕴仪，我这次来，就是想看看，你好不好，我原本……”他突然打住，不再往下说了。

叶蕴仪知道，只怕他这次来，也是想了万全之策，若是她有不测，或如他所想，她仍无自由，他只怕还要拼死一搏，也要救她！

方宗尧掏出怀表看了看，淡然一笑道：“蕴仪，看到你安好，我就安心了，时间差不多了，我要走了。”

叶蕴仪心里一急，方宗尧这一去，不知何时才能再见，而潘启文与方家这结不解开，却对潘启文大为不利，她不由急急地道：“宗尧，丁长和之事，定有蹊跷，方伯伯那里……”

方宗尧神色蓦然一冷：“蕴仪，丁长和之事是我与四个特勤队成员亲见，而站在他的立场，他所作所为，也是合情合理，难道，你不信我？”

叶蕴仪一愣，她微微低了头，轻声道：“不，宗尧，这世上，你是我最信任的人之一，你的话，我自是相信的！可是，若启文真要害你和方伯伯，上一次，关大鹏来，便是最好的机会！”

方宗尧神色一凛，目光一下子锐利起来：“此话怎讲？”

叶蕴仪抬起头，真诚地看向他：“关大鹏上次来，除了想要捞取潘家军归南京的功劳外，更重要的恐怕还是想借启文之手，整治方家！”

方宗尧眉头一拧，只听叶蕴仪继续说道：“他提出了两件事，一是要启文坐实你因私废公，因为我而与启文起冲突，以致上次和谈未成！二是想要拿到当初方伯伯矫拟的防长电报，命古天舒不惜代价从启文手中夺回我的证据，他们甚至说，只需有人证明即可，实证他们自会去办！”

方宗尧脸上蓦然变了颜色，惊道：“他怎么会知道电报的事？”

两人将手上信息一对，叶蕴仪方才知道，当初方淮之收到古天舒的电报，知道叶家姐弟的处境后，方淮之亲自找了也曾同为蕴仪父亲生前好友的时任防长，防长觉得这事也甚为棘手，毕竟特勤连人员都是精英，所有死伤都是大事，救叶蕴仪姐弟实在有些说不过去。当时两人商量结果便是，以防长之命发出电报，事后由方淮之出面抚恤伤亡人员，并编好理由，当不致有人查问，但若一旦事发，则由方淮之一力承担，防长绝不承认此事！

“防长倒不是不敢承担，只是，这事若传了出去，动用国家精英处理私事之责，不仅涉及防长位置，便连委员长声名也会受累，所以，我父亲才一力担下。”方宗尧这样解释着。

叶蕴仪不由满怀感激，方淮之为了她与蕴杰，可以说是担上了莫大的干系，真正是将她与蕴杰视若亲生，方才能如此担当！

而叶蕴仪更明白，经过了这样的担惊受怕和难为之后，再看到方宗尧身负重伤回到上海，方淮之又怎能不对始作俑者潘启文恨之入骨？

叶蕴仪也详细将关大鹏当初的来龙去脉简单说清楚了，末了，她诚挚地说道：“宗尧，我相信这中间定是有误会，请给我一点时间来查证。能不能、能不能……”她迟疑了一下，终是说道，“能不能将丁长和交给我们？”

方宗尧断然拒绝：“不！蕴仪，丁长和之事，我可以去查，但我绝不能将他交给你！潘启文已杀了他全家，将他交给你们，他哪还有活路？至少在目前看来，他还是我的救命恩人！恩将仇报之事，我怎么做得出？甚至，这事，你都不能告诉潘启文，否则，我一回到南京，便会将丁长和他们转至其他人找不到的地方！”

叶蕴仪一怔：“为什么？”

方宗尧冷笑道：“以潘启文的性子，丁长和背叛了他，若他知道丁长和在上海，他能饶得了他？他现在是西南集团军司令，他只需向南京请求，抓捕丁长和归案，南京必会答应，这不是将丁长和送上绝路么？”

叶蕴仪不由急道：“可是，我不能让方伯伯就这样误会启文！”顿了顿，她终是咬咬牙道，“宗尧，南京局势复杂，而我唯一可以信任的，便只有方家！”

她看向方宗尧的眼中竟带上了一丝的请求：“宗尧，我和启文，需要你跟方伯伯的支持！”

方宗尧轻轻一震，她，这是为了潘启文，在请求他？明明需要支持的是潘启文，她却生怕他拒绝，而带上了她自己！

他的心中一疼，这还是那个高傲清冷从不求人的叶蕴仪吗？

方宗尧略一思忖，看向叶蕴仪的眼神不自觉地柔软下来：“蕴仪，丁长和那里我会去查，你只要答应我暂时不要将丁长和的消息告诉潘启文，其余的事，我来想办法！”

叶蕴仪眼中闪过一丝犹疑：“可是方伯伯那里，只怕成见已深！”

方宗尧叹口气，点点头道：“上次西南军归了南京，让关大鹏在防长之位的竞争上更胜出一筹，让我父亲心里也十分不快，因为当时已派人送信提醒过你们，便是希望你们借南京与广西开战，无暇顾及你们之机，再将这事往后拖上一拖，却没想你们竟是如此之快便将这天大的功劳毫不费力地送与了关大鹏，现在听你这么一说，从你们的角度考虑，当时情形，也只有如此方为上策。”

叶蕴仪忙道：“当时我们是想着，只是名义上归了南京，但却没有实质上的变化，这关大鹏也算不得天大的功劳！”

方宗尧眼中一亮，他对叶蕴仪笑道：“我父亲正在筹备一个编遣会议，将会由委员长亲自主持，会邀请各路诸侯参加，主要商议有关军队裁编、统一供给，若是潘启文能带头参加，我想，会大有好处！”

叶蕴仪却犹疑起来：“宗尧，不是我不信你和方伯伯，而是一来西南所有人都担心，启文一旦离了西南之地，只怕安全难有保障；二来，这编遣会议，听起来便是要裁军、限制各地的势力，这事，只怕阻力也会不小！”

方宗尧坦然一笑：“蕴仪，所谓安全的担心，不仅潘启文有，各路军阀都有，南京既然要开这个会，自然会保障所有人的安全，否则，以后谁还敢追随委员长？至于你说的裁军、限制各地的势力，这事势在必行，但越早参与进去，可能获得的筹码便会越大，而且，咱们说白了，若是潘启文今后与我父亲要互为仰仗，我父亲便不会下狠手裁撤西南之军，自会有法子化解各方压力！”

叶蕴仪至此终于明白，参加编遣会议，便等于向方淮之表态，只有这样，潘启文才有可能重新取信于方淮之！她的心中不由有些戚然，她与方家，从此以后，便也要走上这条互为利用之路么？

似看穿她的心思般，方宗尧叹口气道：“蕴仪，在我和我家人眼中，你还是你！只是潘启文，恐怕我们是无法像以前一样，因为你，而将他当作亲人！”

叶蕴仪嘴角泛起一丝无奈的苦笑来，其实，更让她惶然的是，当初他们共同的理想，在这样的权势相争下，哪里还有国家利益优先？即便是她自己，不也首先考虑的是潘启文的安全和地位？

可事到如今，就像方宗尧所说，全国统一号令势在必行，这样割据一方的情形势必不能长久，长期来看，启文要有所作为，只怕还要到南京求发展，那么，这样一个她完全可信任仰仗的方家，尽管她心底百般不愿意与方家有利益上的牵扯，可必须要让方家与潘启文在同一条利益链上，方能长期依靠。

而从另一个角度来说，若单纯只靠方家提携，以潘启文的性子，只怕未必愿意受方家恩惠，若是互为利益关系，他或许是可以接受的！

念及此，叶蕴仪心中主意已定，她看向方宗尧，微微笑道：“好！我一定让他去参加明年的编遣会议！”

方宗尧点点头：“我回去后，便让父亲发来邀请函，你只需让潘启文率先声明表态支持即可，毕竟，西南算是军阀中比较大的一股势力，若潘启文表了态，对于其他军阀自有带动和逼迫作用，我再向父亲解释一下关大鹏的事，他应该能有所改观。至于丁长和……”他顿了顿，看向叶蕴仪，“蕴仪，即便是为了你，我也定会细细再查这件事，所以，你要给我一点时间，暂时先不要告诉潘启文！”

叶蕴仪点头应下：“好！”

第四十四章

白色丝帕

司令府前院，梅果手里抱着一个文件夹，敲响了潘启文办公室的门，一声略为有些暴躁和不耐烦的声音传来：“进来！”

梅果轻轻推开门走进去，将文件夹往潘启文桌上一放，低了头，轻声道：“少帅，这是夫人吩咐我将这段时间国内外有关西南军政府的报道，以及南京那边一些重要的消息，分类整理好做成的简报，其中国外很多关于上次驱逐日本人事件的报道，我都已翻译成中文。”

潘启文不甚在意地道：“放下吧！”

梅果从文件夹中抽出一份报纸，说道：“夫人特意吩咐，要我留意这段时间有关南京方面是否有有关裁军方面的消息，今天的报上登出了有关编遣会议筹备的消息，我觉得可能会比较重要，您有时间的话，请看一下。”

潘启文眉毛一拧：“裁军？”他一把抓过报纸，细细地看了起来。

正在这时，文四推门进来，潘启文放下手中的报纸，急急地看向文四：“怎样？”

文四瞄了瞄梅果，梅果忙道：“您要没事的话，我先出去了！”

潘启文挥挥手，梅果刚转身要走，却听潘启文在背后叫道：“等等！”

梅果忙回过身来，却见潘启文从书果的抽屉里，拿出一方白色的丝帕来，指着上面，似不经意般问道：“你看看，这是什么意思？”

梅果走上前去，瞟一眼丝帕中间那一行用紫色丝线斜绣着的英文字母，笑道：“这是祝这个叫ZY的人生日快乐的意思！”

潘启文却皱了眉，指着右下角一行小字，粗声道：“这上面的我也知道，我是问你下面这几个字是什么意思？”

梅果伸过头去，仔细一看，这才发现那两个小小的单词：“yours honey”，她不由轻笑出声道：“要直译出来，就是‘你的宝贝’或‘你的甜心’之类的意思，一般洋人用在爱人之间或者孩子的称呼上。”

她抬起头来，却发现潘启文脸上霎时阴云密布，便连文四也急急地低了头去，梅果心中一动，她装作没看见这室内气氛的变化，故作轻松地笑道：“说起这ZY来，倒是巧了，我曾经有个很要好的女同学就叫‘钟瑶’，也是这两个字母的缩写，酒会那天，我听到那个美利坚银行的Sam跟少夫人提起，说是带她去见‘宗尧’，我这心里还一跳呢，后来才自己笑自己，许只是同名不同人而已！”

房间内瞬间一片死寂，梅果心中怦怦直跳，悄眼看去，却见潘启文眼中翻滚着骇人的光，像一道尖锐的锥子般，死死地钉向低垂了头的文四，而文四的额上已是渗出豆大的汗珠来。

梅果不敢抬头，半晌，方听到潘启文阴沉的嗓音传来：“你下去吧！”那声音里透着一种说不出的萧瑟、失望还有悲哀。梅果心里不由一疼。

她静静地退了出去，却在关上门一刹那，听到门内文四战战兢兢的声音传来：“早上，小清找过洗衣的妈子问过，有没有看到一条白色丝帕，绣着洋文的，说是少奶奶丢的，后来没找到，又说也不打紧，就算了！”

梅果心里一跳，一丝莫名的兴奋在心中升起，一眼见到潘启文的副官林泰急匆匆走过来，她赶紧挺直了身子，大步离开了。

门内，潘启文“啪”地一声将桌上的文件夹甩在文四的脸上，低吼道：“这人都见过了，你现在来跟我说什么帕子？”

文四抹了抹额头的汗水，低声道：“那天少奶奶一直在我们视线范围内，也未必就是见过方宗尧，再说，梅小姐也只听了那么没头没尾的一句话，或许只是两人都认识方宗尧呢？”

就在这时，敲门声响起，潘启文暴躁地吼了声：“滚！”

然而，门却被林泰轻轻推开，又关上。

林泰以询问的眼神看了看文四，却没能得到任何回应，只得硬着头皮道：“少帅，有两件重要的事，不得不向您汇报！”

潘启文不耐心烦地挥挥手：“说！”

林泰忙道：“上次您让查丁长和的事，有结果了！”

他话一顿，看向潘启文，却见潘启文双目凛冽地紧盯着他，那眼中，竟有一丝的——紧张？

林泰一凛，忙说道：“丁长和果然没死，他带着他的近卫排，逃了！当时三团怕担责任，谎称丁长和已死！”

潘启文猛然双手一撑站起身来：“他现在在哪儿？”

林泰有丝胆怯地看了他一眼，说道：“不知为何，他们竟跟着方宗尧到了上海！现在都下落不明！但就在十几天前，本在潘家集的丁长和的大老婆和儿子却失了踪！”

潘启文一拍桌子，冷笑一声道：“又是方宗尧！”

他凌厉的眼神直直地射向文四，冷冷地道：“文四，你可知道，我为什么会让你们查丁长和？”

文四心里一凉，只听潘启文冷哼一声道：“因为，那天从酒会回司令府的路上，少夫人就问了我一句，那丁长和后来怎么样了？”

潘启文的声音蓦然一厉：“你现在还敢说，少夫人没见过方宗尧吗？你们黑衣卫队，都是干什么吃的？”

林泰眼皮一跳，心里打起了鼓，这第二件事，却也多多少少与方宗尧有关，说，还是不说？

却听文四大着胆子说了一句：“少爷，即便少奶奶与方宗尧见过面，又能有什么事？”

潘启文怒道：“那方宗尧便是大大方方来，又能有什么事？为何要这般偷偷摸摸？”

文四嘟哝了一句：“许是少奶奶就是不想如现在这般鸡飞狗跳的，才不敢跟您说！现在这样好好儿地过几天安生日子不好么？”

潘启文不意文四竟如此胆大，不由一愣，但文四那句“好好儿过日子”却实实在在打动了他，眼前不由浮现出昨晚她被他嘬弄得没法、那含羞带怯的模样儿来，心里的那一阵躁怒、不安竟是缓缓地消抹了去，他终是平静地看向林泰："还有一件，是什么事？"

林泰见潘启文脸色已是逐步缓和下来，忙递上手中的电报，道："这是南京编遣会议筹备会秘书长方淮之发来的邀请电文，邀请您于明年初去南京参加这个所谓的编遣会议。"

"编遣会议？"潘启文蓦然蹙起了眉头，林泰心里一紧，却见潘启文接过电文，粗粗扫了一眼，将电文往桌上一扔，目光却若有所思地扫向了文四脚边的那张报纸，文四忙将报纸捡起，放到潘启文面前。

潘启文的视线却已扫向了桌上那条丝帕，在丝帕下方那一行字上停留了几秒，他的眼神蓦然一冷，嘴角突然泛起一丝讥讽的笑来，他缓缓地坐下，手指在那份电文上敲了敲，突然严肃地道："一、电请南京协助缉拿西南军叛匪丁长和。二、将这份报纸和电文给全军团以上军官传阅，三天以后，集中商讨，各级主官务必要有自己的意见！"

林泰心里一突，这编遣会议主旨似是裁军，想都不用想，便知下面军官必是极力反对的。可这少帅要做什么，从来就是独断专行，最多是跟黎师长商量一下，哪有跟下面军官集体商讨一说？那么，少帅这又是要做给谁看呢？

若说是做给方淮之看，可这缉拿丁长和？……

林泰越想越觉有些不对，他看了看潘启文的脸色，小心地说道："那丁长和是与方宗尧一起去的上海，若电请南京缉拿丁长和，这岂不是太不给方淮之面子？那方淮之在南京地位甚高，这以后……"

潘启文冷冷地睨了他一眼，哼道："你道我是因为方宗尧不放过丁长和？"

林泰和文四心里想着，难道不是？嘴上却谁也不敢吭声。

却听潘启文厉声道："丁长和的老爹因上次兵变惊吓而死，他的小老婆和女儿都已入了窑子，他唯一的儿子也已是废人一个，丁长和与我们已是死仇！若是他孤身逃出，或许我还不至于大动干戈，可是，他却去了南京高层人物的身边！此人不除，将来必为大患！"

他缓了缓，又冷笑一声道："方宗尧上次因私废公，丁长和又是我西南军叛逆，他即便将丁长和带至南京，也必不敢公开，因此，便不存在方淮之的面子问题，他心里不舒服定是有的。可是，到时我排除众议，前往南京参加编遣会议，岂不是给了他极大的面子？这件事，才好就此揭过！

若这编遣会议去得太顺利，他怎会当回事？”

林泰与文四这才恍然大悟，先前他们倒不担心什么裁军和丁长和之事，他们担心的却是眼下少帅与少夫人之间，只怕又要因方宗尧而起风波，到时，直接受苦的，便是他们这些个少帅身边人！

现在听少帅如此说，不由都悄悄松了口气，却见潘启文狠狠地一瞪两人道：“你们就当你家司令是如此小肚鸡肠之人？”

文四忙赔着笑道：“既然如此，那这件事要不要知会少奶奶？”

潘启文眸色一深，厉声道：“这是军事，知会她做什么？”

林泰硬着头皮笑道：“以前这些个事，您不都是跟少夫人商量的？”

潘启文恨恨地哼道：“她跟方宗尧见面，跟我商量了吗？”

潘启文眼中精光突然直直地射向文四和林泰，厉声道：“传下话去，这两件事，谁若告诉了少夫人，军法从事！”

文四与林泰背上同时一凛，不由相视苦笑，这传什么话下去，少爷这明明就是在警告他们两个！二人忙齐齐弓身应道：“是！”

文四小心翼翼地看了潘启文一眼，轻声道：“早上小清回了话，说少奶奶中午在银行那边，不回来了，中午东磨街那家馆子还要不要订雅间？”

潘启文恼怒地挥挥手，没好气地道：“订什么订？爱跟谁吃跟谁吃去！”

中午时分，潘启文扔下手中的文件，掏出怀表看了看，一迭连声地叫：“文四！文四！”

有人立即推门而入，却是林泰笑道：“少帅，文四刚走，说是安排人给少夫人送午饭去了，就回来！”

潘启文怒道：“送什么送？让她陪我去吃饭！”

林泰愕然道：“上午文四问您，您不是说您不去带夫人下馆子了吗？要不，他也不用这么临时地安排人去送饭了。”

潘启文一瞪眼道，“谁说我要带她下馆子了？我自己要去东磨街吃饭，去，叫文四去喊她来付账！”顿了顿，一眼瞟到林泰那想笑又不敢笑的神情，不由恨恨地强词夺理道，“她开银行的，她不付账谁付账？”

东磨街是省城商贾云集的地段，远华银行在街的东头有一长排两层楼的临街铺面，楼下正在装修，准备作为银行对外营业的存取柜台，而楼上，则是银行的办公室。

叶蕴仪一边为黎昕面前的茶杯中斟着茶，一边似不经意地道：“也没什么大不了的事，就是，我突然想起，当初那个启文身边的罗副官，后来怎么样了？”

黎昕眉头微微一蹙，他端起茶杯，抿了一口，笑道：“这些个事，你怎么不去问天一？”

叶蕴仪叹口气，丁长和的事她就不应该问潘启文的，可那天，心里实在是慌。

她怕，当初所说的一切，再一次成了彻头彻尾的谎言！

她更怕，眼前来之不易的幸福再一次被翻了天覆了地！

所以，她忍不住问了。潘启文的话虽然与方宗尧所说完全相背，可她，就是相信了他！但为了他，她需要求证事实真相到底如何，可是，她不敢再问他，那天，他已看出了不寻常。所以，这件事里的另一个关键人物——罗副官，她只好来问黎昕。

黎昕也不催她，只抿着茶，静静地看着沉吟中的她，在她抬头那一瞬间，他无声无息地别开了眼。

只听叶蕴仪笑道：“你也知道，当初罗副官对方宗尧开了一枪，启文那个性子，我若问他，只怕他又要别扭半天！”

黎昕不由暗恼自己，明知她为什么会问自己而不去问天一，却还是要问那样的问题，这不是令她难堪么？

他忙说道：“他已经死了！”

却见叶蕴仪急急地问：“可知他当初是怎么死的？”

黎昕诧异地看了叶蕴仪一眼，她，到底在查问些什么？可她不肯明说，他也就不问，只尽自己所能，告诉她便罢。

他缓缓地道来：“当初罗副官在喜宴现场就被抓住了！”在说到“喜宴”时，他淡淡地看了她一眼，见她似乎并不甚在意，这才接着说道，“虽说他被丁长和的人给救了出去，却在后来抓捕丁长和的那一场枪战中，被打死了，不过，据下面的人报，他似乎是与丁长和起了内讧，在我们的人到之前，他就已经中了枪，而且被击中了要害！”

叶蕴仪伸出去够茶壶的手一僵，她的手继续往下伸，头脑中瞬间已是无数个念头闪过。

黎昕所说，跟方宗尧说的，倒是有些相同，罗副官很有可能是被丁长和打死，那么，罗副官的死必定有蹊跷，潘启文说是丁长和抓了方宗尧，而方宗尧却说是罗副官抓了他而丁长和救了他，那么问题的关键就在于，这罗副官到底是谁的人？宗尧说是他亲耳听到罗副官对丁长和说的话，他不会对她撒谎，那么……

叶蕴仪的手一抖，那茶壶似有千斤重般，她费力地为自己续了水，又象征性地给黎昕续了，这才勉强笑了笑："哦，原来是这样！"

她怔怔地举起茶杯，放到嘴边，那滚烫的茶水令她一颤，忙将杯子拿开了些，思度半晌，终是看向黎昕，问道："黎昕，那罗副官真的是叛逆吗？"

黎昕皱了眉，说道："当然！那个罗副官实际是北边的人，当时北边来谈判的人不过是个幌子，他，才是北边派在这里，真正主事的人！那些叛军，也是因他与日本人的勾结挑唆和胁迫才反了的！"

叶蕴仪点点头，不再吭声，只听黎昕说道："蕴仪，你在怀疑些什么？军中之事，天一最是清楚，有些东西，或许在你打破脑袋也想不明白，可或许到了他那里，一说就清楚了！"

叶蕴仪眼中一亮，随即又犹豫起来，潘启文那执拗的性子，只怕未必肯听她的，暂时放过丁长和，可是，若不查明真相，这方家与潘启文之间的过节就解不了。

就在这时，传来笃笃的敲门声，叶蕴仪一声"进来"之后，却是文四推门而入，他看到黎昕也在，不由微微一怔，赶紧唤了声："大少爷！少奶奶！"

见文四吞吞吐吐，欲言又止的样子，叶蕴仪眼中微微闪过一丝失望，笑道："文四，是不是你家少爷今天中午没空过来了？"

文四忙笑道："不是的，少奶奶，少爷去了那家新馆子等着您！"

餐桌上，叶蕴仪看了黑着个脸不吭声的潘启文一眼，心中暗自叹了口气，这个人，不知在别扭什么？

想了想，叶蕴仪提起茶壶，给潘启文杯中添了水，在他耳边悄声道："明天你不是要休假的？等下吃过饭，我们就出发去逍遥谷可好？"

潘启文眼中一亮，他斜眼睨着她："真的？"这夹着兴奋和瞬间绽放的喜悦的一声，一下子惊了所有人。

叶蕴仪暗中掐了他一把，连连点头。

潘启文立即向着门外吼了一嗓子："起菜！起菜！"

刚刚入秋时分，逍遥谷里却已是一地金黄，夜里已是有了森森凉意，叶蕴仪与潘启文半坐着窝在小帐篷内，身上盖着毛毯，透过帐篷拉起的门帘，看着天上的星星，有一搭没一搭地闲扯着。

帐篷里没有点灯，只有些微的月光透过门帘照进来，两个人各自在淡淡的月光下，描摹着对方的影子，叶蕴仪眼角余光下，总觉得潘启文那棱角分明的侧脸下，隐隐显着一层阴郁之气，他仰头看着满天星光，眼中竟无平常在她面前的那股子邪魅和孩子气，反有一丝的严肃和紧绷，一双手也只是紧紧地拥着她，并未如她想象般那样猴急。

叶蕴仪心中隐隐有些不安起来。这样的他，不像是她的那个启文，倒更像是军中的那个肃杀的少帅！只是，在这样的时候，这样的环境下，他在她面前呈现的这样一面，反让她心里忐忑起来。

她将头更深地埋在了他的怀里，他似感觉到什么，只轻轻地在她额上亲吻一下，紧了紧拥着她的胳膊，仍是仰头看天。叶蕴仪心里越发地不安起来，这样的他，让她觉得总像隔着层什么似着，看不清，摸不透，这样的他，让她有一点——害怕。

毛毯下，她的手悄悄地伸进他的衣内，抚上了他硬邦邦的胸膛。

潘启文心里一荡，眼中掠过一丝欣喜，又有一丝的恼意。那柔软的小手开始在他胸前游走起来，潘启文心里早就漾开了去，面上却不动声色，身体更是一动不动。

然而，当那只不安分的手，将他胸前的那粒小颗粒向上扯起，又落下时，他再忍不住吸了口气，他按住了她的手，哑声道："妞儿，你在做什么？"

叶蕴仪突然就委屈起来，她恨恨地将那小肉粒往下一按，轻声道："你到底在别扭什么？"

潘启文在恼恨中突然竟觉出了其中一丝快意的乐趣来。

他喉咙里发出一声轻笑："我在生气，这样的气温，再也回不到当初咱们在阳光下，赤条条坦诚相对的时候了！"

叶蕴仪心里一跳，总觉他这话中有话，不由有些心虚起来，她不由岔开话题："这样好的月光，有酒么？"

潘启文眉一挑，语气明显愉悦起来："当然！红酒，要来一杯么？"

他伸手摸到红酒瓶，就着微弱的月光，斟了酒，举起杯，笑道："咱们就用一个杯子，可好？"

叶蕴仪脸上一热，点点头"嗯"了一声。

潘启文将杯子举到她的嘴边，轻笑道："我家小妞儿想干坏事了呢。"

叶蕴仪一偏头，嗔道："不喝了！"

潘启文一仰头，将杯中酒全都倒进嘴里，放下杯子，一只手掌握住她的头，一俯首，便将满满一口酒都哺进她嘴里去，叶蕴仪猝不及防，一下子便吞了进去，却听那人戏谑地笑："慢点喝，别一口吞啊！"

叶蕴仪又羞又恼，扑上去捶他，他却往后一倒，双手抓着她将她往上一放，她便横跨在了他的腰上，潘启文哈哈一笑，他眨眨眼："妞儿，你可以开始了！"

叶蕴仪一口酒上了头，正有些昏昏热热，这时见他眼中星光点点，竟不由自主地点了点头。

她那妩媚的模样，令潘启文心中一荡，不由冲口而出："妞儿，今天把爷伺候好了，爷就不再别扭了！"

叶蕴仪趴下来，俯在他胸口，媚眼如丝："真的？"她口中酒香混合着她的幽香，直冲进潘启文鼻端，潘启文哪还记得要给她什么教训，忙不迭地点头："真的！"

叶蕴仪却有些胆怯起来，潘启文两手往脑后一垫，悠悠地道："无论你做了什么，爷都不生气！"

叶蕴仪眼中一亮，轻哼一声道："我还要喝点酒！"

潘启文半撑起来，搂住她，在她耳边轻笑："妞，你到底做了什么坏事，才是这副模样？"他猛地翻过身来，将她轻轻压在身下，笑道，"妞，不如爷伺候你，你告诉我，你做了什么坏事可好？"

叶蕴仪一扭，竟是翻到了他的上面，她压着他，娇笑着道："阿文，你做坏事的时候，会告诉我吗？"

潘启文一伸手，在她胸口掐了一把，粗着嗓子笑："妞儿，我答应过不再骗你、欺瞒你，只要你问我，我就告诉你！"

叶蕴仪轻轻一颤，她猛地伏下身去，一口咬上了他的颈子，轻声道：

“启文，该告诉你的时候，我自会告诉你！”

潘启文突然心中一阵烦躁，他放开她，双手往外平摊开来，粗鲁地道：“少废话，快伺候爷！伺候好了，才给酒喝！”

叶蕴仪趴下去，伏在他胸口，娇声道：“不会！”带着丝赌气的意味。

潘启文冷笑一声，抱着她一侧身，将她放在了毯子上，他自己却翻身背对着她，沉声道：“夜深了，睡吧！”

叶蕴仪默默地翻过身去，背对着他躺好，又往边上挪了挪，这个背后的动作一下子惹恼了潘启文，他翻过身来，一把将她抓进自己怀中，用毛毯紧紧地将两人裹在一起，就这样搂着她，再也不动。

叶蕴仪僵硬着身子，背对着他，窝在他怀中，心里却隐隐期盼着他那双手能有进一步的动作，然而，他却除了箍得她死死的以外，什么动作也没有。

她被他箍得喘不过气来，不由挣扎着挪了挪，一不小心，下面却碰到了一个硬邦邦的东西，她不由又好气又好笑，赌气般地将身子向后一顶，还故意在他那里蹭了蹭。

她明显感觉到他浑身一下子紧绷僵硬起来，她嘴角一弯，干脆将手向后伸去，却在半途被他截住，他将她的手拉到前面，跟她的身子一起箍了起来，恶声恶气地叱道：“睡觉！”

叶蕴仪只感觉胸中一股子气闷，不知道这人到底要做什么！明明自己起了反应，却又硬撑着不要！偏偏却又不肯放开她一丁点，让她难受，更让他自己不好过！

她干脆不再理他，自顾自睡去。

第二天，当叶蕴仪醒来时，却发现潘启文已自顾自在收拾着东西，她不由一怔问出口来：“我们昨晚才来，今天早上就要走了么？”

却见潘启文眼底一片青黑，沉着脸哼道：“没意思，早点走！”

叶蕴仪默默地点点头，起身收拾起来。

帐篷内一片寂静，潘启文突然暴躁地一把抓起叶蕴仪手中的小袋，往地上一扔！

那袋内的东西便哗啦一声，撒了一地。

叶蕴仪也不理他，径直蹲下身，静静地捡拾起来，潘启文一步上前，抓住了她的手，恨声叫道：“叶蕴仪！”

叶蕴仪挣扎着抽回手，也不说话，继续去捡地上的东西，潘启文却一把从背后抱住了她，一口咬上了她的脖子，叶蕴仪吃痛，转过头来，却被他按住，他的唇猛然压上了她的，他的舌在她的口腔中发泄般横冲直撞，肆意扫掠。

叶蕴仪扭着头觉得十分难受，挣扎着要转过身来，却被他一下子扑倒在地垫上，他的唇在她就要喘不过气来时，终于放开她，移到了她的耳垂上撕咬起来。

叶蕴仪叹口气，一只手揽上了他的脖子。

帐外早起的鸟叫声和着潺潺的水声，与这一室细碎的呻吟交相应和着，更为那满室的旖旎增添了热力，帐篷内愈加地热烈起来。

第四十五章

不如归去

芳华苑，清晨，叶蕴仪独自醒来，心里只觉闷闷的，那个人，已经走了十天了，连一封信也没派人送给她！

她无精打采地起了床，来到梳妆台前，拿着梳子，有一下没一下地在头上刮着，突然恨恨地将梳子往台上一扔，对外面叫道：“小清！”

小清应声而入，恭声道：“少奶奶！”

叶蕴仪吩咐道：“你帮我收拾收拾，我要出门几天。另外，你去给我把文四叫到饭厅去！”

饭厅里，文四一脸为难地看向正在吃早餐的叶蕴仪：“少奶奶，少爷这次出去巡防，是在整个西南防区转悠呢，我也不知道他现在在哪儿啊！”

叶蕴仪将手中的碗重重地往桌上一放，冷笑一声道：“文四，是不是他叫你拿这话来哄我？他堂堂西南军司令，会没人知道他在哪儿？若真是有事，你们就找不到他？”

文四低了头，不敢吭声，叶蕴仪叹口气：“文四，我也不为难你，你告诉我，你家少爷到底怎么回事？为何突然出去巡防？为何这么多天，连封信也不带回来给我？”

文四苦笑回道：“少奶奶，我只是潘府的管家，府里的事儿归我管，可这军事上的事儿，向来都是林副官跟着少爷处理，我都沾不了边儿的。”

就在这时，一个下人在厅外探头探脑，文四忙走出去，接过他手上的一封信，赶紧走回厅中，笑道：“少奶奶，有您一封信！”

见叶蕴仪接过信，文四这才悄悄松了口气。

叶蕴仪先看落款，知道是方宗尧寄来的，脸色不由缓和下来，她一边拆信一边对文四挥挥手：“算了，你先下去吧！”

文四如蒙大赦般，赶紧退了出去，然而，没走两步，便听到叶蕴仪的声音传来：“文四，回来！”那声音比先前更尖厉了几分，语气里更带上了一丝的急迫，文四心里一突，赶紧回到厅中，却见叶蕴仪已是站起身来，拿着信的手微微颤抖，脸上的表情似哭又似笑，文四心里不由一紧。

只见她突然无力地跌坐下来，口中喃喃地道：“原来是这样！难怪他不声不响地离开，难怪他不让我去找他，原来是防着这个！”

信封内，只有一份电报，那是西南军电请南京通令全国，缉拿西南军叛逆丁长和的电文！

除了这份电报，方宗尧未有片言只字，而这，在叶蕴仪看来，却是一种无声的指责，比方宗尧当面斥她言而无信还令她难受！她知道，现在，方宗尧和方家只当是她和潘启文要陷他们于不义！毕竟，在方家眼中，丁长和终是方宗尧的救命恩人！只怕，潘启文这样的行为，在方家看来，根本就是明目张胆地挑衅！

刹那间，叶蕴仪似乎想通了所有的事，他的别扭、他的试探。呵呵，这是他的地盘，她怎么能指望与宗尧见面的事能瞒过他？

那么，他这算什么？报复她和方宗尧私下见面吗？拿他自己的前程、整个西南军的前程来惩罚她的欺瞒？

他突然离开，不让她找他，便是不想在一切尘埃落定前让她有劝他的机会？难怪，有关编遣会议，方家应该早发了邀请函，却迟迟未见他有动静！他只是瞒着她吧？那么，他到底是作何打算，去，还是不去？

文四惊疑不定地看着叶蕴仪，心中忐忑酸涩不已，少爷哪里是要防着少奶奶，他，只是心里苦，不敢面对少奶奶，却不能说！可是，眼见着少奶奶对少爷又起了误会，只怕又要平地生风波！

半晌，叶蕴仪终是平静下来，她慢条斯理地吃完了早餐，一推碗筷，站起身来，直直地看向文四：“大少爷现在在哪里？”

西山驻军营地射击场，一身军装的潘启文抬手连发五枪，随着报靶士兵一声接一声的“十环”、“十环”、“十环”、“十环”、“十环”的响起，肃立一旁的官兵中顿时发出一阵欢呼，潘启文微微一笑，伸手从林泰手中接过一支步枪，眼睛略微向天空中一瞄，双手一举，“啪”的一声，一只麻雀应声而落。

欢呼声夹杂着掌声再次响起。

潘启文将枪随手递给林泰，双手向下一压，用所有人都听得到的声音，中气十足地道：“明年，我们西南军将成立特种兵团！特种兵团，会拥有全军最好的武器、装备和训练场地，特种兵团，将成为我们西南军最强、最牛的兵！你们，想不想成为特种兵团中的一员？”

士兵们那一声“想！”字震天地吼了出来。

潘启文点点头，加大了音量，一字一顿地道：“想！就给我好好练！这枪法，只是其中一项！要练好，没有别的途径，就一个字：勤！我以前练枪法时，可没那么多子弹给我练，每天就站那儿练瞄准，练手稳，一瞄，就是8个时辰！枪法，就是这样练出来的！知道没有？”

士兵们齐齐地吼了声：“知道了！”

潘启文笑了笑，说道：“我告诉你们，特种兵团，就连伙食，也会是全军中最好的，一天三顿，顿顿有肉！普通士兵的军饷都跟连长一个样！你们要是想顿顿吃肉，就给我好好练！特种兵团，会在年底的大比武的胜出者中选拔！”

士兵们眼中霎时放出光来，这时一个军官大声吆喝了一嗓子：“怎么说？”

士兵们再次惊天动地地吼出一个字来：“练！”

射击场东面的一个小山丘上，叶蕴仪一身黑色马装，与黎昕并马而立，文四与黑衣卫队骑马跟在后面。

叶蕴仪耳闻目睹这一切，一种豪气油然而生，她转了头，满脸骄傲地对黎昕叹道：“我父亲曾说，他是天生的将军！这话一点没错，不是吗？”

山坡下，士兵们列队离去，一个军官模样的人小跑过来，低声对潘启文说了句什么，潘启文猛然抬头，向叶蕴仪的方向看去，脸上神情已是瞬息万变，一双眼却直直地盯向远处的那一抹黑，再挪不开眼。

远远的凝眸中，相互看不清对方的脸，只有那一个身影，深深映在各自的眸色中。

只见潘启文突然迎着叶蕴仪的方向，雄鹰般大大地张开了双臂，叶蕴仪想象着他咧嘴开怀的模样，鼻头一酸，打马便向下冲去。身旁的黎昕赶紧一抬手，止住了就要跟上的文四和黑衣卫队，笑骂道："没眼色的东西！全体给我，向——后——转！"

空旷的射击场中，叶蕴仪的马在离潘启文三步开外停下，她偏了头，凝视着他，他人倒精神，却明显地瘦了，但是，眼中再无了原先的别扭、恼怒，满满的都是惊喜，还带有一丝的——愧疚和感激？而这，却让叶蕴仪不安起来。

潘启文走上前去，轻轻拍了拍马头，对着她微微一笑，再一次张开了双臂，轻唤一声："蕴仪！"

看他没事人一般，叶蕴仪突然恼怒起来，想到自己这十几天的坐立不安，满心揣测彷徨，不由举起手中的马刺，恨恨地挥了下去。

然而，他却没有如她想象中地举手抓住马鞭，而是将脸向上一扬，竟是迎了上去，脸上甚至还带着三分的快意！

叶蕴仪大惊，慌不迭地向后收手，但那马鞭上的细刺仍是划过了他的脸，带起一条浅浅的红印。

叶蕴仪一把扔了马鞭，急急地向下一跳，被潘启文一把接住，稳稳地放落下地，叶蕴仪伸手抚上他的脸，红了眼，满脸心疼地叫道："你做什么不挡？"

潘启文眼神一闪，轻笑一声道："我想看小妞心疼的模样！"

在他魅惑带笑的眼神下，听着他那柔柔的话语，叶蕴仪满腹的委屈、十几天来的不安彷徨，刹那间涌了上来，她一头扑进他怀中，眼泪止不住簌簌而下。

潘启文紧紧地揽住她，任她的泪水灼痛着他的胸口，直到感觉到胸前温热逐渐地冷却，他才抬起她的下巴，轻轻吻上她眼角的泪痕，喃喃地叫道："蕴仪！蕴仪！"

叶蕴仪却一把拽下他的脖子，狠狠地一口咬上了他的唇。潘启文大掌一扣她后脑，他的唇已是重重地压了下去，两人唇舌相交的气息迅速搅热了周边的空气，叶蕴仪双手勾着他的脖子，只觉浑身发软，她心甘情愿地任他引着她，旋转在这天地间，仿似这世间，便只剩了他们二人。

良久，他放开她，凝视她的双眼晶亮，令她心头莫名一颤。

他却一把抱起她，将她稳稳地放在马背上，他也翻身上了马，一挥马鞭，那马便飞奔起来。

纵马驰骋中，潘启文紧紧地将叶蕴仪圈在自己怀中，打马狂奔，道路两旁的树木飞速地向后掠去，叶蕴闭了眼，感受着那呼呼的风声掠过耳际的快意，心里懒懒软软的，只想这样依着他，任他带她到天涯海角。

这一阵直抒胸臆的纵横驰骋，令潘启文和叶蕴仪心中都畅快不少。

当马速渐渐缓下来，叶蕴仪睁开眼来，慵懒地问了句："咱们这是要去哪儿？"

她那全心依赖的模样，映了潘启文满心满怀，他紧了紧胳膊，低头在她发顶轻轻一吻，柔声笑道："前面有一眼温泉，传说可以长生不老，我带你去！"

当叶蕴仪被潘启文抱下马，看到山洞口两个军装士兵时，不由奇道："这里居然还常年有兵驻守？难道不让别人进去么？"

潘启文眼神一黯，轻声道："山后有一个大的泉眼，人们都是去那儿的，这一个小泉眼，因在山洞内，没人来过，是我爹偶然发现的，他派兵守了，一应物品都给我娘备好了，可是，他还没来得及带我娘来，他们就出了事！"

叶蕴仪心里一疼，忙拉了他的手，轻快地道："咱们去看看，是个什么样的神仙洞府！"

走进洞内，一股热腾腾的水蒸汽扑面而来，叶蕴仪仔细一看，这只是个通道，拐个弯，另有一处不大的山洞，洞壁上有一眼冒着热气的温泉，泉眼下用石头砌了个不过五尺见方的一个小汤池。虽然小，但洞内毛巾、毯子，就连躺椅都一应俱全，可见潘烨霖当初还是设想周到。

潘启文早已不耐这里的热气，他脱掉了军装外套，又完全解开了衬衣扣子，精壮的胸膛在雾气中开始泛红。叶蕴仪心头一跳，迅即转开了头，潘启文却一把甩掉了衬衣，光着上身，从背后搂上她，将头搁在她的肩上，轻笑道："这里虽然不大，可好在私密性好，我猜你定会喜欢。"

说着，便动手解她的衣扣，叶蕴仪忙一扭身，面上微微发热，轻声道："我自己来！"

潘启文也不勉强，他放开她，轻轻笑道：“好，我先下去等你！”

当叶蕴仪围了一条大毛巾，缓缓下到池中时，却见潘启文坐在水中，仰着头闭了眼，脸上已被蒸得通红，额头和鼻尖已是渗出汗来。

叶蕴仪踩着水，走到他身边坐下，潘启文闭了眼伸手一揽，将她扯进自己怀中，叶蕴仪放松地伸长了双脚，满足地叹了口气。

潘启文蓦然睁开眼来，一只手捋上了她额前的发，他的声音在水汽中飘浮着一丝的不确定：“蕴仪，为什么叹气？”

叶蕴仪的手抚上他脸上那淡淡的红印，轻声道：“启文，刚才我看到你带兵，我第一次那么庆幸，当初你没有带我走！也就在那一刻，我才明白，当初，你那么义无反顾地要带我走，你舍下的是什么！”

潘启文轻轻一震，他低低一笑，突然双手一拉，竟已将她裹在身上的大毛巾扔了开去，在她的惊呼中，他一把将她扯进怀中，将她放在自己腿上，哑声邪笑道：“妞儿，那你就该好好报答我！”

腾腾的热气中，混合着暧昧的水声和喘息声，最后，潘启文将叶蕴仪抱到躺椅上，他将她的腿架在自己肩上，顶在她的最深处，热热地喷射出来，当她习惯性地向上挺去迎接他的雨露，而他也习惯性地摸了一个枕头垫在她身下时，他浑身蓦然一僵，他猛地扔开枕头，一下子趴在了她的身上，像是要寻找救赎般急急地摸索到她的唇，深深地吻了下去。

当一切归于平静，两人穿戴整齐，神清气爽地缓缓步出山洞，上了马，悠悠然然地向营地踱去时，叶蕴仪终于忍不住开了口：“启文，酒会那天，我与宗尧见过面。”

当她忐忑不安地看向他时，却听他只是淡淡地、不带喜怒地“嗯”了一声。听不出他的喜怒，叶蕴仪越发不安起来，一颗心随着悠悠的马步上下起落，她转过头面向前方，轻轻地向后偎去：“启文，我私下与宗尧见面，没有告诉你，是我不对，可是，在当初的真相大白前，你暂且放过丁长和，不要与方家正面冲突，可好？”

潘启文眼神一黯，一声淡而随意的“好！”字在叶蕴仪头顶响起，就像是他们在说的不过是一起吃饭那么简单的一件事而已。叶蕴仪蓦然回头，眼神惊疑不定地在他脸上逡巡，潘启文似没看到一般，轻轻在她额上一吻，挑眉笑道：“怎么？”

叶蕴仪缓缓摇摇头，轻声问道：“那你可有收到南京方面关于参加编遣会议的邀请？”

潘启文没有直接回答她，却凝眸看向她：“你想我怎么做？”

她深深地看向他眼底，却在那一片幽暗中，什么也看不到，她低了头，轻声道：“统一建制、军权集中，是迟早的事，这个编遣会议，若能与方伯伯达成利益上的同盟，那么……”

潘启文却一抬手，猛然打断她，他的手指竖立在她的唇边：“蕴仪，我不需要知道理由，我只要知道，你想我怎么做？”

叶蕴仪心中那丝不安再度膨胀起来，他没有说他想怎么样，也没有问应该怎么样，连理由也不问，他只问她想他怎么做！仿佛，只要她想，即便前面是深渊，他也照跳不误！

叶蕴仪闷闷地说道：“我觉得你应该去！”

当潘启文那声“好！”字再次在她头顶响起时，叶蕴仪终是忍不住问道：“为什么？”

潘启文喉咙中发出一声轻笑，他抬手抚上她的眼：“因为你来了！不是吗？”

叶蕴仪轻轻一震：“就这么简单？”

潘启文垂下的眼帘中，一抹痛意一闪即逝，是的，就这么简单。现在的他，只想将她捧在手心，不论对错，无论什么样代价，只要她欢喜就好！

当那天霍夫曼告诉他，他们永不可能再有孩子时，他心里的悔恨、痛苦和慌乱令他无法面对她，所以，他逃了。

那个逝去的孩子，是他与她心底里最深却最不敢碰触的伤，他以为，只要他们能够再有一个孩子，那条他们之间最大的鸿沟终能填满，他知道，她也如他一样，盼着另一个孩子的到来，而如今，这样满满的期冀却落了空，他无法想象，她若知道这个事实，若知道了他们再不能有孩子的原由，她会怎么样？

潜意识里，他始终记得母亲说过的话，有了孩子，他与她才算是真正绑在了一起。而他们之间，却再不能有自己的孩子！他的脑海里突然间便冒出了当初黄大仙庙那两句签文来，他怕，他与她之间，真的会一语成谶，心底里那种——慌，那种担心失去的慌，刹那间铺天盖地般淹没了他。

可是，她却来了！

在她以为他仍在为她与方宗尧私下见面而气恼的情况下，她来了！

他知道，她这十几天过得并不好，连睡梦中也不安稳。他更知道，她要他放过丁长和，去参加编遣会议，也都是为了他好。

看到她那一瞬间，他与她这段时间来携手并肩所走过的一切，如走马灯般在他脑中晃过，他们开铁矿、兴实业、发展民生；他们共同对付日本人，共同谋划归南方略；她为他兴民意，树威望，周旋在洋人中间。

在看到她那一刹那，他那惊慌无措的心竟奇迹般安定下来，是啊，只要他们能在一起，他有什么可慌的？没有孩子又怎么样？他们还有那么多共同规划的事要做，他们还可以携手并肩走很长的路。他暗中恼怒自己孩子般的别扭，在这一刻，他只愿尽他所能，将世间最美好的东西捧到她面前。

就这么简单！

两个人下了马，潘启文旁若无人地揽着她向营房走去，一路上，不断有好奇和惊艳的目光悄悄扫来，潘启文挥着马鞭，像个粗鲁汉子般，好心情地笑骂："看什么看？有本事，大比武中得了胜，老子出钱给你娶媳妇儿！"

叶蕴仪捂了嘴，在林泰似笑非笑的目光中，随他进了营房。

一进门，潘启文便吩咐道："林泰，致电南京，我拟参加明年二月的编遣会议，同时，登报发个支持编遣会议的声明。"

林泰一愣，不由自主地瞟了眼叶蕴仪，恭声道："是！"

潘启文稍作沉吟道："致电南京，就说丁长和已伏诛，特此上报！"

一旁的黎昕惊道："丁长和不抓了？"

他眼神有些复杂地看了眼叶蕴仪，仍是不赞成地摇摇头："天一，丁长和若是真的去了上海，甚至南京，可是个祸患！尤其是你明年还要去南京参加那个会！那里，可不是我们的地盘！"

叶蕴仪一凛，刚刚她分明在黎昕眼中看到了一丝隐隐的责备之意，他这是，在怪她？

潘启文似感觉到了她的不自在，他在她腰上的手轻轻一捏，笑道："不是不报，时候未到！再说，不通过南京，咱就不能除丁长和了？你赶紧派人查，当初丁长和跟方宗尧、还有罗副官之间，到底发生了什么事？

还有，给冯啸天去信，让他在上海和南京两地查找丁长和的下落！”

他轻笑一声：“这种事，只怕冯啸天来得比南京官方的还要快！我们何必再跟方淮之起正面冲突？”

叶蕴仪眼中一亮，她其实也担心丁长和始终是个祸害，若是能不与方家起冲突解决这个麻烦，倒不失为一个好办法！

她点点头，眼中星光流转：“启文，安全起见，我看不如将黑衣卫队和亲卫连中各抽调一部分人，现在就先潜入南京，同时，跟冯啸天联络，利用他南京分舵，提前做好安全措施。”

潘启文眼眉一弯：“好，就依你！”

一时间，黎昕、林泰和文四都以一种怪异的目光看看潘启文，又看看叶蕴仪。

议完事，黎昕笑道：“天一，张团长刚说有关布防的事要向我们汇报，不如我们过去一下？”

潘启文默默地点点头，站起身来，柔声对叶蕴仪道：“你先休息一下，我很快回来！”

出了门，拐了个弯，潘启文站定了脚步，淡淡地道：“说吧！”

黎昕顿住脚，直直地看向潘启文：“天一，你原先的做法，可是一石二鸟，既解决了丁长和，又能更好地利用方淮之，为何要突然改变？你可知道，我们现在这样的做法，可是费时费力，也未见得安全？”

潘启文轻笑一声：“黎昕，你头几天不是还在责备我太孩子气，为一点小事跟蕴仪闹别扭吗？”

黎昕眉头一皱：“你真是因为蕴仪？可这是公事，也是大事！尤其是这个编遣会议，我这心里总是觉得不安！那个方淮之，你就真的能相信他？你别忘记了，方宗尧那一枪，虽不是你开的，可终是因你而起！”

潘启文眼神有些虚无地看向远处，悠悠地叹口气：“我只是再舍不得她有一丝的为难！”

黎昕微微一震，却听潘启文突然笑道：“回去以后，将那个David不能生育的事，告诉黛儿吧！或许，这才是她想要的呢？两个人都不能生育，或者，倒是一种幸运呢！”

他语气中的那一丝幽远缥缈，令黎昕莫名一惊。

第四十六章

暗夜晨星

十个月后。

芳华苑，清晨，小清端着一碗冒着热气的中药，走进饭厅，放在叶蕴仪面前，轻声道：“少奶奶，您的药！”

正坐在餐桌前，刚拿起筷子的潘启文，“啪”地一声将筷子掷在桌上，厉声道：“小清，我不是说过，不许华大夫再给少奶奶开这些个乱七八糟的药了吗？”

小清吓得往后一缩，叶蕴仪一把按住潘启文的手，笑道：“这不怪小清，也怪不着华大夫，这是我自己在外面寻来的方子，说是要饭前吃才有效呢。”

潘启文眼中闪过一抹痛色，皱眉道：“这么苦的药喝下去，哪还吃得下饭？不要喝了！”他端起药碗，不容置疑地叫道，“小清，收下去！”

叶蕴仪急道：“启文，你就让我再试试！”她的眼圈一红，语气中带上了一丝恳求，“就再试一次，好不好？”

潘启文端着碗的手一滞，他眼睁睁看着叶蕴仪眉都不皱地将一碗药咕嘟咕嘟喝了下去，眸色越发阴沉下来，他接过小清递过来的漱口水，送到她嘴边，轻声道：“蕴仪，最后一次了，咱不受那个罪了，好不好？”

叶蕴仪漱了口，抬眼笑道：“启文，不苦的！”

潘启文双手扶上了她的肩，眼中满是疼惜和无奈，轻声道：“蕴仪，孩子的事，急不来的，华大夫和霍夫曼不都说过，你没有大碍，只是身子需要慢慢将养的？你这样，反而欲速则不达！”

叶蕴仪抿了抿唇，低声道：“启文，是我不好！当初，若不是我那么急着离开你，若是早戒了鸦片，或许，我们已经有孩子了！”

潘启文又疼又怒，不由大声叱道：“叶蕴仪！我说过多少次了，不许你再提这事！咱们现在都这么忙，哪有时间生孩子！我都不在意，你急什么？”

叶蕴仪眼中一黯，默默地拿起筷子，胡乱地扒起饭来。

潘启文轻叹一声，抚了抚她额际的发，柔声道：“你若真喜欢孩子，等咱们去南京回来，我命人领养一个回来可好？”

叶蕴仪脸色一白，没有作声。

就在这时，门口传来黎昕的笑声：“哎呀，天一，黛儿有信来，今天我就在你这苑子里来吃得了。”

叶蕴仪忙站起身，对小清道：“小清，赶快加一副碗筷！”她收起先前的哀伤，对黎昕笑道，“早跟你说过，黛儿去了美国学习，你一个人就跟我们一起吃饭得了！”

黎昕轻哼一声道：“那也得某人乐意才行啊！”

潘启文这时乐得有人打岔，他白了黎昕一眼道：“来蹭饭就蹭饭，还找什么来信的借口！”

黎昕一扬手中的信，笑道：“这还真有信，不仅是黛儿有信，那个David还专门写了封信来，我这不是找蕴仪看信来了？”

叶蕴仪抽出那张满是英文的信纸来，刚看了几行，惊异地“啊”了一声，一抬眼，见黎昕和潘启文都直愣愣地盯着她，不由苦笑着道：“这个David说，黛儿对他不冷不热，只怕是因为他不能生育。他说他现在找到一种药，好像有可能治好他的毛病，正在试用中，他有信心能治好，他说他一定要给黛儿幸福！”

潘启文手中筷子“啪”的一声跌落到桌上，他眼中跳动着奇异的火苗，他的声音中带上了一种他自己都不易察觉的急切：“真的有这么回事？”

叶蕴仪叹口气：“这只怕对黛儿来说，未必是好事呢！”她同时又想到自己，眼神不由一黯。

潘启文有些心神不定地站起来："我前院儿有些急事要处理，我先过去了！"他走出两步，又一把抓过桌上的信，"黛儿的信我拿去看了！"

黎昕瞪着他的背影，迷惑地道："他这是兴奋？为什么？"

叶蕴仪莫名其妙地摇摇头，心中暗自苦笑，或许他只是因为自己没有孩子，而同情那些不能生育孩子的人吧？因着David的话，他竟下令全西南不惜代价，禁用那种叫sleep的麻醉剂，而因新的麻醉剂价格昂贵，引致怨声载道。若David能治好，是不是那些受害的人也能治好？

前院，潘启文一走进办公厅，习惯性地向书房走去，却突然停住了脚步，拐到了左边的秘书室，秘书室里四个秘书慌乱地站了起来，却见潘启文对着最里面的梅果一招手，温和地道："梅果，麻烦你来一下！"

梅果看着前方那挺拔的身姿，暗自在心中勾勒着他脸上的轮廓，有一丝异样在心中升起，他今天似乎看上去有些不一样了，平时他多半是面无表情，抑或是沉着一张脸，而今天，他竟有一些的——兴奋。

这是他第一次对着她，那样柔和地说话，而非以前那样生硬地命令，他的嘴角，甚至噙着一抹笑意。

梅果只觉她那颗早已濒死的心，又有点活泛起来。

走进他的办公间，潘启文将手上的英文信的信封递给她，淡淡地道："你以我的名义，给这个David写信，要他详细说明一下，他治疗不育之症，用的什么药，怎么个用法，若是可能的话，让他寄一些过来，并且，让他有任何进展，及时直接发电报或写信给我。另外，问下他，那种药贵不贵，好不好找，若是大面积推广使用，会不会有问题？"

梅果点点头，心里隐隐有些奇怪，西南全面禁用那种叫sleep的麻醉剂的事，她是知道的，可是，因为黎黛的关系，这涉及隐私，他应该让叶蕴仪处理才是，为何却要让她来做这事？

她突然想起几个月前的一件事来。

那一次，他带着她去了圣马丁医院霍夫曼那儿，当他问道他夫人为何不孕时，霍夫曼却看了看她，坚持要用自己的护士作翻译，将她赶了出来。后来，当他出来时，他的脸色十分阴郁吓人，她只听到霍夫曼对他说，要他两天后再来。

从那以后，除了在叶蕴仪面前，他便一直对谁都没有好脸色过。

再以后，她听说，叶蕴仪一直在吃药，甚至还找了好几家西医去看病。

但他，无论人前人后，却对叶蕴仪越发地好了起来，秘书室的女人们常常艳羡议论的，便是这位少帅夫人！

想到这里，梅果突然有些明白，心底里却无限地酸涩起来，他是怕“不能生育”这几个字，令叶蕴仪难堪、难过吧？

这时，突然听潘启文说道：“后天我就去南京了，你让David直接把药寄给你就好！这事，不要让别人知道！”

梅果心底里不知是应该高兴还是沮丧，不让别人知道，主要是不让叶蕴仪知道吧？可是，他到底是用得上她了，不是吗？这也算是他第一次这样信任她吧？

第四十七章

真相大白

南京，金陵大饭店，叶蕴仪挽着潘启文缓缓步下楼梯。

门外，一辆黑色轿车静静地候在路边，一个身形高大的身着士官服装的年轻男子立于车旁。

见到潘启文二人，那年轻男子赶紧迎上前去，笑道：“潘司令、潘夫人！我叫古天航，方将军命我来接二位！”

叶蕴仪脸色一变，却随即点头笑道：“有劳了！”

车上，叶蕴仪看了看潘启文，潘启文伸出手握住她的，对她微微一笑，她终是鼓起勇气向古天航问道：“古先生，你可认识古天舒？”

古天航眼神一黯：“他是我大哥！可是，在那次护着方先生去西南时，遇到西南叛军，他为护方先生而牺牲了！”

叶蕴仪与潘启文握在一起的手都感觉紧了紧。方家，方淮之夫妇与方宗尧亲自迎出了大门口，方淮之、方宗尧与潘启文客气地握手致意，叶蕴仪红了眼，扑进了方夫人怀中，方夫人却愤愤地瞥了潘启文一眼，只是象征性地拍了拍叶蕴仪的背脊，淡淡地说了一句：“来了就好！”

就在这时，一辆黄包车在门口停下，文四从车上跳下，快步跑到潘启文身边，在他耳边悄声说了一句什么，潘启文嘴角噙过一抹冷笑，他点点头，挥手让文四站到一边，他转头对方淮之笑道：“方先生，不如您现在派个信得过之人，跟我这手下去一趟瑞安茶舍，看看那丁长和跟谁在一起可好？”

方淮之眉头一皱，也不再问，只对一旁的一个手下吩咐道：“你带两个人走一趟！记住，只许悄悄跟着，回来汇报即可，不要惊动了他们！”

那人与文四走后，一行人才进了方府落了座。

叶蕴仪心中一阵难过，她在方家，感受到的是一种客气而疏离，再无了过去那种亲人般的无间气氛，便连宗尧，看着她的眼神里，竟也多了一丝的防备，这令叶蕴仪心中失落不已。

潘启文看在眼中，心中又疼又怒，却又无可奈何，若只是为他自己，只怕他早就拂袖而去，可是蕴仪，方家在她心中的分量，并不比她爷爷和大伯低！

他无奈地叹口气，从上衣袋中掏出一张纸来，递给方淮之，笑道：“这次我跟蕴仪过来，也没带什么礼物，权且将这个东西作为薄礼奉上吧。”

方淮之接过一看，不由一惊，他扫视一眼四周，对下人们挥挥手：“你们先下去！”

等到下人们都退下，他才将手中的东西递给方宗尧，同时对潘启文笑道：“启文，这份礼，可重着！”

只听方宗尧惊道：“这份电报居然在你那里？”

潘启文点点头，直直地看向方宗尧：“你可知这份电报我是从何而来的吗？”

方宗尧眼中掠过一丝怀疑一丝不安：“从何而来？”

潘启文冷笑一声道：“那丁长和‘死’了一年多，杳无音信，便连他女儿被他大老婆卖进了窑子，他儿子被人打成残废，他也没有出现过，却突然在去年派了人接他老婆、儿子！幸好那时宗尧兄来了趟西南，我才得知丁长和没死，派人去查，发现他老婆、儿子竟失了踪，赶紧派人去追，总算将他们截下，却在他们身上搜出了这个东西！”

方宗尧眼中满满的尽是怀疑：“这个东西怎么会在他们身上？”

潘启文却从口袋里掏出一盒火柴，扔到方宗尧面前，继续说道：“丁长和的老婆供出来，说是当时明明已被我们抓了的罗副官，买通了狱中的人，将这个带出来给她，要她将这个交给丁长和，说是只要丁长和救他出去，他便保丁长和能逃出生天，还可以利用这个继续在南京升官发财。”

方宗尧拿着电报的手一颤，心中似有什么被裂开了一条缝，他有些紧张地看向潘启文，喃喃地问了一句：“罗副官？”

潘启文点点头：“嗯，可是，丁长和老婆还未能将信息传出去，罗副官就已被隐在军中未被揪出的军官救出，他们慌慌张张地与丁长和会合到一处，那时，丁长和已经抓了你，他们服饰与我潘家军一样，你自然是以为是我的人抓了你。

“罗副官本是北方的人，他极力劝丁长和投北方，可丁长和却知道，北方大势已去，不如往南京走。他细想之下，与其冒险回去拿这份电报，不如利用宗尧的身份逃到南京，若是再有了方家救命恩人之功，说不定还有东山再起之日。于是，他便与罗副官商量演了一出戏，原本他们的计划是这出戏之后，他二人各奔东西，可是，丁长和却真的对罗副官下了死手！一来，可以增加这戏的可信度，二来，他也怕罗副官万一被我们抓到，泄露了他的行踪。”

方淮之皱了眉，看了方宗尧一眼，伸手拿过他手中的电报，拿起桌上的火柴，将电报点着了，这才缓缓说道：“可是，他没有想到，因着南京还是要招安西南军，加上宗尧不能背上一个因私废公之名，所以，来了这边，他这西南军叛逆是见不得光的，别说东山再起，即便是过日子，也只能隐姓埋名。当初见我们疑他，便主动退避，暗地里，他只怕是搞清楚了这张电报的分量，又弄明白了这南京的复杂关系，所以，就想起利用这个来了？”

他目光锐利地看向潘启文：“如果我没猜错，这丁长和今天在茶舍要见之人，定是姓关的手下！”

潘启文点点头，淡淡地道：“若无今天丁长和去与姓关的人见面，若非让您的人亲自见证，这些事，我今天是不会说的！”

方淮之了然地看向他：“我明白，你是怕，说了我们也难以相信！”

他看了一眼叶蕴仪，歉意地笑道：“启文，看来这事我们以前真是错怪了你，你费心了！”

潘启文忙摆摆手道：“方伯父千万别这么说，即便不是为你们，我也要除去丁长和的，我的人从去年开始，便暗中寻找丁长和，直到最近才查到他的行踪。今天也是机缘巧合了！”

方淮之哈哈一笑：“好！启文，当初翔宇果然是没有看错你！”

提到逝去的岳父，潘启文眼神一黯：“启文这一生，都愧对岳父、岳母！”

方淮之叹口气道：“启文，上次蕴仪爷爷来南京，他把过去种种都告诉我们了，你也是无心之过，无需太过自责！”

说完，他站起身来，走到潘启文面前，拍拍他的肩，笑道：“走，吃饭！我可记得，你以前有一次，可是帮着翔宇灌醉过我！”

方夫人也走上前来，拉起了叶蕴仪的手，上下打量了一番，心疼地道：“蕴仪，这两年，你可受了不少的罪！伯母今天特意让人做了你最爱吃的广东的叉烧。”

叶蕴仪心中一暖，不由悄眼向方宗尧看去，只见方宗尧看向她的眼神已然变了，那是如以前一般的温暖，还带上了一丝的自责，她的鼻子不由一酸。

餐桌上，潘启文端起酒杯，站起身来，郑重地道：“方伯伯、伯母、宗尧，请允许我敬你们三位两杯酒！”见几个人也要站起来，他连忙将手往下一压，道，“你们请坐着，听我把话说完！”

“这第一杯，是感谢你们，待蕴仪和蕴杰犹如亲生，在她遭逢大难时，帮她渡过难关！尤其是宗尧，”他诚恳地看向方宗尧，“尤其是宗尧，千里迢迢，将蕴仪送到潘家集，启文为此，终生感激！”说完，他将杯中酒一饮而尽。

他自己给自己续上酒，接着说道：“这第二杯，是我真心向宗尧、向伯父伯母道歉，宗尧上次来西南，身受重伤，虽说是叛军有心而为，但终是因我而起，令到伯父伯母担惊受怕，是启文的不是，还请你们看在我逝去的岳父岳母的分上，原谅启文！还望二老，还能与从前一样，将蕴仪当成自己家女儿一般！”

一番话，说得叶蕴仪与方夫人已是红了眼眶，而方家三人哪还坐得住，都已站了起来，方淮之举起杯，对潘启文和叶蕴仪道：“启文，蕴仪和她爷爷都能原谅你，我们还有什么话说？如今误会解开，谈不上什么原谅不原谅，只要你真心待蕴仪好，我们家自是欢迎你的！”

潘启文点点头，将杯中酒一饮而尽，方家三人也都干了杯中酒，方夫人笑道：“启文，坐下说！咱们是一家人，不用如此生分。”

潘启文放下酒杯，笑道：“就是这句话！还望二老，能与从前一样，将蕴仪当成自己家女儿一般！望宗尧也能不计前嫌，与蕴仪一如既往，亲如兄妹！”说完，他双目炯炯地看向方宗尧。

方宗尧眼神一黯，却迅即抬起头来笑道：“那是自然！”

方淮之眼尾一扫方宗尧，看向潘启文：“启文，关于裁军一事，你怎么看？可有兴趣到南京任职？”

潘启文淡淡一笑道：“西南那边恐怕暂时还离不开，即便我要来南京，只怕新派去的人也弹压不住。关于裁军嘛，我想方伯伯比我清楚，若是不裁，恐怕方伯伯这边不好交待，可要是裁过了，对大家都没有好处，这个度还请方伯伯把握，启文照办就是！”

潘启文这话说得客气，叶蕴仪却知道，他虽是为她与方家冰释前嫌，可也绝不愿意依靠方淮之的势力在南京谋职，只要他人在西南，与方淮之便互相有了利益关系，他们与方淮之一个在朝，一个在外，互为了依傍，裁军一事，方淮之自然要去把握。

方淮之哈哈一笑，眼中露出欣赏之色：“好！启文，有你这句话，我就放心了！”

吃完饭，所有人在前厅喝着茶、聊着天，方夫人抿了口茶，笑道：“蕴仪，你跟启文结婚时间也不短了，怎么还没有孩子？”

潘启文脸色一沉，正要说话，却见方淮之派出去的人匆匆走进来。

他有些担忧地瞟了一眼叶蕴仪，只见方淮之已向那手下问道：“怎么样？”

那人忙答道：“与丁长和见面的是关大鹏的秘书何儒，他们谈了一会儿便先后离开了，文四的人跟上了丁长和，我们折回茶舍，询问那里的茶博士，只说听到了‘电报’二字，其余不知。我们又进到那间雅间，桌上还有水渍未干的一个‘方’字！”

方淮之冷笑一声道：“果然便如启文所说一般，他们这是冲着我来了！”

方宗尧皱眉道：“那丁长和电报并未到手，他凭什么跟关大鹏谈？”

潘启文微微一笑道：“丁长和的老婆被抓回以后，我们放出风去，只说是不许他们出西南之境，并未提及任何有关电报的事，又让丁长和老婆与他传递消息，说是她一定要逃出去，再找机会将东西给他。只怕丁长和还以为东西还在他老婆手中！我们原意是引丁长和自投罗网，不想，他竟先在此做起了交易！”

方宗尧嗤笑一声道：“这丁长和最多不过是求点钱财，我就不信，那关大鹏还敢明目张胆用他不成？”

叶蕴仪却不无担忧地道：“启文，我担心，这丁长和找上关大鹏，会不会对你不利？”

方宗尧忙笑道：“这点你倒不用担心，这次编遣会议的安全工作是由关大鹏负责，若是启文在南京出了什么岔子，他关大鹏第一个要担上责任！更何况，关大鹏从各方抽调人手贴身保护各地来的军政要人，你们身边的，全是我父亲的人，喏，就是天航他们一班人，定不会有问题的！”

潘启文拍拍叶蕴仪的手，笑道：“你不用担心，那丁长和于我们已毫无用处，这会儿，他只怕，已是个死人！”

方宗尧微微一愣，随即明白过来，不由哈哈笑道：“好你个启文，这下给关大鹏来个釜底抽薪，我看他还怎么玩？”

叶蕴仪与潘启文刚一回到饭店，文四便一脸惶急地迎了上来，在潘启文耳边小声道：“少爷，那个丁长和竟然被人救走了！”

第四十八章

误遭暗算

金陵大饭店，叶蕴仪挽着潘启文，缓缓步入宴会厅。

“启文！蕴仪！”一个惊喜的声音传来，两人循声看去，眼中都是一亮，不由同声叫道，“小武子？”

方宗尧笑道：“启文、蕴仪，你们可不能再‘小武子’、‘小武子’地叫了，人家武辉杰现在可是武参谋了，直接在国防部任职！”

武辉杰快走两步，一拳擂向潘启文的肩，叫道：“好小子！你把我们大家都瞒了个死紧不说，还把蕴仪给骗走了，我告诉你，咱们当初那一帮人，今儿个晚上可都来了，你啊，就等着喝酒吧！”

叶蕴仪不由调笑道：“小武，你还是那个直肠子的性子！怎么？还没娶到老婆？”

武辉杰一弯腰，做捧心状，苦着脸道：“蕴仪，我们一帮子人都是发誓非你不娶的，你被人拐走了，我们这心也伤透了！”说完，他夸张地往旁边一跳，指着潘启文叫，“哪、哪，你别过来啊，我告诉你，你别仗着你身手好，今儿个想揍你的人可多着！”

说完，他一声呼哨，立即有四五个当初潘启文的同学全都围了上来，一时间闹成一团。

潘启文与叶蕴仪心中都是一暖，当初那样的情谊，在这样的官场中，便显十分难得。

方夫人拉过叶蕴仪，笑道："他们这帮猴崽子，让他们瞎闹去，蕴仪，宋夫人在那边，走，我领你去见见她！"

叶蕴仪点点头，转头对方宗尧道："宗尧，你帮我看着点儿他，别让他们瞎灌他！"

武辉杰口无遮拦地笑道："哟，蕴仪，你可是拜托对人了，咱这里啊，最恨这小子的，就数宗尧了！上一次，宗尧从西南回来……"

却听旁边一人叱道："小武子，说什么呢？启文，快来，你今儿个可得跟我们好好说道说道！"

叶蕴仪微微一笑，她轻轻捏了捏潘启文的手再放开，随着方夫人去了。

潘启文的眼中噙着笑，一直追随着她，直到她一拐弯看不见了，这才回过头来，挑眉一笑，脸上仍是掩不住的傲然之色："哦？你们只管划下道来！"

叶蕴仪跟着方夫人向走廊尽头走去，走着走着，她突然间觉得有些头重脚轻起来，不由扶了扶墙，她甩甩头，坚持着向前走去，刚走到那房间门口，便软软地倒了下去，耳边只听到方夫人的惊呼声。

叶蕴仪一睁开眼，便见到潘启文焦灼的双眼，见她醒来，潘启文长长呼出一口气，急急地问道："蕴仪，你觉得怎么样？"

叶蕴仪双颊泛着异样的红晕，她觉得浑身灼热难耐，不由扯了扯旗袍的领口，摇摇头道："这是在哪里？"

潘启文皱眉道："刚刚方夫人派人找我，领我到这儿来的，我一来，就看到你躺在这儿！"

叶蕴仪脑海中闪过一丝什么，却一下子被身体里那股怪异的热浪给淹没，她的眼睛盯着潘启文一噏一合的唇，突然一把揽下他的脖子，一口咬了上去，潘启文还未反应过来，叶蕴仪已拉起他的手，向自己胸口抚去，喃喃地叫道："启文，我好热！"

潘启文情不自禁地向她压了下去，叶蕴仪的双手已胡乱地扯开了他的上衣，她滚烫的小手抚上了他的胸膛，发出一声低吟。一股强烈的不安涌上潘启文的心头，他立即向叶蕴仪看去，不由大骇，只见她脸上泛着不同寻常的红光，眼神迷乱，身体不安地扭曲着。

他立即警觉地看了看四周，果断地扒开叶蕴仪的手，急急地叫道：

“蕴仪，你醒醒！”

叶蕴仪的手却已伸向了他腰间的皮带，潘启文咬咬牙，按住了她的手，正要直起身来，却觉背后一股冷洌袭来，他双眸一紧，猛地一矮身，一低头，回肘向后袭去，突然脑后一阵剧痛，昏迷前的那一回头，他眼中映出一个熟悉的身影。

大厅内，武辉杰笑道：“宗尧，伯母把蕴仪和启文都叫走了，这算怎么回事？今天我们几个可是打算不醉不归的！”

方宗尧放下手上的酒杯，笑道：“我去看看！”

当方宗尧寻到叶蕴仪所在的房间时，只见母亲正急切地按住沙发上衣衫凌乱的叶蕴仪，见他进来，忙叫道：“宗尧，你来得正好，赶紧去把启文找来！”

方宗尧心里“咯噔”一下，他皱眉道：“启文不是你派人来叫走了吗？”

方夫人一愣，随即面色一白，急道：“我没有！刚刚蕴仪昏倒，我好不容易把她抱进这里，谁知我也一下子失去了知觉，等我醒来，便看到蕴仪成了这副样子！”

这时，叶蕴仪猛地甩开方夫人，起身扑向方宗尧，双手和柔软的身体紧紧地缠上了他，娇媚地叫：“阿文！”那声音里竟是充满了渴求。

那柔媚的声音、温香的触感，令方宗尧脑中轰然一响，一下子呆立当场！

方夫人也是一呆，她赶紧上前，一把扯开叶蕴仪，谁知这时的叶蕴仪力气竟大得吓人，一下子竟将方夫人推倒在地上，揉身又要向方宗尧扑去。

方夫人一声惊呼，令方宗尧蓦然清醒，他咬咬牙，上前将叶蕴仪双手往身后一反剪，令她背对着自己，尽量令自己身体离她远一些，他哑声叫道：“妈，拿个什么东西来将她绑上！”

方夫人慌张地四处望望，终是一把揪起茶几上的台布，撕开来，将叶蕴仪手脚分别绑上，叶蕴仪挣扎中尖声叫起来，方夫人无奈，只好抽出身上的手帕，将她的嘴也塞上。

两人做完这一切，都已是满身大汗，方宗尧只觉浑身发软，他满眼心疼地将头偏向一边，不敢看叶蕴仪的满身狼狈。

方夫人惨白着脸，慌乱地道：“不行，我得找你爸去！”

方宗尧一把拉住她：“妈，爸这会儿跟委员长在一起，还有关大鹏！现在情况不明，只怕是针对我们而来，咱们不可轻举妄动，不要中了别人的圈套！”

他瞟了一眼叶蕴仪，只见她还在难受地左右扭摆挺动着，那姿势，竟是十分地挑逗诱人。他不由咬牙道：“再说，蕴仪现在这个样子，怎么能现于人前？”

方夫人急道：“那怎么办？”

方宗尧的目光止不住地向叶蕴仪瞄去，见到叶蕴仪那妩媚诱人的模样，心头一跳，他迅即转开头，沉声道：“妈，你在这儿守着，谁来也别开门，我去找启文！”

方宗尧匆匆走向大厅，却迎头碰上正向他走来的古天航，他一把拉住古天航，皱眉道：“你怎么在这儿？”

古天航忙道：“今天各组都抽人过来负责警卫，我也是被抽过来的。”

方宗尧心里不由一沉，古天航本是贴身保护潘启文的，却被抽调了出来！他急急地问道：“你有没有看到潘司令？”

古天航奇怪地道：“没有啊！刚武参谋也问来着，还说他们几个找了一整圈也没找到潘司令人！”

方宗尧一把将古天航拉到一边，神情凝重：“你，赶紧去楼下，找到潘司令的两个随从，告诉他们，潘司令失踪了，让他们赶紧去找人！”

林泰与文四在楼下的接待厅中枯坐了半晌，有人来招呼他们去跳舞、打麻将，他们都没有去，看着这里的衣香鬓影，总感觉自己与这里格格不入。

林泰放下手中的杯子：“我看这架势，楼上还早得很，走，到外面抽根烟去，这里真他妈闷得慌！”

两个人来到大门外，看见门口迎来送往的，文四笑道：“走，到那边儿去，清静些！”

这时，一辆轿车悄无声息地停在了路边，黑暗中的文四不在意地瞄了瞄那车，突然手指车的位置，颤声道：“少奶奶？”

林泰定睛一看，昏暗的灯光下，方宗尧手上横抱着的一个女人，匆匆向车上走去，两个人心里一沉，立即扔了烟头，低叫着扑上前去，一个叫的是“方先生！”一个叫的是“少奶奶！”

方宗尧眉一拧，对两人低吼道：“你们还不去找你家司令，还在这里等什么？”

林泰与文四一下子蒙了，却见方宗尧已上了车，沉声道：“赶紧着你们的人去找你家司令，不要声张！你家少奶奶中毒昏迷，我先带回方家去！你们全力找你家司令要紧！”

潘启文在黑暗中缓缓睁开眼来，略一动身子，心里不由一沉，他的双手双脚竟被呈“大”字形牢牢地绑在一个木架子上，他来不及关心自己的处境，脑袋里立刻呈现出叶蕴仪那怪异的情状来，一股前所未有的惊惧的浪潮迎头向他砸来，瞬间淹没了他。

在军校时，他接受过临危不乱的训练，他想要强迫自己镇静下来，可是他却完全无法抑制住全身的战栗，那是一种，他完全无法左右的——慌！

“呵、呵、呵！潘天一，你也有今天！”伴随着咬牙切齿的声音，一盏煤油灯出现在他眼前，昏暗的光晕旁，是一个男人狰狞的脸。

“丁长和！我夫人呢？你把她怎么样了？”潘启文目眦欲裂地吼道。

“夫人？哈哈，潘天一，难道你被打昏前，你没发现，那时的她已经是个不折不扣的荡妇了？这会儿，你的女人，只怕在别的男人身下浪荡尖叫呢！啧啧啧，听说，那可是个大美人儿！”丁长和的脸凑到潘启文眼前，满眼的淫亵。

潘启文高高挺起的背脊瞬间向下弓去，疼、怒、绝望一浪一浪滚滚而来，像永无止境般，令他再无力支撑。蕴仪，他那高贵、优雅的蕴仪，他如珠如宝般捧在手心的人儿，怎能遭受这样的玷辱？这一切，又是因为他！

他全身发软，耳边只有丁长和叫嚣的声音在嗡嗡作响：“潘天一，明明我们之间，是男人的事情，可是，你却将我的女儿和小妾卖进窑子，让她们生不如死！如今，我就将你的女人送到你的情敌身下，让你在临死前，也尝尝被人戴绿帽子的滋味！啧啧啧，正好方宗尧觊觎你的女人，不是一天两天了！”

“方宗尧？！”这个熟悉的名字令潘启文猛然清醒过来，一丝惊喜带着一丝希望在他心头升起，方宗尧？他，怎么可能舍得伤害蕴仪？他与他一样，那样地爱着她！

他赤红了眼，本能地反驳："混账，不可能！"

"不可能？呵呵，潘天一，你想自欺欺人到什么时候？你的女人中了最烈的媚药，无药可救，这心爱的女人送上门，他舍得不要？又舍得不救？难道他要看着她死吗？"

潘启文心中刚刚升起的那丝希望的火苗一下子被扑灭，他如坠冰窟般，浑身的血液也在那一刻冻凝。叶蕴仪的不清醒和当时的媚态是他亲见，方宗尧本便爱慕她许久，如何能把持得住？即便他能把持得住，可他又怎么能看着蕴仪死？

潘启文心中急怒周身乱窜，找不到出口，他抬起头来，对丁长和咆哮道："丁长和，蕴仪若是有事，我定让你，求死不得！"

丁长和冷冷一笑："潘天一，现在，求死不得的是你！"他左手将灯高高举起，右手中已是多了一把匕首，他狠狠地一刀向潘启文胳膊上扎去，潘启文右臂上顿时血流如注。

潘启文咬紧了牙，额上冷汗涔涔，他却展颜一笑："丁长和，是关大鹏与你合作的吧？要不然，凭你，怎么能弄得我出来？你又有什么本事给蕴仪下药？"

他明明笑语轻言，但语气中透出的阵阵森冷之意，却令丁长和背上一寒，丁长和冷哼一声道："你是将死之人，问出来，又有什么用？"

潘启文目光顿时变得森寒暴戾起来，他板了脸，声寒似冰地道："问出来，自是要找他算账！"

丁长和脖子不自觉地缩了缩，却强自挺了挺胸，哼道："等你有命找人算账再说吧！"说着，他将手中的灯一放，左手狠狠地压上了刀柄，用力向里一拍，潘启文一声闷哼，左胳膊已被那把刀刺穿，牢牢地钉在了木架上。

丁长和一指桌上的一排匕首，狞笑着道："潘天一，你千不该、万不该，将我女儿卖去窑子，又将我儿子打成残废！今天，我要你死也死不痛快！"

说完，他再拿起一把匕首，猛地一下钉上了潘启文的右臂！他毫不停留地拿起桌上的刀，直到将潘启文的四肢都钉上了匕首，他听着那鲜血滴答滴答落在地上，脸上方显出一丝快意，他拿起下一把刀，拍拍潘启文的脸：“你说，这一把，钉在哪里好呢？我可不想让你一下子就死掉！”

潘启文感觉到身体里的血液在流失，身上越来越冷，他却咬紧了牙关，强自睁开眼来，轻笑一声：“你真道关大鹏需要你那份什么鬼电报来整方家吗？那件事已过去快两年，现在即便有那个什么证据，又有谁信？”

丁长和握着匕首的手一僵，他冷冷地看向潘启文：“你什么意思？”

潘启文冷笑一声道：“你以为是你利用了关大鹏杀我，其实不过是关大鹏利用你要杀我来嫁祸方家！只因为你跟着方宗尧到上海，在这个圈子里早已不是秘密，大家不说破罢了，而一旦你做出这等惊天大事来，别人自然就会联系到方家，你，不过是其中一枚棋子，你说，到时你的下场会是什么呢？关大鹏会等着方家人来抓你审你吗？”

丁长和的手一颤，却强自笑道：“你道我没防着他这一招么？哼，我的人……”

话音未落，只听一声枪响，他手上匕首已是应声落地，一队持枪的黑衣人冲了进来，将他们团团围住，领头的文四呆滞地看了一眼潘启文被钉在木架上的胳膊，一咬牙，抬手就要给丁长和一枪，却听潘启文厉声道：“先别把他弄死了！”

两个黑衣卫队的人迅速上前，将潘启文身体轻轻向上抬着，另几人七手八脚解开了绑着潘启文的绳子，却都看了看死死钉在四肢上的刀，谁也不敢动，齐齐看向文四。

却听潘启文咬牙问道：“少奶奶呢？”

文四忙道：“少奶奶被方宗尧救回了方家，应该很安全！”

潘启文浑身一震，大吼一声：“快拔刀！去方家！”

拔完刀的潘启文，终因失血过多，在路上便陷入了昏迷，昏迷前，口中仍是喃喃念着：“去方家！快！去方家！”

第四十九章

同窗之谊

潘启文在沉沉的黑暗中，一会儿看见叶蕴仪在方宗尧怀中妖娆妩媚，一会儿看见她自责垂泪，然而，他看到更多的却是她拿起匕首刺向自己时那绝决的眼神！

“不，蕴仪！”一声他自以为的大吼中，他睁开眼来，一眼便看到叶蕴仪苍白的小脸和充满惊喜的眼神，她趴在他床前，眼泪簌簌往下直掉，又哭又笑地道：“启文，你终于醒了！”

看到这样活生生的叶蕴仪，潘启文的心瞬间安定下来，他艰难地伸出手去，哑声问道：“蕴仪，你，有没有事？”

叶蕴仪一把抓住他的手，紧紧地贴在自己脸上，吸吸鼻子笑道：“我能有什么事？倒是你，差点你的双腿就废了！若不是委员长亲自下令，请来了最好的医生给你手术，你、你……”

叶蕴仪喉中哽痛，极力想要掩去眼中的恐惧，脸上是潘启文从未见过的脆弱神色，她颤声道：“你昏迷了三天，启文，我……”

潘启文的手轻轻地抚了抚她的脸，笑道：“蕴仪，还没跟你过够，我怎么舍得死？”

他迟疑半晌，终是问道：“蕴仪，你，那天在饭店，不是不舒服的？后来怎么样？”

叶蕴仪见他醒来只顾关心自己，心中感动，她伸手揩去眼角的泪珠，忙道：“那天我中了迷药，后来是宗尧将我送回方家，醒来就没事啦！”

一时间，潘启文心中种种念头翻滚而过，却终是将所有疑问压在了舌尖之下。

一想到，她是如何解掉那媚药的可能，他的心便如万蚁噬心，平常别的男人多看她一眼，他都不悦，而这样的羞辱，让他如何能够承受？

可是，当他在黑暗中一再看到她那决绝的眼神时，他却只能在心中祈祷上苍，若方宗尧真与她有了肌肤之亲，他只求她当时意识不清，根本便不知晓！不然，他无法想象她会怎么样！

尽管他心中绞痛，尽管他难以呼吸，可是，他，只能求她安好！

心底里，还存了一丝渺茫的期望，或许，方家有别的方法解了她的药性？

他从来没有如现在般迫切地想要见到方宗尧，他嘴角勉强挂起一个笑来：“出了这么大的事，方宗尧也不来看看我？”

叶蕴仪脸上一僵，她急急地道：“启文，他们说，是宗尧策划了这件事！宗尧已被他们带走调查，连方伯母都被带走了！启文，这事你最清楚，如今，只有你能为宗尧洗清冤屈！”

提起方宗尧时，她那急切的模样，令潘启文心里一堵，眼前蓦然便闪现出她在方宗尧身下辗转呻吟的模样来，心里不由一阵烦躁。

就在这时，病房门被推开，却是武辉杰带着两个穿中山装的人，走了进来。

武辉杰一改往日嘻哈打笑的模样，严肃地说道：“启文，军部因你的事，成立了专案小组，命我负责，今天我来，一来是想了解那天的情况，二来，听说你的人抓了丁长和，还望你能将他交给我们，以便查出指使之人！”

潘启文不耐烦地打断他，瞟了一眼跟在他身后的两人：“我们单独谈！”

武辉杰挥手让那两人离开，门口黑衣卫队的人很快掩上了门，潘启文这才直直地看向武辉杰：“方宗尧又是怎么回事？你们为什么会怀疑他？”

武辉杰神情凝重地道：“现在虽然没有直接证据证明宗尧是主使之人，可是太多矛盾线索却直指他与方伯母！”

潘启文眉头一皱："怎么说？"

"那天，你和蕴仪都在酒会上失了踪，宋夫人是亲眼见到蕴仪被方伯母叫走，理由是孙夫人的侍卫来说要蕴仪去见她，可是孙夫人却否认了这一点。而你却是我们几个人亲见来叫你的人说方夫人叫你去见蕴仪。然后，你的副官又亲见方宗尧悄悄将蕴仪从侧门带走，当时蕴仪应该昏迷不醒！

"虽然丁长和被你的人抓了，可是，圈子里的人都知道，当初丁长和是跟着宗尧从西南逃到上海来的。

"关于当初宗尧去西南的传闻，古天舒的死因，都直指宗尧因蕴仪与你结仇！这一点本来并无实证，可是，当初宗尧从西南回来，跟我们几个老同学有一次喝酒时，便咬牙切齿地提起过你跟蕴仪的事，那时的他，一副恨不能将你碎尸万段的模样，我们这班人当时也是恨极你，但都默契地没有说出去，但这次你这件事一出，便有人出来指证！我们都被问过话，事关重大，没人敢替他圆着！"

武辉杰叹口气："但这所有的一切，都没有宗尧主使这件事的实证，如今这关键证词便在你和丁长和身上！"

叶蕴仪立刻紧张地看向潘启文，摇摇头道："启文，你知道不是宗尧！"

潘启文眼神一闪："我要见方宗尧！"

当方宗尧单独被带到潘启文面前时，潘启文对一脸担忧的叶蕴仪温和地笑笑："蕴仪，你也先出去！"

当房门关上一刹那，潘启文一转头，死死地盯着方宗尧，喉咙中吐出一句话："你，有没有碰过她？"

"没有！"方宗尧答得毫不迟疑。

潘启文顿觉四肢百骸都一下子轻松下来，他软软地往床上一仰，长长地呼出一口气。

方宗尧走近他的床边，俯下身，嘴边挂起一个讥讽的笑来："潘启文，你对她的爱，总不过如此！"

潘启文闭了眼，也不辩驳，只轻声道："宗尧，谢谢你！谢谢你没有让她知道她曾有过的狼狈和不堪，谢谢你宁愿身陷囹圄也不肯说明！"

方宗尧眼神一黯，摇摇头道："潘启文，你这声谢，我不接受！因为，我不是为你！”

潘启文没有吭声，却听方宗尧轻笑一声道：“潘启文，那天在我家，你那么地特意强调我跟她的兄妹之情，你在怕什么？”

潘启文蓦然睁开眼来，只见方宗尧冷哼着道：“潘启文，虽说为了她，我不跟你计较，甚至可以如她所愿，跟你做朋友。可是，我告诉你，那次西南之行，对于你，我已不再相信！”

潘启文直直地看向他，鼻子里轻哼一声：“你最好相信我！现在，能为你洗清冤屈的，只有我！”

方宗尧脸上绽开一个笑来：“潘启文，你明知这事是谁干的，若你还能睁着眼说瞎话，我倒是开心得很！只要这事，能让蕴仪开始对你产生一丝的不信任、一丝的厌恶，我怎么样都值了！”

潘启文暗自捏紧了拳头，斜睨着他，冷冷地叫道：“方宗尧，难道事到如今，你还没死心？”

方宗尧嘴角挂起一个自嘲的笑来：“死心？怎么死？我只怕我人死了，这颗心还照旧念着她！”

他直直地看向潘启文：“自从我见到她居然还安然活着，我就发过誓，会以我自己的方式守护她，可是，潘启文，你最好别给我任何机会！因为……”他叹口气，接着说道，“因为，我不愿看到她因你而伤心！”

潘启文面无表情地道：“这一点，我们倒是一致得很！”

方宗尧笑了笑：“那就好！”

两人一时无话，半晌，方宗尧突然道：“你怎么不问她的药性是怎么解掉的？”

潘启文眼中闪过一丝痛楚之色，抿唇道：“我不想知道！只要她不记得就好！”下意识地，他拒绝知道那样的过程，因为，那必定是他难以承受的。

方宗尧垂下眼帘，抿了抿唇，没有说话。

却见潘启文猛地一捶床沿，恨声道：“这个关大鹏，我定要他，死无葬身之地！”

方宗尧眼中一亮：“那丁长和招了？”

潘启文冷哼一声：“丁长和即便招了，只怕也是口说无凭，钉不死关大鹏！我自有我的方式！”

方宗尧皱了皱眉：“你准备怎么做？”

潘启文没有直接回答他，却问道：“宗尧，我只问你一句，小武子我可以相信吗？”

方宗尧点点头，眼中带过一丝笑意：“小武子还是当年的小武子！”

一时间，两人不约而同地想起军校中那一段青春飞扬的岁月来，方宗尧语气不由柔和下来：“启文，那时，明知道你跟蕴仪在一起，我们那一帮子人，想归想，却从没有人嫉恨过你，因为，蕴仪在所有人心中，是女神般的存在，没有人想过要去占有她。私底下，大家常常把男生们来排队，排来排去，最后还是觉得，若真有那么一个人能勉强配得上蕴仪的话，就只有你潘启文了。”

潘启文叹口气：“所以，你后来恨我之极，包括小武子他们也是恨极我的吧？”

方宗尧突然笑了笑：“可是，这次看到蕴仪跟你一起，一脸幸福的小样，他们几个不定心里都怪我造谣呢！”

潘启文一挑眉，眼里是戏谑的笑：“哦？要不要我去为你平平反？”

方宗尧将双手往裤兜里一抄：“好啊！那你就等着挨揍吧！当年你莫名其妙揍我一顿，要不是怕蕴仪心疼，我早打回来了！”

潘启文不屑地一挥手：“你也就乘我受了伤，过过嘴瘾！”

两人眼角眉梢不自觉地带上了暖意，一丝融洽在两人之间流转。

方宗尧淡淡地笑：“启文，同学情谊归同学情谊，蕴仪归蕴仪，你可要好自为之！”

潘启文轻哼一声：“我不会让你有可乘之机！”

方宗尧被带走后，武辉杰和叶蕴仪再次进了病房，潘启文对武辉杰道：“丁长和暂时我不能交，但我要你帮我盯住一个人。”

武辉杰皱了眉：“什么人？”

潘启文瞟了一眼叶蕴仪，口中吐出一个名字：“古天航！”

第五十章

棋留后招

一个月后，金陵饭店二楼紫竹苑餐厅，豪华雅间内，加大的圆桌旁，坐满了人，方家一家三口，潘启文夫妻俩，还有武辉杰以及他们曾经的一班同学，济济一堂。

武辉杰率先举起了杯子，嚷嚷道：“来来来，咱哥儿几个先来一杯，给宗尧和启文洗洗晦气！”

一杯酒下去后，方淮之举起杯，笑道：“这次多亏了小武和启文，来，我敬你们两位一杯！”

潘启文与武辉杰赶紧端着酒，站了起来，潘启文也笑道：“方伯伯这次也算是因祸得福，那关大鹏被打趴下去，这一届的参谋总长之位，可就非方伯父莫属了！”

几个人干了酒，坐下来，只听方宗尧恨恨地道：“只可惜关大鹏只落了个御下不严、用人不当的罪名，却没能将他彻底打死！”

潘启文嘴角勾起一抹冷戾来，一旁的叶蕴仪背上一寒，急急地道：“启文，那古天航怎么样也是情有可原，你就放他一马吧？”

潘启文眼神一闪，他给叶蕴仪碗中夹了一粒小虾，笑道：“这太湖的小河虾跟你平常吃的那海虾可不同，这肉味可甜着！”

叶蕴仪一皱眉，低叫了一声：“启文！”

潘启文缓缓放下筷子，无奈地笑道：“这个案子已交到军部处理，后面怎么着，可不是我说了能算的！”

叶蕴仪只好转头看向方淮之：“方伯伯？”

方淮之却叹口气道：“蕴仪啊，军中之事自有军法管着，那古天航也是受人唆使，应当罪不致死，你就别操那心了啊！”说完，他不由自主地瞟了潘启文一眼，眼中闪过一抹复杂的神色。

吃过饭，方夫人拉着叶蕴仪的手笑道：“他们男人聊他们的，咱们娘儿俩到隔壁说说私房话。”

进了化妆间，关上门，方夫人柔声道：“蕴仪，现在看见你跟启文好好儿的，我们心里也自是高兴！可是，你孤身一人在西南，不仅我，便连你爷爷，也是心里有些不安呐。”

叶蕴仪一惊抬头：“爷爷？”

方夫人点点头：“你爷爷说，启文虽说对你极好，可他那性子又是个由着自己来的，而你呢，生性又倔，你爷爷说，这一次，是他强将你压下，才让你跟启文和好如初，一方面，他是希望你好，另一方面，却是因为他深知，若不能让你跟启文和好，只怕他带不走蕴杰！”

叶蕴仪满眼惊慌：“爷爷他知道？”

方夫人叹口气道：“蕴仪，你爷爷活了这么大年纪，什么看不清？虽然你不说启文用蕴杰禁锢了你，可爷爷说，他完全想象得出你们之前是什么样子！可是，他却又知道，启文是真的爱极了你，所以才会劝你与他和好，女子从一而终的观念终是在爷爷脑海里根深蒂固了！

“可是，毕竟你孤身一人在西南，而那里启文却可以只手遮天，你爷爷和我们心里始终惴惴不安，毕竟那一次的喜宴是宗尧亲见呐！你爷爷坚持要你在西南做银行，还要我劝你将银行开到南京、上海来，又在美国细心照拂启文的妹妹，可都是为了你呐！”

叶蕴仪一下子红了眼圈，她忙吸吸鼻子，抬眼笑道：“启文对我很好，你们放心！”

方夫人拍拍她的手：“这次来，我们也看到了，只要你们好，我们自是高兴。可是，蕴仪，这长辈的心，终是牵挂着的！”

她放开叶蕴仪的手，从小坤包里拿出一张小纸条来，放在叶蕴仪手上，叶蕴仪奇道：“这是什么？”

方夫人正色道：“蕴仪，我要你记住这个叫陆念迅的人的名字和这个地址，还有他的联络方式，若是无事，你不需要找他，你记住，万不得已时你去找他，他定能帮你！”

一丝不安在叶蕴仪心中掠过，她下意识地不肯接那纸条，勉强笑道：“在西南，难道还有启文办不了的事么？”

方夫人急道：“你这孩子！你便记住有什么关系？我们也是希望你用不上，可真万一有事，你叫天不应叫地不灵的时候呢？”

叶蕴仪突然轻笑一声：“伯母，你忘记当初古天舒是怎么死的了？若真有那一天，不过白白搭上几条人命而已，何必呢？”

方夫人拉起了叶蕴仪的手，将纸条再次放到她手上：“蕴仪，我们相信你跟启文之间不会有问题，可是，万一启文也需要帮助的时候呢？现在这世道并不太平，启文重兵在握，便是南京，也未必人人认同他啊！蕴仪，你不能，辜负了你爷爷的一片心意！”

话已至此，叶蕴仪已是再不能推辞，她迅速地记下那纸条上的内容，将纸条还给方夫人，见方夫人欲言又止的模样，她温和地笑笑：“伯母，你放心，这事只我一人知道，我不会说！”

方夫人迟疑了一下，又说道：“蕴仪，你伯父说，启文是个能成大事的，可他那性子，终是稍显张扬了些，有机会，你也劝着他些。这次回去以后，只怕南京很快就要派地方官下去，可别起冲突才好！”

叶蕴仪感激地点点头：“我记下了。”

两天后的下午，南京一普通民宅，朝南的厢房内，伴随着暧昧的喘息声，两个赤条条的身影正在床上翻滚纠缠，突然“砰”的一声，房门被踢开，一个短衫男子带着一帮人冲了进来，那男子走上前去，一把揪起床上的男人，往外一扔，叫道：“敢上老子的女人，给我捆了！”

说完，又一耳光向床上的女人扇去：“臭婊子，老子才出去几天，你就在家里给我偷汉子！”

那赤条条的男人仰起脸来，却正是一脸醉态的关大鹏，他不敢置信地对那女人叫道：“你、你不是寡妇吗？”

背后按住他的人一巴掌拍上了他的头：“你上了人家的女人，还敢咒人家死？奶奶的，这种人，就应该去游街、点天灯！”

外面的人哄叫起来：“游街、点天灯！”

大街上，关大鹏只穿了一条裤衩，被结结实实地捆了，被人牵着绳子在闹市中游街，周围的人不停地向他头上扔菜叶、鸡蛋和西红柿，他死死地低了头，踉跄着步伐，突然，有人捏住他的下巴，强迫他抬起头来，只见眼前一闪，已是有人拍下照来，他急急偏了头，哑着嗓子叫：“不要拍！不许拍！”回答他的却是连续的咔嚓声。

人越围越多，突然有一群穿黑色中山装的人上来抢人，却被另一拨平民装扮的人拦住，两拨人顿时打了起来，混乱中，突然有人叫道：“人呢？”

两拨人回头一看，哪里还有关大鹏的身影？

关大鹏在昏暗的屋子中醒转，他挣扎着跪起身来，对面前的短衫男子哑声哀求道：“这位大哥，你放了我，我给你钱，很多钱，要女人也行，什么样的女人都行！”

“哟，这事儿，我说了可不算！”随着那男子的声落下，屋中灯光骤亮，一阵沉沉的脚步声传来，却是一身丝绸短衫的潘启文走了进来。

潘启文走过去，也不搭话，一脚踹向关大鹏胸口，冷笑一声道：“关大鹏，你敢给我的女人下药，就要承受这样的后果！”

关大鹏往地上一倒，神情一呆，瞬间醒悟过来，急急地叫道：“是丁长和要动你的女人，不是我！”

潘启文将手中一张照片扔到关大鹏脸上，眼中射出一抹狠戾的光：“丁长和？丁长和有本事在酒会中下药？他有本事能将古天航安排进连随从都不许带的饭店中去？若不是对我的女人下药，又拍下方宗尧抱她离开的照片，你怎么去陷害方宗尧？

“再说了，丁长和的女儿，明明是被他大老婆卖进窑子里去的，他儿子明明是与人打架被人废了，你却告诉他都是我做的，只为了激起丁长和对我的仇恨，是不是？”

关大鹏眼中闪过一抹惊恐：“古天航死在狱中，是你做的？”

潘启文唇角一勾：“你还不算太傻！”

关大鹏绝望地闭了闭眼，突然他低低一笑：“潘天一，你即便杀了我们又怎么样？你那个娇滴滴的美人儿，还不是被方宗尧给上了？”

潘启文飞起一脚再踹了上去，怒吼道：“你胡说！方宗尧才没你那么龌龊！”

关大鹏从口中吐出一口血沫，冷笑一声：“潘天一，你是骗我还是骗你自己？呵呵，那药能令人欲仙欲死，你的女人把持得住？方宗尧又能把持得住？没有？你能信？哈哈，你居然能信？”他凄厉地笑弯了腰，“哈哈哈，你居然信，潘天一……”

话未说完，只听“砰！”的一声枪响，关大鹏瞪大了眼，轰然倒下，太阳穴汩汩流着的血，映在潘启文满是戾气的眼中。

晚上，潘启文一脸酒气回到饭店，叶蕴仪迎上去，嗔道：“明天一大早就走了，还跟小武子他们去喝酒？”

潘启文却一声不吭地一把抱起她，脚向后踢上房门，将叶蕴仪往床上一扔，狠狠地扑了上去，那一晚，无论叶蕴仪如何求饶，他却仍是不管不顾地折腾，像是要发泄什么一般，他一次又一次地狠狠贯穿她，看着她在他身下辗转呻吟，命她一声声地叫“阿文”，直到她已完全动弹不了，他才放过她，沉沉地睡去。

第二天，报上便登出关大鹏因通奸被抓，混乱中失踪的消息，还配了大幅的照片，此事让军部颜面尽失，上头严令压下不许再提，此事便不了了之。

第五十一章

身孕疑云

一个月后，清晨，芳华苑，叶蕴仪脸色微微有些苍白，她为潘启文扣上衬衣袖扣，再将衣摆往下理了理，笑道：“中午记得早点回来，吃过饭，咱们跟黎昕一起去火车站接黛儿。”

潘启文看了看她的脸色，皱了眉：“这些事你交给文叔父子俩去张罗就好了，你看看你这脸色，跟个鬼一样！”

他拿了公事包，一俯头，将脸伸向叶蕴仪去，叶蕴仪轻笑一声，在他脸颊上一啄而过，潘启文却抓过她，在她额上轻轻一吻，又往下移，将她的唇轻轻含进嘴里，揉弄了好一会儿，才依依不舍地放开。

他吐出口气，轻柔却霸道地道：“你今天不许去前院儿，也不许去银行，就好好给我在家呆着！刚刚吃的都吐出来了，我已经叫厨房重新熬了山药粥，你多少喝点，等会华大夫来了，乖乖让他给你看看。”

他转头对门口的小清吩咐道：“等下叫华大夫给少奶奶看看，不管是什么个情况，都叫文四来报我！”

潘启文刚走不久，华大夫便过了来，跟在他后面一起的，还有文四。

华大夫为叶蕴仪把了脉，嘴角不自觉地向上一弯，他想了想，又向叶蕴仪笑道：“少奶奶，那只手再给我诊一诊。”

两只手都诊过，华大夫终于摸着胡子笑起来：“恭喜！少奶奶，您这是有喜了！”

听了这话，文四的整个人却是禁不住一哆嗦，他怔怔地看向满脸惊喜的叶蕴仪，不自觉地咬了咬唇。

只听小清欢快地叫起来："文四，还不快去报给少爷知道！"

文四一凛，他迟疑了一下，终是向华大夫问道："不知少奶奶这身子有几个月了？我好向少爷回去。"

华大夫笑道："从脉象看，有两个月了，应该是少爷跟少奶奶去南京的时候怀上的，你告诉少爷，母子都很好！"

文四眼中闪过一丝复杂的神色，他僵硬地背转身，说道："知道了。"

却听叶蕴仪轻呼一声："文四，先不要报给他知道，我要亲自告诉他！"

文四并未如往常般回身面向叶蕴仪回话，只是背对着她点点头"是！"便匆匆离去。

华大夫叫来苑子里的妈子和侍候的丫头们，细细吩咐了，方才离去。

小清一脸兴奋地对叶蕴仪笑道："少奶奶，早知道南京是个福地，您啊，跟少爷就该早些去才是！"

叶蕴仪嗔道："这孩子啊，也是有缘分的。"

她轻轻地抚了抚肚子，突然急急地叫道："小清，给我舀碗粥来！"

小清将粥递到叶蕴仪手上，笑问："少奶奶，吃完，我就陪您去找少爷去！少爷不定高兴成啥样呢！"

叶蕴仪面上微微一红，眼中也透露出一丝的兴奋之色来，却强自按捺下来，淡淡地道："中午他回来再说吧，上午他要议事呢！"

中午，门外匆匆的脚步声传来，叶蕴仪欣喜地迎了上去，却发现只有文四一人，她眼神不由一黯，轻声问道："少爷呢？"

梅果手中拿着信，轻快地向潘启文办公厅走去，心里是抑制不住的兴奋与期盼。

来到厅外，潘启文正在与几个军官议事，许是外面的阳光太强，厅内的光线便稍显暗，她在斑驳的光影中，暗自描绘着他的轮廓，不觉竟有些痴了。突然，他的头转向了她的方向，她在那悠远的目光中，竟似感觉到了一丝的期盼，她的心里一颤，不自觉地将手中的信向着他扬了扬，很快，林泰已几步来到她面前，对她点点头："跟我来！"

潘启文深深地看了一眼她手中的信封，立即对几个军官说道："今天先到这里！"说完，转身便进了里面他的办公间。

几乎在她跨进办公间门槛的同一时间，坐在书桌后的他已开了口："说！"简单的一个字，命令的语气，却有一丝隐不住的急切！

梅果忙展开David的信，一边翻译一边念给他听。

"你是说，他上次寄来的药有效？有人服用了一个月，那个什么鬼指标就恢复到正常水平了？"潘启文突然站起身来，死死地盯住她，她心里猛然一突，那目光，令她感觉，仿佛若她说个不字，那目光瞬间便能刺穿了她！

梅果垂下眼睑，轻声道："是！但他说也有个体差异，跟年龄、环境和情绪都有关系，他自己就现在还没恢复。"

她能感觉到，当她那声"是"字出了口，他周身都散发出一种热力来，她甚至不敢肯定，他到底有没有听到自己后面的话。

潘启文推开椅子，在办公间里急急地踱起步来，不，不是"踱"，他根本是在"窜"！那种压抑不住的兴奋的窜，就像是，一只困在笼中已久的野兽，突然听到了开笼的声音，兴奋、急切——却又有丝不知所措。

半晌，他似方发现办公间还有她这个人似的，笑着挥挥手："你下去吧。"那弯弯的眉眼里，竟是她从未见过的暖意。

梅果默默地退出去，一抬头，却看见文四低了头，缓缓地走了过来，她微笑招呼他，文四却似懵懵懂懂地抬头，眼中的迷茫、灰败和犹豫、纠结，令她心惊。他也没有回应她，径直越过她向前走去，良久，她听到了那毫无底气的、甚至是怯懦的敲门声响起，与之形成鲜明对比的，却是那声充满活力的"进来！"

办公间内，文四动作极缓地关上了门，听着潘启文兴奋的声音在背后响起："文四，你来得正好！快备车，咱们再去一趟霍夫曼的医院！"

文四的肩一抖，他慢慢地转过身来，低了头，没有吭声，潘启文心里一沉，急急地道："少奶奶怎么样了？华大夫怎么说？"

文四不敢抬头，只从牙缝里迸出几个字来："华大夫说，有喜了！"

潘启文先是一怔，紧接着兴奋地叫了起来："那药果然是有效的！哈哈！David说有人吃了一个月就有效，我就刚好吃了……"说未说完，他突然住了嘴，脸色一白，他撑住了桌面，喃喃地道：“有喜了？我刚吃了一个月的药，就算现在好了，就算……”

他猛然抬头，死死地看着文四，眼中的惊慌、痛苦和绝望在翻滚积聚，他闭了闭眼，终是颤声问道：“孩子多大？”

文四双手紧紧地向下撑去，尽量让自己的声音平稳不带一丝的情绪：“华大夫说，两个月！”迟疑了一秒，他咬牙加了一句，“南京怀上的！”

可怕的沉寂之后，只听“哗啦”一声，桌上的东西已被潘启文悉数扫落地上，接着是重拳连连击打在墙上的声音，那一声一声，似重重砸在文四的心上，他再忍不住，上前一把钳住潘启文的胳膊，急道：“少爷！少爷！或许、或许是大夫搞错了呢？”

潘启文猛然转身，血红的眼中是要洞穿一切的凌厉：“你知道了什么？”那语中竟带上了一丝秘密被揭开的恐慌，令文四心里一疼，他垂了头，低声道：“少爷，没有人知道！我，也只是猜到了一些。”

是的，他只是猜到一些。那一天，少爷带着他和梅果去霍夫曼的医院，问少奶奶的身体是否因为鸦片而不孕，霍夫曼却将他与梅果赶了出来，然后，他看着有护士拿了几管血出来，后来，他看到少爷的胳膊上有青紫的针眼。

两天以后，他与少爷再次来到霍夫曼的医院，少爷却一脸灰败地从霍夫曼的诊室出来。那一晚，少爷喝得酩酊大醉，口中不停地叫着：“蕴仪，对不起，我给不了你孩子！是我浑，这是我的报应！”

第二天，少爷一声不响跑去巡视，直到少奶奶将他寻了回来，那以后，他对少奶奶越发地好起来，便连以前常有的小性子也不使了，总像是欠了少奶奶什么似的，而那以后，华大夫给少奶奶开的调理身子的药，少爷也不许她喝了。

后来，收到那个洋人的信，少爷眼中开始燃起了希望，从南京回来，少爷便悄悄地吃那个洋人寄来的药，文四其实心里是害怕的，因为他听到梅果在念信时，那洋人说过，那药有没有作用，会不会有毒，一概不知，少爷却生生地吃了！但他却不敢吭声。

他知道，这件事，少爷连他也没告诉，便是不愿任何人知道。他眼看着少爷与少奶奶过得倒也自在，心里想着，没有孩子其实也没什么大不了的，可是，现在少奶奶却有了身孕！

潘启文脑海里却不断闪现南京时叶蕴仪那一无所知的眼神，还有方宗尧那斩钉截铁的话语：“没有！”然而，下一秒又立刻响起丁长和那刺耳的“最烈的媚药”和关大鹏那满是讥讽的笑：“你也信？哈哈，潘天一，这你也信？”

他突然低吼一声，重重一拳砸在墙上，立时手背鲜血淋淋，然而，心中滚滚而来的急怒、耻辱却仍是找不到出口，胸口一阵气血翻涌，只觉喉中一阵腥甜，已是一口鲜血喷了出来。

看着潘启文嘴角那一抹血红，文四大骇，少爷这在北伐中落下的咳血之症，自从少奶奶到了潘家集后，便再没犯过，便是当初他们那个孩子没了，少爷也没有犯，而如今却……文四大恸，红了眼，死死抓住潘启文又要往墙上砸的手，叫道：“少爷！少爷！你若这样，少奶奶怎么办？”

潘启文如被定住一般，全身蓦然一僵，他顺着墙根无力地滑跌到地上，抱住了头，痛楚地喃喃低叫：“蕴仪！蕴仪！”

文四叹了口气，他之所以赶着来告诉少爷，就是怕少爷突然得知消息的情况下，控制不了自己，这事，他知道，捅不得！

沉浸在喜悦中的少奶奶根本就一无所知，若是她知道自己曾失身于他人，又怀上了不是少爷的孩子……文四背上一寒，以少奶奶的性子，若她知道了这一切，这天，只怕就要塌了！

文四抬眼看看墙上的挂钟，他咬咬牙，沉声道：“少爷，少奶奶说，她要亲自告诉你这事！现在，就要到午饭时间了！”

潘启文一凛，他眼中突然充满了恐慌，急急地叫：“不要让她知道！”他双手捧住自己的头，不停地左右摇晃着，“你让我想想，让我想想！”

他突然从地上爬起身来，顾不得满身的狼狈，对文四说道：“你叫人给我备车，我去趟霍夫曼那里，你去芳华苑伺候着，告诉少奶奶，我这里走不开，中午不回去吃饭了。等下我会回去接她一起去火车站。”

文四忙点头应下，走到门边，又被潘启文唤住，他血红的眼中闪过一抹痛楚：“文四，你给我记住，少奶奶那里，出不得半点差池！”

当文四看到叶蕴仪在他回话后，一刹那的失望之后，眼中又被满满的喜悦代替时，他鼻子不由一酸。

而当他听到叶蕴仪轻笑着说“没关系，待会儿去火车站的路上告诉他也一样”时，文四的手一颤，他抬眼看了看叶蕴仪，他想象着少奶奶一脸欣喜地告诉少爷的情形时，心中又悲又急，这，对少爷，何其残忍！

潘启文的车刚在芳华苑门口停下，文四便迎了上去，低声道：“大少爷说火车站人多，少奶奶便没有去，这会儿在苑子里散步。”

潘启文轻轻一震，心里便拧着痛了起来，她，岂是一个别人说句什么就改变主意的人？她，是那样的在意这个孩子！

就在一个时辰前，霍夫曼对他说道：“那天我们医院就你一个人验血，怎么会搞错？”那一刻，他心中仅存的那一丝希望瞬间破灭，周身的血液都冻凝了，直到霍夫曼皱眉道：“你若不信，可以再抽一次血，再检一次！”

他便如濒临溺毙的人，抓住根浮木般，急急地点头，那鲜红的血液在试管中升起时，他心头突然一寒，他吃过David寄过来的药，这个结果，还能跟当初的那个比吗？

有那么一刻，他闭了眼，心里想着，就这样吧！若是，若是这次检出来，他的指标正常了的话，他可不可以，当作上次就是查错了？他可不可以，当作那个孩子就是他的？

可是，他眼前立即便浮现出丁长和与关大鹏那刺耳的讥笑来，那一根刺，便无限膨胀起来，扎得他的心鲜血淋淋，那是一种，他使尽全身的气力，也抑制不了的痛！

他终是拿出了David的信和药，给霍夫曼看。

霍夫曼沉吟半晌方道：“我只是查了你的指标，确实在正常范围最低值以下很多，孕育孩子的可能几乎为零，虽然当时并未查你血液中其他成分，你是不是因为麻醉剂的影响而导致TESTO低，也并不知道，而这个药虽是针对化解麻醉剂残留毒素的，但看上去的确是能提高TESTO。”

潘启文心里一沉：“你的意思是，若是服用了这个药，检查结果可能跟以前便完全不同？”

霍夫曼不解地看向他：“有什么关系呢？你不是想要治好你的问题吗？这种药，甚至连我都不知道，而你居然服用了，若是有效果，你应该高兴才是啊！”

潘启文只觉冥冥之中有人在对他冷冷地笑，多么地讥讽呵！就在早上，他还那么地惊喜若狂，只为听说这药有用，而现在，他却只愿他从未服用过！

当霍夫曼笑眯眯地对他说“有没有效果，两天后这次检验结果出来了，就知道了”时，那一刻，他竟是有了主意！一切，等结果出来再说！

尽管心里那根刺，扎得他心尖儿生生地疼，扎得他失去了所有的力气，他却仍然回来了，这一次，他不敢逃。

潘启文将僵冷的身躯沉沉地往座椅上一靠，闭了眼，对司机疲惫地说道：“去前院！”

他将自己一个人扔进办公间内，明明外面阳光明媚，他却觉得自己被沉沉的黑暗罩得喘不过气来。

突然，他拉开抽屉，从里面翻出那张他曾恨之入骨的化验单来，高声叫道：“林泰，叫梅果过来！”

梅果被潘启文眼中那沉沉的阴霾和唇角的郁色给惊住了，明明他今天早上还很开心！

潘启文将化验单递给梅果，沉声道：“你把这个寄给David，让他问问美国的专家，这些指标意味着什么？”

梅果点点头，拿了化验单，转身要走，却听到潘启文在身后阴恻恻的声音：“梅果，这事，我不希望第三个人知道！”

梅果心里一惊，忙回答道：“我知道了！”

秘书室内，梅果拿起那张满是她看不懂的单词的化验单，正准备往信封里放，突然，化验单上的英文名字一下子惊住了她，那上面分明写着“Qinwen Pan”，这不是少帅的名字吗？少帅曾说过，他在广州时，自己给自己取的名字就叫“潘启文”。

有什么在脑子里闪过，前前后后的事串起来，一个可怕的结果在她脑海中映出：根本不是叶蕴仪不孕，而是少帅不育！所以，他才那样气急败坏地在全西南禁用那种麻醉剂，所以，他才会那么关心David的每一封信，所以，他今天早上才会如此之兴奋！

可是，他刚刚为什么又是那样一副表情？梅果的眼不经意地再向那化验单瞄去，突然，她微微一怔，仔细一看，心中不由迷惑起来，若是“潘启文”，英文名应该是“Qiwen Pan”，而这上面却是“Qinwen Pan”，若是音译过来，便应该是“潘青文”！这，究竟只是笔误还是根本就是另一个人？

芳华苑，听到那熟悉的脚步声终于响起，叶蕴仪猛地站起身来，似想起什么，赶紧又放缓了动作，将手中的针线放到桌上，这才向门口迎去。

看到叶蕴仪眼中流转的星光，那里闪耀的是抑制不住的喜悦，潘启文胸口一滞，他迅速走上前去，将她揽进怀中，柔声道：“现在感觉怎么样？华大夫怎么说？”

叶蕴仪淡笑不语，拉了他的手，径直走到桌边，拿起上面的一个描了样，刚起了针的虎头鞋面，递到他眼前，脸上是盈盈的笑。

潘启文心中一紧，她何时做过女红？便为他，也只织过一条围巾，还前前后后织了大半年，而这才知道有了孩子的第一天，她竟已如普通女子一般，拿起了针线！

他垂下眼睑，装做不知地笑：“你什么时候也会做针线了？这做的是什么？”

叶蕴仪轻轻地偎进他怀中，将那虎头鞋面贴在他胸口，轻声笑道：“启文，你要做爸爸了呢！你看，这是我给孩子做的鞋面儿呢！”

叶蕴仪明显感觉到潘启文的全身都僵硬起来，她抬起头来，好笑地看向他：“怎么？高兴傻了？”

潘启文脸上立即绽开一个大大的笑容，大到，让她觉得有点——夸张，他朗声地笑：“蕴仪，我是太意外！太开心了！”

他转了头，高声叫道：“文四，去看看大少爷和三小姐他们回来没？今天正好人齐，咱们要好好庆祝一番！”

那一晚，潘启文喝得酩酊大醉，叶蕴仪心中掠过一抹怪异的感觉，今晚的他，实在是，太闹了！只听黎昕笑道：“蕴仪，你别怪他，他也是，太高兴了！”

听了这话，叶蕴仪不由释然一笑。

两天后的深夜，叶蕴仪从梦中惊醒，伸手一摸，那总是透着温热气息的枕边竟是空的。她迷惑地起身，来到外间，门大开着，透过月色，她看到他的背影静立在走廊，凭栏向外，不知在想些什么，指间那一明一灭的烟头，令她心里突突地跳起来。

她轻轻跨出门槛，从背后环上了他的腰，他浑身一震，弹掉烟头，回身一把将她揽进怀中，叱道：“入秋了，夜里凉了，出来也不知道披件衣服！”

叶蕴仪将头埋在他胸口，轻声道：“启文，你怎么了？为什么睡不着？”

潘启文的手抚上她头顶的发，笑道：“没什么，只是南京那边就要派地方官过来了，我在想咱们有哪些要准备的。”

那一种怪异的感觉再次在叶蕴仪心头升起，她不由轻笑道：“上次那个裁军的会议，最后还不是不了了之？不过一个地方官，你在担心什么？”

潘启文在她额头轻轻一吻，一把横抱起她，沉声道：“睡觉！”

第五十二章

如鲠在喉

一个月以后，下午，芳华苑前厅。

叶蕴仪坐在主位上，听着黎昕与文管家说着话，心思却不由自主地飘走了。

昨天晚上，潘启文轻轻拥着她，对她说道："蕴仪，明天我要陪新来的临时省主席去体察下民情，可能要过几天才能回来。"

叶蕴仪心中不由"咯噔"一下，这段时间以来，萦绕在她心头的那股子焦躁不安，一下子便冒了出来。

自从知道她怀孕以来，他对她越发地好起来，她挑不出他丁点的不是来，可是，她总觉得与他隔着了层什么，那如云雾般笼罩在她心头的东西，到底是什么，她也说不清。

一贯猴急的他，也不再跟她亲热，最多只是亲亲她的额头和脸颊，便连一个湿吻，也没有。

尽管她一再暗示他，大夫交代过，只要轻柔些，是可以的，他却充耳不闻，这让她心里越加地忐忑，甚至有几次，她主动挑逗他，他却只是捉了她的手，叱道："好好睡觉！"他那僵硬的身子，竟让她产生了一种错觉，他——嫌弃她？可是，他却对她那么的好，她很快便将这个念头甩掉。

可现在，他却说，他要出去几天？新来的省主席，不过是个临时的，照理说，只需派下面的人陪着去就好，即便为了立威，他也不应该巴巴地陪着。

叶蕴仪突然心里一慌，她转过身来，猛地吻住了他的唇，他竟慌不迭地推开她，像是，碰了什么不干净的东西似的，那个动作，实在太明显，他眼里的慌乱失措也实在太明显，让她心里一凉。

这次怀孕以后，她脸上长满了斑，鼻子也变大了，为了孩子，她拼了命地吃，身材更是走了样。

现在，她才知道，原来，那不是错觉，他是真真实实地嫌弃她！

许是她突然变了的脸色吓着了他，他一把搂紧了她，在她头顶哑声道：“蕴仪，别招我，我怕，伤着孩子！”

叶蕴仪一把推开他，苦涩地道：“你是怕伤着孩子，还是嫌弃我？”

潘启文眼中迅速凝起了骇人的光，他猛然翻身将她按在身下，一只手撑起身子，不让自己压到她，一低头，狠狠地噙上了她的唇，他的舌快速而凶猛地侵入她，发泄般地在她口腔中辗转扫掠，他另一只手，已探入她的衣内，在她胸前重重地揉捏起来。

就在她快要不能呼吸之时，他却骤然放开她，他将她死死地箍进怀中，恨恨地道：“叶蕴仪，你这个没良心的小东西！”那语中的苍凉，莫名的恨意，竟一下子镇住了她，她翻过身去，闷闷地说道：“睡了！”

朦胧中，总有一个惶恐的声音在她耳边反复低喃：“蕴仪，对不起！”“蕴仪，不要恨！”那战栗的声音令她浑身发冷，却怎么也睁不开眼来。

“就是这些，少奶奶，您看还有什么吩咐？”文管家恭敬的声音将叶蕴仪拉回了现实。

黎昕皱眉道：“蕴仪，你今天的脸色怎么这么难看？有没有找华大夫诊过脉？”

叶蕴仪坐下笑道：“诊过了，不碍事，这两天没太睡好，待会儿补个觉就好了。”

就在这时，小清端了一碗药上来，笑道：“少奶奶，该吃药了！”

她经过黎昕身边时，那药味飘进黎昕鼻中，黎昕脸色突然一变，一挥手，一把打掉了小清手中的药，厉声道：“这是谁开的药方？”

黎昕那暴怒吼叫出来的话，令所有人都蓦然变了脸色！

小清吓得一抖，期期艾艾地说道：“是、是华大夫开的药方！”

黎黛怔怔地问道：“这药，有什么不对吗？”

黎昕眼中闪过一丝狠戾，恨声道：“这里面有滑胎药！”

叶蕴仪赫然站起身来，她知道，黎昕本便懂医，当初他曾私自为黛儿打胎，对于落胎药物自是十分熟悉。她撑在桌沿的手止不住轻颤起来。

黎昕突然想起什么似的，脸色一白，跨前一步，再顾不得什么规矩礼仪，他一把抓起叶蕴仪的手腕，探起脉来，屋内所有人大气都不敢出，只呆呆地看着黎昕把脉，半晌，方见黎昕轻轻呼出一口气，摇摇头道：“好在没事！”

屋内所有人原本提起的心都不由一松，却见黎昕眉毛拧成了一团，狠声叫道：“文四，给我查！从开药的、卖药的、抓药的到煎药的，这中间经过什么人的手，都给我彻查！”

文四低了头，僵直着背，应了声：“是！”

叶蕴仪无力地跌坐在椅上，她来不及害怕，母性的本能，已让她脑中迅速转过了无数个念头。

潘启文今天刚离开，便有人要害她腹中胎儿！他们经历了太多，这一次究竟又是哪一方势力在作怪？他们的最终目的是什么？

她蓦然想起，上一次，日本人针对她而来，目标却是潘启文！她不由一凛，急急地抬头叫道：“文四，慢着！”

文四转回身来，只听叶蕴仪焦灼地道：“现在你赶紧先加派人手，追上少爷，加强护卫！这事，先不要报与少爷知道，我只怕，别人以此为饵，又在他匆忙回程的路上做文章！另外，将少爷身边的人彻查一次，看有无可疑之人！”

文四微微弓下的背上轻轻一颤，他哑声应了句“是！”便转身匆匆离开了。

黎昕转头向小清吩咐道：“小清，现在起，少奶奶一应饮食你亲自守着打理，所有的药……”他沉吟着道，“所有的药，方子都先给我看，由文四，不，文四不识得药，还是由我亲自去抓药，回来后，你守着煎，直到少奶奶服用前，那药不可离开你的视线！”

司令府前院，潘启文办公间的西侧有一道小门，里面有一间小小的卧室，那是供潘启文休息之用的。

梅果坐在床边，大胆地打量着床上安静熟睡的男子，伸手凌空描摹着他的轮廓，嘴角不自觉地扬了起来。

就在昨天，她收到了David的这封信，看了信，她不由大吃一惊。David的信中说道，这个化验单表明，这个女人因为TESTO指标偏高，应该会导致闭经、出现某些男性特征以及不孕等问题。

梅果仔细一看化验单，上面竟清清楚楚标明“female”，她以前竟然没有注意到！她不由有些哭笑不得，原来这个化验单竟是个女人的！她原来还以为是潘启文的，那名字她以为只是笔误而已，看来，少帅给她的，根本就是另一个人的化验单！

她心中竟是一阵失落。

原本，她以为，少帅不育，而叶蕴仪却传出了有孕的消息，那么，少帅前前后后的不同寻常的情绪，她便自以为找到了原因，那个女人，竟然怀了不是少帅的种的孩子！

心底里，愤愤不平之外，竟是有一阵的窃喜，以少帅的性子和他的身份，如何能忍得下这样的羞辱？

可现在看来，这一切，只不过是她的臆想而已！

当时，她苦笑一下，站起身来，拿了信，落寞地向少帅的办公间走去，她穿过偌大的办公厅，从侧面走廊直接向少帅的办公间走去，刚要敲门，里面却传来文四低沉的声音：“少爷，我在外面找人问过了，若要落胎，须尽早，若是超过四个月，胎儿成了形，这大人受罪不说，还十分之危险！”

梅果一惊，落胎？

她悄悄地收回了抬起准备敲门的手，转身正准备离去，却听到潘启文喃喃地道：“再等等，等David的信来，说不定，是霍夫曼搞错了呢？说不定，那化验单根本就不是不能生育呢？”

梅果的心止不住狂跳起来，她急急地向外走去，胸中已是转过了无数个念头。

那个“female”的标识，她当初没有注意，潘启文更不可能注意到！而那个上面的名字，她第一反应便以为是“潘启文”，而对英文一向便不耐烦仔细看的潘启文，会不会这份化验单就被他认为是他自己的了呢？

若是他以为叶蕴仪肚子里的孩子不是他的，那么，落胎，便是每个被戴了绿帽的男人的第一个反应！

她按了按犹自怦怦直跳的心口，一个大胆的念头在她胸中升起，她再次转身，加重了脚步，还故意咳嗽两声，这才敲响了潘启文办公间的门。

“信上说，这化验单表明，这人因为TESTO指标的原因，会导致很多问题，其中最严重的一条便是不能生育！”她并没有撒谎，这张化验单的结果的确是会导致不育，她只是没有说明这个人是个女人而已，若是以后有人追究起来，也挑不出错处来。

她眼见着潘启文眸中的星光一点点黯淡，及至被满满的绝望的灰霾给淹没，她知道，自己赌对了！

今天一大早，她便听说少帅陪了新来的临时省主席出去巡查，这几天都不会在司令府，她心里不由微微发疼，他还是舍不得那个背叛了他的女人么？他避了出去，还在犹豫不定么？

然而，中午时分，文四却径直将她带到了这里，当她看到沉睡的潘启文时，不由惊道：“少帅不是去巡查了么？”

文四并未回答她的话，只沉声道：“我有事要办，你替我在这里看着少帅，外面的守卫我已经吩咐过了，不会放任何人进来！”

梅果一门心思却在静静地躺在床上的潘启文身上，他是习武之人，没理由睡得如此之沉，她忍不住担忧地问道：“他怎么了？”

文四淡淡地道：“他只是睡着了，过几个时辰，自然会醒来。”

梅果不敢置信地瞪大了眼：“你给他下药？为什么？”

文四却稍厉了神色：“梅小姐，因为林泰代表少帅，去了陪临时省主席，所以我才会叫你来，之所以叫你，也只是因为有些事你已然知道，但这并不表示你可以逾矩！”

梅果一凛，她直觉今天的事与叶蕴仪和那个孩子有关，心头不由一突。

却听文四微缓了语气，说道：“我不能确定他什么时间会醒来，因此，这里总要有个人伺候着，我办完了事自会过来。”

这是梅果第一次如此近距离与潘启文相处，尽管明知他什么也不知道，她的心里仍是满满的欣喜和满足，她禁不住伸出手，轻轻地抚上了那轮廓分明的脸庞，她的手指滑过他紧蹙的眉眼，心中不由一疼，便是睡梦中，他也不得安稳么？

室内逐渐地昏暗下来，潘启文缓缓睁开了眼，他恍眼见到床边那抹穿着旗袍的瘦削的身影，禁不住伸出手去，刚到半途却猛然停住，他一下子坐起身来，寂静的室内只听到他凌厉的质问：“你怎么在这里？文四呢？”

梅果忙站起身来，略微有些惊慌失措地道：“文管家要我在这里守着您！少帅，您、您可要喝水？”

“文四？”潘启文逐渐清明的眼中，立刻便被滚滚而来的急怒、恐惧所充满，他急急翻身下床，咬牙问道，“文四在哪里？”

梅果心里一惊，忙道：“文管家说他有事要办，办完了就过来！”

“混账！”只听“砰！”的一声巨响，却是潘启文一拳击打在床头的小几上，震得整个房间内都嗡嗡作响。紧接着，潘启文已如一阵风般卷了出去，就在这时，文四急急地拉开办公间的房门，走了进来，看到潘启文，他二话不说，直直地便跪了下去！

潘启文抬起腿，一脚踹上了文四的心窝，他拼命压抑着浑身的战栗。

文四回头看了一眼梅果，却在潘启文一声大吼“说啊”之后，急急地道：“少奶奶和孩子都没事！”

潘启文脱力般跌坐到椅上，低低地喘息着，突然他抬起头来，眼神凌厉：“不对！你给我下了药！是你擅自做了？她们又怎么会没事？”

文四再次看了看梅果，跪直了身子，低了头，没有吭声。

潘启文挥挥手，暴躁地对梅果道：“你先出去！”

直到听到门外梅果的脚步声逐渐远去，文四才沉声道：“是，是我自作主张做了！可是不巧大少爷在那里，他发现了药里的问题，打翻了药，少奶奶才没事。”

房间里是可怕的静谧，突然听到潘启文冷冷地吐出一个字：“滚！”

文四爬起身来，咬咬牙，大着胆子道：“少爷，您不能再犹豫了！昨天，明明您吩咐我将一切都准备好了，药我是早就备好的，华大夫昨天就调到芳华苑随时候着，他的口我也封过了，今天一早又请了西医妇产科的医生呆在司令府，便连您的去向，都瞒过了所有人安排好了，可您早上却又犹豫了！少爷，少奶奶的身子已经3个多月了，反正迟早要做，再拖，就麻烦了！”

潘启文猛然抬起头，赤红了眼，低吼一声：“滚！谁跟你说迟早要做？不做又怎样？”

文四却执拗地继续说道：“少爷，您也说过，你吃了药以后，这次再查，以后您是可以有自己的孩子了的，那么，这个孩子就不能留！留下他，您心里那根刺便永远也消除不了，您跟少奶奶之间，只怕再也安生不了！”

潘启文微微一震，他耳边不由响起叶蕴仪那苦涩委屈的声音：“你是怕伤着孩子，还是嫌弃我？”

他怎会嫌弃她？只是，他一看到她那微微隆起的小腹，脑中便浮现出她在方宗尧身下辗转呻吟的模样，在这样的阴影下，他如何能跟她亲密？若是留下这个孩子，那么这个阴影，势必一直横梗在他与蕴仪之间！

他最初在霍夫曼的提议下重新检查时，便是打定主意，若是他不能再生育，那么，就当是为了她，这个孩子，他也认了。

若是他能生，那么，这个象征着他一生的耻辱的孩子必不可留！

可是，当两天后，霍夫曼告诉他，应该是那个药起了作用，他以后完全有能力生育之后，当他看到叶蕴仪为了那个孩子，如此满心欢喜而小心翼翼时，他又犹豫了，或许，当初的霍夫曼的结论并不正确呢？抱着一线希望，他又将化验单寄去了美国，同时，也给了自己一个理由，再往后拖了一个月。

然而，昨天，他这唯一的希望也破灭了，他知道，孩子一天天大起来，他不能再拖！越拖，对蕴仪的身体危害越大！

于是，他向文四细细地安排了一切，便连事后华大夫应该怎么个说辞，也都安排好了，他知道，这种时候的蕴仪，他根本不敢面对！所以，他选择了不在她身边，然而，这样的时候，他又不敢远离，他要时刻知道她的消息，于是，他对外宣称陪临时省主席视察，自己却龟缩在这办公间内。

然而，昨晚蕴仪那试探性的突如其来的主动亲密，她眼中那怀疑、迷茫和委屈，令他一下子心慌起来，这件事，只要行动起来，便有被她知晓的风险，若是她知道了这一切，他要如何面对？他又要如何向她解释？若是，她知道自己曾经失身于别的男人，她又会怎么样？她会不会因此而离开他？

他突然便觉得自己跟文四的计划太过草率，不够周密，于是，一大早，他便吩咐文四暂停这件事，他要再好好想想，不承想，文四竟对他下药，擅自行动，还被黎昕给看出了端倪！

潘启文突然打了个寒战，这事查起来，若是给蕴仪知道……他急急地对文四道："黎昕可是吩咐你查？"

文四忙道："这个您放心，我已经找好了替死鬼，定是可以遮得过去的！"

潘启文松了口气，他疲惫地挥挥手："让我再想想！"

文四却似铁了心般，仍是说道："少爷，您再想想，方家与少奶奶的关系那么好！若是留下这个孩子……"

潘启文额上青筋突突直跳，这件事，他恨极方宗尧，可是，却不能让蕴仪知晓，那么便没有理由不让她跟方家来往，而以后与南京那边交往只怕越来越多，她甚至还要去那边开银行！若是，若是留下这个孩子，若是方家知道了这个孩子的存在！

潘启文只觉那根吐不出咽不下，如鲠在喉的刺，越发尖厉起来，尖得将他的血脉和筋络一根根挑起，再刺穿。

"大少爷，这是宾客的名单，您请过目！"文管家将手上的单子双手递给黎昕，黎昕点点头接过："对了，昨天少奶奶的药里，被人下了滑胎的药，这事，我让文四在查，可现在也没有消息，你如今既然也在这边，你也留意着点，千万不要出了岔子！"

文管家一惊："滑胎药？"

他突然一个激灵，昨天，他从芳华苑出去时，远远看到文四将一碗药递给小清，小清转身走后，他看到文四手上紧紧捏着一角什么东西，现在仔细想来，那是包药的纸！

文管家慌张地答了一句"我这就去查！"就急急忙忙地离开了。

他匆匆来到芳华苑，没有看到文四，却一眼见到正要上楼的小清，他忙将小清拉到一边，沉声问道："小清，我问你，昨天少奶奶那药，都经过谁的手？"

小清白了脸，战战兢兢地道："是小林子抓的药，厨房里张妈亲自守着煎的药，然后就是文四端来给我，我端给少奶奶的了！"

文管家心里一沉，这药是文四从厨房端出来的？这不是文四该做的事！

他对小清挥挥手道："这事，你暂时不要声张，小心伺候着少奶奶！"

文管家心神不定地走回自己的院子，却见文四迎上来道："爹，少奶奶让我把她那边需要请的人的单子交给您！"

文管家并不搭话，却一把揪住文四的领子，将他拎进厢房，砰地一声带上门，将文四往地上一扔，厉声道："小畜生！你给我跪下！"

文四不敢反抗，踉跄着往地上一跪，抬起头来，皱眉叫道："爹！您这是怎么了？"

"怎么了？"文管家狠狠一巴掌掴上了他的脸，恨声叫道，"混账东西！当初，是司令救了我的命，夫人又将从小伴她长大的丫头许给我做媳妇儿，你娘生你时因为难产而死，夫人自小便将你养在身边，你的一应用度都跟少爷一样，少爷如此信任于你，你却干出这样猪狗不如的事来！"

文四伸手捂上了脸，不敢置信地看向自己爹，低叫道："爹，我做了什么猪狗不如的事了？"

文管家冷冷一笑道："混账！你敢说少奶奶那碗里的药不是你下的？"他随即一声怒喝"那是潘家的长孙！是司令和夫人活着时候唯一的愿望！"

黎黛手里捏着一张单子，她推开院门，向空无一人的院子里望了望，当她听到东边厢房隐隐似有人声时，不由轻轻一笑，甩了甩手上的单子，径直向东厢房走去。

刚走到门边，她便听到一声惊呼："你说什么？是少爷让你给少奶奶下的药？为什么？"

黎黛一惊，蓦然顿住了脚步，她慌乱地向四周看了看，急急地退出了小院。

"什么？不是少爷的孩子？"文管家一张老脸瞬间惨白，似被这突来的消息压垮了一般，他猛然佝偻了背，嘴里喃喃地道，"怎么能？怎么能不是少爷的孩子？"

他突然转了身，直直地面向屋内高高的供桌跪了下去，文四一惊，定睛一看，那里，竟然供奉着潘烨霖和黎芙铮的牌位！他不由惊呼出声："爹！你怎么将司令和夫人的牌位也从潘家集带到这里来了？"

文管家重重地磕下头去，老泪纵横，他口中发出瘆人的笑来："呵呵，司令、夫人！这就是你们盼着、念着的潘家长孙啊！”

文四心中惊惧，赶紧去搀他爹，却被文管家一把抓住他的手，文管家死死地盯着他，眼中发出紧张的光：“你说那些个我不懂，你只要告诉我，少爷是不是还能生孩子？”

文四连忙点头：“能！”

文管家那如死灰般的眼中骤然一亮，他微微眯了眼，点点头，从牙缝里迸出一句：“那就好！那就好！”

文四见自己爹那细细的眼缝中透出一丝狠戾来，他心里一惊，急道：“爹！你要做什么？少爷刚刚才拿着枪指着我的头，警告过我，若是我再擅作主张，他就杀了我！”

见文管家不吭声，文四不由自主地抓住了他的手，恳求地道：“爹，少奶奶就是少爷的命！我之所以擅作主张，便是怕孩子大了以后，少奶奶出事！若是少奶奶有了事，谁都别想活！现在看来，少爷未必不要这个孩子，我也想明白了，不管少爷怎么做，只要他开心就好！”

文管家沉了脸，冷冷地道：“这个孩子生下来，少爷就会快活吗？一个男人，你要他背着这样的耻辱过一生吗？”

文四的手一僵，却听文管家的话语中逐步带上了一丝恨意：“自从少奶奶来了，潘家就不得安宁！夫人临死，也没能见上少爷一面！司令和夫人，绝不会愿意让一个野种做潘家的长孙！”

文四心里一慌，急急地去捂文管家的嘴，跺脚道：“爹，你忘了司令和夫人去世后，少爷在潘家大院里警告过你，不许说少奶奶一句不是的吗？还有，那一次因为司令命你带少奶奶去了喜宴，少爷差点杀了你！”

文管家从地上缓缓地爬了起来，他的一双眼盯着桌上的牌位，淡淡地道：“我现在能做什么？黑衣卫队我早就交了出来，我能做什么？”

第五十三章

寻根究底

芳华苑，叶蕴仪放下手中的针线，向门口的黎黛笑道："黛儿，来看看这个怎么样？"

黎黛却有些心不在焉的样子，叶蕴仪怔了怔，关切地问道："你怎么了？"

黎黛吞吞吐吐好一会儿，正要说话，却见文四匆匆走了进来，她脸色蓦然一变，立即闭了嘴，咬紧了唇。

叶蕴仪安抚地拍拍她的手，笑道："咱们一会儿再说。"

她转头问文四道："什么事？"

文四递上一张名帖，笑道："梅廷方带着一个叫陆念迅的人求见，他自称是城东泰安钱庄的东家，他说曾跟叶老爷子谈过合作的事，梅廷方说他作不得主，带来跟您面谈。"

叶蕴仪脸色微微一变，陆念迅，这个名字，不就是当初离开南京时方夫人交给她的那个名字吗？她们曾说好，除非万不得已，她不会找他，但现在他却找上门来？

她沉吟着道："请他到楼下吧，我马上下去！"

叶蕴仪打量了一下眼前这个一身长衫的中年男子，只见他一进来，便眼神紧张地扫了一眼她微微隆起的小腹，这才淡淡舒了口气，笑道："少夫人，当初叶老爷子曾跟我们谈过，将泰安钱庄名下所有分号，全部并入远华银行的事，那时，因为我们自己内部账务不清，老爷子要我们将所有账务和股东情况理清了，再来找您，现在我们都理清了，特地来找您商谈。这是我们拟出来的账目清单还有根据叶老爷子的意思拟出来的合作的条陈。”

叶蕴仪心里微微一动，接过他手上的文件，先并未打开，只笑问梅廷方：“廷方，你看过了吗？你觉得怎么样？”

梅廷方脸上带着兴奋之色道：“董事长，我觉得可行！”

叶蕴仪将文件往桌上一放，笑道：“陆先生，我先看一看，回头我再让廷方约您到远华银行面谈可好？”

陆念迅眼神一闪，笑道：“少夫人，这第一页上是我们名下所有分号的清单，您仔细看看，回头若有时间，最好去走走看看，或许更有感觉些。”

叶蕴仪点点头：“好，我等会儿就看，会尽快给您答复。”

她又转头对梅廷方笑道：“廷方，正好，昨天德国领事夫人说，有一本德文的书，想翻译成中文，她想找一个国学底子扎实一点的人来翻，我看梅果倒是挺合适的人选，你帮我问问她，可愿意？让她尽快给我回个话。”

梅廷方点点头道：“嗯，等她跟少帅出差回来，我就问她。”

叶蕴仪一怔：“出差？跟少帅一起？”

一旁的文四脸色一变，忙上前道：“是新来的省主席指名要梅小姐一起去的，好像说是他随行的孩子要学洋文。”

叶蕴仪眉头皱了皱，没说什么，一抬眼，却见陆念迅似笑非笑地看着她，一丝不安掠过心头。

陆念迅和梅廷方一离开，叶蕴仪便不由自主地拿起桌上的文件，翻开一看，只见第一页的文字里，不同位置的一些字用不明显的红色标了出来，而这些字连起来一读，赫然便是一句话：“小心身边人！潘天一、梅果已在西南饭店309房住三天！”

叶蕴仪的手一颤，三天？他说是陪新来的省主席出巡，也是走了三天！而梅廷方说，梅果与他一起出差！而现在陆念迅却说他与梅果同住在西南饭店同一间房？

小心身边人，又是什么意思？

她心中猛然一突，潘启文离开那天，便有人给她下药！而他，却一面向她撒谎，一面与另一个女人住在饭店！她突然便不敢再深想下去！

叶蕴仪“啪”地一声合上文件，她心神不定地向楼上走去，小清急急地来扶，她却不由自主地想起那句“小心身边人”，手下意识地便一挥，竟是一巴掌挥到了小清的脸上！

小清一下子呆住，自从跟了少奶奶，少奶奶便极少对她甩过脸子，更别说打一巴掌！

那一声脆响，令叶蕴仪也是一愣，她咬了咬唇，歉意地看了小清一眼，却没有心思说什么，径直上楼去了。

她扶着楼梯的扶手，一步一步地往上走着，脑海中却反反复复只有“西南饭店、梅果”这样的字眼。

楼梯口，黎黛一把抓住她的手，惊道：“嫂子，您的手怎么这么凉？”

叶蕴仪反手一握，像是找到支撑似的，对黎黛勉力一笑道：“黛儿，陪我去书局看看！”

四海书局后门，叶蕴仪拉着黎黛匆匆穿行在门外的小巷子里，黎黛一边走一边叫道：“你慢着点儿！你这是要去哪儿？”

叶蕴仪并不吭声，拉着黎黛的手上全是汗，她们穿出了几条小巷，来到大街上，叶蕴仪一伸手，招了一辆黄包车，这才吐出几个字来：“西南饭店！”

西南饭店3楼楼梯口，两个黑衣人看到叶蕴仪，不由大惊，面面相觑之下，下意识地伸手去拦：“少夫人！”

叶蕴仪瞬间浑身冰冷，她冷冷地说道：“让开！”

两个黑衣人对视一眼，文四只让他们守在这里，除了梅小姐外，不让任何人上来，但这少夫人却是他们的主子！

他们不敢再拦，默默地让开一条道，其中一人已飞奔下楼而去了。

黎黛这时也已猜到了什么，她联想起那天听到文管家的话，心里越发地不安起来，不由拉住了叶蕴仪：“嫂子，你，还是别去了吧？”

叶蕴仪敏感地一回头，冷笑一声道：“你，是不是也知道了什么？”

黎黛张了张嘴，想说什么，却什么也没说，只是紧紧地挽住了叶蕴仪的胳膊。

两个人来到门边，叶蕴仪手握成拳，捏紧松开，再捏紧，她突然对黎黛苍白无力地笑了笑："这种情形下，这门是应该用敲、推还是踢？"

黎黛心里一紧，她咬咬牙，伸手一推房门，门居然开了，放眼一扫，那是一间套房，厅的右侧一扇小门半掩着，男人粗重的喘息声从门内隐隐传来，叶蕴仪身子一晃，那是——她熟悉的声音。

叶蕴仪虚浮的脚步踩在那松软的地毯上，她的意识，她的整个人都越发地轻飘起来，她越过沙发，来到那扇门边，突然男人暗哑、急切的声音传来："不要离开我！你想要孩子是不是？我给你，我现在能给你了！我不要别人的孩子，就要我和你的！好不好？"紧接着是女人的一声低呼。

叶蕴仪身子一晃，有什么东西在脑中滑过，却怎么也抓不住，她死死地抓住了黎黛的手，全身都止不住地抖起来。黎黛却低呼一声，不敢置信地捂住了嘴。

这时那门一下子从内半拉开，梅果衣衫凌乱地出现在门缝里，看到叶蕴仪，她布满红晕的脸上一片慌乱，一双手急急地去扣胸前的领扣，讷讷地说不出话来。

透过梅果肩上的缝隙，叶蕴仪直直地向昏暗的房间内看去，只见半趴在床上的潘启文上身赤裸，仅着一条半长底裤，似听到门口的响动，他费力地翻过身来，眼神迷离地看向门口，突然睁大了眼，惊慌地叫了一声："蕴仪？"

他那慌乱的神色令叶蕴仪心中一凉，终于看到这样的结果，叶蕴仪原先紧紧绷着的神经突然松了开来，她勉力撑起自己的胸膛，转身向外便走。黎黛恨恨地瞪了梅果一眼，赶紧上前搀住了叶蕴仪。

房间内，潘启文急急地叫了声："蕴仪！"就要翻身下床去追，却觉头中一阵晕眩，一旁的梅果赶紧上前扶住他，潘启文似这才看到梅果一般，微微一怔，一低头，看到自己身上的衣着，他撑在床上的手猛然一抖，一股寒气森森地从背上升起，身上瞬间已是冷汗淋淋。

他一把挥开梅果，怒吼道："你为什么在这里？"

梅果咬了咬牙，委屈地道："你在发烧，文四走不开，让我来照顾您！"

潘启文却再没心思理她，抓起床上的衣服，三两下套上，就要追出去，却被梅果一把拉住，她在他背后怯怯地道："你有想好怎么跟她说，你为什么会在这里而不是在巡视了吗？”

潘启文浑身一僵，不由自主地收回了脚步。

叶蕴仪与黎黛走到楼梯口，叶蕴仪突然停住了脚步，颤声道：“黎黛，刚才，刚才他说孩子！不要别人的孩子，是什么意思？”

黎黛紧紧地扶着她摇摇欲坠的身子，不由紧抿了唇，以叶蕴仪之聪慧，她怎会不知那是什么意思？

她不敢想，若是叶蕴仪知道了那天的药是二哥命文四下的，她又会怎么样？

一辆黑色轿车“吱”地一声急急地刹在酒店大门口，车未停稳，黎昕便急急地跳下车，他满眼焦灼，三步并作两步疾步往里走去。他眉头紧蹙，刚才黑衣护卫说，找不到文四才报与他知道，但却也说不出个所以然来。

无数的疑问在他心头涌起：潘天一不是去巡视了吗？怎么会在西南饭店？又怎么会跟梅果在一起？蕴仪和黎黛又怎么会知道？

他回想起黑衣护卫一脸紧张，生怕出事的模样，心里一紧，难道天一与梅果……他不敢想，若真是如此，以叶蕴仪那刚烈的性子，会怎么样？

一抬眼，却见叶蕴仪和黎黛高高地站在二楼楼梯口，他眼中霎时间便只余了叶蕴仪那苍白的小脸，一股怒气在胸中勃然升起，然而，看到叶蕴仪那惊惧的眼神，他心中陡然一突！不，她不应该是这样的眼神！若真的是抓奸在床，她应该是气愤、恼怒甚至是不屑，怎么会是惊惧？

看到黎昕和他身后的黑衣护卫，叶蕴仪身子不由自主地往后一瑟，手已不自觉地扶上了小腹。

黎昕心中一颤，她，在怕他！

他一挥手，止住了身后的护卫，放缓了脚步，一步一步地往上走，生怕吓着她似的，柔声道：“蕴仪，你怎么了？”

此时的叶蕴仪，满脑子全是孩子，他不要孩子！他不要她的孩子！过去种种一幕幕在她脑海中浮现，最后定格在他那把放在她隆起的小腹上的匕首，还有那天那一碗药上！

她眼前一黑，软软地往下倒去，黎昕一跃上前，紧紧地抱住了她，叶蕴仪这时却强撑起身子，大力地推开他，踉跄后退两步，护住小腹，惊慌地叫道：“不，孩子！我的孩子！”

黎昕强自压下心中那如被针扎般的细细密密的痛，他尽量柔和了神色，轻而缓地说道：“蕴仪，孩子好好的，没有人要伤害他！我带你回去，好不好？”

叶蕴仪狂乱地摇摇头：“不！我身边就有人要害我的孩子！我不能回去！”

黎昕眼中掠过一抹痛色，他柔声道：“上次的事，文四已经去查了，现在我们已加强了防卫，你和孩子都不会再有事！”

黎黛眼皮一跳，若是真的潘天一不要这孩子，若是真的是文四下的药，那这孩子……若真有人能阻止这事的发生，便只有黎昕！

黎黛看了看叶蕴仪迷乱的神情，心里阵阵发紧，何时见过这样的叶蕴仪？她总是那样的优雅而从容自如的，而现在，她却只是一个害怕失去腹中孩儿的母亲！

黎黛咬咬牙，毅然对黎昕道：“上次的药，就是文四下的！我亲耳听到文四对文管家说的！”

叶蕴仪不由低低地笑出声来：“果然！”那样的笑声，令黎黛背上一寒。

黎昕不由低呼出声来：“怎么可能？他怎么敢？”

叶蕴仪这时眼神却逐步清明起来，她冷笑一声：“他怎么敢？若是潘天一下的命，他有什么不敢？”

黎昕心里一沉，他看向叶蕴仪，皱眉道：“蕴仪，这中间定有误会！”

叶蕴仪眼中升起一股执拗和狂野的光来，她点点头：“好！若是误会，那么我们现在就去解开它！”说完，转身便向三楼方向走去。

黎昕以询问的眼神看向黎黛，却见黎黛眼中涌出一股悲凉，她摇摇头，没有说什么，径直拽住叶蕴仪的胳膊，搀着她向楼上走去。

黎昕回头对身后的护卫咬牙道：“去，去书局门口，给我把文四揪来！”说完，他也赶紧跟了上去。

309的房门仍是虚掩着，黎昕抢上前去，怒气冲冲地一脚踢开房门，却见潘启文穿戴整齐地从卧室走出来，后面亦步亦趋地跟着梅果。

蓦然看到叶蕴仪，潘启文眼中闪过一丝惊喜而复杂的神情，他双眼直直地看向叶蕴仪，他越过黎昕，径直走到叶蕴仪面前，他垂立在身侧的双手紧握成拳，指节微微泛白，他艰难地哑声道："蕴仪，我可以解释！"

这时，他身后的梅果急急地道："少夫人，您不要误会，少帅只是病了，他怕您担心，所以才住到这饭店来的，文四因为忙不过来，才安排我来照顾少帅！"

叶蕴仪淡淡地扫了她一眼，径直走到厅内，一手捂着小腹，一手扶着沙发的扶手，慢慢坐下，这才轻笑一声道："潘天一，你不像是个没担当的人，怎么会让一个女人来撒这种蹩脚的谎言？"

她眼神犀利地看向他，唇角嘲讽地向上弯起："照理说，以我的身份，不应当这样咄咄逼人，你潘天一也不是没有过姨太太！"

潘启文心中一慌，眼前这个女人，俨然又回到了那段与他对峙时，要将他的一切都否定了的模样，他急急地道："蕴仪，你不要这样！"

叶蕴仪却语气一厉，冷笑着道："可是，事关我腹中的孩子，我就不能再给你时间，去胁迫着所有人去圆你那些个谎言，所以，潘天一，你现在说吧，我等着听！"

潘启文闭了闭眼，疲惫地道："好，蕴仪，我都告诉你！"

说完，他阴鸷的眼神一扫屋内的人，烦躁地低叫一声："你们都出去！"

梅果看了看叶蕴仪，又看了看潘启文，眼神一黯，率先向外走去。

黎昕深深看了一眼叶蕴仪，伸手拉过黎黛，沉声道："我们走！"他带上房门，带着黎黛往前走了两步，沉声唤道："梅小姐！"

梅果转过身来，低了头："黎师长，还有什么事吗？"

黎昕眼中带上了一丝的狠色，他厉声道："不要去想不属于你的东西！若是被我知道，这中间你若兴了什么风，作了什么浪，我会让你，甚至你们全家，都生不如死！"

梅果眼神一闪，漠然地道："黎师长，我不过是一个小小的秘书，一切不过听命行事，能起什么风浪？"

黎昕重重一哼："没有最好！"

房间内，听完潘启文的讲述，叶蕴仪急急地抓上了他的手："启文，若我说，我能肯定我与宗尧之间，什么事也没有发生呢？"

潘启文没有如往常般回握她的手，他无力地往沙发背上一靠，哑声道："蕴仪，咱们都不提这件事了，好不好？我想过了，我只要，就当这孩子是我的就好！”

叶蕴仪瞬间如坠冰窖，周身发冷，她的声音也不自觉地冷了下来：“潘启文，你终是不信我！”

潘启文暴躁地甩开她的手，站起身来，居高临下地看着她：“蕴仪，你要我怎么信？你中药后那副模样是我亲见，可方宗尧却并未说出是如何给你解的药性，而那一晚，他并没有将你送医，更没有让你离开方家！再加上，加上，我那检查结果，我已确认过，的确是不能令你怀孕！况且，我们在一起那么长时间你都没有怀孕，为何偏偏在南京，你就怀上了？”

看到叶蕴仪越来越惨白的脸色，潘启文心中一痛，他蹲下身来，握住她的手，黯然道：“蕴仪，我本来已打算不计较了，若不是今天你碰上了，我也不打算告诉你，我们就这样吧，好不好？”

叶蕴仪惨然一笑：“就这样？”

“不！潘天一，自从我有孕以来，你便连碰都不碰我，是觉得我脏了吧？这件事，若不清不楚，即便这个孩子我们不要，你心中也会永远有根刺，那根刺会一直横梗在我们中间！记得当初在说到黛儿的事时，你就曾说过，你绝不可能接受这样的事！”

她的声音逐步凄厉起来：“不！启文，你是个什么样的人，我太清楚了！当你说出你不计较的时候，你便已经有了高高在上的姿态，从此以后，这件事，便成为你一生的耻辱，便也成了你高我一等的资本！”

潘启文脸色一变，他的眼神晦暗不明：“蕴仪，你就是这样看我？”

他一把甩开她的手，站起身来，恨恨地道：“叶蕴仪，我们之间，那个高高在上的人，从来就是你！”

叶蕴仪赫然站起身来，就要往外走去，潘启文一把扯住她，将她圈进自己怀中，哑声道：“你要去哪里？”

叶蕴仪偏了头，泪水沿着脸颊淌了下来，潘启文蓦地箍紧了她，他将头搁在她肩膀上，痛楚地叫：“蕴仪，你要我怎么办？我能怎么办？除了不去想，当什么也不知道以外，你说，我能怎么办？”

叶蕴仪哀哀地看向他：“启文，你为什么不能试着去相信我？”

潘启文心中乱成一团，他胡乱地连连点头：“好，蕴仪，我信你！我信你！我相信你那晚什么都没有发生！”

叶蕴仪却突然含泪笑了：“不，启文，你骗不了你自己的！”

潘启文如困兽般低吼一声："那你要我怎么办？啊？你说啊！"

叶蕴仪撑开他，一手抹了抹眼角的泪，眼中露出坚定之色："启文，我要去南京！既然我们现在都没法证明你当时是有能力能令我怀孕的，那么，我只能去南京寻求真相，我只需要知道方伯母当时如何给我解的那药，若是有解药，那便是证据！"

她伸手抚上了他怔忡的眉眼，轻声道："启文，我答应你，若是方伯母给不出合理的解释，这个孩子，我自己就不要！而且，从此，我就与方家断了来往！"

潘启文轻轻一震，一阵恐惧突然涌上了心头，他紧紧地箍住了她，颤声道："不要！蕴仪，不要离开我！我们留下这个孩子，我会待他如亲生，可好？"

叶蕴仪轻轻地摇摇头："启文，我很快就回来！"

潘启文咬牙道："你现在这样的身子，怎么能出远门？"

叶蕴仪吸吸鼻子，笑道："现在坐火车包厢，吃喝睡都不成问题，我再带上文四、小清和华大夫一起，这样，你可放心了？"

圣马丁医院，叶蕴仪手上拿着刚刚开出来的维生素，迟疑了一下，终是向霍夫曼问道："我丈夫不育的问题真的治好了吗？"

霍夫曼瞄了瞄她微微隆起的小腹，好笑地道："你丈夫什么时候不育了？他要不育，你肚子里这孩子哪里来的？"

叶蕴仪心中一跳，她急急地道："可上次不是在你这里查血？"

霍夫曼笑道："那只是拿错了单子，名字相似而已，没过几天，都告诉过你丈夫了，这完全是个误会啊！"

叶蕴仪瞬间浑身冰凉！他又说了谎！他仅仅是凭她中过媚药，便怀疑她与方宗尧有染，甚至要拿掉她腹中的孩子！完全不顾那极有可能是他自己的孩子！

她心中冷笑，他甚至让梅果拿了化验单给她看，他若有心作假，有什么做不出来？只是，他没想到，她看过化验单后，还会去问霍夫曼吧？

送走叶蕴仪，霍夫曼回到办公室，梅果从屏风后走出来，微笑着对他道："谢谢您！潘司令一定会承您这个人情！"

霍夫曼摇摇头道："Lisa果然怀了三个多月的身孕了！"

梅果笑道："是啊，潘夫人不幸被人迷奸，若是她知道这个孩子不是潘司令的，定会痛苦不堪，所以司令才要我来请求您向夫人隐瞒下这件事！”

霍夫曼抬头笑道：“没想到潘司令对Lisa这样一往情深，作为Lisa的朋友，能帮到他们，我感到很高兴！”

小清扶着叶蕴仪从医院出来，一阵风吹来，叶蕴仪不自觉地打了个寒战，原先心里烧得旺旺的，要去质问潘启文的那团火，瞬间被吹熄。

去问他又怎么样呢？就是昨天，她听了他所说，以为他这次已是全盘托出，没想到，他却仍是骗了自己！

她的心里突然忐忑起来，若是方伯母拿不出证据来证明她与宗尧之间是清白的，就算她明知这个孩子是潘启文的，那么她也要将这个孩子拿掉么？

而他，便真的如他所说，可以将这件事抹掉么？

以他这样的性子，就算她拿出证据来，他又会信她么？若他不信，那么，他们两个还能有将来吗？若他不信，他真的能容得下这个孩子么？

她突然打了个寒噤，那一天，若不是黎昕阴差阳错，这个孩子已经没命了！若是从南京回到这里，这个孩子，能活得下来么？

她，还能再信他么？

她心里的不安像是瓶子里的水，不停地晃荡起来。她甚至不知道要用什么方法去排解。突然，她便明白了当初爷爷所说她“孤身”一人在此的心情！

就在这时，小腹似有轻轻一下悸动，叶蕴仪一呆，她急急地抚上腹部，却什么也没有。

就在这一瞬间，她已做了个决定，这个孩子是她的，无论如何，她要将他生下来！

半晌，她轻声对前排的文四吩咐道：“去城东的泰安钱庄！”

第五十四章

天意弄人

火车站，潘启文将叶蕴仪的衣领理了理，他的手指抚过她颈上那昨晚被他烙上的痕印，在她耳边轻笑道：“蕴仪，你还敢说我嫌弃你吗？”

叶蕴仪面上一热，昨天夜里，像是要证明什么似的，潘启文将她环在自己身下，一遍遍地占有她，发疯般地在她身体里冲撞肆虐着，一直到她昏睡过去，他才放过她。

潘启文轻叹一声：“蕴仪，咱们不去了好不好？”

叶蕴仪眼中掠过一丝不舍，却摇头微笑：“启文，我们不能心存芥蒂过一辈子，我很快就回来！”

潘启文似探究般直直看进她眼底，终是沉声说道：“蕴仪，我也不矫情，我只要你记住，无论结果如何，我都要你！而那个孩子，只要你高兴，留或不留，都由得你！”

叶蕴仪眼圈一红，她轻轻地抚上他的脸颊，柔声道：“启文，等我回来！”

夜，火车静静地停在一个不知名的小站内，豪华包厢里，小清将一件披肩搭在叶蕴仪背上，笑道：“少奶奶，这窗户外头黑漆漆的，您能看啥？不如早点睡吧，您这身子骨，可不能病！”

“病？”叶蕴仪眉一皱，一阵不安蓦然在心间滑过，那天，梅果说他病了？

后来她与他所有的心思便一直纠结在媚药和孩子的问题上，他说，因为安排了文四给她下药，他不敢面对，所以他选择离开。可是，若仅仅是离开她，为什么要住在饭店，那三天又为什么会跟梅果在一起？若真是病了，司令府那么多的人，为什么会是梅果在照顾他？

她没想起来问，他也没有解释！

病了？不，明明她听到那暧昧的喘息声，还有那句：“我不要别人的孩子，就要我和你的！”这句话，明明是他对着梅果说的。

叶蕴仪按下心头的不安，转过头来，对小清说道：“你帮我叫文四进来，我有话问他！”

小清打开包厢门，探出头去，她左右看了看，只见空荡荡的走廊上空无一人，她不由回了头，皱眉道：“奇怪，文四不在，怎么也不留两个护卫……”话音未落，只觉一阵香气袭来，她浑身一软，倒地前，映入她努力睁大的眼眸的，是已趴在桌上人事不知的叶蕴仪。

黑暗中，叶蕴仪慢慢睁开眼，怔愣了好一会儿才恢复了意识，当她发现自己手脚均被捆绑时，心里不由一惊！这一次，又是谁要对付她？目标是她还是潘启文？

正自思虑间，一阵脚步声传来，叶蕴仪赶紧闭上了眼睛。

头顶传来明显的压迫感，似有人在看她。只听一个森寒的声音问道：“她什么时候能醒？”

叶蕴仪心中重重一震，那是文管家的声音！

另一个陌生的声音答道：“应该快了！”

一丝恐慌漫游上了叶蕴仪的心头，文管家，他为什么要绑了她？

突然便听到门外一个战栗的声音传来：“文管家，你能不能告诉我，少爷到底为什么不要少奶奶肚子里的孩子？上一次文四下药被大少爷发现了，这一次，又派你来下手？”

那是华大夫的声音！而华大夫的话，让叶蕴仪顿时浑身冰凉！是他！

他甚至都不给她去问清楚的机会，就不要这个孩子！

呵呵，是啊，除了他，又有谁能使得动文管家父子？

只听文管家似跨出门去，不耐烦地道：“少爷的事，你听话照做就好，问那么多做什么？还不赶快开方子，我让他们去抓药！”

华大夫气恼地道：“不！文管家，这一次，你不说清楚，我不会开方子！少奶奶已经小产过一次，若是再强行打胎，只怕以后再难怀孕！这件事，上次文四下药前，少爷就细细问过我，我以为少爷已经想通了，没想到，这次又派你来！难道你们就不怕潘家绝后吗？”

文管家冷笑一声道：“绝后？她不能生，自然还有别的女人能生！你还用担心潘家绝后？”

华大夫轻哼一声道：“少爷对少奶奶这么好，能让别的女人给他生孩子？若是能，早八百年那十几个姨太太，都生了一窝了！”

文管家轻笑一声：“华大夫，此一时彼一时，你可知道，前几天少爷不在司令府，跟谁在一起吗？”

“跟谁？”

“跟那位年轻漂亮的女秘书！他们在西南饭店整整呆了三天！若不是少奶奶上门发现，呵呵，说不定，那梅小姐肚子里现在也已经有了潘家的种了！”

“这怎么可能？”

“怎么不可能？那位梅小姐年轻漂亮，也一样懂洋文，又知书识礼，不会动不动就跟少爷闹脾气，更不会让少爷连爹娘都不认！”

“你是说，少爷为了这个梅小姐，便连少奶奶肚子里的孩子都不要了？不，我不能相信这个！即便少爷再娶，也不能不要少奶奶肚子里的孩子啊！”

“孩子？哼！华大夫，若这个孩子不是少爷的种呢？若是别人的野种呢？”

“什么？”

“是，少爷对少奶奶多好，咱们都知道，可是，少爷对她再好又怎么样？她还不是怀了别人的种？若不是这样，少爷又怎么会找上那个梅小姐？”

叶蕴仪心头一颤，他，终是嫌弃她不干净，所以才找上了梅果？他不碰她，不代表他不碰别的女人！

“不！不可能！文管家，我跟了潘家几十年，少爷的性子我还是知道的，若少奶奶真与他人有染，少爷绝不可能忍到现在！就在上次文四下药前，少爷命我细细准备，不能出任何差池，而这一次，你硬拉我来，不也是怕少奶奶出事吗？否则，你大可以随便找个大夫，滑胎药到处都是！”

“呵呵呵，华大夫，原先我也不明白，少爷怎么能忍得下这口气，可知道梅小姐的事后，我总算明白了！少奶奶家里的银行现在能撑起军政府一半的钱粮，少奶奶父亲当初在南京的故旧关系更是能帮上少爷的大忙！所以，这个梅小姐，少爷现在只能将她藏着掖着，可是，若以后她有了身孕，而少奶奶再不能生，你说，少奶奶有什么理由不让她进门？”

“走，赶紧配药去吧，等下她醒来，不用你动手，我自会安排别人，咱们都不用露面！”

华大夫一声重重的叹息，对话的声音戛然而止，随着渐去渐远的脚步，叶蕴仪先前那死死抑住的战栗终于抖散开来，她再顾不得去思虑这里面的前因后果，满心满意只有一个念头：孩子！

她拼了命地挣扎扭动起来，却绝望地发现，自己手脚被绑得死死的，便连这个床她也下不了！

一个人影悄然出现在她的头顶，挣扎中的叶蕴仪蓦然停了下来，一抬头，又惊又喜的眼中已是落下泪来！

这人正是陆念迅！他扯开她口的的布条，做了个噤声的动作，抽出一把匕首，动作麻利地割着她手脚上的束缚。

叶蕴仪向四周望去，发现屋门和窗户下赫然静立着四个穿着黑色中山装的年轻男子，他们个个持枪在手，俱是面朝外的戒备的姿势。

陆念迅解开她身上的绳索，将她扶起来坐好，轻声道：“少夫人，您先靠在这里休息一下！”

叶蕴仪皱了眉，不解地问道：“我们为什么不赶紧走？”

陆念迅瞄了瞄她微微隆起的小腹，说道：“您有孕在身，这样贸然逃命反而危险，我们观察过，对方虽然有8个人，但除了那个领头的以外，其余都是乌合之众，我们几个足可对付。所以不如以静制动！这里离南京已不远，我们人手不够，却也已经给方先生发出信号，相信他很快便会带人前来接应我们！”

叶蕴仪心里闪过一丝疑惑，黑衣卫队怎么会是乌合之众？却又想起当初古天舒那一班人的身手，似乎的确比黑衣卫队稍高一筹，心下稍安，又迷惑地问道：“你们怎么会在这里？”

陆念迅忙垂头道：“您走之前不是吩咐我安排人到南京附近找个待产的地方？我想着反正您也是到南京，便一路随行，不想却遇到有人绑架，让先前顾忌着您的安全，不敢下手，所以才来晚了，让您受惊了！”

叶蕴仪犹豫了一下，终是问道：“陆先生，我一直没有问过你，你们是听命于方宗尧，还是听命于我？”

陆念迅微微一笑，恭声道：“少夫人，您叫我老陆就好！我们当然是您的人！原本我们在西南只有十几个人，可叶家接手以后，我们所有扩编、训练、营生计划以及一切开支用度都是您大伯亲自在操持！包括收购钱庄，以方便在明面上为您所有，都是您大伯一手安排！”

叶蕴仪轻轻一震，她自嘲地低低一笑：“爷爷早就料到我有今天么？”

陆念迅忙道：“叶老先生说，尽管潘司令对您很好，可经过蕴杰少爷的事，就绝不能让您在西南没有自己的人可用！”

叶蕴仪点点头：“好！既然是叶家的人，那么，以后，你们就叫我小姐吧！不要再叫我少夫人了！”

陆念迅一怔，随即恭声道：“是，小姐！”

叶蕴仪正色问道：“老陆，若是我现在要走，你有把握能带得我走吗？”

陆念迅毫不犹豫地答道：“能！”

叶蕴仪点点头，站起身来：“好！我信你！那我们走吧！”

陆念迅迟疑着道：“您不是本来就要去南京的吗？为什么不等方先生一起？我这次出来，因只是去为您安排待产的地方，带的人手并不多，我怕路上不安全！按时辰算，方先生的人，应该就快要到了！”

叶蕴仪皱了皱眉：“你这次安排待产，可有目的地？”

陆念迅忙道：“有的！离南京约100多里地的地方有一个叫‘塘和’的小镇，离这里也就不到60里地，咱们那边常驻有人，还有一些产业，也是一个极安静的地方，适合待产。”

叶蕴仪点点头道：“老陆，现在发生了这样的事，目前不适合再跟宗尧碰面，我们现在就去塘和！”

陆念迅虽然仍是云里雾里，却也并不再问，只点头一句：“好！”

他们几乎没费什么力气，只是撂倒了两个守卫，便轻易地离开那座农家小院，陆念迅和他的手下护着叶蕴仪，向塘和方向而去。

而那座农家小院内，文管家静静地看着叶蕴仪他们离开后，嘴角一沉，他轻哼了一声，走进另一间小屋，从怀中拿出一个药瓶，走到躺在地上的文四身边，将药瓶放在他鼻子边晃了晃，这才慢慢悠悠地走到一旁坐下。

文四缓缓睁开眼，突然一个鲤鱼打挺，一跃而起，眼神戒备地向四周看去，一眼看见桌旁的文管家，他不由惊道：“爹！是您？您为什么迷倒我？”

他突然想起什么，骇然道：“爹！少奶奶呢？你把她怎么样了？”

文管家瞟了他一眼，冷冷地一句：“少奶奶？哼，她跟人跑了！”

文四急道：“跟人跑了？怎么会？爹，你到底把少奶奶怎么样了？”

他蓦然脸色一变，一把上前抓住文管家的手，颤声道：“爹，是不是您要打掉少奶奶腹中的孩子？她现在怎么样了？”

文管家扯开他的手，冷笑一声道：“我原本是打算打掉她肚子里的孩子，可是，当我发现有人跟着我们时，我改变主意了！既然有人救她，就让她走吧！”

文四跺脚道：“爹，你为什么要这么做？他们往哪个方向去了？”

文管家轻笑一声道：“文四，你现在即便追上他们，那个女人，也决计不会跟你回去了！”

文四一呆：“为什么？”

文管家掸了掸衣服，鼻子里一哼道：“因为我故意跟华大夫说了一番话，让她听到，她认为是少爷为了跟梅小姐在一起，才要害她腹中孩子，你说，她还会跟你回去吗？”

文四背上一寒，额上冷汗涔涔而下，他不敢置信地看向文管家：“爹，你为什么要这样做？”

文管家整个脸都扭曲狰狞起来：“为什么？自从这个女人跟了少爷，潘家就再不得安宁！那一年少爷为她醉生梦死，她一来以后，就令得少爷连爹娘也不认！夫人临终前，便是想见少爷一面，也是不能！我从小看着少爷长大，两位少爷和三小姐从小就对我礼让有加，可是，为了那个女人，少爷却用枪顶上了我的头！”

看着文四目瞪口呆的模样，文管家鼻子里重重一哼道：“我原想着，只要少爷过得好，也就罢了，可是，她却怀了别人的野种！我眼见着少爷痛苦不堪，有家不敢回，她却还在潘家颐指气使！”

他眼睛微微眯起："司令和夫人待我恩重如山，我怎么可能让一个野种作为潘家的长孙登堂入室！"

说到这里，他的唇角轻轻一勾，眼里是嘲弄的笑："我本来只打算打掉她腹中野种也就罢了，可是，却有人来救她！你说，在这里，会有谁来救她？又是什么人，会一路跟着她？有你和黑衣卫队还不够么？她，岂不是时时防着少爷？"

文四惊道："你是说，方宗尧？"

文管家点点头，冷笑一声道："你别忘记了，上次方宗尧竟然能在省城避开我们的耳目，与她私下见面！"

文四只觉一股森森寒意，从脚底直蹿上背脊，他哑声道："爹，你故意让少奶奶跟方宗尧走？你的目的，是想让少奶奶与少爷反目成仇？"

文管家眼中尽是决然之色："华大夫说过，那个女人若是打了胎，恐怕再难有子息，而以少爷对那个女人的情愫，若只是打掉她腹中胎儿，只怕就算潘家绝了后，少爷也绝不可能再要别的女人！所以，不如绝了他的念想！"

文四脑海中却浮现出临走前，少爷看向少奶奶那无奈、痛楚而不舍的眼神，少爷第一次那样恳切地对他说话："文四，你一定要将她，给我平安地带回来！"

文四再不吭声，一把抓起桌上的药瓶，文管家脸一沉，伸手便去抢，惊道："你要做什么？"

文四一抬手，挡住了他爹的攻势，他一步跃开，走到横七竖八躺在地上的黑衣护卫面前，他蹲下身，却听文管家颤声道："文四，你追回那个女人，是想让少爷杀了我么？"

文四伸出的药瓶中途一滞，他的手抖了抖，突然转头低吼道："可我不能眼睁睁看着少爷丢了他的命根子！"

他看了看文管家，突然跪下向他磕了个头，涩然道："爹，是我不孝！我一定要去将少奶奶追回来！少爷那里，我会为您求情！"说完，他毅然决然地将药瓶往地上的黑衣护卫鼻下伸去！

叶蕴仪毕竟有孕在身，走了不一会儿，便已是气喘吁吁，陆念迅四周看看，沉吟道："小姐，您这身子，不能这样赶路，我看不如去前面农家，若是真有追兵，咱们也好有个依傍之处！"

叶蕴仪这时已是疲累不堪，便不再坚持，她默默地点点头。

陆念迅转头正要招呼几个手下，突然迎面一阵拳风袭到，他敏捷地向后一闪，叶蕴仪已是惊呼出声：“文四！”

文四并不答话，只沉了脸与陆念迅交手，两人都似怕误伤到叶蕴仪，不约而同向一旁跃去。

毕竟文四手下人多，很快便两个对一个将陆念迅手下全部撂倒，并用枪指上了他们的头顶。叶蕴仪一声怒叱：“放了他们！”

文四将陆念迅往黑衣护卫身边一推，走到叶蕴仪面前，弓身道：“少奶奶，请跟我回去！”

叶蕴仪往后退一步，冷冷地道：“回去？回去任由你们杀死我的孩子么？”

文四急急地道：“少奶奶，一切都是误会，少爷早已说过，孩子的去留由您决定！少爷离不开您啊！”

叶蕴仪的声音尖厉起来：“由我决定？呵呵，文四，这话，你信么？若是由我决定，又怎么会三翻两次给我下药？”

月光下，她的神色越显凄迷：“离不开我？文四，你给我下药之时，他在哪里？又跟谁在一起？”

文四一时语塞，他看看四周，此时此地，无论如何都不是解释的好时机，更何况，那涉及少爷心中最隐秘最不能对人道的伤痛！

他咬咬牙，走到陆念迅身边，用枪顶上了他的头，沉声道：“少奶奶，您若不跟我走，我就先杀了他们！”

叶蕴仪冷冷一笑，一枚精巧的小手枪已顶在自己太阳穴上，她沉声道：“文四，你家少爷虽然不在乎这个孩子，我这个人对他却还有用处，你先放人！”

文四脸色一沉，眼中闪过一丝惊恐，不过一瞬，他却淡然笑道：“少奶奶，您如此珍惜这个孩子，定不会愿意让他陪您去地下！”

叶蕴仪的手一抖，刹那间，一枚铜钱飞来，直直地打在枪筒上，叶蕴仪一个拿捏不住，那枪便掉了下去。立时有人抢上，将枪拾起，递给文四。

文四轻叹一声道：“少奶奶，我这一招，是自从那一次您拿枪指上自己的头以后，少爷命我们黑衣卫队所有人必须练的！您知道这一招难在什么地方吗？难就难在这力道要把握得刚刚好，既能打下枪，又不能伤到您分毫！少爷的要求是，枪打下，但您的胳膊不能因为这个力道而动！这一招，少爷也会！”

顿了顿，文四垂下眼帘，轻声道：“少奶奶，您有没有想过，少爷是以什么样的心情去练这一招的吗？”

叶蕴仪心里一痛，不由自主地向自己还僵硬抬着的胳膊看去，指尖那一头，是那个人沉痛的眉眼和暴怒的话语：“叶蕴仪，你以为你能这样威胁我几回？”

电光火石间，过去种种光影在脑海中掠过。

第一回，她用枪指着自己的头，她得知了他与黛儿的关系，可那还是一个谎言！

第二回，她用枪指着自己的头，要他放掉古天舒，却可笑地发现他早已下了她的子弹。

这一回，她用枪指着自己的头，她再看不到他眼中的心疼，只有文四的胸有成竹——她死不了！

呵呵，过去种种，她不过仗着他爱她，而如今，他心里早已认定她的不洁，他要杀掉她的孩子！

她唯一的砝码便是自己的命了，可便是这，他也不许了！

呵呵，心情！他最忠心的手下，还在可笑地质问着他的心情？

文四眼见着叶蕴仪的眼神由凄迷到清明，由彷徨到坚定，心中不由一惊，再顾不得许多，上前一步就要强去搀叶蕴仪：“少奶奶，我们走吧！”

叶蕴仪往后一退，甩开他伸过来的手，淡淡地道：“文四，我累了，需要歇息！”

文四看了一眼他们身后的这家农户，心里终是觉得陌生的地方令人不安，他沉吟片刻，方道：“少奶奶，我这就命人将马车赶来，咱们还去先前那个院子歇息吧？那里东西都齐全，小清和华大夫也都留在那里，也好照顾您！”

叶蕴仪面无表情地点点头，垂下眼睑，心中冷笑：果然！

夜色中，“嘚、嘚、嘚”的马蹄声，踏得文四心里瘆得慌，他命黑衣护卫将陆念迅和他的手下绑了扔在马车后面，而他与护卫们则紧紧地护在马车旁，随着马车前行。

终于到得那个小院，小清一脸复杂的神情，急急地迎了上来，护卫们让开一条道，小清伸手去搀车上的叶蕴仪，叶蕴仪伸出手来，突然听到几声“砰砰”的枪响声，她双眸一闪，一把将小清推倒在地，自己迅速地往车内缩去，随着枪声，马车周围的黑衣护卫齐齐下蹲、就地翻滚，躲开了射来的子弹。但就是这一滚，却离开了马车三步之遥！

几乎与此同时，几十把明晃晃的火把亮起，一群身着黑色西服的男子，迅速地将马车围在中间。

文四站起身来，看向中间那个俊逸的身影，不由惊呼出声来：“方宗尧！”

方宗尧循声看去，不由也是一怔：“文四？”

他脸色一沉，向走出车厢的叶蕴仪伸出手去：“怎么回事？怎么会是文四绑架了你？难道他领着黑衣卫队作乱？”

看到方宗尧，叶蕴仪一整晚强撑住的身子一软，方宗尧下意识地上前一步，将她紧紧地揽在怀中，看到她微微隆起的腹部，先是一怔，再看到她那苍白的脸色，一丝剧痛划过心口，不由轻叱道：“你怀着身子，为什么还到处乱跑？潘启文那个混账呢？”

叶蕴仪想要撑起身子，却终是不能。她脆弱地靠在方宗尧那宽厚的胸膛中，听着他那叱责却是关怀的话语，只觉无比的亲切。

一段时间以来，闷在心中无人可诉的委屈一下子翻涌出来，她的眼泪再忍不住簌簌而下。她的声音虚弱得几乎听不到：“他，他要杀掉我的孩子！”

方宗尧一时没有反应过来，皱眉道：“谁？谁要杀掉你的孩子？”

叶蕴仪眼神迷离，喃喃地道：“是他，是启文，他，他不要这个孩子！”

方宗尧一下子呆住：“什么？为什么？”

叶蕴仪拼命地摇着头，在他胸口闷声道：“他说，这个孩子不是他的！”

方宗尧怒道：“这个混账，他想做什么？”闪念间，他突然想起什么，不由沉声问道，“是因为在南京招待酒会那一晚？”

叶蕴仪没有吭声，但她的眼泪却灼得方宗尧生生地疼！

方宗尧怒极反笑，他森寒的目光直直地射向文四：“你们绑架蕴仪，就是为了打掉她腹中的孩子？”

文四咬牙看向叶蕴仪，恳求地道：“少奶奶，这一切都是误会!您跟我回去，好不好？少爷说过，这个孩子是谁的都不重要了，您回去，让少爷亲自给您解释，好不好？”

叶蕴仪抬起头来，冷冷地道：“解释？文四，一次可以说是误会，两次呢？那么我亲眼所见，亲耳所闻他跟别的女人说只要他跟她的孩子呢？”

听了叶蕴仪的话，方宗尧心中脑中轰然被炸开一般，疼得他不知所以！

呵呵，他早就知道这个男人信不得，他却仍是放她在他身边，只因她爱他！可是他呢？他在做什么？

两次！

一想到，他摆在心尖儿上的人，摸不得碰不得的人，即便她中了媚药，他也只能忍痛将她绑起来也不敢碰的人，在那个潘天一的天下中，她孤身一人，如何逃过这样的两次？

他明明是为了别的女人，要杀死她的孩子！还竟敢给她扣上一顶不洁的帽子！

方宗尧冷笑一声：“呵呵，难怪在南京，他问都不问是如何解掉的媚药！我问他为何不问，他却说他不想知道！原来是这样！原来是为了别的女人！”

听了这话，叶蕴仪轻轻一震，她苦笑着道：“为了给我扣上这顶帽子，他竟然跟我谎称说他不能生育！”

方宗尧怒极反笑，呵呵，潘天一，他怎么敢！怎么敢拿这样的脏水去泼她！

方宗尧冰冷的目光直直地看向文四，厉声道：“你回去告诉潘天一，孩子和蕴仪我带走了，若是他还想要，让他到南京来解释！”说完这话，他嘴角不由勾起一抹苦笑，他，只是舍不得她那么难过，所以，他只能再给潘天一一次机会！

文四绝望地看向叶蕴仪，颤声哀求地叫道：“少奶奶，您跟我回去吧！少爷说过，这个孩子，是谁的他都不计较了！”

只听叶蕴仪轻笑一声道："不计较，他不计较的是这个孩子？还是我叶家的银行？抑或是我父亲在南京的人情世故？"

听了这话，眼见着叶蕴仪那凄美的笑容，方宗尧的心瞬间被割成了一片一片。听得文四口口声声说的都是这孩子不是潘启文的，心中怒火轰地燃起。

方宗尧一步一步地走到文四面前，一把揪起文四的衣领，在他耳边轻笑一声道："你告诉潘天一，我的孩子，还有蕴仪，他休想再动分毫！"

文四浑身一震，他的孩子！虽然一早认定这孩子是方宗尧的，可听他亲口说出，还是如此地震惊。

文四绝望地抓住方宗尧的手，头却偏向一边，向叶蕴仪颤声叫道："少奶奶，您真要跟方宗尧走？"

叶蕴仪眼中含泪，轻笑着道："文四，你知道为什么我会让你回到这里来吗？因为这里，是跟宗尧约好来接我的地方！你说，我会再跟你走吗？"

第五十五章

人生长恨

南京，方家客房中，方夫人站起身来，抹了抹眼角，笑道：“好了，你好好休息，先在伯母这里把身子养好了，再作打算！”

叶蕴仪却一把拉住她，费力地说道：“方伯母，我，我知道我或许不该问，可我，还是想知道，那一晚的媚药，是如何解掉的？”

方夫人全身一僵，她的一张高贵的脸顿时涨得通红，她有些尴尬地看了看叶蕴仪，一时怔住，说不出话来。

叶蕴仪心里一沉，抓住方夫人的手不由死死地掐进了肉去，她颤声道：“伯母，你告诉我！不会是、不会是……”

其实那一晚真实情况究竟如何，她并不知晓，之所以一口咬死自己是清白的，不过凭的是自己身体并无任何感觉，更重要的是对方宗尧的信任！而现在，看方夫人的神情，叶蕴仪的心陡然不安起来。

方夫人的脸由红转白，再由白转红，终是在被叶蕴仪掐得生生的疼痛中清醒过来，她忙拍拍叶蕴仪的手，安慰道：“你想到哪里去了？那一晚，那一晚……”说到这里，她终是说不出口，咬唇道，“你等等，我给你看样东西！”

不一会儿，方夫人捧着一个小盒子，扭扭捏捏地来到叶蕴仪面前，面带尴尬地道：“你看看这个，就明白了！”

叶蕴仪打开盒子一看，顿时一张脸也涨得通红，呐呐地说不出话来！

那是一个做得极为逼真的男子阳具！

方夫人这时总算是平静了下来，轻声说道："我以前也不知道有这种东西，那天晚上，是宗尧找来，给我的！是我……"

叶蕴仪扔掉那个小盒子，一把抱住方夫人，哽咽着道："方伯母，别说了！我都明白了！"

她心里清楚，要让一贯洁身自爱的方宗尧去找这样一个东西出来，用在他一直爱着的她身上，他的心情会有多复杂、难过。

她更不能想象，一贯高贵优雅的方夫人，却要自己动手，为她做那样的事，是多么的难堪。

但是，他们，都毫不迟疑地去做了！

方夫人甚至还没忘记为她清理干净，让她一点察觉不出来，为了怕她难堪，他们也只告诉她，她只是中了迷药。

想到这里，她不由对潘启文越发痛恨起来，他，却偏不肯信她！

一个月后，方家餐桌上，方淮之严肃地对叶蕴仪道："蕴仪，你现在这样，也不是办法。我想这样，以你的名义，给启文发个电报，要他亲自来一趟南京，有什么误会，当面解释清楚！"

方宗尧冷哼一声道："有什么好解释的？两次想要她肚子里孩子的命，还有什么好说的？"

方淮之将筷子重重地往桌上一放，叱道："你懂什么？"

他再次转向叶蕴仪，温和地道："蕴仪，方伯伯和伯母从来就当你如亲生女儿一般，决不会再让你受丁点委屈！可是，现在我跟潘启文，份属同僚，有些话，必须要摊开了来说！若是真有误会，说清楚了，你们还能在一起，你还愿意跟他在一起，我们自然高兴。若是真要分开，那么，便正正式式地分，这对你、对他都好！"

叶蕴仪脸色一白，她知道，方淮之说的都在理，其实，方淮之何尝不清楚，闹到这一步，哪还有和好的可能！他没说出来的是，若是她便这样不清不白地住在方家，若再有那些传言流了出去，对她和方宗尧都是极为不利！而如果方淮之因她与潘启文闹翻，则对方淮之的仕途也极为不利！

可是，一听到方淮之说的，要与潘启文正正式式地分，她的心里，便如刀割般地疼！

叶蕴仪不由微冷了神色，轻声道："方伯伯，我已经让陆念迅给我安排了待产的地方，这几天，我就要离开了！”

一旁的方夫人不由急道：“蕴仪，你这是说什么呢，你一个人，怀着孩子，我怎么可能放你独自去外面？”

方淮之叹口气，对叶蕴仪道：“蕴仪，你理解错伯父的意思了！我的意思是，若是你与潘启文正式分开了，以后，你在我们方家，不论什么身份，便再与他潘启文无关！而全南京政坛的人都知道你于我方家，不亚于亲生女儿的关系，以后，任谁若想再动你分毫，也是不能！”

方夫人也在一旁道：“还有一层意思，潘启文那性子，只怕将来在南京得罪的人不少，你是要做事的人，没必要跟着他再受牵连！”

方淮之点点头：“潘天一在西南独霸一方，还有远华银行的事，你也得早作打算，无论如何，你都避不开他去！”

方夫人看了一眼身边的方宗尧，拍拍叶蕴仪的手道：“蕴仪，我看启文还是爱你的，你说的那个什么秘书的事，我看多半也是因为他误会了你与宗尧有染而起，这男人，你总得要容得他犯了错再回来，你说，是不是？更何况，你总得为孩子考虑！”

叶蕴仪轻轻一震，她不由自主地抚上了小腹，容得他再回来？可是，他真的肯再回头么？

眼看着叶蕴仪动容的脸上又闪起了希冀的光芒，方宗尧心里一涩。

西南司令府，芳华苑书房内，是一片可怕的寂静。

整个厅内，只听到潘启文的呼吸声，沉重急促得，像是一头受伤的野兽在喘息。

半晌，黎昕艰难地开了口，说出来的话却毫无底气：“这事，说不定中间有误会？不如，去趟南京，当面说清楚？”

潘启文一把将桌上的茶杯往地上一扫，那清脆的碎裂声，让每个人心头一跳。

心底里那撕裂的痛已令他直不起腰来，他冷冷地笑，说清楚？还有什么不清楚？

当初他就奇怪，她莫名其妙地要去南京找什么证据来证明，事实摆在那里，那时的他，根本便不可能有孩子，他竟然傻傻地放她去了，他知道，就是她那一句，若是她拿不出证据，她会自己打掉孩子，更与方家从此断掉联系！就是这句话，打动了他！

天知道，他可以不在乎孩子是谁的，可他心底里有多怕，他知道她与方宗尧的感情有多亲厚，他怕她从此便因这个孩子，与方宗尧有了再分不开的纠缠和纽带！所以，他竟愚蠢地信了她，放她去了！

可谁知道，她竟然，竟然一早便做的是离开他，跟方宗尧一起走的打算！

还有什么不清楚？那个陆念迅是方宗尧一早就埋在这边的人吧？那一次酒会，他们俩能神不知鬼不觉地见了面，怎么会他在这边没人？！

方宗尧亲口承认孩子是他的，而蕴仪竟亲口说她一早便与方宗尧约好接她的地方！

是不是，她一早就变了心？

是不是，蕴杰走后，她便再没了顾忌？

枉他一人痛苦纠结，迟迟不敢下命打掉孩子，甚至，甚至他还想就这样接受那个孩子，也不敢告诉她实情，只怕她难堪难过！

他甚至、甚至卑微地告诉她，只要她，孩子的去留只要她高兴就好，在她看来，不过是个笑话吧！她一早便知道那是方宗尧的孩子，所以她才那么拼了命地要护着他！

去南京，难道去南京看着他们，再亲耳听方宗尧说一遍“孩子是我的！蕴仪也是我的！”吗？

黎昕沉声道：“若蕴仪真要跟方宗尧走，她直接到南京，解决掉文四不是很简单的事？何必要如此大费周折？”

听了这话，一直跪在地上低垂了头的文四心头一跳，黑衣卫队的人醒来之前，他便让自己爹离开了，少奶奶既然跟方宗尧走了，他便将他爹绑架少奶奶的事瞒了下来，只说是陆念迅的人迷昏了他们，劫走了少奶奶，后来他们追了上去，又碰到了前来接应的方宗尧。他觉得，既然少奶奶早就铁了心要跟方宗尧走，又一早安排好，这件事，有没有他爹的参与，结果都是一样。

却听潘启文冷笑一声道：“她替方宗尧想得多周到！她是我的夫人，若是她大模大样地去了南京方家，我若要人，方家人怎能说不给？而若是说半道被人劫了，那自又不同，她大可藏起来，将孩子生下来，再与方宗尧双栖双飞！”

黎昕心里一沉，还待再说，却听潘启文喘息着低吼道：“滚！都给我滚出去！”

黎昕紧皱了眉，一把扯起跪在地上的文四，叹口气道：“走吧！”

秘书室，“梅果，有少帅的电报，你给送过去！”

梅果站起身来，嘴角勾起一个笑来，自从那个女人走了以后，文四和林副官便有意无意地安排她到潘启文面前做事，所以，这段时间，凡是要送少帅过目的文件、电报、信等，都是由她送去。

她知道，司令府所有人都被警告过，不许在司令面前提起“少夫人”几个字！

梅果接过电报，匆匆地浏览了一遍，她按捺住心底里那阵慌乱，缓缓地向潘启文的议事厅走去，一路走，她的手，不自觉地捏紧了那张电报纸，那是，那个女人发来的电报！

“孩子姓潘，我在南京等你一月！”

梅果捏得指节都泛起了森森的白色来。

那一天，文四说他一个人，一天之间，淋着大雨，骑马到云顶一个叫什么逍遥谷的地方跑了个来回，回来便发起了烧。文四不敢将他放在司令府，说是不敢让少夫人知道，便将他放到了西南饭店，让她去照顾。

她知道，文四之所以让她去，不过是因为有些内情，只有她与文四知道，他不敢让别人去！

他吃了药，却仍是高烧不退，鼻息粗重，喃喃地说着胡话。

她没有办法，褪下了他的衣衫，想用酒精为他退烧，当她看到他那精壮的身体时，心里止不住地怦怦直跳。她的手轻抚上了他的胸膛，他却一把抓住了她的手，口中喃喃地叫：“妞！妞！别走！”

这时，她听到了外面有轻微的脚步声传来，正要拉开他的手，他却一把将她扯下，或许是因为鼻息不通，他喘着粗气，口中胡乱地叫：“你想要孩子，是不是？我给你！我现在能给你了！只要我跟你的孩子，别人的孩子都不要，好不好？”

她心里一疼，她知道，他是在对那个女人说话，他心里，还在纠结孩子的问题！

她一个站立不稳，倒在他身上，他竟胡乱地扯起她领口的衣服来，她却听到那卧室门外似有人声，以为是文四过来，她赶紧大力地扯开他，走到门边，开门一看，却原来是叶蕴仪！

震惊之下，她看到叶蕴仪脸上的血色迅速褪去，她知道，叶蕴仪误会了！

再后来，潘启文赶走了所有人，她知道，他是准备跟叶蕴仪和盘托出了。

可是，和盘托出又怎么样，只要他相信那个孩子不是他的，他们之间，便永远隔着一道鸿沟！他即便再相信叶蕴仪又怎样，化验结果和霍夫曼的结论，便是最好的事实！

他后来要她把化验单拿给叶蕴仪看，她并没有换，还是那一张，叶蕴仪的手脸色惨白，只不过扫了一眼，却并没有仔细看，更没有发现那上面的名字和性别！

她知道叶蕴仪或许会去找霍夫曼，所以便骗着霍夫曼演了那样一场戏，她知道，像叶蕴仪和潘启文这样有着不堪过去的人，只要再有一件事证明了他撒谎，那么，怀疑的种子便会在她心底不断生根发芽，茁壮成长！

果然，那个女人走了，再没回来，她以为，她不会再回来！

这一个月以来，她接触他的机会比以前多了很多，他表面上看起来还是那个犀利冷冽的少帅，可实际上，他却夜夜醉卧在办公间里！

她以为，他是恨叶蕴仪的，恨那个抛弃了他，跟别的男人走了的女人！

可直到有一晚，她再忍不住去看他，却骇然看到，那个在众人心目中如神祇一般的男人，居然在流泪！

他就那样闭着眼，坐在地上，手中拿着一个小酒壶，他的眼角，分明挂着两滴晶莹！他突然抱了头，拼命地摇着，口中喃喃地自言自语着。

“蕴仪，你回来好不好？我信了！我信你了！我信那个孩子是我的，还不行吗？”

“蕴仪，那一次，我真的后悔了，是文四自作主张给你下的药，我错了，你回来好不好？你要怎么罚我都行！”

“蕴仪，你要怎么样，才肯回来？”

看到这样的潘启文，她不由倒吸了一口凉气，他，竟然在等那个女人回心转意！

那以后，她明明在潘启文的眼中，看到了越来越冷的失望和越来越深的恨意，她想着，恨吧，恨了以后，就会选择遗忘！

而现在，那个女人竟然发来了这样一份电报！不，她以为她是谁，她怎么能，说走就走，说回就回？

梅果捏着电报，心里各种念头翻滚着，她想将这张电报撕碎，可是这电报都有记录，若是以后查起来……

不知不觉，竟已来到潘启文办公间外，门虚掩着，她听到里面传来那个临时省主席云义成夸张的笑声，她在门外站定了，正好给自己多一点时间，不是吗？

然而，她却听到，云义成的声音传来："潘司令，我怎么听说您夫人在南京？还一直住在方家？我怎么还听说，您夫人准备跟您离婚，嫁给方宗尧？说是方家在请律师准备打官司呢，呵呵，现在离婚，可是个时髦的玩意儿！"

只听潘启文冷冽的声音传来："林副官，送客！"

云义成干笑两声："那个潘老弟，我没有别的意思，我只是觉得吧，这离婚声明，得说出理由，若是被那女人先登了报，不定得说出什么您的不是来，这，您以后还怎么混？哈哈，我先走，不用送，不用送！"

梅果闪在一边，看着那个虚胖的男人跟他的秘书一起离开，却听门内潘启文决绝的声音传来："林泰，给我登报，发个离婚声明！"

梅果终是将手中的电报，死死地揉进了掌心，放轻了脚步，离开了。

清晨，方家，叶蕴仪走出卧室，来到餐厅，她坐下来，轻声问道："宗尧，他，有没有回电报？"

方宗尧看到她眼中的期盼，鼻子不由一酸："你真的想好了，若他真能解释清楚，回心转意，你就跟他回去？"

叶蕴仪点点头："不需要解释了，因为误会，他那样一个男人，不要他以为不是自己的孩子，我想我能理解，我只需要问清楚，他对梅果，到底是怎么一回事！若是，若是真如伯母所说那样，我便要容得他回头！"

就在这时，客厅里传来一声怒吼："混账！"

叶蕴仪与方宗尧急急地来到客厅，只见方淮之手里拿着一份报纸，气得直发抖。

叶蕴仪忙走上去，扶住方淮之，眼睛不由自主向报纸瞥去，只这一眼，她的瞳孔骤然收缩，整个人软软地向后倒去！

“西南军司令潘启文，因其妻叶氏蕴仪不守妇道，公然长居姘夫家中，抛家不归，潘某忍无可忍，已向法院提请离婚，特此声明！”

第五十六章

相见不识

5年后，南京。

华灯初上，玛丽西餐厅内人还不多，因此吧台边上坐着的两个一身军装的英挺男子便格外引人注目。

武辉杰放下手中的酒杯，伸手一巴掌拍在身侧方宗尧的肩上，笑道："有话就说，有屁快放！这大冷的天儿，我家那口子还等我回去暖被窝呢！"

方宗尧嗤笑一声："你就嘚瑟吧你！"眉眼间却是难以言说的萧瑟。

武辉杰皱了皱眉："你是想我这次出公差去西南，帮你再找找蕴仪？可你觉得她可能在那儿吗？"

方宗尧随意地转着手中的玻璃杯，一双眼看着那红色的液体如小浪般在杯中翻滚，口中说道："辉杰，你只需要帮我盯着远华银行那边的动静，当初100万两银子，可不是小数，这是叶家的产业，蕴仪不可能就那样扔下不管！"

武辉杰拍拍方宗尧的肩，笑道："我这次不过是为你打打前站，这西南，你不是还要去的嘛？"

方宗尧低了头，抿了一口杯中红酒，低低一笑："我去了有什么用？她成心躲我们，5年了，就每年过年来一封信，报个平安。"

武辉杰一时默然。

那一年，潘启文登了那样一份声明后，第二天，《中央日报》便大幅刊登了当年叶琛如何发动华侨捐款捐物，冒着危险支持中山先生革命的文章，里面引述了孙夫人一句话：“当初没有叶老先生带领华侨的捐款，便没有今天的中华民国！”

南京上上下下，没有人敢质疑孙夫人的人品和眼光，因着这句话，南京眼看着因为这事而针对方家就要生起的风波，还未开始便偃旗息鼓。

随后，《中央日报》又大幅刊登了纪念叶翔宇将军的文章，其中提到了叶翔宇生平事迹以外，还提到了叶翔宇的好友方淮之，暗指方宗尧与叶蕴仪从小青梅竹马，两家又是世交，若是两人真有意结为夫妻，根本不可能再有潘启文什么事，这样两人偷情一说，自然便站不住脚。文中还特别提到叶翔宇因欣赏潘启文的才能，不仅在军校中重点培养潘启文，更将心爱的女儿嫁给了不名一文的他。谁料潘启文竟是隐瞒了真实姓名，实为军阀之子。

几天以后，《金陵晚报》便刊登了西南军司令潘启文曾有过十九房姨太太的新闻，文中更说明了叶蕴仪千里寻夫，却发现丈夫竟是隐瞒身份骗婚，更有离任的德国驻西南领事及夫人的证言，言明叶蕴仪因不堪忍受潘启文的残暴和家中妻妾成群，早在一年前就曾请求他们协助逃离西南。

一时间，舆论立刻一边倒向叶蕴仪，潘启文的离婚声明在所有人心目中便成了因骗婚再到强占不成而胡扯的谎言，潘启文在世人眼中更成了一个忘恩负义、薄情寡义的男人。

全国各大报刊争相转载，大多对潘启文明嘲暗讽，更有看不惯军阀的文人，对潘启文更是口诛笔伐，极尽嘲讽之能事。

武辉杰后来才从方宗尧口中知道，这一切都是叶蕴仪自己的谋划运作，她对方宗尧说道：“我不能因这件事连累方家，更不能，让我的孩子一出生便背负上这样的污名！”

然而，就在所有人松了一口气时，叶蕴仪却留了一封信便凭空消失了，只在每年过年时，给方家寄上孩子的照片，报个平安。

方宗尧甩甩头，放下手中的杯子，皱了眉：“辉杰，这次西南摸底之事，可就拜托你了！战争一触即发，一个稳定的西南后方涉及我中华之危亡，而这，均系于潘天一一身！”

武辉杰笑笑：“这几年，就他西南之地针插不入，水泼不进，中央也拿他没有办法！我就是借着督察‘剿匪’之名，摸摸底，打压一下潘天一，真正难的是你这个即将上任的省主席！要稳定西南，离不得他潘天一，中央既要用他，又要防着他，难呐！”

他轻轻叹了口气：“更难的是，日本人重建西南领事馆之事，这可是个烫手的山芋啊！谁都不愿意去，方伯伯无奈之下，只好将你从军转了政，去做这个什么狗屁省主席！”

说完，他端起台上的酒一饮而尽，站起身来，拍拍方宗尧的肩：“我先走了！”

方宗尧一拳擂上他的胸膛，落寞地笑道：“走吧走吧，知道你是有老婆疼的人！”

武辉杰看看他，欲言又止，终是叹口气，拍拍他的肩，拿起椅上的军呢大衣，向外走去。

方宗尧又要了一杯红酒，独自坐了一会儿，见餐厅中人渐渐多起来，他才站起身，缓缓地向外走去。

刚走出餐厅门口，迎面听见一个嫩嫩的嗓音大喊大叫着：“让一让！让一让！扁担戳背壳喽！”最后一句，竟是不伦不类的四川话。

抬头一看，竟是一个圆圆团团的小女孩，坐在一辆自制的滑板车上，就着广场上一点点坡度滑了过来。方宗尧有些失笑地往旁边让，谁知那滑板车竟是偏了方向，直直地向他撞了过来。他连忙一闪身，堪堪躲过，小腿却仍是被擦身而过的滑板撞得生疼，下一秒便觉得下半身一重，低头一看，那个小女孩竟是舍了滑板，整个人吊在了他的身上！紧接着，只听“砰”的一声，那滑板已是撞到了西餐厅的外墙上。

方宗尧好笑地正准备揪过小女孩，却见她已如猴子般爬了下去，胖乎乎的小手已揉上了他先前被撞的位置，口中嘟囔道：“呼呼，包包散，不给妈妈看！”

这一句软软糯糯的话，令方宗尧如遭雷击般呆立当场，脑海中便浮现出那个小小的身影，趴在他身边，轻声地唤：“宗尧哥哥，蕴仪给你呼呼，呼——呼，包包散，不给妈妈看！”

方宗尧半晌方回过神来，回头再找那个小女孩，却哪里还有她的影子？

一阵寒风吹来，他失神地笑了笑，将军呢大衣披到身上，缓缓地踱着离开了。

先一步离开的武辉杰，刚走出门口，便有一个一身短装却衣着整洁的年轻男子来到他面前，恭敬地道：“武先生，我家小姐想见您！”

第五十七章

百般滋味

西南，省城火车站。

微微泛白的冬日阳光懒懒地从光秃秃的树上照过来，斜斜地打在潘启文那绿色军呢大衣上，却仍让人感觉不到一丝暖意，身后的文四轻声嘟囔了一句：“司令，这么冷的天，不如去车上等吧？”

潘启文低了头，看着铮亮的军靴，沉着脸一声不吭，周身的寒气令人不敢靠近。

文四与林泰对视一眼，只得无可奈何地摇摇头。

自从少奶奶走后，司令几乎没到过火车站，即便是南京那边有重要的人物过来，也只是黎昕出面迎接，而今天，他不仅亲自来，更是起了个大早，明知时间还未到，他却仍是领着人，就那样直直地挺立在寒风中。

站在潘启文身边的黎昕冷冷一笑，他当然知道这是为什么，只因为南京那边发过来的行营参谋团随行人员名单里的那一个英文名字——Lisa。

他轻哼一声，恨恨地说道：“潘天一，漫说这叫Lisa的女人未必是她，即便是她，你又能怎么样？”

潘启文浑身一震，他的手不自觉地摸上了嘴角那一抹青紫，那是前两天被黎昕打的。

一个月前，David从美国来看黛儿，见面时，他兴高采烈地拿出一瓶药，递给潘启文，叽里呱啦说了一大通，黛儿狐疑地看看David，又看看潘启文，突然想起什么似的，她神色蓦然大变，颤声问道：“二哥，当初，你是不是给David看过一张化验单？”

潘启文脸色一沉，起身就要往外走，却听黛儿急急地道：“David说，这个药是治女人不孕的，是针对那个化验单上叫潘青文的女人的！”

潘启文猛然转过身来，只觉一颗心像要从胸腔里跳出来般，他一把揪住David的衣领，那手已抖得不成样子，却仍是问道：“你说什么？女人？”

见David一脸肯定地点头，潘启文一把推开他，手一指饭厅内，大吼道：“等我回来，谁也不许离开！”说完，便跌跌撞撞地向外奔去。

当他在David的指点下，看到化验单上Panqinwen和Female的字样，听到David还在叨叨地说着“我还以为是您的妹妹或姐姐”时，他只觉脑袋里轰然一响，那一道白光劈得他什么都不能想，什么也都想不起来。

一旁的黎昕也似明白了什么，不敢置信地看向他，对文四吼道：“文四，说！这是怎么一回事！”

当文四惨白着脸，战战兢兢地说完以后，黎昕一把抓过那张化验单，一拳就打上了潘启文的脸，痛楚地叫道：“你，你就是凭这个，认定蕴仪肚子里的孩子不是你的？”

潘启文抱了头，跌坐在地上，完全无法抑制浑身的战栗，黎昕已是一阵风般卷了出去，丢下一句话：“我亲自查！文四，跟我走！”潘启文却立刻爬了起来，紧紧地跟了上去。

当初霍夫曼并没有骗他，这家医院那一天的确是只有他一人验血，可是，那血液却是送到省城唯一一家美国人开的血检中心化验的！可是毕竟时间太过久远，血检中心并没有留存这么长时间的档案。

黎昕带着人，把“Panqinwen”这个音可能的中文名罗列出来，在省城查一个叫“潘青文”、“潘晴文”、“潘青纹”等等名字的女人，终于找到某家医院的一个叫“潘清雯”的护士，并当面查证确认了。那女人也说，她查之前就问过医生，那个指标的最低值是多少，而检验单上的指标一看就超出医生给出的最高值很多，自己就吓傻了，知道自己不可能再生育，倒也坦然了，等她发现单子拿错时，已是一年以后，到哪里去查？所以她又重新做了一个检查，最终的结果还是不能生育，她便作罢了。

查证的这段时间，潘启文像个傻子般跟在黎昕身后，亦步亦趋，他知道，他现在混乱得无法思考，可是，他必须要做点什么，否则，他不知道自己是不是会疯！

当他终于知道真相后，他竟然笑了笑。他知道那笑吓着人了，他分明看到文四全身都瑟瑟发抖，可他，还是抑制不住地笑，回去的路上，他一路都在笑，笑得眼泪都出了来。

到了司令府，黎昕黑着脸，一把将他从车里揪了出来，再顾不得人们怪异的目光，他任由黎昕揪着他，像揪着一条死狗一般，往芳华苑里拖。

芳华苑已荒废了5年，积满了灰，黎昕将他扔进院子里，一拳狠过一拳地揍他，他没有还手，也没有躲，只是躺在地上笑，黎昕更是气恼，一脚踹了上去，叫道："混账！你给我起来！你起来跟我打！"

他心里知道，黎昕埋在心里5年的说不出的痛，需要发泄，他还是笑，他为什么要跟黎昕打？那种堵在胸口，喊不出、叫不出，上天无路下地无门的痛，那绵绵不绝，永无止境的痛苦，有个人陪着，也是好的！

黎昕似乎也不知道该说什么，只是反反复复在那里叫："你就这样冤枉她！这样冤枉她！"

他抹掉自己唇边的血迹，仍是在笑："那又怎么样？她不是一样跟人跑了？"

黎昕却一把甩开了他，冷笑着道："潘天一，你这样骗自己会好过一些吗？你以为我不知道你派人找过她吗？你会不知道，她根本就没跟方宗尧在一起？那次文四下过药要害她腹中的孩子，她不走，不走等死吗？啊！"

模糊的眼中，再次看到不停打着战的文四，心底里有什么掠过，可那一浪接一浪的痛楚，将他打得奄奄一息，他已无法思考，再也抓不住。

他想，若不是文四和林泰拼了命地抱住黎昕，他会被黎昕打死了吧？他心里苦笑着，死了倒好，死了，不知道心会不会就没这么痛？死了，会不会眼前再不用时时刻刻出现她那悲哀的眼眸和那凄楚的话语："你不信我？"

可为什么，黎昕打得那么狠，他身上的痛楚，竟抵不了心中的万一？

他在床上躺了一整天，不吃不喝不睡，别人都在猜他在想什么吧？可他却知道，他什么也没想，脑袋里一片空白，直到，林泰将那份名单放到他眼前，那一长条的名字中，那一个英文名，一下子吸引住了他，从那刻起，心里脑里千回百转的便只有一个念头，是不是她？是不是她？

他急慌慌地跳起来，在黎昕讥讽的笑中，亲自看着人收拾芳华苑，即便他明知道那叫Lisa的女人不可能是她。

怎么可能是她？

当年，明知道她走了，可他却仍是傻傻地等，他始终记得，临行前，她抚着他的脸，那样温柔地跟他说："等我回来！"他在等，等她告诉他，那不过是误会，她真的只是去南京求证去了，哪怕她亲口告诉他，那孩子是方宗尧的，他也不在乎了，只要她回来！

可是，他等不到，他在流言中一天天绝望，当听到云义成口中吐出的"离婚"二字时，他满脑子想的就是不能让她与方宗尧在一起，所以，他才不顾一切地做得那么狠那么绝，他想着，这样一来，方家便再不能纳她进门。

她没有办法，才不顾她心底的痛，将那些陈年往事扒出来，晒给所有人看。到那时，他才真真正正意识到，她是在跟他决裂了！

他突然便心慌起来，他派了黑衣卫队，又让冯啸天安排了人手，无论如何，他准备先将她绑回来再说，可是，等他安排停当，南京那边却传来消息——她，不见了！便连方家，也找不到她！

轰——隆，轰——隆，火车那缓慢而沉重的节奏，似踩在人心上，压得每个人的呼吸都要凝固起来。

武辉杰与一行清一色的军装男子鱼贯而出，潘启文僵直地迎上去，伸出手与武辉杰相握，一双黑沉的眸，却紧紧地盯着车厢门口。每出来一个人，失望便如一块大石，在心口砸一下。

武辉杰唇角一勾，浑不在意地为他介绍起同僚来，潘启文心不在焉地听着，机械地与人握着手，在心中的失望再也无法承受时，他终是别开了头，却在下一秒，听到文四的一声惊呼。

潘启文眼皮一跳，急速地转过头去，一刹那，时光如凝住了般，所有的人物景致尽皆退开，他的眼里，便只有了车门口那个瘦瘦小小的身影，当看到那张几乎与他小时候一模一样的脸时，潘启文只觉得脑袋再次被轰然炸开。

来之前，他试想过千百遍，见了她，她会是什么表情，他又要如何应对，可现在，第一个进入他视线的，竟然是——他的儿子！

狂喜的浪潮瞬间席卷了他的全身，他来不及去细看那个备受关注后一脸莫名的孩子，只是抬了眼，死死地盯住那车厢口，满心里千百个念头转过，最后合成一个声音：她回来了！她带着他的儿子回来了！

当那个心中千回百转过的身影终于出现时，他只能傻傻地咧嘴一笑，来掩住脑袋里那疯狂的念头：她，肯带着儿子来见他，这意味着什么？

武辉杰看了看站在那傻笑的潘启文一眼，唇角一勾，走上前去，拍拍潘启文的肩，若无其事地笑："来，给你介绍下，这是我的秘书，Lisa小姐！"

潘启文终于回过神来，看着她，就那样大大方方地向他伸出手来，神色漠然："潘司令！"

这一声冷漠而陌生的呼唤，令他心里一痛，却只能生生地受了，还要咧着嘴，伸出手去，然后，他刚碰上那柔软的指尖，还没来得及压下心头那如雷击般的悸动，她的手便被那小男孩儿一把拉下："妈妈，妹妹要你抱！"

他根本没听见儿子说了什么话，只眼睁睁见着朝思暮想的柔胰就那样抽走，他不由对面前那小子狠狠地瞪了一眼，小子却不屑地对他翻了个白眼，一丝柔软就那样在他心底滑过。

他伸出手，想要摸上那小小男孩儿的头，却被他一偏，眼中尽是疏离和淡漠，潘启文心中一刺，一如蕴仪刚才那声"潘司令"，他讪讪地收回手，努力挤出一个笑来，蹲下身，柔声问道："你叫什么名字？"

然而那孩子竟对他充耳不闻，只直直地看向叶蕴仪，他的视线转向叶蕴仪，只见她脸上瞬间焕发出柔情来，回转身，向身后一个妈子抱着的小女孩儿伸出手去，那小女孩儿咯咯笑着，扑到她怀里，叫着："妈妈！"

潘启文再一次僵住，如果说刚才她那声冷漠的"潘司令"如一记重锤狠狠地砸在他满怀希望的心上，那么这一声"妈妈"便令他瞬间如坠冰窟！

看那小女孩儿的模样，应该比他们的儿子要小一两岁，那么，这是她，跟别人生的孩子？

短短的几分钟时间，潘启文却在这冰火两重天里来回走了几遭，一时间只觉人生百味，不过如此。

叶蕴仪这时却将女儿放到地上，一手牵了儿子，一手牵了女儿，来到黎昕等人面前，所有人面上都露出古怪的神色，黎昕最终忍不住艰难地问了一句：“蕴仪，这女孩儿、这女孩儿……”

叶蕴仪不动声色地笑：“这是小宇的妹妹！”

眼见着所有人都变了脸色，她微微一笑，低了头，对两个孩子柔声道：“小宇、小风，叫大伯！”

孩子叫了，黎昕僵笑着应了。

潘启文的心却陡然在那一声“大伯”中升起丝希望来，他大步走过去，眼中跳动着奇异的火苗，他沉声问道：“那我呢？”

叶蕴仪摸了摸孩子的头，淡淡地道：“叫潘司令好！”

潘启文双手骤然握紧，叶蕴仪甚至能听到那指节咯咯的响声，心里微微闪过一丝惧意，却听潘启文咬牙笑道：“叶蕴仪，你够狠！”

叶蕴仪清清浅浅地笑：“不及司令万一！”

这时黎昕总算清醒过来，走到武辉杰面前，笑道：“武参谋长，临时参谋团的住地和办公的地方已经给你们安排好了，请跟我来！”

叶蕴仪这时也走过来笑道：“武参谋长，我先告个假，将孩子安顿好，明天我自会过来报到！”

武辉杰点点头，挥挥手笑：“你先忙你的去！”

黎昕却在叶蕴仪身后轻唤了声：“蕴仪，晚上有个欢迎参谋团的宴会，你，不来吗？”

叶蕴仪脚下一顿，她回过头来，深深地看了黎昕一眼，对这个温暖的男子，她从来就恨不起来，她轻柔地笑了笑：“不了，孩子睡得早，要我陪！”

芳华苑，修整一新的书房内烟雾缭绕，潘启文与黎昕两人，已在这里呆了一下午，谁也没有吭声，两个人像比着狠似着，一支接一支地抽着烟。

文四推开门，被那扑面而来的烟味呛了一下，他挥了挥手，跨进去，见到那两个沉默如山的男子，微微瑟缩了一下，轻声道：“查到了，他们现在就住在东磨街一个宅院里，离远华银行很近。”

潘启文与黎昕都是微微一怔，随即相视苦笑，这，才是她回来的目的吧？

当初，叶蕴仪走后，黎黛就留了下来，跟梅廷方一起打理远华银行，倒也做得风生水起，叶蕴仪不在，黎黛自然便成了话事人。

叶蕴仪走后第二年，有人拿着叶蕴仪的信和印鉴，要求从远华银行调拨资金去上海，并且提走叶蕴仪以前未提走的股息分红，黎黛在潘启文的授意下，只道须见到叶蕴仪本人，方才可以划拨钱走。

那么，现在她，定是为了这事而来了！她跟着武辉杰过来，背了一个中央派员的身份，他潘启文便不能拿她怎么样！

又是半晌沉默之后，黎昕掐灭了手上的烟头，站起身来，淡淡丢下一句“那孩子总归是潘家的长孙！”便径直往外走去。

潘启文眼神一亮，猛地跳起来，扯了椅背上的大衣就往外冲，口中叫道：“文四，给我备车！”

走到门口的黎昕却驻了足，皱眉叱道：“马上欢迎酒会就要开始了，还乱跑什么？”

早已冲到前面的潘启文向后挥挥手：“你先去！”

第五十八章

咫尺天涯

文四抬头看了看天上扬扬洒洒开始飘起的雪花，又看看兴冲冲的潘启文，急急地唤了声：“少爷！”潘启文却似没听到般，径直向外走去，文四张张嘴，终是闭紧了，摇摇头，追了上去。

黑色的雪佛兰车在东磨街一个宅子前停下，潘启文迎着漫天的风雪走下车来，他仰头看了看那门楣上的“叶宅”两个字，不由怔了怔。他下意识地拢了拢身上的大衣，向台阶上跨去。

然而，刚上了一级台阶，门口立时闪出一个精壮的年轻男子，面无表情地道：“对不起，我家小姐今天概不会客！”

文四硬着头皮就要上前，却被潘启文一挥手止住，他淡淡地道：“烦请通报你家小姐，潘启文有事相询！”

那男子看都不看他一眼：“对不起，我家小姐说了，谁来也不见！”

就在这时，大门开了一条缝，一个圆圆的小脑袋从门缝里伸了出来，奶声奶气地大叫了一声：“小柱子，妈妈说了，对姓潘的不用客气！”说完，那小脑袋倏地便缩了回去，门口的年轻男子嘴角立即溢起一个笑来，转了头，大声道：“是！小小姐！”

门内传来另一个稚嫩的童音：“小风，妈妈没这么说，你这样不礼貌！”

那软软的小女孩儿的声音说道：“可是，上次武叔叔说，对姓潘的不用客气，妈妈也没反对呀！”

“妈妈没反对，不能说妈妈同意呀！”

“可是，你上次不是跟我说，反对的反义词就是同意，那不反对就是同意喽！”

“真是鸡同鸭讲，不跟你说了，我要吃火锅去！”

“小宇，什么是鸡同鸭讲？”

“叫哥哥！”

“小宇、小宇！”

……

两个孩子的声音渐去渐远，潘启文却如痴了般，一脸向往地看着那什么也看不见的大门，那门上便浮现出那样一幅画面来：窗外飘着雪花，室内却暖意融融，那个美丽的女子与两个粉粉嫩嫩的小人儿，围炉吃着火锅。

他心里突然一抽，那画里面，没有他！

这时，门口那年轻男子一脸不耐地挥手道：“走吧走吧，没听我家小小姐说不见姓潘的吗？”他的手，差点便要戳上潘启文的脸去。

潘启文突然暴怒地抓住那男子的手，反手一拧，那男子不料他突然发难，猝不及防之下，整个人竟被他猛地甩了出去。他也不慌，一个马步立稳了，猱身就要上前，却被文四中途拦下，两个人很快便打在一处。

潘启文却不管不顾地一把推开了大门，然而，还未跨过门槛，门内便闪出四个壮汉，一个长衫中年男子从四人身后转出来，淡淡地道：“潘司令，请回吧！”

文四一把挥开刚才的年轻男子，跃到潘启文身前，悄声道：“少爷，这就是陆念迅！”

潘启文懊恼地向内看去，视线却被迎面一方影壁挡住，他脸色一沉，冷笑一声道：“就凭你们几个，就能拦得住我？”说完就要动手往里闯。

却见陆念迅一招手，立即又闪出四个壮汉，立在第二排，只听陆念迅轻笑一声道：“潘司令，我家小姐说了，除非你派兵来抄了这宅子，否则，她是不会见你的！”

潘启文脚下一滞，身上顿时寒意四起，她，就是这样看他的？

他不过是，想看看她，想看看孩子，在这样刺骨的冬夜里，想要感受一下那一丝想象中的温暖，天知道，他那颗已经孤寂了五年的心，有多渴望那一点点其乐融融的气氛。

这一刻，他脑子里没有过去种种，没有去想那个女孩儿的父亲是谁，没有当年她为什么离开的疑问，他只是，单纯地奢望着，能融入那温馨的画面中去，哪怕，就一下下也好！

便连这，她也不许么？

文四在身后轻唤了一声：“少爷？”

潘启文知道，文四这是在询问他要不要叫人来，他默默地摇摇头，转过身，紧了紧身上的大衣，径直往车上去了。

车上，潘启文拍了拍前排椅背，问道：“文四，刚才与你交手那人，感觉如何？”

文四忙回头答道：“与我不相上下！”

潘启文心中阵阵发凉：她，是这样地防着他！

西南饭店宴会厅，潘启文放下手中的酒杯，直直地看向武辉杰：“辉杰，你告诉我，你这次来，到底想要什么？”

武辉杰一怔，他晃了晃杯中酒，半开玩笑地道：“中央军与你换防如何？”

潘启文毫不犹豫地答道：“好！”

一旁的黎昕和林泰立即惊呼出声来，黎昕沉声唤道：“天一！”

潘启文却直直地看向了武辉杰：“只要你告诉我，你所知道的！”

武辉杰一挑眉，玩味地看向他：“怎么着？现在看到儿子是你的，又想要回去了？”

他放下酒杯，轻哼一声道：“对不起，我帮不到你！蕴仪的事，我也不清楚，这些年，连宗尧都找不到她，我哪儿知道她的事？”

潘启文眼神一黯，那些到嘴边的疑问却再也问不出口。

武辉杰轻笑一声，轻轻松松地在他的伤口上撒着盐：“潘天一，当初你做得那么绝，逼得她也把事做绝了，你觉得，她还有可能回头吗？”

潘启文只觉心里堵得慌，抓起酒杯，一饮而尽。

黑沉沉的大街上，飘扬的雪花中，文四有些头疼而又无奈地看着前面那个跌跌撞撞的身影，他挠了挠头，转头对身后的人低声道：“赶紧的，多叫几个人跟上来！”

他追上前面已是醉得脚步不稳的潘启文，搀住他的胳膊，轻声道：“少爷，上车吧！”

潘启文一把甩开他，伸出手，怔怔地看着那一片片雪花飞入掌中，再化开不见，他口中喃喃地道：“本来说好，要是有了女儿，就取名叫穗冰，可是，她却跟别人生了个女儿！那么、那么圆圆的、可爱的女孩儿，竟是别人的！”

他手掌一翻，突然疾步向东走去，文四急急地拉住他：“少爷！回去吧！少奶奶不会见您的！”

潘启文挥开文四的手，怒道：“她凭什么不见我？当初，她明明要我等她，我等了，她却跟别人跑了！不行，我得去问问清楚！”

东磨街叶府门外，潘启文突然停住了脚步，对文四贼贼地笑：“文四，快，搭人梯，咱们翻进去！”

文四一张脸霎时皱成了一团，他拉住了潘启文，苦巴巴地道：“少爷！要不明天再来？等我把这宅子里的守卫情况摸清楚？”他今天已经见识过这里门口那几个护卫，在没摸清整个宅子的守卫情况的时候，万不敢轻举妄动。若是他自己带着黑衣卫队倒没什么，可他，不敢让少爷去丢人现眼！

潘启文不由吼道：“我等了五年了，怎么还等得到明天！”

文四立即捂住了他的嘴：“我的爷，您小声点儿！”

潘启文却拉开了他的手，干脆走到大门边，咚咚咚地踢起门来，见里面没有动静，又退到台阶下，扯开嗓子，嚣张地叫起来：“叶蕴仪，你给我出来！你出来见我！”

“叶蕴仪，你不见我，那你让我儿子出来见我！”

话音刚落，墙的上方兜头一盆冷水“哗”地一声，精准地泼在了他的身上，刹那间浇了潘启文一个透心凉！

他激灵灵地一颤，那突如其来的透骨的冰冷令他的酒意瞬间消失殆尽，蓦然清醒过来的他，一挥手止住了就要怒而上前的文四，他怔怔地看了看身上湿嗒嗒的、正在逐渐变得又冷又硬的衣服，一声不吭地转了身，默默地向来路走去。

他那陡然微弯的背脊，一如他突然消失的气势般，令他整个人显得无比萧瑟起来。

文四眼眶一红，他咬咬牙追上潘启文，轻声道：“少爷，明天参谋团议事，她，也会去的！”文四到嘴边的“少奶奶”临时改成了“她”，因为，他突然不知道该如何称呼叶蕴仪了！

潘启文脚步一滞，他回了头，疲惫地揉了揉眉心，哑着嗓子道：“把车开过来吧！”

第五十九章

迁怒于人

一大早，梅果便觉得眼皮直跳，她知道，都是那份名单上那个Lisa的名字扰得她心神不宁。一长排的中文名中，这个名字实在显得十分突兀，想不注意都难。

梅果的心有些慌乱起来，不，这个时候，那个女人，怎么能回来？就在她千辛万苦才争取到目前这样的局面的时候！

五年前，当那个女人离开，潘启文发了那样一份声明，叶蕴仪又公开反击之后，她知道，他们两个，是彻底地决裂了！窃喜中，她做事愈加地用心起来，凡事，她都跟自己说，要小心拿捏好分寸。

文四和林泰似也有意无意地安排一些事给她，让她时不时在潘启文面前出现。

然而，好景不长，就在那两人决裂后一个多月的时候，那一天，潘启文染了些风寒，文四便将开来的西药放到她那里，命她记得提醒潘启文按时吃药。

那天中午，她推开他的办公间的门，一阵呛人的烟味迎面而来，门外照射进来的阳光混合着烟雾，将潘启文的身影笼罩在重重的灰霾中，她根本看不清他的脸。她轻轻地走了进去，为他倒好温水，一手端着水，一手将药摊到他面前，柔声道：“少帅，您该吃药了！”

潘启文猛然站了起来，隔着桌子，他一把钳住了她拿药的手腕，那力道捏得她生疼，她忍住没敢吭声，却听潘启文恶狠狠地道：“我想起来了，那天是你，对不对？她定是因为看到了你，才会走的！”

梅果心里咯噔一下，嘴上却痛苦地叫道：“少帅，您在说什么呀？”

潘启文却重重地将她往后一扔，她站立不稳，立时跌倒在地，杯中的水泼了她满身，却见潘启文用那样厌恶的眼神看向她，恨恨地道：“说！那天我病了，在西南饭店，为什么是你在那里？为什么我没有穿衣服？她来了，你对她说了什么？”

梅果强自抑下心中的恐慌，委屈地道：“那天，您在发烧，文四因为有事，才让我来照顾您！您吃了药也没能退烧，是他让我用酒精为您退烧！”

她咬咬唇，接着说道：“少夫人来时，我一句话也没说！再说，后来您不是解释清楚了吗？”

潘启文阴鸷的眼盯了她良久，终是颓然地跌坐到椅上，手撑住了额，重重地喘着粗气，他的眉头紧蹙，似在竭力隐忍着什么。

梅果从地上爬起来，默默地重新倒了水，再次将药递到他眼前，轻声道：“少帅，吃药了！”

潘启文发泄般地一把挥开她的手，她怔怔地看着那药丸跌落到地上，却听潘启文大声叫道：“林泰！林泰！”

门外的林泰应声而入，潘启文指着梅果，一脸戾气地叫：“以后，别让这个女人出现在我面前！”

那一刹，梅果的心骤然跌落黑暗的深渊，她不知道自己是如何走了出去，她也没有整理自己便回到了自己的座位上，在秘书室一堆女人幸灾乐祸的眼神中撑到下班。

她找到了黎黛，黎黛沉默半晌方道：“他心里其实知道你并没有做什么，他只是在迁怒！否则，他不会这么轻易放过你！”

黎黛的话令她心头一跳，却听黎黛叹口气道：“现在来说这些又有什么意义呢？”

黎黛只对潘启文说了一句话：“二哥，梅果是嫂子为你选来的人，以后，谁还会为你选会洋文的秘书？”那时，潘启文对黎黛咆哮道：“别叫她嫂子！你没有嫂子！”

然而，梅果却终是留在了秘书室，但她的职责却主要成了处理与省政府之间的文件往来和联络事宜，若非有关外文的事，她再无机会出现在潘启文面前。

她在沉寂中等待，直到大半年后，她终于等来了机会。

那一次，南京官方送来了一个美国过来的观察团，她随着潘启文与那个胖胖的省主席云义成一起接待，那一刻，她在潘启文眼中，看到了对那个云义成深深的恨意！她的脑海中立即浮现出黎黛说过的两个字——“迁怒”！

在潘启文眼中，她并未做错任何事，他都迁怒于她，更何况这个挑唆起他的怒火，直接导致了他冲动之下发出那份要命的声明的云主席？她不明白潘启文是怎么想的，他明明恨死那个女人，却又为何在迁怒别人？

她心中突然一惊，难道，他在后悔发了那样一份声明？

她在心中冷笑，后悔了又能怎么样？木已成舟！

那云义成一贯便用色迷迷的眼光看她，有几次趁着拿文件时吃她豆腐，她都忍了下来，没敢声张。

然而，就在这次接待酒会上，当酒过三巡的云义成再一次悄悄拉住她的手不放，另一只手却袭上她的胸前时，她忍住心中翻涌的恶心，由着他上下其手，直到眼见着潘启文走过来，她才惨白着脸，猛烈地挣扎着，颤抖着叫：“云主席，请自重！”

果然，潘启文一脸戾气地钳住了云义成的手，一把扯开她，将她往身后的林泰身边一扔，狞笑着道：“云主席，别的地方我管不着，可是，这是我的秘书，您的手，伸得也太长了些！”

那云主席疼得连连点头，低声道：“潘司令，误会！误会！”

潘启文一把甩开了他，云义成却以要吃人的眼光看着梅果，潘启文扫了一眼梅果，对身后的林泰淡淡地道：“让梅小姐还做回以前的工作，省政府那边，派个男的去！”

从那以后，她才又有了机会出现在潘启文面前，虽然他从未正眼看过她，但她想着，总有一日，他能看到她。

她的工作越发地兢兢业业起来，几年以来，秘书室的人来来走走，只有她一直坚守着，做事也极为小心有分寸，去年，终于在林泰的提议下，将她提拔为了秘书室主任。

这一职位，令她在司令府的地位骤然重要了起来，偶尔有些场合，需要带女伴出席，林泰便会安排她随行，虽然除了必要的公事，潘启文几乎不与她说话，可是，几年以来，潘启文身边，除了她，便再没其他女人出现过，这让她很心满意足。

她知道，他身边的几个人，林泰、文四、甚至黎黛等人，虽然嘴里不说，但他们私下里倒是希望他能够眼中有她，因为他们谁都明白，那个女人，不可能再回来！他们希望他能快乐一些。

这让她心中更是充满了自信和希望。

然而，就在这样的时候，难道那个女人，就要出现吗？

梅果捧起桌上的热茶，喝了一口，一股暖流进入心田，令她心神骤然安定下来，她摇摇头，有些失笑，怎么可能是那个女人？

第六十章

精准一刀

大议室厅内，早已改变了以前的风格，学着南京的样子，在厅中间摆上了大大的长方桌，围着桌子有一圈的椅子，因为天冷，厅内烧起了炉子。

梅果刚指挥着将文件、茶杯摆放好，便听到一阵沉重的脚步声传来，她忙不动声色地叫上两个秘书，静立在一旁，只见潘启文、黎昕和林泰已齐齐走了进来。梅果心里一惊，时间根本还没到，按往常的惯例，都要等其他人到齐了，潘启文才会来，而今天，他却来得这么早！

来不及细想，赶紧指挥着李秘书为潘启文和黎昕上了茶，然后在潘启文后排靠墙的椅子上坐了下来，拿出记录本。

她忍不住悄悄抬眼看向他的背影，一如往常无数次那样。

却见他竟从上衣口袋里掏出一块像是木头的东西来，又掏出一把雕刻专用的小刀，还有一把小刨子，旁若无人地雕刻起来。

黎昕忍不住凑过头去，看了一会儿，终是有些迷惑地问道：“你这刻的是，一把枪？”

门口又一阵脚步声传来，潘启文下意识地将桌上的东西往中间一拢，略微有些慌乱地装进口袋里。黎昕轻嗤一声道：“又要讨好，又怕人看到，潘天一，你在想什么？”

潘启文恼怒地低吼了一声：“黎昕，你够了！”说完，便抬起头，直直地看向厅门口，却见是西南军的高级军官们陆陆续续走了进来，潘启文眼中说不出是轻松还是失望，重重地向后一靠。

不多久便听到武辉杰那爽朗的笑声由远及近而来，潘启文与黎昕站起身来，领着众人迎了出去，他与武辉杰握着手，视线似不经意般扫过武辉杰身后的人影，当他看到一身军装的叶蕴仪时，微微一怔，随即淡淡地转移开视线，率先回到厅内。

武辉杰哈哈一笑：“好，既然咱们这次来是督导‘剿匪’的，那就请各位先介绍一下西南‘剿匪’的情况吧？”

潘启文这边立即便有一个师长站起身来，走到地图前，侃侃而谈。

所有人的目光都集中在地图上，潘启文却在这时肆无忌惮地将视线放到叶蕴仪身上，只一下，便再也挪不开眼。

昨天，太多的意外，震得他回不过神来，他甚至，都没来得及仔细看她一眼。等他清醒过来时，她却再不肯给他机会！

五年的时间里，心底对她的渴望，被他以恨和怨生生地压下，不如此，他不知道，自己能够怎么活得下去！

然而，当他得知那张化验单的真相时，思念便疯狂地长了草，令他整个人都狂乱了，然后，在他还没来得及理清自己要怎么做时，他却看到了他们的儿子！

从震惊中回过神来，他心中愈加地惶恐起来：当初，她那么肯定孩子是他潘启文的，为何还要离开？

明明不是，为什么方宗尧还要说孩子是他的？

这些年她到底去了哪里？

她这次回来，仅仅是为了远华银行吗？

而最最重要的，如百爪挠心般梗在他心里的那一个疑问就是，那个女孩儿的父亲是谁？她，是不是又嫁了人？

潘启文心中一片悲凉，她步步为营，将一切都已算计清楚，却从不曾看他一眼。她竟连单独见她一面的机会，也不肯施舍给他！

他们明明曾那么亲密，可现在，他却要在这样的情况下，才能仔细看她一眼。

这是他第一次见她穿军装，这样的她，竟是别有一番风韵。她的气色比当年她离开前要好，整个人似乎也圆润了些，这让他心里稍稍安定了些，最起码，她应该没有吃什么苦。

可是，下一秒，心里又有些紧张起来，她之所以没有吃什么样的苦，是因为叶家的财力，还是因为，那个女孩儿的父亲？

潘启文心里又莫名地焦躁起来，他看见叶蕴仪一边听，一边在纸上写着什么，最后，当她将面前的记录本推到武辉杰面前时，他的心里竟是莫名一寒。

等西南军这边一个个讲完，武辉杰开口笑道："既然咱们来了，总得要下去走走看看，我听说西山那边'赤匪'闹得最是厉害，不如我们明天就去西山转转？"

潘启文背上瞬间冰凉，凌厉的眼神直直地扫向了一直低垂着头的叶蕴仪。

西山驻军在南京那边明面上是一万人，实际上是有五万，其中更有他精心培育的一个特种兵团在里面，西山营地又最为集中，不像其他防区那样分散，只要一去，多出的兵力，一目了然！那里位置偏僻，一般人并不会注意到它，除非有人特意提醒！

若是被参谋团拿了把柄，自会推及其他防区！

从昨天到今天，她没有拿正眼看过他一眼，却这样无声无息地捅了他一刀！还是那样精准，直中要害！

可是，蕴仪，你怎么能忘记，西山之行，我们曾是多么的甜蜜？你怎么能，拿这样的地方，来向我开刀？

潘启文手中的铅笔"啪"的一声，被折成了两断！

他嘴角噙上了一抹冷笑，他耸耸肩，一脸无所谓地道："好啊！正好，我们刚刚查清西山那边匪首的名字，他叫——"他直直地看向叶蕴仪，一个字一个字地说出那个名字，"贺——文——龙！"

叶蕴仪一惊抬头，她的视线与潘启文的碰撞在一起，那目光中有惊疑、有担忧，还有一丝的鄙夷！

潘启文心里一痛，目光却毫不退让！

半晌，叶蕴仪发出一声嗤笑，收回了目光，低了头，听着他们下一个议题。

中午，一起吃饭的时候，叶蕴仪当着潘启文的面，对武辉杰笑道："武参谋长，真是不好意思，下午我还得请个假，我要去我家银行……"

她定定地看向潘启文，缓缓地吐出两个字：“查——账！”

这话，武辉杰听得云里雾里，可黎昕和潘启文却都是心头巨震！

西南军应对南京的方略，是叶蕴仪在的时候一早就定下的。

早在西南改弦易帜之前，叶蕴仪就将军政府与潘家的账完全分开，这样，明面上，西南军只有不到十万人，这十万人统一由南京配给军饷和装备，可暗地里，潘家军还有十万人，其中补给便是依赖了远华银行，一方面发展民生，另一方面远华银行参股做实业，潘家那30%股权所得利益，大部分都直接从远华银行走账，暗中用在了军饷和装备上。这一点，了解的人并不多，但叶蕴仪作为参与者，却是明白得很。

西南军实际有二十万人，这本不是什么秘密，潘启文原本目的就是要让这多出来的十万人若隐若现，只要让南京抓不到把柄，又顾忌着这支不知在哪里的军队，便不敢轻易动他！

可若是叶蕴仪有心针对他们，只要一查远华银行的账目，他们的老底便会被摸得清清楚楚！而那更会成为实实在在的潘启文擅养私军的证据！若这证据被南京掌握，其后果，不堪设想！

一股强烈的不安在黎昕心中升起，吃完饭，他将潘启文拉过一边，悄声道：“我得先去找下黛儿，银行的账，现在不能交！”说完，他作势要走。

潘启文一把揪住他，黎昕立刻想起昨晚潘启文与武辉杰的对话来，他不由厉声道：“潘天一，豢养私军，要在过去，就是株连九族的罪！而你现在与南京高层闹得如此之僵，若你不能自保，那么这么多人的身家性命便都交待在你的身上，你不能如此公私不分！”

潘启文嘴角扬起一个苦笑，他轻声道：“黎昕，她走之后，那边凡有关军队的账，我让黛儿都交给文四管起来，交给梅廷方的是另一套账，当时防的是梅廷方！没想到，如今倒是派上了用场！没有我的命令，文四会给她账目么？”

黎昕稍稍松了一口气，坐了下来，却皱眉道：“可以她的身份，银行里真要查起账来……”

潘启文摇了摇头道：“黎昕，她真要我死的话，能拿得出手的东西绝不止这一件！她做事向来目标清楚，有些招数虽然致命，可她只会用来做筹码，而不会用来要我的命！以前或许会，可那天，看到她看孩子的眼神，我就知道，她不会！”

他幽幽地道：“她现在，不屑，与我，鱼——死——网——破！”

他在心里冷冷地笑，她手上的筹码够多、够大，所以，她才敢明目张胆地将孩子带来西南，她才敢在他的地盘上将他拒之门外！

而她，现在抛出这个账本的筹码，却是因为贺文龙，她那只有两面之缘的贺大哥！她在威胁他，不要拿贺文龙来做文章！

不，蕴仪，我怎能接受，当初我们携手并肩所创造的一切，如今竟成了你打杀我的利器？

我若失了势，我还有什么筹码去探究过往，去要回你，要回我们的儿子？

第六十一章

儿女双全

东磨街，叶宅院墙外，一个干干瘦瘦的老人，一脸向往地聆听着院内孩子的欢笑声。

院墙内，一个高高的雪人堆在院子中央。

雪人旁边是一张高高的凳子。小宇站在凳子上，接过下面小风递上来的雪团，继续往上堆着。不一会儿，两个人都有些累了，小宇趴在雪堆的上方，开始将上面的雪搓圆些，又拿着铲子在下面铲了几下，很快，便有了一个脑袋的形状出来，小风站远些，仰视了一下雪人，拍拍手，向一旁笑眯眯地看着他们的陆念迅叫道："老陆叔，你过来一下！"

陆念迅忙开心地跑过去，笑道："哟，小祖宗，可算要让老陆叔帮忙了！"

小风却对他摆摆手，一脸严肃地道："老陆叔，你站到雪人跟前去，跟他比一比，看谁高！"

陆念迅莫名其妙地站了过去，小风咯咯咯地笑起来："小宇，咱们的雪人比老陆叔高了哎！"

陆念迅笑道："为什么你们的雪人一定要比老陆叔高？"

小风一双像极叶蕴仪的丹凤眼往上一挑，神气地道："小风和小宇的爸爸，当然要比老陆叔还要高了！"

陆念迅心中一紧，却见小风转头向屋内跑去，一边走，一边叫："小宇，你等着，我去给爸爸拿鼻子去哈！”

陆念迅看了看凳子上一脸无奈的小宇，小心翼翼地道：“小宇，我记得，你妈妈跟你们说过，你们的爸爸是出远门了，对吧？”

小宇皱了皱眉，老气横秋地道：“我知道啊，这还不是怪小柱子叔叔，他给小风讲的什么乱七八糟的故事，小风硬说雪人只要堆得跟爸爸一般高，晚上雪人就会变成爸爸来看我们！”

小风拿着一截胡萝卜，从屋内跑出来，递给小宇，想了想，有些发愁地说：“小宇，你说，爸爸来看我们的时候，他的鼻子也会这么长么？”

小宇抚了抚额头，有些无可奈何地道：“小风，小柱子说的不是这样的！”

小风噘了嘴，振振有词地道：“小柱子说的是小猫想妈妈的时候，堆了个猫妈妈的雪人，晚上妈妈就来看它了！那小风想爸爸了，我堆个爸爸的雪人，晚上爸爸就会来看小风了呀！”

她又转头看向陆念迅：“老陆叔，爸爸不认识小风，他不想小风就算了，可是，妈妈那么美，他也不想妈妈吗？”

陆念迅鼻子里一酸，这时只听院门外传来阵阵喝彩声，他不愿意再让两个孩子继续这个话题，立刻笑道：“咱们去看看，门外头有啥好玩儿的！”

小风摆摆手：“还不就是那些个杂耍，他们翻筋斗还没小柱子翻得好呢！你看，我也会！”

说完，她便真的在雪地里翻起筋斗来。小宇慢吞吞地爬下凳子，看到地上那一团红色的圆滚滚的粉团团，嘴角抽了抽，一本正经地道：“小风，你那叫打滚，不叫翻筋斗！”

眼见着小风撇了嘴，陆念迅一把抱起她，笑道：“今天外面叫得格外热闹呢，咱们去看看好不？”

司令府内，短暂的午休后，叶蕴仪眼看着所有人重新进入议事厅，这才向武辉杰告了假，匆匆向外走去。

然而，她刚刚走出院门，便被斜刺里伸出来的一只手紧紧地扼住了手腕，她不由惊呼一声，看到明明应该在议事厅内，却出现在她眼前的潘启文，她心里一慌，不由自主地向周围看去。

只听潘启文冷笑一声道：“叶蕴仪，你真当我这司令府的人都是摆设么？你以为跟进司令府那几个人，我当真便拿不下？”

叶蕴仪轻轻一震，却见他紧了紧她挣扎的手腕，轻哼一声道：“你带进来的人不能多，你若不是为了那个贺文龙那么急着去银行或是找人查证，只消与武辉杰一行人同进同出，出了司令府，你手下人多了，我又不能在外面兴师动众，我又怎能把你怎么样？”

叶蕴仪用力地挣扎，他却将她一把扯进怀中，一瞬间的温香满怀，令潘启文猛然失了神，他紧紧地箍住了她，深深地吸气，嗅着她的发香，一时间，他竟不知身处何处，什么军队，什么账本，什么‘剿匪’，全部无影无踪！

他的心狂躁地跳动着，他眼中发热，口中喃喃地低唤：“蕴仪！蕴仪！”

叶蕴仪浑身一僵，随即便止不住地战栗起来，他怎么能、怎么敢，还这样好似深情款款般地唤她的名字，在他做出了那么多伤害之后！

感觉到怀中人儿的挣扎，潘启文却更紧地拥住她，语中再无了先前的嚣张，只余了一丝的哀求：“蕴仪，蕴仪，不要离开！”

叶蕴仪咬咬牙，脚下用尽全力，狠狠一踩，厚重的皮靴重重地踩在潘启文的脚尖处，他猛然吃痛，左手不由一松，叶蕴仪抽出身来，反手就是一记响亮的耳光打在潘启文脸上！

潘启文一呆，右手却仍是狼狈地抓住她不肯放，他随即又伸出左手，就要再去捉她，这时，却听到文四一声急切的呼唤：“少爷！”

潘启文的动作就那样僵住，他何曾在人前如此狼狈过！

他眼中的怒火似要将文四吞噬，却听文四看了一眼叶蕴仪，终是结结巴巴地道：“那个，小少爷、小少爷……”

潘启文脸上顿时一喜，他的神情瞬间柔和下来，他看了看叶蕴仪，开心地笑：“蕴仪，你看，我把咱们儿子也接过来了，我们好好谈谈……”

他的话立时被叶蕴仪又惊又怒的声音打断：“什么？你把小宇抢来了？潘天一，你到底要做什么？”

潘启文忙出声安慰道：“蕴仪，你别急，你听我说，我只是……”

然而，他的话没有说完，这次却被文四急急打断，文四跺跺脚道：“哎呀，不是的，是小少爷，他不见了！”他怯怯地看了叶蕴仪一眼，轻声加了一句：“还有，小小姐！”

叶蕴仪眼前一黑，身子一软，潘启文连忙扶住她，对文四吼道："不是让你去接过来吗？怎么会弄丢了！"

就在这时，一片惊呼声和哗啦啦子弹上膛的声音传来，只见陆念迅一手持枪，顶在黎黛的头上，他的左右分别有两个年轻男子相护。陆念迅胁持着黎黛快速走了进来，看到叶蕴仪，不由血红了眼，大叫道："小姐，就是他们，抢走了小少爷和小小姐！"

叶蕴仪听说是文四他们抢了孩子，心中逐步镇定下来，他对陆念迅挥挥手："你先放了黎黛！"

陆念迅心有不甘地狠狠瞪了文四一眼，终是松开了黎黛，立时便有无数支枪指向了陆念迅三人，潘启文忙大喝一声："放下！"

潘启文这时沉声问道："文四，孩子在哪里？"

文四已是快哭出声来："孩子……孩子是真的不见了！"

陆念迅咬牙切齿地叫道："胡说，明明就是你们假扮吐火圈和变脸的，引得小少爷和小小姐上前，然后你们立即隔开我们，抢走了小少爷和小小姐！"

文四却急急地道："可是，我们本是有一拨人引开你们，另一拨人护着小少爷和小小姐回来的，不想，小少爷和小小姐却不见了！"

叶蕴仪身形一晃，她一把挥开潘启文扶着她的手，恨声道："潘天一，若是、若是我的孩子有事，我要你整个司令府陪葬！"

说完，她走到陆念迅面前，说道："我们走！发动所有人，找！"

潘启文终是呆呆看着她离开，这才回过头来，一脚踹翻了文四，吼道："还不去找人！"

当潘启文跟在文四后面走出司令府时，却见一个黑衣护卫气喘吁吁地跑过来，叫道："司令，少……少奶奶领着一帮人，冲进了后院，说，说是要搜人，咱们也……也不敢死拦！"

潘启文一跺脚："先看看去！"

司令府后院，文管家的小院内，小风和小宇看着高高的供桌上的牌位，微微有些害怕地问道："爷爷，你不是说只要我们悄悄地不出声，就带我们来见爸爸吗？为什么还不带我们见？"

文管家摸摸她的头，慈祥地笑道："爸爸一会儿就回来了，到时爷爷领你们去见他！"

他指了指上方的牌位："来，小宇，先给你的爷爷、奶奶磕个头！"

小风奇怪地问："为什么小宇要磕头，我却不用磕？"

文管家有些尴尬地怔了怔，却听小宇轻哼一声道："笨，当然是我大我先磕了！"

小风嘟了嘴，不服气地道："老陆叔都说了，明明护士小姐先抱出来的是我，为什么妈妈偏偏要说是先生的你？"

文管家一把抓住她的手，神情激动，他语无伦次地颤声问道："你说什么？你们……你们是一起出生的？是……是双胞胎？"

叶蕴仪前脚刚跨进文管家的小院，潘启文后脚便到了。

当叶蕴仪来到厢房门口，看清院内只有文管家和两个孩子时，立即一摆手，陆念迅立刻命他们的人退到了小院门外，只他带了小柱子，紧紧地跟在叶蕴仪身边。

然而，这样一来，潘启文却被人堵在了院门外，不给进。

他潘启文何时受过这种气？连自家院门也不给进？

那里面有他朝思暮想了五年，却还没能说上半句话的女人！他费了这么大劲，不过就是想将孩子拐来后，让她能跟自己好好说上几句话，冷静地谈一谈，他心中有太多的疑问需要她回答。

可现在，他却被堵在自家院门口，进不去！而那里面，除了那个该死的女人，还有他的儿子！他都没来得及好好看一眼的儿子！

更可恶的是，这帮人就那样毫无章法的，层层堆在门口，让他即便想望一眼里面什么情形，也是不能！

潘启文恼怒之下，驾势就要硬闯，却被文四和刀疤死死拦住，两人掂量了一下这形势，即便将分散各院的黑衣卫队集中了过来，也未必有胜算，还不如不去丢那人。

眼见潘启文双目通红，呼哧呼哧直喘粗气，文四赶紧小声道："少奶奶现在正在气头上，何必现在跟她置气？她等下总要出来的！"

潘启文的怒火总算找到了出口，他一脚将文四踹翻在地，指着他，恨恨地吼："你办的什么事！你说，为什么孩子会在你爹那儿？"

文四跌坐在地上，不敢吭声，眼中却闪过一丝额外的惧意和慌乱。

院内，文管家看到叶蕴仪，立刻站起身来，满脸惶恐地低了头，讷讷地唤了声："少奶奶！"

叶蕴仪并未理他，径直对两个孩子叫道：“小宇、小风，跟妈妈回去！”

小风一头扑进叶蕴仪怀中，一指供桌上的灵位牌，叫道：“妈妈，你看，这个爷爷说，那是我们的爷爷、奶奶，要我们磕头呢！”

叶蕴仪微微一怔，她眼神复杂地看了看那灵位，轻声问道：“那你们磕了吗？”

小风摇摇头，嘟着嘴道：“小宇说，他比我大，所以他先磕头。”

叶蕴仪轻轻将小风放下地，来到供桌前，拿起上面的香，点着了，拿着香弯腰对着灵位拜了三拜，她将香插在香炉里，转过身，对小宇、小风柔声说道：“这是你们的爷爷和奶奶，你们一起，给爷爷奶奶磕三个响头！”

一旁的文管家红着眼看着这一切，嘴唇颤了半天，却没能说出一句话来。

磕完头，小风爬起来，走到文管家面前，笑嘻嘻地道：“爷爷，你现在可以带我们去找爸爸了吧？”

叶蕴仪伸出去拉孩子的手蓦然一僵，她一侧头，凌厉的目光直直地向文管家射去，文管家不敢看她，只偏了头，对小风勉强笑了笑：“你爸爸他……”

刚开口，便被叶蕴仪猛然打断，她一手一个牵起了俩孩子的手，厉声说道：“小宇、小风，跟妈妈回去！”

小风立即红了眼，小屁股向后撅着，身子向后一拖，倔强地道：“我不！我要找爸爸！”

叶蕴仪咬咬牙，弯下腰，一把抱起小风，就要往外走，小风却拼命挣扎起来，一边大哭道：“我就要找爸爸！我就要找爸爸！”

叶蕴仪一时被她闹得心烦意乱，不由叱道：“找什么找，你爸爸根本就不……”她猛然下意识地一顿，“不要你”那几个字，便生生地咽了回去，她不能，让孩子觉得自己生来便被嫌弃！

她死死地咬着下唇，抑制住心中那一份战栗，当一股血腥窜进口腔中时，她猛然将哭闹的小风往陆念迅怀中一扔，拉起小宇的手，急急地向外就走！

却听身后“扑通”一声，文管家直直地跪了下去，他带着哭腔叫道：“少奶奶！当初都是我自作主张，不关少爷的事！您不能、您不能让孩子不认爹啊！”

说完，他竟重重地磕下头去：“少奶奶，当初都是我的错，我给您磕头了！我给您磕头了！”

孩子的哭闹和文管家的话，一字一句全都传入了潘启文的耳中，小风那一声声的“找爸爸！”令他浑身都在颤，他甚至没有想过那到底是谁的孩子，只听到那稚嫩的哭声，他的心便被揪成了一团。

就在这时，小宇清冷的声音传来：“小风，你别哭了，这个爷爷是骗你的，这里没有爸爸！我们的爸爸早死了！”

随着小宇的话音落下，空气如凝固了一般，院内院外是一片可怕的寂静。

叶蕴仪拉着小宇的手不自觉地颤了颤，她看了陆念迅一眼，急急地道：“我们快走！”语气里，竟带上了一丝惊慌。

这时的她已来不及思考小宇为什么会说出这样的话来，她只知道，这样的时候，绝不能如此地刺激潘启文。

然而，她的话音刚落，便听到院门外潘启文一声狂怒的嘶吼：“叶蕴仪，你他妈的混——蛋！”

潘启文五年以来的愤恨、怨怒，从知道化验单真相这几天以来的懊恼、悔恨和重重疑问，以及这一天半以来的隐忍、悲凉、烦躁、委屈，在听到小宇这句“我们的爸爸已经死了”时，终于悉数爆发！

他跳起来就要往院内冲，却生生被那一堵人墙拦住，他猛然拔出手枪，顶上了当先一人的头，暴怒地叫：“滚开！”

然而，那人墙不仅不为所动，还立即引来一片哗啦啦手枪上膛的声音，潘启文身后的黑衣卫队也立刻拔枪相向，两方人马便这样对峙起来。

潘启文犹如笼中的困兽般，那种进退不能，任凭他使尽浑身的力量，也冲不出牢笼的感觉，几要将他逼疯！

他陡然退后一步，嘶哑着嗓子，狞笑着叫：“文四，去，给我调亲卫连，不，给我调卫戍团来！我就不信，今天我还就进不了这道门！”

文四不由惊呼一声：“少爷！”

潘启文怒吼道：“你家少爷已经是个死人了，你还顾忌着什么？还不去！”

这时，只听院内叶蕴仪冷冷的声音传来：“让他进来！”

人墙霎时分开一条通道来，潘启文一头便冲了进去，文四和刀疤紧随其后，其他人，却被重新合拢的人墙挡在了外面。

小风这时早已被潘启文那一吼，吓得停止了哭泣，在陆念迅怀中，骨碌碌地瞪着双大眼看着这一切，眼角还挂着一滴晶莹。而小宇则站在叶蕴仪身侧，冷冷地看着一阵风般卷进来的潘启文。

潘启文人未到，声先至，他狂怒的声音在小院中回响：“叶蕴仪，我忍够你了，今天你若不跟我说清楚……”

然而，他的话未说完便立刻被打断，膝行而来的文管家抱住了他的腿，带着哭腔叫道：“少爷！少爷！是我对不起你！对不起少奶奶！当初，是我，是我逼走了少奶奶！”

暴怒中的潘启文，注意力一下子集中在了文管家最后一句话上，他浑身散发出的怒气猛然消失，只觉全身上下都开始发冷，他一双眼死死地盯着文管家，咬紧牙关，从齿缝里迸出一个字来：“说！”

他没有注意到身边“扑通”一声也跪下的文四，随着文管家的叙述，他全身止不住地发抖，当他终于听到文管家让叶蕴仪误会他与梅果有染，而要杀掉她腹中的孩子时，他只觉喉中一阵腥甜，已是一口鲜血喷了出来！

在文四的惊呼中，他的手下意识地往文四肩上一撑，拼了命地不让自己倒下，手上的枪已直直地指上了文管家的头。

刚刚因搀扶他而起的文四，再一次“扑通”一声跪下，他一把抓住了枪头，红了眼，叫道：“少爷，您要杀就杀我吧！是我自以为是下药在先，我爹逼走少奶奶，我知情不报在后，该死的是我！”

这时，一直在旁边一声不吭的叶蕴仪冷冷地说道：“你们要演哪出戏尽管演，只是，不要动刀动枪的，吓着我的孩子！”

潘启文持枪的手一颤，然后是无力地垂下，同时垂下的还有他那紧绷欲裂的头颅。

明明不顾一切地冲进来，只为了她和儿子，现在，他却看都不敢看他们一眼。

却听文管家老泪纵横地仰天叫道：“老爷、夫人，少爷现在儿女双全了，你们可以瞑目了！”

潘启文失神的眼中蓦然发出骇人的光来，他一把揪住文管家的衣领，颤声问道：“你说什么？你说什么儿女双全？”

文管家一指小宇和小风，又哭又笑地道：“少爷，那是您的儿子和女儿啊！他们是一母同胞的龙凤胎兄妹啊！”

潘启文颤巍巍的眼神终是移向了陆念迅怀中的小风，看着那个粉团团的小小人儿，一阵狂喜，就那样翻滚上了心头。

然而，昨天从早上起就没吃什么东西的他，经过昨晚那一盆寒风中的冰水兜头淋下，一夜未睡地刻着手枪，早上又经历过与她的一番争斗，昨天一天便已尝尽人生百味的他，从先前的惊惶到狂怒到大悲，再到现在的狂喜，以及随之而来的心头一松，心力交瘁之下，他已是再也支撑不住，眼前一黑，整个人便直直地向后倒去！

当潘启文倒下那一刻，他衣兜里那一把尚未完工的木头手枪，也跌了出来，小宇的视线随着那把木头枪移动，终是停在离潘启文脚边不远的地方。

陆念迅怀中的小风有些紧张而嫉妒地看了看那把木头枪，怯怯地问道：“小宇，他是我们的爸爸吗？”

小宇却收了回胶着在木头枪上的目光，直直地看向小风，冷声道：“不是！”明明只是一个不到五岁孩子稚嫩的话语，却让大人们背上都莫名一寒。

小风大大松了口气般，用不屑的眼神瞟了瞟那把木头枪，小声道：“我也觉得不是！我们的爸爸一定会知道我喜欢洋娃娃的！”

而叶蕴仪却看都没看地上的潘启文一眼，牵起了小宇的手，重重地道：“我们走！”

他们刚刚走出小院门，便听见里面“砰”的一声枪响，叶蕴仪的手颤了颤，却仍是头也不回地走了！

一到家，叶蕴仪便厉声质问小宇：“是谁告诉你，你们的爸爸已经死了？”

小宇低了头，轻声道：“火车上，你跟武叔叔说的话，我都听到了！小风睡着了，可我没有，我是听到了的，他不要我们！我生气，所以才故意那样说！”

叶蕴仪不由一惊：“小宇，你是说，你说这话的时候，你知道，他是你们的父亲？”

小宇撇撇嘴：“你们叫他潘天一、潘启文，这里的人叫他潘司令，我猜的！”

尽管今天文管家的话叶蕴仪并不相信，但她绝不愿意自己的孩子从小便生活在这样的恨意中，更怕两个孩子会以为自己生来便是被嫌弃的，心中计较良久，她终是揽过小宇，艰难而轻声地说道：“你今天也听到了，你们的父亲并不是不要你们，只是，中间有些误会，所以，小宇，那样的话，再不要说！也不要在小风面前提起！”

小宇眼中闪着光，急切地问道：“那，他如果找我们，我们能认他吗？或者，他要是送我们东西，我们能收吗？”

叶蕴仪一怔，随即苦笑道：“小宇，那种木头枪，若是你想要，妈妈随时可以让人给你做来，甚至，真枪，妈妈也能给你，只要不上子弹！”

小宇却低了头，轻轻地道：“那不一样！”

小宇的话和欲言又止的神情，令叶蕴仪的心立时便被揪得生疼。

黑暗中，潘启文脑中交替出现小风那挂着泪珠的小脸、小宇那冷冷的声音：“我们的爸爸已经死了！”以及叶蕴仪冰凉的话语：“你们要演哪出戏尽管演！不要吓着我的孩子！”

不！蕴仪，那不只是你的孩子，也是我的孩子！

潘启文猛然坐起身来，一直守候在床边昏昏欲睡的的文四一惊，他睁大了眼，哑声叫道：“少爷，您醒了？”

潘启文四周一看，他这是在芳华苑的卧室中。五年前，与叶蕴仪彻底决裂后，他便从芳华苑搬了出来，这一次芳华苑重新修整后，他又搬了回去。

浑身的冷汗令他非常地不舒服，他撑住了头，哑声问道：“他们呢？”

文四低了头，轻声道：“少奶奶和小少爷、小小姐，回了东磨街的宅子。”

潘启文耳边立即响起了小风那凄凄惨惨的哭叫声：“我就要找爸爸！我就要找爸爸！”

潘启文的心刹那间似被撕裂开了一般，他的女儿，那样柔柔嫩嫩的女儿，她在找爸爸！可是，他竟然连抱都没抱过他！而他的儿子小宇，他用那样冰冷的目光看着他，那一刻，他突然就明白了，当小宇说出那句“我们的爸爸已经死了”的话时，小宇他是知道自己就是他的父亲！

而他，甚至没敢上前说一句："我就是你们的爸爸！"

心里的恨意，就那样漫天漫地地涌了上来，他凌厉的眼神直直地射向文四，恨声问道："你爹呢？"

文四一下子红了眼，直直地往床前一跪，低了头没吭声。潘启文声音拔高了些，却更阴沉："我再问你一遍，你爹呢？"

这时黎昕走了进来，他沉声道："老文叔觉得愧对于你，就在你倒下后，他举枪自戕，刀疤情急之下扔出了手上的枪，令老文叔的枪失了准头，但他的一双眼睛，却是废了！"

潘启文浑身一震，心里那铺天盖地的恨意瞬间便失去了方向，半晌，他方幽幽地开了口："文四，若不如此，只怕我会杀了他！"

文四重重地磕下头去，连连哭道："多谢少爷！多谢少爷！"

一会儿，又听潘启文沉声道："至于你……"他闭了闭眼，"文四，你带上你爹走吧！"

文四大惊，连连磕头道："少爷，您要打要杀，文四都认了，我只求你不要赶我走！"说完，他又对黎昕磕下头去："大少爷，求求您，您帮我跟少爷说说，不要赶我走，不要赶我走啊！"

黎昕走到床边，沉声道："天一，蕴仪这次帮着参谋团对付我们，那些军官们已颇有微词，这个时候，文四不能走！"

潘启文一震，沉默过后，他冷冷地道："文四，我最后给你一次机会，这一次，若是、若是他们母子三人，在这西南之地，少了一根头发，你就永远不要再见我了！"

说完，他不再理会感激涕零的文四，径直对黎昕道："武辉杰他们明天是不是要去西山？蕴仪她，去不去？"

黎昕走到床边，拉开椅子坐下，这才说道："我跟武辉杰说，昨天才下了场小雪，路不好走，让他们等雪化了，应该是后天再去西山。按武辉杰的说法，参谋团全都要去，蕴仪应该也不会落下！"

潘启文点点头："嗯，你安排西山那边，只留一个师，其余的，全给我以团为单位，分散拉到别的地方去，尤其我的特种兵团，给我藏好了！至于多出来的营房，就说是每年全军大比武集中在西山，特意修建的。"

黎昕诧异地看了一眼似刹那间有了生气和斗志的潘启文，微微松了口气，半是讥讽半是玩笑地道："我还以为你为了蕴仪，打算将这江山拱手相让呢，原来你心里早有打算！”

潘启文睥他一眼：“她现在有钱有势得很，我要把这江山让出去，还拿什么来配她？难道让我一双儿女看着他们老爹吃软饭？还是，你让我眼睁睁看着让别的男人来庇佑他们母子？”说到一双儿女，潘启文眼中的温柔能滴出水来。

黎昕鄙夷地回睨他：“一双儿女？他们认你这爹？”

潘启文心里一堵，咬牙道：“你没听到我闺女哭着喊着要找爸爸吗？”

黎昕冷哼一声：“我倒不明白了，昨天某人不还气得又是吐血又是晕倒的吗？这会倒来了精神！我就不知道，你在兴奋个啥？还拿什么配她？配得上又怎么样？你凭什么认定，在你做了那么多混账事以后，蕴仪还会要你，一双儿女会认你？”

潘启文摇摇头，笑了：“黎昕，你休想再打击我，我告诉你我凭什么？就凭小凤是我的女儿，而不是她跟别人生的，就凭这么多年，她还是一个人！”

他的笑容变得苦涩起来：“我知道我混账，可是，以前我们不也闹过一回吗？那一次，有她父母的死、蕴杰的病、方宗尧的重伤，还有，那个未出生的孩子！那样的情况下，她都能原谅我！这几年，我一直在想，她那样都能原谅我，她为什么会背叛我跟别的男人走？现在我知道了，原来我们之间，竟是这样的误会重重！”

他逐渐变得兴奋起来：“这一次，还有一双儿女，不是吗？她为我生下了一双儿女，她，总不能让孩子没有爹！”

潘启文坐直了，对黎昕正色道：“她有没有约黛儿谈银行的事？”

黎昕点点头：“约了明天上午。”

潘启文眼睛微微一眯：“明天？”

他的眼在床头瞄了一圈，向黎昕伸出手：“来根烟！”

黎昕从兜里掏出烟盒来，潘启文一把抢了过去，抽出一支烟叼到嘴上，文四忙凑过去，划着了火柴，潘启文却突然一口吹熄了火柴，文四愕然地看着他：“少爷？”

潘启文将烟横在鼻边闻了闻，笑笑：“我差点忘记这不是我那书房了，这间卧室，她是不许抽烟的！”

文四撇撇嘴："少爷，少奶奶要回这儿，还不知得猴年马月呢？"

潘启文一巴掌拍上他的头，吼道："你咒我？"

文四一缩脖子，没敢吭声。

潘启文却突然看向他："你去问问你爹，小少爷和小小姐身上有没有起疹子什么的？"

文四忙道："我爹刚还跟我说呢，说小小姐手上起了些疹子，估计身上也会有，他还叫我扯些艾草给送过去呢。少爷，您怎么知道的？"

潘启文点点头："我只是突然想起来，我小时候，这个季节就会起疹子，我儿子跟闺女刚来，这西南之地又阴又潮，小孩子起疹子也是很平常的事。"

说到这里，他手撑住脸，若有所思地道："看来，还是我闺女跟我亲啊！哼，不像那个臭小子，竟然敢咒老子死了！"

文四莫名其妙地看着他，怯怯地道："少爷，小小姐起疹子，你还挺高兴？"

潘启文不屑地瞪了他一眼："黎昕，你传出话去，一定要让参谋团的人都知道，西山的温泉可是最好的，包治百病，尤其对疹子啥的，一泡就好！"

他眼中精光一闪："泡温泉，她那些个男护卫，总不能跟着进去吧？"

黎昕和文四这才恍然大悟，都以鄙视的眼神看着他，他手一指两人："你们不要想歪了！还有女儿在呢，我能做什么？"

潘启文掀了被子就要下床，黎昕一把按住他："哎，你刚刚才退了烧，这外面寒风刺骨的，你要去哪儿？"

潘启文鼻子里重重一哼："当然是去给我闺女买洋娃娃了！"他转头看向文四，有些疑惑地问，"这洋娃娃到哪里买？"

文四挠挠头："应该百货公司有吧？"

黎昕好笑地将他按回被窝里去："你也不看看现在什么时辰了！百货公司早关了门了。"

潘启文看了看窗外，蛮横地道："我闺女要个洋娃娃，还用管时辰？"

第六十二章

此心难却

东磨街，叶宅门外，两个身形高大的男子，推着一辆板车吃力地走了过来，板车上方被油布盖得严严实实的，但能看得出来，板车的四面周围都搭得有架子。

虽然雪后天晴，但还是很冷，清冽的风中，两个人都穿着长长的棉大衣，戴着齐耳的毡帽，帽子下，大大的围巾将整个脸捂得严严实实，只露出两只眼睛来。

这两人，一个是潘启文，一个是文四。

文四觉得自己快要疯了，这少爷，前天晚上在这宅子门口淋得跟落汤鸡似的，回去还一个晚上没睡，一声不吭地狠命刻着木头手枪，昨天吐了血，晕倒了，明明发着烧，又拉着他，硬把人家百货公司的经理撬起来，带着林泰的女儿去选洋娃娃，结果，选了一整车，回到司令府，又守着人往板车上搭竹架子，司令府的妈子、丫头全被叫起来，用丝绢做成花，扎在架子上，说是做花车，整整折腾了一个晚上。

一大早就将洋娃娃按不同的种类或摆或挂在花车上，用油布盖了，推着来到东磨街。文四怕他身子熬不住，提议他跟黑衣卫队的人推过来，让少爷坐车来，可少爷死活不肯，硬要自己推着车过来，明明两天没睡觉了，还精神得跟打了鸡血似的。

明明太阳白花花地照在身上，潘启文还是觉得冷，他跺跺脚，走到花车前，左看右看，将花车上的洋娃娃又重新摆了一遍，把他直觉小风会最喜欢的一个穿着花袄子的小胖囡囡拿起来，放到最显眼的位置，这才满意地踱到花车后，重新恢复一眨不眨瞪着对面那宅子大门口的姿势。

他斜睨了毫无形象蹲在地上打瞌睡的文四一眼，抬脚踢了踢他的屁股："哎，下午的事，都给老子安排妥当了没？"

昏昏欲睡的文四被他踢得差点摔了个狗啃泥，连忙站起身来回道："都安排好了，这次，保证让您能跟少奶奶单独说上话！"

潘启文大围巾里呼出的热气腾腾地蹿了上去，仅露出的眼中显出了一丝欣喜和得意。他把围巾扒开些，让里面的热气散出来，他的双眼微眯，一脸向往的神情，口中喃喃地道："你说，要是晚上一家人吃火锅，是不是比较好？"

文四别开了眼，心中哀叹一声，少爷这个美梦，似乎做得太早了点吧？

不远处传来几声清晰的汽车喇叭声，两个人都是精神一振，潘启文急急地将围巾系好，笔挺地站到花车后面去，当那白色的雪佛兰在宅子门口停下，文四便开始吆喝起来："洋娃娃哩，看一看，瞧一瞧啊，这里有最多最全的洋娃娃哩！"

潘启文紧紧地盯着那车门打开，眼看着两只小腿倒趴着爬下车来，忙在花车下轻轻踢了他一脚，咬牙道："要说最漂亮的！我闺女定是喜欢最漂亮的！"

文四对天翻了个白眼，老老实实地再吆喝起来："洋娃娃哩，又好看又漂亮的洋娃娃哩！看一看，瞧一瞧啊，最漂亮的洋娃娃哩！"

刚刚下车的小风一抬头，便看到了对面的花车，不由惊呼一声："小宇，好多洋娃娃！"说完，拉起小宇就向花车跑来。

眼看着那一团粉嫩向自己的方向奔来，潘启文竟一时有些无措起来，直到黎黛大叫一声："呀，真这么多漂亮娃娃！"他才慌慌张张地随手拿了一个洋娃娃在手中，高高地举起来，紧紧盯着前方那小人儿的眼中，竟是冒出了温热的气息。

文四这时已在地上铺上了油布，上面倒扣着十几个袖珍茶杯，前方摆了一叠竹圈子，看见小风和小宇跑过来，赶紧叫道："来来来，套圈子哈，不要钱，每个人十次机会，只要套中一个杯子，就可以任选花车上的娃娃一个拿走！套中十个，就可以拿走十个娃娃！哎哎哎，只有小孩子可以套哈！”

这一吆喝，花车旁立即便围上了一堆的人，花车外围，陆念迅向宅子内一挥手，立刻便有十几个护卫悄无声息地护在小风和小宇左右，将孩子与其他人分隔开来。陆念迅冷冷一笑，这一次，他们就只盯着孩子，其他人和事一律不管。

所有人的目光便都紧紧地盯在了已拾起地上一个圈子的小风身上。

小风穿着一件红色的大花袄子，她将头上的风雪帽往后扒下，红扑扑的小脸蛋儿便都露了出来，一双丹凤眼忽闪着，伸手比了比，有些犹豫不定地看着那些个杯子，不知套哪一个好。

潘启文走到她面前，蹲下身去，微微颤了声，轻轻柔柔地道：“随便哪个都行，很好套的，不信你试试？”他拼命抑制住自己想要抚上那小脸的念头，一双手死死地握拳垂在身侧。

他的声音嘶哑，加上围巾围住了，近在咫尺的陆念迅也没能听出他的声音。只是在他靠近时，紧紧地拉住了小风的手。

就在这时，小风身后的小宇淡淡地开了口：“老陆叔，那茶杯是瑞祥斋的骨瓷杯，咱们家也有一套，可金贵得很！”

这话一出，陆念迅一惊，瞬间拉着小风小宇后退了一步，立刻有护卫围了上来，将小风小宇护在中间。

小风本来紧紧盯着地上的杯子，正转着念头跃跃欲试，却突然被人挡住了视线，不由一拳擂了上去，急急地叫道：“小柱子，让开！”

潘启文好不容易离女儿如此之近，正满腔柔情之际，却突然被人隔开，登时火冒三丈，听到小风急切的叫声，心里又是一疼，他阴鸷的双眼直直地杀向陆念迅，对他低吼道：“让她来套娃娃！”

陆念迅这时终算是认出了潘启文，惊诧之下，心里竟有几分莫名的感动。昨天，他是眼见着潘启文吐血晕倒的，他知道那做不了假。

而现在，那个不可一世的潘司令，却穿得如平常贩夫走卒般，在这样的寒风中，悄悄地等了不知多长时间，只不过为了见女儿一面。一看这个花车，便是精心布置的，他定是因着昨天小风那句半是嫉妒半是伤心的话吧？

陆念迅正迟疑间，却听一旁的妈子轻声地开了口：“陆先生，你看这花车附近，的确只有他们两个人，不会有什么危险，何必扫了孩子的兴头呢？”

文四这时也冷声道：“陆念迅，若是我家少爷真要用强，你以为在这里，他什么事办不到？”

陆念迅心里一颤，不由想起昨天潘启文在司令府外命人去调卫戍团时那疯狂的面容来，转头一看潘启文，只见他的围巾已散落开来，露出了整张脸，垂立在身侧的双手紧握成拳，脸上是极力隐忍着什么的表情，一双眼却透过护卫间的缝隙，死死地盯着小凤的脸。

他心中暗叹一声，轻轻往旁边一站，挡在小凤和小宇身前的护卫便散了开来，只是护卫的圈子更大了些，将潘启文和文四也围在了中间。

潘启文向陆念迅点了点头，再次蹲下身来，一双手扶上了小凤的肩膀，柔声道：“小凤，去套吧！”

小凤挣脱了潘启文的手，转头看了看小宇，眼中尽是迷惑之色，她踮起脚，有些依赖地趴在小宇肩头，悄声问道：“小宇，他知道我喜欢洋娃娃哦，他是不是我们的爸爸？”

潘启文手中一空，双手却保持在空中，僵着，一双眼紧张地盯着小宇。

小宇眼神复杂地看了潘启文一眼，抿唇道：“不知道，这得要问妈妈！”

听了这话，潘启文心中竟是一阵狂喜，就在昨天，小宇还那么直接地说：“我们的爸爸已经死了！”

小凤趴得有点累了，干脆抱住了小宇的腰，皱了皱眉：“可是，要是他不是我们的爸爸的话，我就不可以要他的洋娃娃哦，妈妈给我的零花钱，我已经花光了哦。”

小宇眼中闪过一丝满足的神情，他小大人般轻轻拍拍妹妹的背，嘴角往上一弯：“笨，是套圈子套到才有的，又不是送你，是你凭本事挣的哦！”

潘启文满脸感激地看了看小宇，心中一动，他拾起一个竹圈，伸到旁边一个小女孩面前，笑道：“小妹妹，要不你先来套？”

小凤立刻抢过他手上的竹圈，瞪了他一眼：“我先套！”

那一双似极叶蕴仪的丹凤眼，这一瞪眼间，令潘启文脑中一下子浮现出叶蕴仪那似怒似嗔的表情来，心底更是软成了一片泥泞，眼中一股温热就那样直直冲了上来，他急急地掉转头，背过身去，揉了揉眼睛，口中嘟囔了一句：“进沙子了！”

转过身来，小风已经站在油布外，开始准备扔圈子了。

潘启文摸了摸口袋中的那把已经完工的木头手枪，半蹲着，悄悄挪到小宇身边，轻声道：“小宇，谢谢！”

小宇却不自然地将头别向一边，没有吭声。

潘启文迟疑了半晌，终是将那把枪掏出来，伸到小宇面前，缓缓摊开，急急地道：“这是我亲手做的，买不到的！”听到自己语气中的那一点点的——胆怯，他嘴角不由挂起一丝苦笑。只有他自己知道，此时的他，心里有多紧张。

小宇眼中一亮，伸出的手，却又缩了回来，他终于正眼看了看潘启文，咬了咬唇，低声道：“你先留着，等我问过妈妈，再决定要不要！”

潘启文心里一热，他点点头：“好！”他将枪小心地放回口袋里，又伸出手，摸摸小宇的头，这一次，小宇没有偏开头去，潘启文喉中哽痛，轻声道：“小宇，我知道你什么都懂，我只想告诉你一句话，爸爸，从来没有想过不要你们！”

小宇有些紧张地捏了捏拳头，却偏了头，看向小风，轻笑一声道：“你这个方法很笨！小风都套不到！”

潘启文转头一看，果见小风连着扔出四个圈子，却一个都没套中，不由已是嘟起了嘴。仔细一看，才发现那竹圈太轻，刚扔出去，风一吹，便被吹到了油布外。

他连忙走过去，狠狠地瞪了文四一眼，却听小风撅了嘴道：“哦，你们赖皮！这个圈子不对！”

潘启文忙一指文四道：“嗯，是他赖皮，他不对，咱们来想想办法，好吗？”

说完，他捡起小风已扔出去的四个圈子，在花车上扯下两条丝带，将四个竹圈合绑在一起，然后递到小风手上，柔声道：“小风，你再来试！”

小风有些怀疑地掂了掂手上的圈子，回头有些不敢确定地看了看小宇，小宇对她鼓励地笑笑：“扔吧！”她这才微微侧过身子，虚眯了一只眼，瞄瞄中间一只杯子，又将手中圈子比划两下，潘启文心里一乐，不由半弯了腰，用胳膊肘碰碰小宇：“哎，她为什么会这副表情？”

小宇似乎完全没注意到他一副两人很熟的语气，很自然地答道：“她呀，这是学小柱子练射击瞄准的姿势学来的！”

这时小风手上的圈子终于投了出去，人群中传出一阵欢呼声，圈子投完，文四已是快步走上前去，乐颠颠地道：“小小姐，请到这边来选洋娃娃！”

小风看了看高出她头的花车，向潘启文伸出手，咯咯地笑：“抱！”

潘启文眼中一热，他只觉得心里的欢畅需要用什么动作来表达才好，他一把将小风高高地举起来，开心地往上一扔，再满满地接住，小风也不怕，只咯咯咯地开心地笑着。

那温温软软的小肉团终于被抱在了怀中，潘启文的心整个都被塞得满满的，再忍不住，一口向那张小脸上亲了过去，见小风并不反感，只一个劲的笑，他便忍不住在那小脸上轻轻咬了一口。

潘启文抱着小风选着洋娃娃，一双眼便没从怀中那小人儿的脸上挪开过，他眼中蕴含的笑意，直柔到人心底里去。

陆念迅这时走上前来道：“天太冷，小小姐和小少爷不能在外面吹太长时间，我们该回去了。”

他这话是对潘启文说的，同时，便向潘启文怀中的小风伸出手来，小风肉乎乎的小手，正好奇地摸索着潘启文下巴上的胡子，令潘启文心里暖暖痒痒的，却更是不舍。

听到陆念迅的话，小风却转头看向小宇，迟疑着道：“小宇，我们可以请……”她用手指了指潘启文，“嗯，请他到我们家里玩么？”

陆念迅脸色一变，不由有些紧张地看着小宇，只见小宇走过去，看了一眼潘启文，对她伸出手：“下次问过妈妈再决定吧！你下来，咱们走回去！”

小风依依不舍地再摸了摸潘启文的下巴，她目光怪异地看了小宇一眼，突然倾身在潘启文耳边悄悄叫了声：“爸——爸！”

那轻轻柔柔的一声低唤，令潘启文霎时如被雷击中一般，呆立当场，傻傻地任由小风挣扎着下了地，傻傻地看着她，由小宇牵着，一步三回头地向宅子里走去。

直到那宅子的大门“吱呀”一声开启，潘启文才如梦初醒般，几个箭步冲了上去，大叫一声：“等等！”

小宇牵着小风，回过头来，看着他，而陆念迅和几个护卫则是一脸戒备的神情。

潘启文走到两个孩子面前，一双眼贪婪地在一双儿女脸上逡巡，他蹲下身来，从口袋中掏出两个绿色的军用口哨来，勉强地笑笑：“送给你们的，若是，若是想爸爸了，就吹一吹，说不定、说不定，你们的爸爸就会来了！”

说完，他将口哨挂在两个孩子的脖子上，轻轻挥挥手：“进去吧！”

小风和小宇默默地任他将口哨戴在自己脖子上，都没有吭声。两人对视一眼，刚要转身，潘启文又叫道：“等等！”

他还保持着先前下蹲的姿势，直直地看向小宇，轻声道：“小宇，我，可以抱抱你吗？”

小宇看了一眼小风，又看了看陆念迅，放开他们的手，转过身，有些不自然地搂了搂潘启文的脖子，脸上泛起了一丝红晕，他轻咳一声，低沉着嗓子道：“那把枪，给我留着！”

潘启文毫无形象地吸了吸鼻子，连连点头：“我会的！”

一直到大门在他面前合上，潘启文还保持着那僵硬的姿势，文四红了眼，走过去搀他的胳膊，轻声叫道：“少爷，走吧！”

潘启文这才站起身来，回转了身，突然开心地一咧嘴，一拳捶在文四肩上，一双眼眯成了一条缝，回味地笑道：“文四，你知道刚才小风在我耳边说什么了吗？”

不等文四回答，他便眉飞色舞起来：“她叫我‘爸——爸’！”

第六十三章

往事难抛

远华银行，叶蕴仪合上手上的文件，笑道：“黛儿，我这次来，其实是想撤资的！”

黎黛眼中精光一闪，却惊呼出声道：“撤资？蕴仪姐，这银行你不想做了？这可是叶爷爷和你当初花了不少心血的！”

叶蕴仪低垂了眼帘，笑笑：“黛儿，我撤资，并不需要银行关闭的，只需找到下家，按市值接下我手中的股份，我拿现银走人就行！若是你家愿意接下，我也是肯卖的。”

黎黛走到炉子边，提过水壶，给叶蕴仪的茶杯碗里添上水，皱眉道：“蕴仪姐，你知道，我那三成股份赚的钱，全都被投到军队里去了，潘家其他的产业，不过是些薄田和宅子，不值得什么钱，哪买得起你的股份？再说，你当初一百万两的投资，现在少说也值三百万两，在这西南之地，谁有这么财大气粗，一下子拿得出这么多钱来？”

叶蕴仪端起茶碗，眼神有点恍惚，有多久，没有喝过这盖碗茶了？她下意识地揭开碗盖，熟练地拂着水面上的茶叶沫子，耳边突然响起那个戏谑的声音：“你就是这样喝盖碗茶？”

她的手一抖，滚烫的茶水洒了出来，有两滴溅到手上，直烫到她心里，她忙将茶碗放到桌上，见黎黛已抽出帕子为她擦拭，忙笑道：“不妨事！”

她收摄住心神，胸有成竹地笑道："黛儿，实不相瞒，来之前，我已找好下家，只是，因着你是股东，有优先购买权，所以才先知会你一声，若你不要，我就可卖给他们了，另外，我已跟他们谈好，他们出资两百万两现银，买我七成股份，但其中一成的红利得让给你们，因为在这里，你们是地头蛇，很多事，要靠潘家才打得开局面。"

黎黛拿着帕子的手就那样僵在了半空，事先早已针对各种情况想好了说辞，却万万没想到，叶蕴仪竟已是找好了买家！

她压下心中的慌乱，笑道："哦？是谁家，这么财大气粗的？"

叶蕴仪忙正色道："是东北的通和钱庄老板，你知道，东三省被日本人占了以后，他这生意便没法做了，这几年分批将现银全部偷偷地运了出来，但放着也不是个事，他觉得这西南倒是个安全的地方，所以跟我算是一拍即合。"

说到这里，她又笑了笑："他之所以肯让利一成出来，就是看中你们潘家手上的枪，让他觉着安全。"

黎黛这时却脸一沉："蕴仪姐，你应该知道，潘家当初大半的财产全投在了这银行里头，你也知道，我们那些钱是用来做了什么的，不仅如此，因着这些年我们带动民间的钱投了不少实业，还有农田，远华银行可说是掌握了这西南一半的经济命脉，若是突然一个不知根知底的人来占了大股，你觉得，这合适吗？而且，商人重利，我们那些发展民生的赔钱的做法，你觉得，还继续得下去吗？"

叶蕴仪微微一怔，当初远华银行建立的初衷就是要掌控西南经济，更是发展民生，可以说，远华银行涉及整个西南经济的布局，牵一发而动全身，若是横加破坏，可真是利国利民么？

这，也是她明知远华银行可以置潘启文于死地，却迟迟没有向武辉杰提过的原因。

南京那边的一些做法，这些年，她多多少少也是了解一些的，若是潘启文的这个布局被打破，那么，整个西南的民生，南京，管得起来么？

黛儿先前所说，潘家大部分的钱都投到了军队和民生里去了，而南京那些政要们，能做得到么？南京即便管，从重新布局到实施，没个三五年，根本就看不到成效。

若她因为一己之私，而令得民不聊生，还是她叶蕴仪么？

黎黛见了叶蕴仪的神色，悄悄吐了口气，她脑袋里想起黎昕传给她的潘启文的话：“不要跟她对着干，只顺着她说，但是一定要拖住她！”

她不由缓和了语气道：“蕴仪姐，不如这样，我们先派人查下这通和钱庄老板的底细，同时，也让他来跟我们见个面，大家看看有无合作的可能，你看如何？”

这话说得入情入理，让叶蕴仪完全没有反驳的余地，她不由笑了笑：“也只好如此了！”

黎黛面上一喜，忙道：“你先看着这些个账本，我先去楼下柜台那边看一圈，回头，咱们就去吃饭！”说完，便逃也似的奔了出去。

叶蕴仪坐了一会儿，直觉得烧着炉子的房间里越来越闷，她走到窗边，刚一推开窗，窗外却猛然跃进一个人来。她下意识地往后一退，定睛一看，却不是潘启文是谁？

她不由惊道：“你、你，你怎么进来的？”

潘启文反手一关窗，拍拍手，一扬眉：“当然是从窗户进来的！”

他没话找话般地轻声解释道：“我是从隔壁米铺二楼的回廊过来的，所以避开了你楼下的护卫。”

叶蕴仪沉了脸，转身就往门外走，潘启文却一个箭步冲到门边，将门死死地拦住了，一双黑沉沉的眸子紧紧地盯着她，嘶哑着嗓子道：“蕴仪，我们单独谈谈，就一会儿，好不好？”

他眼中那几近哀求的神情，令叶蕴仪心中一紧，她别开了头，轻嗤一声：“潘天一，你觉得，我们之间，还有什么好谈的吗？”

潘启文眼中掠过一抹痛色，他点点头，沉声道：“有！当然有！比如，我们的——孩子！”

叶蕴仪不由冷笑一声：“我们的孩子？潘天一，这样的话，你怎么能说得出口？”

这句话，犹如一把尖刀，直直地插在潘启文的心头，他将背紧靠在门板上，似要依靠那个来支撑住自己，低声道：“蕴仪，不要这样，再怎么着，他们也是我的孩子，这个事实，你没法否认！”

叶蕴仪猛然挥了挥手，厉声道：“你的孩子？潘天一，当初你派文四父子给我下药时，怎么不说那是你的孩子？当你找了个好笑的不育的借口时，怎么不说那是你的孩子？当你抱着要孩子一出生便被人唾弃的心思发出那份声明时，你怎么不说，那是你的孩子？”

潘启文急急地道：“蕴仪，那都是误会！”

叶蕴仪冷笑着道：“误会？潘天一，你现在是不是要告诉我，文四和文管家都是自作主张，当初你不育的那张化验单，也是拿错了单子！而那个声明，只不过是你一时气极而发？”

潘启文怔怔地看着她，一时竟说不出话来！

来之前，他就知道，要将这几件事解释清楚，有多难，当初的的确确是他曾下过令要文四下药，虽然他后来反了悔，但若无他当初的命令，文四断不敢擅自动手！有过文四下药在前，再要她相信文管家也是自作主张，几乎便不可能！

而那份声明，几乎是他致命的伤，他知道，那样一份极具羞辱的声明，她，怎么可能原谅他！

可是，一切不是都源于那张化验单吗？若不是因为证明了他不育，后面的一切，又怎么会发生？他以为，黎黛已将化验单的事说给了她听，所以她才会知道是拿错了单子。

他现在，便只有这一个理由了，不是吗？

他终是艰难地说了出来：“蕴仪，当初，我有那样的想法，都是源于那张化验单，而那张单子上的名字实在太过相似，当初你也看过，不也没有看出来吗？”

叶蕴仪怒极反笑：“潘天一，这倒成了我的不是了？当初你明明是为了另一个女人不要我腹中孩子，才编造出这张可笑的化验单出来，你潘天一要做的事，怎么可能让我分出真假？”

那种如困兽般进退不能的感觉瞬间又遍布了潘启文全身！他满心满脑只有一句话：她不信我！她不信我！这一句话，几乎又要将他逼疯！

他紧握了双拳，不由低吼道：“没有别的女人！昨天文管家说的话，你没听到吗？都是他编造出来的！”

叶蕴仪好笑地看着他：“编造？潘天一，我亲眼所见，亲耳所闻，你还跟我说编造？那天我见到你与梅果在一起，你立刻就拿出你不育的事来搪塞我，我一心便扑在这件事上，再没有心思去想追究你与梅果的问题！而现在，你又来跟我说，你不育的事也是假的！怎么，现在梅小姐又入不了你的眼了，或是，梅小姐不能替你生孩子了，你便又将主意打到了我的孩子头上！”

话音刚落，便被潘启文一把抓起了她的手，他红着眼，叫道：“好！我们现在就去找梅果，当面问个明白！”

叶蕴仪用力挣脱了他的手，冷冷地道：“潘天一，这是你的地方，你要说白，谁敢说黑？你别忘了，当初黎黛不都被你变换了几个身份，她还不是照认不误！”

只听“砰！”的一声，却是潘启文一拳狠狠地砸在了茶几上，叶蕴仪不知道他这拳到底用了多大的力气，竟生生将那方木茶几砸塌了一个角去！而他的手上，也立时便鲜血直流！

他血红了眼，走到叶蕴面前，抓住她的肩，拼命地摇晃起来：“你到底要怎么样才能信我？啊？你说！你说啊！”

叶蕴仪闭了眼，轻声道：“潘天一，我信你又怎么样，不信你又怎么样？你觉得，经历过这么多以后，我们还可能在一起吗？我这次来，只是拿回我叶家的财产，若不是为了一双儿女，若不是美国持续的金融危机令叶家难以为继，我便连这，也可以不要！你就当这两个孩子早被你一碗药落掉了，我将银行转手走人，从此以后各不相干，你也不用担心再闹出西山这样的事来！”

“各不相干？”潘启文一把甩开了她，大口地喘着气，他恨恨地指着她道，“你休想！叶蕴仪，我告诉你，你休想！那是我潘家的儿女，怎么可能各不相干？”

他那充满恨意的神情，令叶蕴仪心头巨震，她突然发现，将两个孩子带回西南，是个天大的错误！

潘启文是潘家独苗，这几年不知为何，却一直未有所出，那么，她的这一双儿女，只怕他现在是势在必得！尤其是小宇！要不然，他便不会担着与参谋团撕破脸的风险，昨天也要派人将孩子抢到司令府！

不，这两个孩子，是她九死一生才生下来，费尽心力才养到这么大，当初是他不要他们，现在，他凭什么来要回孩子？

她背过身去，努力使自己平静下来，这才幽幽地道："潘天一，你知道生孩子时大出血，意味着什么吗？"

潘启文的心一下子抽了起来，大出血？他怎么会不知道生孩子大出血意味着什么？而她，还生的是双胞胎！那随时可能是一尸三命！

明明知道她和孩子好端端地就在眼前，潘启文却仍是生生惊出了一身冷汗！

他来不及说什么，却听叶蕴仪继续说道："你知道小风明明跟小宇一起出生，而她为什么却比小宇矮一个头吗？"

潘启文一呆，所有的注意力全被这句话转移了过来，他的心不自觉地抽得更紧了，不由问道："为什么？"

叶蕴仪轻声说道："生产时我大出血，差点没了命，而两个孩子十分不平衡，小宇如正常孩子一般，小风生下来却还不如一只小猫大，你知道我费了多少的心力，才将小风养得这样白白胖胖，可是尽管如此，明明应该比男孩子先长个头的小风，却仍是比小宇矮了一个头！所以，对于小风，我只是小心翼翼地娇惯着，不敢拿任何的事来要求她，而小宇，从小也知道，要保护好妹妹！"

潘启文的心如刀割般地疼了起来，难怪，小风那样任性调皮，而小宇，却又那样懂事得让人心疼！

他以为，那样的痛，已是难忍，然而，叶蕴仪接下来的话，却如凌迟一般，将他的心一片一片绞碎。

"潘天一，你一定以为，我叶家家大业大，我跟孩子定然过得十分安逸富足吧？可你知道吗？就在我生下两个孩子那一年，美国金融危机，众多美国人的银行一夕之间倒闭，远华银行也只是在风雨飘摇中苦苦支撑！

"因为孩子太小，没法远行，我们不能去美国，而银行没了利润，我爷爷和大伯却仍是瞒着我，将美国的多处房产卖了，来支撑我和护卫们的开支！

"直到外公和舅舅派了人送钱过来，我才知道，爷爷和大伯他们真的到了山穷水尽的地步，再无力支撑我们，只好向我外公和舅舅求助！"

说到这里，叶蕴仪已是流下泪来："爷爷一生好强，哪肯求过人？却为了我和孩子，舍下老脸，向我外公求助！而他明明知道，我母亲，不过是外公庶出的女儿！

“那个时候，我才知道，原来我叶蕴仪，和我的一双儿女，竟然成了亲人们沉重的负担！”

潘启文浑身一颤，这样一个高傲的女人，要她说出这样的话来，心里，是怎样的伤痛？

“迫不得已之下，我才命人拿了我的信和印鉴，要从这边远华银行提钱，可是，得到的答复却是，我必须亲自来！潘天一，那是你的授意吧？”

潘启文震惊得说不出话来，他重重地跌坐在沙发上，将手握成拳，塞进口中，用牙死死地咬住了，企图用手上肉体的疼痛来缓解心里那一阵强似一阵的痛楚。

只听叶蕴仪接着说道：“我知道，你曾经派人去南京和上海附近抓过我们，所以，我根本不敢解散护卫，而小风的身体却长期需要特别照护，也是很大的一笔开支，而我外公和舅舅家里，内部关系十分复杂，靠他们的资助，根本不是长久之计！

“好在我的护卫们，出来之前，都是做过些营生的，我便一边照顾两个孩子，一边将护卫们组织起来，用我外公和舅舅带来的钱打本，将他们集中起来做了些生意，因为考虑到安全，既不敢去南京、上海这样的大城市，也不敢将他们分散，只能在当地从一些不起眼的小生意做起，这才勉强维持下来。

“因为生意多而杂，我凡事都需亲力亲为，两个孩子不到半岁，便断了奶，同时，因为忙，我也忽略了小风的病，不久，小风就发了病，需要一大笔开支，我们一时拿不出那么多钱来，你知道，那笔钱是怎么来的吗？

“是陆念迅领着一百多个护卫们，排了队去卖血，才将小风救了过来！

“你知道吗，我们最难的时候，差不多有十天时间，我们的钱实在周转不过来，我跟护卫们一整天只喝一碗粥，小宇也只能吃上一碗干饭，只有小风，从来不敢饿着她！

“这种情况，一直持续了两年，我们的生意逐步稳定下来，也越做越大，我们的收入也才逐步稳定下来，但是，却也十分辛苦。后来，我命护卫们将手上的生意全部盘了出去，回来的钱，一鼓作气在上海最繁华的地段低价购置了十几间铺头和房产，到去年，以当初二十倍的高价卖出去一半，再回头到南京、杭州置办了多处铺头，靠收租过活，这样，我们的日子才算好过起来。

“直到孩子满了五岁，小风的病基本没有问题了，我才想着，要拿回西南远华银行的本钱，虽说美国那边经济已逐步好转，可一百万两，不是小数，至少，可以助叶家一臂之力！”

叶蕴仪转过身来，直直地看向沙发上抱着头的潘启文：“潘天一，你还敢说，他们是你潘家的儿女吗？”

第六十四章

无计可施

司令府，黎昕匆匆走到练功房门外，听着里面不断传来的噼里啪啦猛烈击打沙袋的声音，时不时夹杂着潘启文的低吼和粗重的喘息声，他一把揪住候在门外的文四，问道：“怎么回事？昨晚搞得人仰马翻的，还是没见到孩子？”

文四瞄了瞄门缝里那个正光着膀子，狂野地击打着沙袋的身影一眼，压低声音道：“见到了，小小姐还叫他‘爸爸’了呢！”

黎昕眼前不由自主便显现出小风那胖乎乎的小脸蛋来，他眉眼不由一弯：“哦？”

随即又皱了眉：“那他还这么一副丢了魂的模样？他这样多久了？”

文四苦着脸道：“他单独见了少奶奶后就这样了！出来时，竟然走正门就下了楼，唬得少奶奶那几个护卫忽地一下都冲上去了。”顿了顿，他又说道，“已经两个时辰了，连晌午饭都没吃！我想给他送口水，也被他吼了出来。”

黎昕咬咬牙：“我去看看！”说完，伸手推门进去。

屋内，潘启文双手上已是鲜血淋淋，却仍是不停地一拳重过一拳地向沙袋打去。

黎昕皱了皱眉，在那一阵阵毫无章法可言的拳风中，艰难地开了口：“天一，黛儿刚才找了你，是银行的事！”

潘启文猛然停了手，他紧紧地盯着黎昕问道：“黛儿可有说，蕴仪她……”说到这个名字，潘启文眼中掠过一抹痛楚，手不自觉地抚上了胸口，“她对银行是怎么打算的？”

黎昕点点头：“黛儿说，蕴仪已找好了下家，是东北的一家钱庄，准备出二百万两，买下她的股份！”

潘启文嘴角泛起一丝苦涩：“银行卖了，她便跟我再也没有瓜葛了，是么？”

黎昕心下不忍，不由安慰道：“怎么会？毕竟你们还有两个孩子不是？”

“孩子？”潘启文蓦然脸色一变，耳边赫然是那凄厉的声音：“潘天一，你现在还敢说，他们是你潘家的儿女么？”

他猛然喉头一甜，脖子一梗，嘴角已是咯出一片鲜红来！

黎昕不由大惊，忙伸手去扶他，急叱道：“冰冻三尺非一日之寒，你现在急有什么用？你总要给她一点时间！机会总是有的！”

潘启文苦笑不已：“黎昕，你知道吗，她那么骄傲的人，怎么肯将自己的曾经的狼狈不堪讲给别人听？何况那还是她恨之入骨的人！”

黎昕心里一沉，却见潘启文闭了闭眼，说道：“可她今天却详详细细地跟我说这几年，她带着一双儿女，是怎生地艰难！

“她说，生产时她大出血，差点没了命！

“她说，小风看着白白胖胖，以为是健康吧，其实是长期吃药导致发胖的！

“她说，她爷爷一生好强，哪肯求过人？却为了她和孩子，舍下老脸，向她外公求助！

“她说，‘那个时候，我才知道，原来我叶蕴仪，和我的一双儿女，竟然成了亲人们沉重的负担！’

“她说，小风病了，是陆念迅领着一百多个护卫们，排了队去卖血，才将小风救了过来！

“她说，她曾经跟护卫们一整天只喝一碗粥，小宇也只能吃上一碗干饭，只有小风，从来不敢饿着她！

“你知道吗，她实在没钱了，派人来西南提钱，是我，是我他妈的不给！”

黎昕只觉心里堵得慌，他一把甩开潘启文，死命捏了捏拳头，冷冷地看着他在那里梦呓般地呢语。

潘启文重重地摇头：“她那样宁为玉碎不为瓦全的性子，却这样在向我示弱！她这是，在赌我心软！她怕我，用强抢走孩子！她这是，怕到极点了，所以，才用这样的方式算计我！”

他死命揪紧了胸口的衣服，突然佝偻了背脊，眼睛却向上斜瞄着黎昕，嘴角是冷寒到极致，也凄楚到极致的笑：“黎昕，你知道吗？这世上，居然也有她叶蕴仪怕到极点的事！呵呵，她怕了，她居然怕了！而那个让她怕的人，他妈的居然是——我！是那个自以为爱极了她的潘天一！”

黎昕鼻子一酸，只觉眼前这人可恨又可怜，他终是忍不住出声安慰道：“这也不能全怪你，中间的误会太大了！那张化验单……唉，这种事，是个男人都会想歪了！”

潘启文直起腰，连连摇头：“这几年，我一闭上眼，就能看到她那张脸，她那样楚楚可怜地对我说‘你为什么不信我’。”

他突然转了身，飞起一脚踢上了沙袋，大吼了一声：“你为什么不信她！”

脚刚一落地，他血渍未干的双拳已是狠命地击了上去，一拳一句低吼：

“为什么不信她！”

“你为什么不信她！”

“潘天一，你凭什么不信她！”

黎昕见与他再没法说下去，只得叹口气，走到屋外，关了门，半晌没有吭声，只背了手，看了看艳阳高照的天空，喃喃地道：“明明出太阳了啊！”

门外的文四也重重地叹了口气，眼中是浓浓的愧色。

秘书室内，梅果有些心神不宁地端起桌上的茶杯，揭开盖子，将杯子往唇边凑去，半晌，才发现没有喝到水，一看，杯内竟然是空的！

她不由苦笑一下。这两天，她一直是这样神不守舍，耳边老是响起院里这两天都在议论着的一个话题：“听说，司令原来的夫人也跟着参谋团一起来了，还带着个跟司令长得一模一样的儿子！”

一模一样？儿子？她的心里，是止不住的慌。眼前，那张化验单上那几个英文字母，不停地晃。

她站起身来，端着杯子，走到侧面的茶水桌边，拎起上面的开水瓶，往杯里加水。

“梅主任！”门外传来林泰熟悉的声音，梅果手一颤，一失手，竟将暖水瓶掉到了地上，她下意识地一跳，有些怔怔地看着地上横流的热水，一时竟有些不知所措起来。

“梅主任！”林泰再一声轻唤，梅果终是回过神来，赶紧回头，微笑，应了一声：“哎，林副官，有事吗？”

林泰眼神微微一闪，笑道：“到司令办公间去一趟！”

梅果一凛，微微绷紧了背脊，面上轻笑着走进潘启文办公间，一眼便见到潘启文桌面上那张摊开来的化验单，她心头一跳，面上却纹丝不动，眼光淡淡扫过那张纸，只如平常一般，低了头，恭敬地道：“司令，您找我？”

自她进门起，便一直紧盯着她的潘启文，眼中闪过一丝迷惑，他点点头，指了指桌上的化验单，淡淡地道：“梅小姐，这张单子，相信你还记得吧？”

梅果故作不解地走上前去，拿起单子，仔细看了看，笑道：“记得，当时您让我给爱德华先生寄过去，后来爱德华先生还回了信。因为这个化验单上的人的名字跟您很像，却又是个女的，所以我印象很深！”

潘启文瞪大了眼，用手指着她：“你、你知道是个女的？”

梅果无辜地点点头：“上面写着啊！”

潘启文一拍桌子，怒吼道：“你知道是个女的，你怎么不说？”

梅果吓了一跳，诧异地看向他：“单子是您给我的，您不知道单子上的人是谁？”

潘启文一时铁青了脸，梅果瑟缩着低了头，怯怯地说道：“您只是让我把单子寄出去，后来爱德华先生还回了信，说可能会导致不能生育，这么隐私的问题，那时，文管家一再跟我说，不许多说不许多问，所以我尽管对那名字与您相似好奇，也没敢多问。”

潘启文审视地看了她半晌，眼中是半信半疑的神情，他沉声道：“梅果，五年前那一次在西南饭店，少夫人看到你跟我在一起，你跟她说什么了？为什么她会那么生气？”

梅果轻轻吁出口气，抬起头来，毫不心虚地迎上他的视线：“我一个字都没说！不信，您可以去问少夫人！”

潘启文疲惫地向后一靠，挥挥手：“你先出去吧！”

梅果点点头，努力挺直了背，转身向外走去。

身后，潘启文犹豫不定的脸上，突然闪过一丝狠戾，他淡淡地叫住她：“梅果，这次西山之行，你跟我一起去吧！”

梅果走后，林泰敲门进来，紧接着黎昕也进了来。

潘启文对林泰吩咐道：“林泰，有几件事，你去准备一下……”

听完潘启文的话，林泰脸上露出一丝不忍，他咬咬牙，终是说道：“司令，要对付云义成并不是没有办法，可这梅果并无大错，她一个姑娘家，这样做，会不会太残忍了些？”

潘启文脸一沉：“只是借她走一趟，她又不会有什么损失，让你准备你就去准备，哪那么多废话！”

林泰不敢再说，转身出去了，黎昕若有所思地看向潘启文，皱眉道：“你这样做，到底是为了将云义成赶出西南，还是为了让蕴仪相信你当初不是为了梅果而不要她的孩子？”

潘启文略微有些恼怒地看向他道：“你也觉得我过分？我一箭双雕，不行吗？”

黎昕轻笑一声：“你现在说什么蕴仪都不肯信，你只有这个办法来证明你对梅果无情，可是，梅果却并无大错，你心里，也是有些犹豫和不忍的，是不是？”

潘启文眼中闪过一阵冷戾，他森森然地笑一声：“难道你还有别的办法？”

第六十五章

道是无情

一大早，路上，马上的武辉杰回头看看这去西山的队伍，怎么看怎么觉着有些不伦不类。

参谋团的人和潘启文手下军官，清一色地骑马，便连叶蕴仪也是一身军装，骑在马上。

他们这马队后，是三辆马车。

第一辆，是省主席云义成的马车，车上有云义成与他的一男一女两个秘书，而令武辉杰摸不着头脑的是，潘启文将他那年轻美貌的秘书梅小姐也带上了，却又让她坐在了云义成的车里。

第二辆车，是叶蕴仪的两个妈子带着两个孩子坐在马车内，还有黎昕的妹妹黎黛，车头赶车的是陆念迅，而那马车两边，一边是身着黑衣的黑衣护卫，一边是身着蓝衫的她叶家护卫。

而第三辆车上，便让武辉杰有些哭笑不得了。

这是一辆四匹马拉着的大板车，板车四周边上，插满了五颜六色的风车，一路走，风车就一路转着。

而这车上，最引人注目的却是上面拴着的两匹通体雪白的蒙古小马，不时目空一切地抬头呼着白气。小马的四周，则堆满了几个大木箱，不知道是什么东西。那些袋子上面，则堆了三四个款式不同的小滑板车。

武辉杰打马上前，与潘启文并行，皱眉道：“你不是跟云义成向来不对盘的吗？怎么又叫上他？”

潘启文目不斜视地看着前方，淡淡地道：“蕴仪不好意思拖你们后腿，可这云义成人家是文官，不会骑马，他堂堂一省主席，总不能扔下他的马车落在后面吧？”

武辉杰这才恍然大悟，叶蕴仪不好意思拖参谋团的后腿，也跟着骑马，单独扔下孩子一辆车由妈子护卫带着走，而队伍带上云义成，这进度自然就缓了下来，叶蕴仪就可以跟孩子一起走了。

却见潘启文瞥他一眼，恨恨地道：“你好歹也体恤着点下属，这太阳还没出来，这风可刺骨着！”

武辉杰紧了紧胸前的扣子，不怀好意地笑：“有本事自己说去！”

潘启文轻哼一声道：“看到最后那辆车没？那里可有一整箱好酒！”

武辉杰眼睛一亮，他摸摸鼻子，笑了笑：“成，这事儿我帮你办了，不过，老子来这一趟不容易，你总不能让我空手而回吧？”

潘启文鼻子里一哼道：“你不是有蕴仪帮着你吗？”

武辉杰眼中闪着精光：“这带兵的事儿，我怕蕴仪可不是你的对手！”

潘启文突然一挑眉，转头看向他，痞痞地一笑：“要不，大家互相行个方便？”

武辉杰皱了皱眉，以审视而怀疑的目光看着他，半晌，他咧嘴一笑，拨转马头，向后奔去。

他来到叶蕴仪跟前，与她并行，故意大声道：“Lisa，我们要等云主席，这进度也快不了，大冷的天儿，你一个女人，到马车上呆着去！这是命令！”

叶蕴仪也不推辞，感激地向武辉杰笑笑，调转马头，向后面的马车奔去，早有护卫过来牵了她的马，扶她上了车。

她脱下身上的军呢大衣，接过妈子递过来的暖炉，悄声问道：“没醒过？”

叶蕴仪是一大早去参谋团驻地报了到，跟参谋团一起走的，而孩子的车却是由陆念迅领着上了路，一个妈子摇摇头，轻声笑道：“昨儿晚上太兴奋了，没睡好，今天都是抱上车的！”

叶蕴仪指了指外面的黑衣护卫，对黎黛笑道："这是，黎昕派来保护你的？"

黎黛瞥她一眼，眼神晶亮，反问道："你说呢？"

叶蕴仪眼中一黯，却听黎黛轻声道："他要我转告你一句话，你要做什么尽管做，他绝不会与你抢孩子，要你安心就是！"

叶蕴仪一怔，她一把抓住黎黛的手，急急地道："他真这么说？"

黎黛点点头："不过，他却说，他有一个条件！"

叶蕴仪眼神骤紧："什么条件？"

黎黛摇摇头道："这个条件，他让你自己去问他！"

叶蕴仪不由蹙紧了眉头。

昨天她看到潘启文对孩子那势在必得的架势，立时便怕了，她知道潘启文那性子，真要耍起浑来，谁也制他不住，而他现在并无子息，若真要将他逼急了，他来硬的，她原先所有的对策便全没有用！

为这事，她昨晚几乎一夜没睡，一直担着心，现在听黎黛如此说，心里更是火烧火燎的，哪还忍得住？她咬咬牙，让陆念迅停下车，她转身下了车，骑上马就要去找潘启文。

一阵冷风吹来，叶蕴仪抬头看了看前方马队众多的人，胸中那一股热气顿时冷了下来，她侧头对跟在马车旁并行的文四轻声说道："文四，请你家司令过来，我有话问他！"

文四的脸上立时绽放出惊喜的神情来，忙不迭地点头："好！我这就去！"说完，立刻打马上前而去。

很快，潘启文便骑着马来到叶蕴仪面前，拉着缰绳的手微微有些轻颤。

这是几天以来，她主动找他！他心中苦笑，若非为了孩子，她怎会找他？

叶蕴仪见他过来，有意地放慢了速度，落在了马车后面，潘启文默默地与她缓缓并辔而行，眼睛直视着前方。

叶蕴仪目光过处，见他握缰绳的手上缠满了纱布，心里猛然一抽，昨天他的手还好好的！她咬紧了唇，将那句不由自主就到嘴边的"你的手怎么了"的问句生生地咽了回去。

潘启文的手被缰绳勒得生疼，他微微皱了眉，只怕昨天的伤口又裂了开来，他偷偷地瞟了一眼叶蕴仪，见她那眼光正淡漠地从他手上移开，心中不由一痛，眼前便浮现出那一年，他父母去世，他们赶去寺院，他们两人的手都受了很重的伤，她心疼他，硬将自己的手隔在他的手与缰绳之间，而现在？

他嘴角浮起一丝冷笑，现在，你还指望她的心还会为你而痛么？

半晌，两人已落下最后一辆马车一大截，潘启文终是目不斜视地淡淡开了口：“你找我有事？”

叶蕴仪皱了眉，直截了当地问：“你不跟我争孩子的条件是什么？”

潘启文强抑下胸中翻滚的情绪，面无表情地答道：“条件就是，你得告诉孩子我的身份，还有，你们离开这里之前，不要阻止我与孩子接近！”

叶蕴仪微微一怔，脑中急速思考他为什么要这样做？

却又听潘启文接着说道：“至于我是个什么样的人，我们分开的原因，你想怎么说都行，哪怕你把我说成一个十恶不赦之人，也要让孩子知道，他们的父亲是谁。”

叶蕴仪心中所想，不由冷冷地问出了口：“潘天一，你这样做的目的是什么？”

潘启文如何听不出她语气中的怀疑？一种进退不能的无力之感，瞬间涌上心头，他却仍是冷静地道：“叶蕴仪，即便以后你嫁给了别人，孩子也有权利知道这个。以后，即便我们两个老死不相往来，若有机会，也不能阻止我与孩子相认。”

叶蕴仪稍作沉吟，点点头道：“好，我答应！”

潘启文再抑不住脸上的惊喜神色：“你答应了？”

他知道，她现在是对他毫无信任可言，唯一余下的，恐怕便只有恨了！

要想重新挽回她，他知道多难，他知道，他曾做了那么混账的事，要求得她的原谅，几乎不可能！

可是，他也经历了五年的痛苦相思无尽黑暗的日子，在得知文管家逼走她的真相和她五年来的艰辛时，心中的懊悔、心疼和自责令他恨不得杀了自己，他只想要补偿她和孩子，他要用他这一生的时光来好好爱他们。

因此，再难，他也必须要去做！他知道，参谋团离开前，是他唯一的机会了，这一回，他必须得步步为营，小心算计。只要她允许他接近孩子，他便有了接近她的机会！

却听叶蕴仪轻哼一声："我不答应行吗？那天文管家来那么一出，昨天早上你跟文四又在我家门前卖起了娃娃，这事，是我想瞒就瞒得住的吗？"她心中苦笑，昨天她一回到家，小风叽叽喳喳，嘴里全是他！

潘启文脑中立刻又响起小风那软软糯糯的一声"爸爸"来，他唇角不由一勾，恍眼见叶蕴仪的视线扫过来，又赶紧抑下。

却听叶蕴仪声色俱厉地道："潘天一，你若打的是借着我，让小风和小宇认了你，最后却不放我们走的算盘，我劝你趁早打消这个念头！我既敢将他们带来，便自有将他们安全带回去的本事！"

潘启文只觉胸口又是气血翻腾，他深吸了口气，冷哼道："本事？"他手上马鞭向前一指，"是靠你那些个护卫，还是武辉杰这个参谋团？"

他嘴角挂起一个邪笑来："或者是你心中那些个治我的筹码？叶蕴仪，你手上有哪些筹码我不清楚？便说这次西山之行，你且看你能不能帮到武辉杰！"

叶蕴仪惊疑不定地看向他，却见潘启文唇边挂起一个瘆人的笑："不如，我将那个最大的、随时能置我于死地的筹码送到你手上？"

叶蕴仪一愣，却听潘启文咬牙切齿地说了句："叶蕴仪，从西山回去，我就让文四将银行里另一套账交到你手上，这下，你可安心了？"说完，他双腿一夹，头也不回地打马向前奔去。

叶蕴仪怔怔地看着绝尘而去的潘启文，心中混乱不已。

她昨天在银行，已大概看过账本，心里清楚，军队的账根本就没在这里头，当时她心中就明了，这是在防她！

她原本心中就打定主意，银行的账，她是一定要查的，若是他一定要跟她抢一双儿女，这便是她能制约他的筹码！但没想到，一转眼，他却又要将那账本交到她手上，这无疑于将他，甚至是整个潘家的生死，都交到了她的手上！

难道，真的是昨天她的话，让他良心发现，他这样做，真的仅仅是为了在孩子面前得到一个父亲的身份？

叶蕴仪心中冷笑，他总不至于以为这样，便能挽回她跟孩子吧？早在五年前，那一份声明，击碎了她心中对他最后一丝幻想，她便对他彻底死了心。

潘启文打马来到马车前，撩开窗帘往里看去，眼神蓦然变得柔软起来。

平铺的羊毛毡垫上，并排躺着他的一双儿女，各自用被子裹得紧紧的，只露出一个小脑袋。潘启文眼神痴迷地望着两个小人儿，根本挪不开眼，直到车内妈子的轻叱传来："把帘子放下！小风睡觉经不得风！"

潘启文慌不迭地放下帘子，又不放心地紧了紧帘子的下摆，也不离开，就与马车并行着，听着车内传来黎黛的轻笑声："李妈，你可知道他是谁？就这样听你吆喝？"

李妈带着软软的吴侬口音，不屑地道："不就是俩孩儿他爹吗？那天在火车站我就看出来了！跟小宇一个模子里出来的！"

听着那句"俩孩儿他爹"，潘启文嘴角一咧,不由自主地吹了一声口哨，刚一出口便又噤了声，小心地侧头听了听车内，没听到什么动静，这才坐正了身子，眉眼弯弯地看了看天空，喃喃地道："太阳怎么还不出来呐！"

不一会儿，听到车内那清脆的咯咯咯的笑声和妈子急切而又无奈的声音传来："小祖宗，先穿上衣服！"

一转头，便见到窗口的帘子已被捞起，小风圆圆的脑袋伸了出来，两只肉肉的小手扒在窗口，一双眼滴溜溜地直转，看到潘启文，她的眼中迅速流露出惊喜的神情来，她转头小心地看了眼车内，再回过头，对着潘启文展开一个大大的笑脸，小嘴夸张地一张一合，无声地做了一个"爸爸"的口型。

潘启文一乐，想要掀开窗帘去看，又怕小风没穿衣服着了凉，想要跳上车，又觉得这一车的女眷，似有不便，一时间，心里如猫抓似的，心痒难忍。

潘启文的耳朵几乎要贴到车窗上，听到里面传来小宇有些恼怒而不耐烦地一声："我自己会穿！"知道小宇也起了身，他再忍不住朝着车内吼了一嗓子：“孩儿们，想不想骑马玩儿？”

话音刚落，窗帘便被掀开，小风的圆脑袋并着半截花袄子露了出来，欢快地叫：“我要骑马！”车内同时传来小宇略微兴奋的声音：“妈妈，可以骑马吗？”

却听叶蕴仪清冷的斥责声传来：“潘天一，你带着胡闹什么？这太阳都没出来，你想让孩子生病吗？”

潘启文兴奋的表情顿时一僵，有些懊恼地摸了摸脑袋，没好气地瞪了一旁看得津津有味的文四一眼：“笑什么笑？有什么好笑的？”

又听车内传来叶蕴仪温柔的声音：“咱们先吃早餐，吃完了，太阳出来了，就让你们骑马！”

小风大声叫道：“我要跟爸爸骑，小宇跟老陆叔骑！”末了，又低了声，怯怯地问了一句，“妈妈，他是我和小宇的爸爸吗？”

车内一片沉寂，潘启文抓着缰绳的手不由一紧，明知道叶蕴仪已答应过自己的话，可他竟还是止不住有一丝紧张。

车内，叶蕴仪将小风和小宇一边一个搂进怀中，轻声而郑重地道：“小宇、小风，妈妈现在告诉你们，外面那个人，是你们的亲生父亲，你们可以叫他——爸爸！”

终于听到叶蕴仪亲口说出这样的话来，潘启文的眼眶不由一热。

车内，小风得意地晃着脑袋：“我就知道，他是爸爸！”这是潘启文第二次听到小风叫“爸爸”，心底里已是暖暖软软的，柔成了一片。

小宇轻声问道：“那，我们可以跟他玩吗？”

叶蕴仪点点头：“可以！”

小宇咬了咬唇，再问道：“那，他，以后会跟我们在一起吗？”

叶蕴仪毫不犹豫地答道：“不会！”潘启文心里一沉，虽然明知道她的答案是什么，可是，她答得如此斩钉截铁、毫不迟疑，令他心里堵得慌。

叶蕴仪看了看垂眸沉默的小宇一眼，又瞄了瞄瞪着不解的大眼看着她的小风，咬咬牙，叹口气：“小宇、小风，你们已经是大孩子了，妈妈今天告诉你们，是要你们知道，你们也是有爸爸的孩子！”

她迟疑片刻，终是残忍地说道：“可同时，你们要知道，不是所有的爸爸妈妈，还有孩子都会生活在一起的。但是，这改变不了他是你们爸爸的事实。咱们在这里的时候，你们如果愿意，可以选择跟他一起玩，我们回去以后，有机会，或许他也会来看你们，等到你们长大了，他老了，你们或许可以来看他。”

车外的潘启文听得咬牙切齿，车内的小凤有些闷闷不乐地道：“就像舅舅一样，陪我玩儿两天就又走了！”她抬起头来，叫道，“我要吃早饭！我要趁有爸爸的时候，多玩！小宇，待会儿你不许跟我抢爸爸！你跟老陆叔骑马！”

小宇却轻哼一声，老气横秋地道：“既然反正要失去，还不如从没得到过，你去吧，我不跟你抢！”

小凤的话让潘启文鼻子一酸，而小宇的话，却让潘启文只觉心痛难当！小宇，这是，不打算认他了？

黎黛目瞪口呆地看着小宇：“这孩子……？”

叶蕴仪苦笑着道：“他就这样，你习惯了就好！”

她想了想，仍是转头对小宇柔声道：“小宇，妈妈不会勉强你，但人生中，曾经拥有过，也是一种经历，也是一种美丽，你的人生才不会有遗憾，虽然妈妈并不想你认他，可是，妈妈更不想，你以后连对父亲的回忆都没有！这一次，我倒是觉得小凤的想法对，当你能拥有时，就抓紧它！”

听了叶蕴仪这番话，一股森森的寒意从脚底直爬进潘启文心里，令他瞬间浑身冰凉！

这一刻，他才真正意识到，叶蕴仪，是真真正正地，从未想过要回头！她甚至在利用这件反正要到来的事，来认认真真地教育小宇，不要有回忆的缺憾！

那么，他这两天精心布置、步步为营的算计，又有什么用？她根本就连一丝一毫的机会，也没打算过给他！

潘启文的心，由充满希冀的山顶，陡然跌落到黑暗阴冷的低谷，整个人一下子便失去了神采，耷拉了头，没精打采地任由胯下的马驮着他，缓缓地前进着。

天越来越开了，冬日的暖阳终于懒懒地透过路旁光秃秃的树木，斜斜地照在这一行的人和车上。

小风探出头来，看了看天，大吼一声："出太阳了！爸爸，骑马！"

那清脆的童音，令潘启文精神一振，原本垂下的头立刻如打了鸡血般昂了起来，他乐颠颠地叫了声："来——嘞！"

第六十六章

百计避敌

西山军营作战室，一堆人围在沙盘前推演着明天的行动，只听刘师长笑道："各位参谋真是高见，好，我等下就按刚才参谋团拟定的方略去部署兵力去！这一次，咱们'剿匪'可是要立大功了！"

见西南军如此推崇自己的作战计划，参谋团的军官们个个都脸有得瑟，却见武辉杰从沙盘前直起腰来，铁青着脸往外就走，走到门口，他顿下脚步，叫了声："Lisa，你跟我出去走走！"

叶蕴仪跟着武辉杰一路来到马场上方的小山坡上，远远地便看到潘启文带着小宇和小风，坐在滑板车上，从对面山坡往下冲，潘启文夸张的喊叫声，夹杂着小风小宇清脆悦耳的笑声，竟令叶蕴仪先前心中的憋闷一下子消散了不少。

武辉杰指指山下，笑了笑："真没想到，他潘启文也有这样的一面！"

他侧头看向叶蕴仪，正色道："蕴仪，若他真心改过，你可有想过要回头？"

叶蕴仪皱了眉，冷笑一声道："真心改过？辉杰，当初他那份声明，可有给我和他留下回头的余地？"

武辉杰微微一怔，不由摇摇头，面向山下，席地而坐。

叶蕴仪也跟着坐下来，轻声道："我也没想到这么短时间，他竟能将这西山军营掩盖得滴水不漏。”

武辉杰点点头，叹口气：“是啊，刚才在沙盘推演时，我几次有意无意地试探，那刘师长应对得毫无破绽，这潘启文，不能不说是个天才啊！”

叶蕴仪侧头看了看他，笑道：“辉杰，有什么话，你就直说吧！”

武辉杰从口袋里掏出一支烟，点着了，吸了一口，吐出一个烟圈，这才缓缓说道：“蕴仪，你可知道，方伯父，这几年，很难？可以说是到了举步维艰的地步！”

叶蕴仪一惊：“怎么会？”

武辉杰苦笑一声：“自从日本人占了东三省，方伯父作为总参谋长，要背负来自全国的一片骂声，同时，他一方面要积聚力量，努力将各地如盘散沙的军势力量尽力拢在一起，以备与日本人一战；另一方面，又要面临上头剿匪的压力，他这总参谋长，不好当啊！”

叶蕴仪心里只觉得沉甸甸的，她不由想起以前潘启文所说的与日本一战的理论来，她接过武辉杰的话头道：“若是真要备战，这西南大后方，便是重中之重！”

叶蕴仪只觉胸口一热，她赫然站起身来，看向武辉杰：“辉杰，我有办法拿到潘天一实际军队情况的证据！定可以迫使他归向中央。”

武辉杰站起来，将手上的烟头往地上一扔，踩灭了，却摇摇头道：“不！蕴仪，我走之前，方伯父跟我说过，当此国难之际，绝不可再内耗，已有军队绝不能裁撤，他说，我们既不要潘天一的命，也不要他的军队，而是要他领着军队的归心！”

叶蕴仪不由皱了皱眉：“辉杰，潘天一与日本人有血海深仇，若是为备战，只要你跟他好好谈，定是谈得拢的！”

武辉杰目光望向远处，叹口气道：“蕴仪，这不仅仅是领兵打仗这么简单，而是，中央要牢牢掌控西南，需要西南军出西南，与中央军换防！至少，也是要混编！”

叶蕴仪背上一凛，西南军与中央之间互不信任，要让西南军出西南，与中央军换防，何其之难！

这时，武辉杰苦笑一声：“我这次来，还有一件更急迫、更难办的事！”

叶蕴仪不解地看向武辉杰，只见他默默地从口袋里掏出一封信来，递给叶蕴仪，叶蕴仪接过一看，不由惊道：“方伯伯给我的信？他知道我跟你来了西南？”

武辉杰轻笑一声道：“他是我的顶头上司，这次参谋团名单里有你的名字，他怎么会不知？不过，你放心，宗尧并不知道你的行踪！”

叶蕴仪一边抽出信，一边迷惑地道：“这信是出发前方伯伯就交给你的吧？为何到现在才给我？”

武辉杰笑了笑：“方伯伯曾说，若非不得已，这信，不能到你手上！”

一丝不安在叶蕴仪心中掠过，她急急地展开信看了起来，刚看了几行，不由倒吸了一口凉气，惊呼道：“这个时候，日本人要来重建领事馆？”

武辉杰咬牙道：“我们知道这西南的重要，日本人何尝不知？当初，日本驻西南领事馆的事不了了之，但并未正式撤销。实际上，我们知道那个叫岩井英一的日本人，已经准备带人前往西南，说是重返领事馆，据说，他们行前，家中已为他们举行过葬礼，可以说，他们就是挑着潘天一来找死的！可是，我们现在还没有做好全面开战的准备，若是他们在西南出了事，无疑于便给了日本开战的借口！”

叶蕴仪眉头紧蹙，连连摇头：“如果说西南军换防之事，我先前还在想，若是想方设法断了潘天一的粮路和武器，迫他不得不服从中央统一调度，这，不是没有可能！

“可是，若说这日本人重建西南领事馆之事，连我都无法接受，更何况潘天一？即便不说他父母大仇，作为一个军人，在这样的时候，如何吞得下这样的奇耻大辱？单只来自全国的唾沫星子，也能将他淹死！”

武辉杰阴沉着脸，说道：“我们原先想的是，能先抓住潘天一几个小把柄，然后再将其中利害关系与他晓之以理，或许他能接受也未可知。可是，从这次西山之行来看，只怕我们很难再揪住他的小辫子，关键是，岩井英一已在路上，我们已经没有时间了！”

叶蕴仪脸色微微发白：“方伯伯信上只晓以了利害，却并未说要怎么做！实际上，你们是想让我，去跟潘天一谈？”

未待武辉杰回答，她突然脸色一变，尖锐地道："不对！你们知我与他早已反目，怎能预料他会听我的？辉杰，你之所以让我带小宇来，就是想让我以孩子为要挟，迫使他答应，对不对？你也是看到他对孩子如此看重，才拿出这封信来，是不是？"

被叶蕴仪当面揭穿，武辉杰脸上一阵红一阵白，满脸愧疚地垂下眼帘："蕴仪，我也是没有办法了！"

一想到要让潘启文去做这样的事，叶蕴仪脑海中立即浮现出当初潘启文父母双亡，他那疯狂的神情和举动来，她心中莫名一痛！那一切过程是她亲见，即便她与潘启文反目成仇，这样的事，她也做不出来！

她不由眼眶一红："不，辉杰，你怎么能要求一个母亲，用她的孩子去要挟他的父亲？还是做下这等遭人唾骂之事！"

武辉杰突然厉声道："蕴仪，你父亲也是军人，你当知道，国难当头，当以大义为先！若是你父亲在世，若是你父亲现在方伯父的位置，他会怎么做？你，又会怎么做？"

叶蕴仪一凛，却听武辉杰沉声说道："你可知道，九一八之后，方伯伯忍受了多少骂名，挨了多少鸡蛋吗？有一段时间，他的车天天被围堵，学生天天在国防部门口示威游行，还有人往方家投手雷，可即便这样，方伯伯仍是忍辱负重，他毫不争辩，只是极力斡旋备战。他只对我们说了一句话：'他日，必以倭寇之鲜血，洗刷今日之耻辱！'"

过了一会儿，他缓和了语气："蕴仪，依我看，潘启文对你余情未了，或许，你不必以孩子……"

话未说完，已被叶蕴仪打断，定定地看向武辉杰："让我再试一次，除了西山，还有就是铁矿和军械厂，若是这次，再拿不到他的把柄……"她顿了顿，咬紧了下唇，突然想起潘启文所说的账本来，下意识里，她却不愿意将账本的事说出来，只说道："若再拿不到他的把柄，我去跟他谈！"

武辉杰点点头："蕴仪，你记住，我们没有多少时间了，日本人已经在路上！"

傍晚时分，潘启文右手抱着小凤，左手牵着小宇，敲开了叶蕴仪的房门。

叶蕴仪看了看他，伸手要接过小凤，小凤却搂紧了潘启文的脖子，对叶蕴仪笑嘻嘻地道：“妈妈，爸爸说请我们吃火锅，我们是来接你一起过去的哦！”

叶蕴仪皱了皱眉道：“你们去吧，妈妈不去了！”

潘启文竖起食指，轻轻按上小风撅起的小嘴，淡淡地道：“叶蕴仪，这大冷的天，有小灶不吃，你还真准备去吃这军营里的大锅饭？就你那挑食的性子，要是饿出毛病来了，谁来照顾孩子？”

叶蕴仪抿了抿唇，还要推辞，却听小宇大声说道：“妈妈，你不在，张妈可管不了小风这个小魔王吃饭！”

就在这时，黎黛走了过来，挽上了叶蕴仪的手，笑道：“走吧走吧，二哥还请了武辉杰呢，你要不去，我可不好意思去蹭！”

潘启文抱着小风，拉着小宇，转身就走，听到身后跟上来的脚步声，嘴角不由自主地向上一扬，却听背后传来轻轻的一句：“挨过饿的人，是不会再挑食的！”

这样轻轻的一句话，却如一记重锤直直地砸在潘启文心上，他脚下一个趔趄，手上下意识地一紧，箍住了小风，低头一看，却是一块不大不小的石头，不由恨恨地飞起一脚，将那石头踢了个老远。

这时，潘启文感觉到小宇牵着他的手一紧，他听到小宇的声音从下方幽幽地飘上来：“小宇从来就不挑食！”

那明明稚嫩的童声，却是这样老成的语气，潘启文的手止不住一颤，推算起来，他们最困难的时候，小宇不过才两三岁，他却有挨饿的记忆！

潘启文的心里犹如被一把尖锥狠狠地扎了下去，扎得他一哆嗦。

他停下脚步，蹲下身来，直视着小宇那清澈的双眼，郑重其事地道：“小宇，爸爸发誓，只要爸爸在一天，就绝不会让你们再饿肚子！”他的语气中带上了一丝的焦灼，“你，相信爸爸吗？”

小宇没有说话，却重重地点了点头。潘启文也没有再说话，伸手抱了抱小宇，小宇也伸出手来，拍了拍他的肩膀，这样轻轻的一个肯定的动作，竟令潘启文眼中一热。

潘启文站起身来，下意识地看了叶蕴仪一眼，却见叶蕴仪红了眼，一脸震惊而心痛地看向小宇，那眼中翻滚着的痛楚、愧疚，直灼到潘启文心里去。

她走过来，一把扯开潘启文的手，将小宇搂进了怀中，抱了起来，她的脸急切地贴上了小宇的脸庞，小宇却一脸淡然地笑了笑：“妈妈，你是最好的妈妈！”

叶蕴仪却再忍不住哭道：“小宇，你还只是个孩子！妈妈不要你这么懂事！”

小宇云淡风轻地回了一句：“我也是哥哥，妈妈，这也是你要我记住的！”

叶蕴仪顿时搂紧了小宇，泣不成声。

潘启文的左手轻颤着，只想将那母子俩箍进怀中，然而，他手伸到中途，却攥成了拳头，青筋暴绽地垂了下去。

餐桌上，安顿好两个孩子，潘启文心中烦乱，从进门后，他就根本不敢看叶蕴仪，只是拉着武辉杰喝酒。武辉杰两杯之后，伸手一把盖住了杯口，止住了正要再倒酒的潘启文，笑道：“我明天可是还要跟着去前线‘剿匪’，不能跟你再喝了！”

潘启文借着一点酒意，笑了笑：“辉杰，这里没有外人，这‘剿匪’怎么回事，你会不清楚？”

武辉杰将酒杯往桌上一顿，恨恨地道：“你还敢说！你这套子做得漂漂亮亮的，老子恨得牙痒痒的，还不得不跟着你做做样子！你说说，那一点‘赤匪’，你用得着等上这么长时间还没‘剿清’吗？还有，省城里，听说也到处在闹，你怎么不动作？”

潘启文嗤笑一声：“你听说？是听云义成说的吧？”

他将杯中酒一饮而尽，哼道：“动作？怎么动作？省城里闹的都是学生和工人，他们打着的旗号都是抗日救亡！你让我怎么动作？”

武辉杰瞄了一眼叶蕴仪，夹了一筷羊肉放进锅内涮着，迟疑着道：“启文，说真的，若是让你带兵去打日本人，你怎么说？”

潘启文“啪”地一声放下手中筷子，直直地看向武辉杰，沉声道：“若是打鬼子，我潘启文二话不说，保证中央指哪儿打哪儿，拉起队伍就走！”

武辉杰也放下筷子，伸手拎过酒瓶子，分别往潘启文和自己杯中斟上了酒，他举起酒杯，大声道：“好！启文，凭你这句话，当值得浮一大白，来，我先干为敬！”说完，一仰头，干了酒，他将空杯往潘启文方向一倾。

待潘启文也干了酒，放下酒杯，武辉杰夹了一筷子菜放进潘启文碗中，试探地道：“若是中央有意调你西南军镇守长江一线，你可愿意听从调配？”

潘启文双眼微微一眯，轻笑一声：“辉杰，真人面前不说假话！我就那句话，只要南京向全国宣布全面抗日，或对日宣战，或是挥师收复东北，我西南大军，任南京国防部调遣！”

武辉杰不由一时语塞，叹口气道：“目前时机还不成熟，可我们也要备战呐！”

潘启文冷哼一声：“我潘启文绝不做第二个张汉卿！”

武辉杰面色一沉：“什么意思？你这西南跟他东北，没有可比性！”

潘启文站起身来，他居高临下地看着武辉杰，双目炯炯：“不，辉杰，你可记得我岳父叶教官曾说过，我中华与日本迟早有一战，而这一战，如果说东北是中华第一块失去之土地，那么，西南则是我中华最后之屏障！在南京没有下决心之前，我潘天一定是要守住这一方土地的！”

他那豪迈不羁的语气，令一旁喂着小风吃饭的叶蕴仪抬起头来，怔怔地看向他，她甚至没有去反驳他话里那句“我岳父”！

武辉杰皱眉道：“你往东挪，不是更早地防守么？”

潘启文冷笑一声：“东北军当初换防，换来的结果是什么？张汉卿背上一个国贼的骂名，令他曾经威风一时的父亲张大帅都地下蒙羞！”

武辉杰仍是勉强说道：“那只是权宜之计，东北迟早是要收回来的！现在国防部不是正在积聚全国的军事力量，备战嘛！”

潘启文坐下来，拍拍武辉杰的肩膀，叹道：“这权宜之计，已经权宜了五年多了，也亏得是他张汉卿能忍，若是我，背上这国贼的骂名，只怕一天都活不下去！”

听了这话，叶蕴仪心中一颤，不由与武辉杰对视一眼，各自眼中都是惊惧的神情。

他对东北军丢失东北所背上的骂名，如此不能接受，若是在这个全国群情激愤的时候，让他公然保护当初被他赶出西南的日本人，只怕他死也不会答应！

武辉杰叹口气，皱了眉，没有再说话。

武辉杰心中有事，再坐不住，很快便起身告辞走了。

不一会儿，叶蕴仪看看时辰不早，一手拉了一个孩子，轻声道：“小风、小宇也该回去睡觉了。”

文四轻轻地推了推潘启文，潘启文这才惊喜地抬起头来，她，这是在对他说话？

他赶紧站起身来，抱起小风，沉声道：“我送你们！”

第六十七章

天伦之乐

文四趁叶蕴仪给小宇穿外套的时候，悄悄在潘启文耳边急道：“少爷，温泉！”

潘启文这才想起，他本来应该吃火锅的时候“不经意”地提出去温泉的事的，结果来之前被叶蕴仪和小宇的一番话堵在他心口，他分明看到叶蕴仪贴着小宇的脸，却向他射来的是满是恨意的目光，整个一餐饭，他连看都不敢看叶蕴仪一眼，更别说提去温泉的事了。

叶蕴仪牵着小宇出了门，潘启文赶紧抱着小风跟上，短短的几步路，在潘启文还未来得及措词的时候，便已经到了，早有妈子过来接了小风过去，潘启文眼巴巴地看着叶蕴仪领着孩子进了屋，他懊恼地挠了挠头，转身要走，却听背后传来叶蕴仪清冷的唤声：“潘司令！”

潘启文猛地一回头，又惊又喜地看过去，却见叶蕴仪手扶在门上，垂了眸，轻声道：“小风身上起了疹子，明天我想带小风和小宇去泡泡温泉，可是我们的人都找不到路，可不可以……”

潘启文忙不迭地点头，急急地道：“好，明天我带你们去！”

叶蕴仪淡漠地笑笑：“不敢劳司令大驾，随便找个人给我们带路就好！”

潘启文胸口一堵，沉了脸道：“我自己本来也打算去的！”

叶蕴仪微微一怔，不由皱起眉来，那梅果本无公干，他既然带她过来，想必就是为了去温泉的，而正好明天参谋团跟着去了“剿匪”，估计潘启文也是想趁这个时间带梅果去温泉。

可是，那西山温泉大的泉眼是露天的，这样的冷天，小风根本不能吹风，她原指望的是能用那一处山洞里的温泉池子，可若潘启文带梅果前去，他未必便愿意与孩子共用。

叶蕴仪眼前突然就冒出当年潘启文与她两人共沐温泉的情形来，一想到，潘启文与梅果会在那一眼温泉，做同样的事，她便止不住的恶心。不，即便潘启文愿意与孩子共用，她叶蕴仪，也不愿意了！

想到这里，她不由抬起头来，冷冷地道：“算了，我们不去了，潘司令自便吧！”说完，便要关门。

潘启文伸手抵住门，咬牙道：“叶蕴仪，你即便不待见我，可你就忍心看着小风身上的疹子越发越多？这样的疹子，用艾草水根本不起作用，而这温泉，我已经问过了，只要每次泡半个时辰，每天泡三次，两天就会好！”

叶蕴仪听了这话，一想到小风，原本冷硬起来的心立时便软塌了下去，她沉吟半晌，终是以商量的语气对潘气文道：“这天太冷，小风不能吹风！”

潘启文一脸莫名地看向她：“我知道啊！那山洞内我都让人重新布置过了，定不会凉着小风就是。”

叶蕴仪略微诧异地看了他一眼，她想了想，终是想了个理由出来，便抿了唇，放缓了语气道：“我知道我有些过分，可是，小风身子娇弱，而且，有外人在，她和小宇可能都会别扭着不愿意脱衣服，所以，可不可以……”

潘启文一下子黑了脸：“叶蕴仪，我是他们的父亲，不是外人！”

叶蕴仪急急地道：“我不是说你！”

听她如此急切地辩解说他不是外人，令潘启文瞬间眉梢眼底都溢满了笑，他晕晕乎乎地问道：“那你是说谁？”

叶蕴仪低了头，终是吐出几个字来：“梅小姐！”

潘启文微微一怔，随即唇角一勾：“好，不让她去！就咱们一家人！”

叶蕴仪没想到他答应得如此爽快，不由一愣，心底里总觉得有什么不对劲，却一时又想不起来。

第二天早上出发前，看着马车旁的潘启文，叶蕴仪咬咬牙道："潘司令，你随便让谁带我们去就行了，就不麻烦你了！"

正满心欢喜地往自己马头上绑着小风车的潘启文，猛然转过身，双眼中的怒火似要将叶蕴仪吞噬一般，他低吼道："叶蕴仪，你够了！你即便再讨厌我，可你总要可怜一下孩子想珍惜跟他们的父亲在一起的不多的时光！"

叶蕴仪面色一冷，淡淡地道："好，那你带他们去，我不去！"

潘启文死死地捏了捏拳头，他咬牙切齿地道："我不下水，总可以了吧！我不过是因为小风、小宇想要与父母一起开开心心呆两天！叶蕴仪，收起你那些龌龊的心思！我现在，对你，没——兴——趣！"

叶蕴仪一把放下车帘，帘后传来她淡漠的声音："那最好！"

潘启文翻身上了马，狠狠地一挥马鞭，那马便如离弦的箭般，飞速地射了出去。他没有戴帽子，急速的奔驰中，呼啸而过的寒风刀般从脸上掠过，可脸上的疼，竟抵不了心中的疼痛分毫！

他的心中脑中全是叶蕴仪那厌恶的目光，是的，厌恶！这样的认知，让他浑身阵阵发凉！

他不敢奢望她能原谅他，只希望能通过一双儿女来慢慢地接近她，想要让她感受到他真的在用心弥补。

他甚至告诉她，他会将账本交到她手上，那实际，便是将身家性命交到了她的手上，只为让她安心。

他知道她的心结在梅果身上，而他所说，她已不再相信，所以他将梅果带了来，他只要想办法让她亲眼见到，梅果还是一个处子，那么，以前那一切的误会便失去了根基，或许，她便能相信，那真的是误会，这样，或许，他还能有一丝机会。

明明知道她会对他怎么样的冷漠以对，可是，为什么偏偏，要在她那样急切地承认了他不是外人，在他满心欢喜的时候，再用一声冷漠的称呼"潘司令"和那一个厌恶的眼神，就那样，将他再一次打入地狱！

温泉离西山军营很近，太阳刚刚出来，他们便已经到了。当叶蕴仪的马车在山洞外停下，潘启文沉着脸走过来，也不与她招呼，一声不吭地撩开帘子，伸手将两个孩子抱了下来。他抱着小风，牵着小宇，率先走进了山洞。

叶蕴仪赫然发现，那洞口竟然做了两扇木门，木门内的外洞内，正中摆了一张四方桌和四张长条凳，靠着洞壁，放了两张床，还有矮柜、躺椅和吊床等设施一应俱全，俨然便是一间不小的卧室。

而拐过弯的内洞门口也做了一扇木门，推开木门，里面便是热气腾腾的温泉池，那泉眼比以前凿大了些，而那温泉池也比以前加长加宽了一倍有余，在那池子上方，竟然做起了一个小小的木头滑道，池内还有皮球等玩具。而池子外的地上，铺了厚厚的羊毛地垫，躺椅上也铺上了羊毛垫，另有一个矮柜上，大小毛巾，孩子的裹毯，甚至水壶，都一应俱全。

看着如此周到的布置，叶蕴仪心里蓦然一软，她突然想起，他曾经说过，这个温泉池，本是他父亲为他母亲备下，可他们没来得及享用，便已双双去世。

那时，他哽咽着对她说道："我总以为还有时间，还有的是时间对他们好，可是……"

叶蕴仪心里猛然打了个突，她耳边又响起他昨天对武辉杰所说的那一番话来。

他已清清楚楚地表明了，只要南京表明立场抗日，他便要率军出征！

若是这一仗迟早要打，若是他真的要上战场，那么，无论他与她之间怎么样，她真的不能，再阻止他与孩子这有限的天伦之乐！即便为了孩子，她也不能！

而日本领馆的事，已迫在眉睫，只怕无论他愿不愿意，这一次的骂名，他都是背定了！他若听南京的，护了日本人，则会背上汉奸卖国贼的骂名；若是，他干脆杀了日本人，一旦开战，而我方未准备好的情况下，仓促应战，一旦失利，他，便会成为历史罪人！而南京，无论如何也会拿他开刀！

或许他时刻在备着打仗，可是，他一定不会想到，战争会在他身上，以这样的方式到来，若是处理不好，或许他连上战场的机会，都不会再有！对于一个军人来说，这是多么的残酷！

叶蕴仪突然发现，与他现在和即将要背负的相比，她那点恨，真的不算什么！她虽然不可能原谅他过去种种，他们虽然已不可能在一起，可是，看在孩子的面上，她或许可以对他好一点。

小风从潘启文身上挣扎着下了地，急吼吼地就要往温泉池子的洞里扑，潘启文一把捉住她，开始笨拙地扒拉起小风的衣服来。

叶蕴仪皱了眉，轻叱道："小风，要换上泳衣！"

潘启文瞥她一眼："这么屁大点孩子，换什么泳衣？"他把自己和小风的外套往床上一扔，抱起只着单衣裤的小风进了里面的山洞，又回头对小宇道："小宇，把外套脱了赶紧进来，这里面暖和！"

潘启文将自己和小风的鞋袜一扔，踩上了羊毛垫，然而，等他把小风扒光了，把她往池子里放，他才尴尬地发现，那水太深，小风即便站着也能淹过鼻子，他只得把小风拎起来，小风却蹬着脚不依，无奈之下，他只得蹲在池边，伸长了手，两手夹在小风腋下，将她下半身浸在水里，只露出个小脑袋。

洞内热气腾腾，潘启文还穿着衬衣毛背心，下面还穿着厚厚的军装冬裤，不一会儿便已是满头大汗。

当叶蕴仪牵着已换好泳裤的小宇进来时，小风正在水里扑腾着去够那皮球，一边高声叫："爸爸，放我下来！爸爸，快放我下来！"

潘启文的脸被熏蒸得通红，柔声哄着小风："要不你先起来，爸爸让人把这池子里的水放掉一些，可好？"

却听背后传来叶蕴仪轻柔的声音："你带泳裤了吗？"

潘启文不耐烦地道："都说了小屁孩，还要什么泳裤？"却听"扑通"一声，抬头一看，身着泳裤的小宇已下了水，在里面游了起来，潘启文这才反应过来，回头看向叶蕴仪，不敢置信地道："你是说……"

叶蕴仪套着一件宽大的白色浴袍，里面显然是已换上了泳衣，她低头看着池内的小风，淡淡地道："这里这些个玩的，还是你带他们玩比较好！"

说完，她除下浴袍，下了水，接过小风，将她往水中一放，轻声道："小风会游水！"

潘启文瞪着水池里光着屁股游过去抓皮球的小风，讪讪地摸了摸鼻子，乐颠颠地道："我换衣服去！"说完，转身往外就走。

当潘启文换完泳裤再进来时，只见一片轻淡的雾气中，叶蕴仪与两个孩子正在扔着皮球，孩子的欢笑声，夹杂着叶蕴仪时不时轻柔的话语，潘启文眼中迅速泛起了一层雾气，在他心目中，人间仙境也不过如此，他只恨不得怎生能留住这一刻，便是拿他的命来换，他也是肯的。

眼尖的小风早已大叫起来："爸爸，快来！带我去玩上面那个！妈妈不让我们自己玩，说要爸爸带着才给玩！"

一丝感动就那样漫过了潘启文心底，原来，他们也是需要他的！而这，竟是她认可的！

他乐呵呵地叫了一声："爸爸来嘞！"便扑通一声扑进水里，不过两下，便游到小风身边，他在水底拉住小风的小脚丫作势往下扯，在小风的尖叫声中呼啦一声冒出水面，一把抱住了她，小风立即像只小猴子一样吊在了他身上，两只手紧紧地箍住他的脖子，双脚也爬在了他的腰上，咯咯咯地笑个不停。

潘启文腾出一只手来，向小宇伸出去："小宇，你也来！"

小宇游过去，潘启文一把捞起他，抱在另一只手上，笑道："走，咱们玩滑道去！"

他抱着孩子，一级级走上石阶，来到滑道上端，抱着孩子坐下来，轻笑道："小宇先滑下去，小风第二，爸爸第三，可好？"

他眼见着小宇眼中闪过一丝惧意，唇角向上一弯，他大声向下喊道："妈妈，你在下面负责接着小宇和小风，好不好？"

听到叶蕴仪那声无奈的回答"好"时，潘启文眼中闪过喜悦的光芒，鼓励地对小宇道："妈妈在下面接着呢，来，一、二、三，走着！"

那滑道其实又窄又小，潘启文坐在上面，根本就挤不下，下面两个孩子却在拼命叫着："爸爸，不怕，爸爸，不怕！快下来！"

潘启文咬咬牙，半侧着身子往下滑，滑到底端，他长长的腿一伸，便蹦到了池子里，一抬头，便见到叶蕴仪憋着笑意的模样，他心里一暖，却听到小风稚嫩的声音软软地响起："妈妈，你为什么不接住爸爸？"

潘启文眉一挑，一副看好戏的神情看向叶蕴仪，却见叶蕴仪沉下了脸，别开头去，他心里一慌，赶紧笑道："爸爸是大人呢，不用接！"

小宇与小风在水中玩起了皮球，潘启文爬上去，拿了水，分别喂给小风和小宇喝了。他手上端了一杯水，迟疑了一下，终是走到坐在池边石阶上的叶蕴仪旁边，将水递给她，轻声道："喝点水吧！"

叶蕴仪接过水，头也不回地说了声："谢谢！"

潘启文的牙在上下嘴唇上来回咬了几遍，偏着头看了叶蕴仪脸上的表情好几回，终是大着胆子在她身边坐下，眼角余光瞄到她那水滴滴的高耸的胸部上方，心头一跳，他赶紧别开了眼，再不敢往她身上瞟，只直愣愣地盯着孩子的方向，脑袋里却乱糟糟的，全是当初两人在这温泉池中的旖旎情景。一时间竟觉口干舌燥起来。

一想到，他们曾经那样的亲密，而现在，便连与她独处的机会都没有，心里一时千回百转，那无尽的悔和痛，便烘烘然在心头烧起来，灼得他骨头都疼。

半晌，潘启文才抑下心里脑中那些个乱七八糟的念头，小心翼翼地看了看叶蕴仪的脸，却再不敢往下瞄一分。

他见叶蕴仪并未有反感的表示，这才叹口气道："他们什么时候学会游水的？"

叶蕴仪轻声道："那年小风大病之后，我听了医生的话，加强她的体质，到夏天，便让老陆他们带孩子去游水，刚开始也就扑腾，去年，他们四岁的时候，就都会了。"

潘启文点点头，自嘲地笑了笑："还没有人告诉过我，他们的大名。"

叶蕴仪面色微微有点冷了，却仍是说道："叶念宇、叶念风。"

潘启文长长吸了口气，笑道："我猜到了，有你父母的名字在里面。"

见叶蕴仪没有出声，潘启文轻声道："你把他们带得很好，小宇很聪明，又懂事，小风也很可爱。"他将到口边的那声"谢谢"咽了回去，他在心中苦笑，他以什么立场说谢谢？在她心中，那是她一个人的孩子，跟他，没有丝毫的关系！

叶蕴仪仍是沉默着。

这样难得的机会，潘启文只觉得有无数的话，想要对她说。

他想告诉她，他跟梅果没有任何关系，一切都是误会。

他想告诉她，他心中的痛苦和悔恨，还有五年来刻骨的思念。

他想告诉她，他愿意用一切来交换，只要她肯给他弥补的机会。

他最想告诉她的是，他爱她！哪怕她恨他，再不肯原谅他，他还是爱她，他想告诉她，这一生，他只爱过她，也只会爱她一人。

可是，他不敢说，这一切，他都不敢说。他怕，只要一开口，便会破坏了这好不容易才得来的还算融洽的气氛，这难得的一家四口在一起的机会，他，不敢轻易破坏。

潘启文终是开了口："能跟我说说两个孩子的事吗？"他们之间，既不能谈情，那么，便只有孩子这一个话题了，不是吗？

叶蕴仪犹豫了一下，终是缓缓地说了起来。

潘启文静静地听着，满心的感动和欢喜。身边，是他最爱的人，在跟他絮絮述说着他们的孩子，不远处，是他的一双儿女，不识人间愁滋味的儿女，在开心地嬉笑玩闹着，他只愿，时光就这样停滞不前，让这样的岁月静好永驻。

不过一会儿，叶蕴仪便停了下来，告诉两个孩子泡得差不多了。潘启文从先前的痴然中回过神来，走上前去，捞过小风和小宇，就往池边上走。

叶蕴仪赶紧追了上去，拿了大毛巾就来裹小风，她甚至来不及披上浴袍，潘启文从下面一抬头，便见到那一双修长光滑的双腿，被温泉泡得泛起粉红色，还有滴滴水珠挂在上面，他只觉下腹一紧，急慌慌地将小风往叶蕴仪怀中一塞，扯条毛巾裹起小宇就往外走，嘴里急急地道："你跟小风在里面换，我带小宇在外面换！"

当他来到外间，给小宇换完，自己换衣时，只听小宇好奇的声音传来："爸爸，你是要尿尿吗？"正在擦着上身水的潘启文不在意地道："没有啊！"一回头，只见小宇对自己底裤下面正昂首挺立的东西努着嘴，皱眉道："那它怎么站这么高？"

潘启文一惊，急急地捂了小宇的嘴，悄声道："男人的事，不可以让女人听到！"小宇似懂非懂地点了头，他才放开小宇，急慌慌地套上长裤。

夜，因为生了火而暖意融融的山洞内，潘启文弯下腰，将吊在自己脖子上的小手轻轻扒下来，将小风慢慢地放到床上，给她盖好被子。他又走到小宇的床前，对着那张酷似自己的小脸端详了好一会儿，又为小宇掖了掖被角，这才直起身来，一回头，却见叶蕴仪正端着杯水，怔怔地看着他跟孩子的方向，见他回头，她急急地别过头去，有些慌乱地拿起桌上的茶壶往自己杯中倒水。

一丝尴尬的静谧在空气中流动。

潘启文走到桌边，面对着叶蕴仪坐下，讷讷地说了一句："他们都睡着了！"

叶蕴仪点点头，轻轻地"嗯"了一声，便再没了下文。

潘启文身侧的拳头在桌下捏了松，松了再捏，他们已经在这里呆了两天，两天里，他们仿似真的是一家四口，白天，出太阳的时候，一起出去骑马，他们一起泡温泉，在池中玩乐嬉戏，一起吃饭，其乐融融。可是他知道，这一切，不过是表面的假象，他与她之间，除了孩子，都小心翼翼地不去碰触别的话题，她的眼睛一直都在孩子身上，从来就没有正眼看过他一眼。

终于，他抬起头来，直直地看向叶蕴仪，沉声道："蕴仪，我们谈谈。"

叶蕴仪皱了皱眉，淡淡地道："潘司令，你说，你要珍惜跟孩子在一起的时间，我尊重你的意思，可是，其他的，我不认为有谈的必要！你何必，要去破坏这样的安宁呢？"

听着那声冷漠的"潘司令"，潘启文心里原先的暖意瞬间一凉，这两天，她在孩子面前，都称呼他为"爸爸"。

他沉吟半晌，方叹口气道："蕴仪，文管家因为当初做错事，举枪自戕，一双眼，已是瞎了！"

叶蕴仪的手一颤，杯中的水已是斜斜地洒了出来，她放下杯子，闭了眼，没有说话，胸前的起伏却明显比先前大了起来。

潘启文再忍不住伸出手去，覆在她那冰凉的小手上，急急地道："蕴仪，当初，都是误会！我从来没有，因为别的女人，而不要你和你腹中的孩子！"

却听叶蕴仪幽幽地道："潘天一，事到如今，你还想要什么？"

潘启文再顾不得其他，心中那句埋藏已久的话冲口而出："我要你！"未敢停留，他又急急地加上一句，"当然还有孩子！"

叶蕴仪轻轻一震，潘启文的手却已紧紧地握上了她的，他眼中全是焦灼和急迫："蕴仪，我知道，过去都是我错，我只求你，给我一个机会，我们重新开始！"

从听到他那句"我要你"开始，蕴藏在叶蕴仪心底已久的悲怒勃然爆发，她颤着唇，冷冷地笑："潘天一，曾经，我给过你机会！我告诉自己，即便你真是因为那件事误会我与宗尧有染，而与别的女人有了纠缠，只要你还要我，还要孩子，我就要容得你回头！可为了孩子，我不敢回来，我在南京等了你一个月，等你回头来找我，等你亲口告诉我，你还要我，还要我们的孩子！可是，我等来的是什么？等来的是那样一份声明！"

潘启文脑中轰然一响，她，等了他一个月？他连连摇头，喃喃地道："不，蕴仪，我不知……"

他的话音未落，却听到叶蕴仪最后一句重重地砸下来："潘天一，你发那份声明之时，要置我于何地？要置我的孩子于何地？潘天一，你现在要一个机会，可是那时，你可有想过，要给我和孩子一个活下来的机会？"

叶蕴仪的声音越发地尖厉起来："你可知道，就是那一份声明，差点导致我流产？可就在那样的情况下，我在病床上，却不得不殚精竭虑与你应战，只因为，我不能让我的孩子，一出世，就背负上那样的耻辱！"

一字一字，一句一句，字字句句都如细细的尖锥，生生地往潘启文心里扎，那细细密密的疼，无孔不入地往他身上心里钻，令他躲闪不能，只得生生受着，他的嘴唇翕翕合合，却一句话也说不出来。

叶蕴仪转过身，急急地抹去眼角那就要滴落出来的泪水，她站起身来，走到门边，将门开了一条缝，那清冽的空气丝丝掼在她脸上，她深深吸了口气，终是关上门，转了身，背靠在门上，平静地看向潘启文，她的目光中毫无波澜，只轻声道："所以，你现在来跟我说，那只是一场误会，又有什么意义呢？我信与不信，结果没有什么不同！"

第六十八章

谁是修罗

第二天傍晚，西山军营，大大的饭堂内，人声鼎沸，今晚，这里会有一个“剿匪”庆功宴。

梅果在一片喧闹声中踽踽独行，她嘴角泛起一丝冷笑，这样的宴会，跟她有什么关系？她心里眼里的那个人，这两天，却完全不见踪影！而跟他一起不见的，还有那个女人和她的一双儿女！甚至连云义成一个文官都去了“剿匪”一线观战，作为一军统帅的他，却就那样丢下南京来的一行人，肆无忌惮地与那个女人一起消失了！

远远的，她看到同样两天没见到人影的林泰，心中一喜，想要上去问问，这个庆功宴，潘启文来不来。

当她看到林泰将云义成的秘书乔昆拉过一边，悄悄塞了一样东西给乔昆时，心中不由闪过一丝好奇，潘启文一贯与云义成不对盘，而林泰是潘启文身边的人，他与乔昆难道还会有私交不成？

“梅果！梅果！”背后传来李小丹的呼唤声，梅果眉间闪过一丝不屑，这个李小丹，是云义成的女秘书，因为两人同为秘书，又都是女人，安排营房时，便将她与李小丹安排在了同一间房，她知道，这个李小丹与那肥肥胖胖的云义成之间，关系不寻常。这两天的夜间，李小丹都是凌晨时分，才回到房中来，这让一贯睡眠不是很好的梅果，对她更生了一层厌恶。

偏偏这个李小丹却是个自来熟，两天时间，已是做出一副与她亲密无间的模样来，面子上，梅果也不得不应付她一下。

梅果抑下眼中的不耐，缓缓转过身来，看向李小丹。

李小丹踩着高跟靴子走过来，亲热地挽起了梅果的胳膊，笑道："刚刚潘司令从那边门进来了呢，云主席和武参谋长他们都要过去那边就座了，咱们也去吧！"

首桌上，潘启文坐在上席，武辉杰坐在潘启文左侧一方，他身旁的位置却空着。本与武辉杰小声说着什么的潘启文眼中突然一亮，一双黑眸沉沉地向前方掠去，武辉杰侧头一看，不由唇角向上一翘，立刻站起身来，招呼道："Lisa，坐这里来！"

叶蕴仪仍是一身军装，缓缓地走了过来，武辉杰轻笑一声道："孩子都安顿好了？"叶蕴仪点点头，武辉杰往旁边一挪，一指自己旁边，却是在潘启文身侧的位置，笑道："来，坐！"

叶蕴仪垂下眼帘，淡笑一声："不了，我还是坐李秘书他们那一桌吧，都是秘书，要不，他们该有意见了！"说完，转身要走，却听到背后刘师长爽朗的笑声传来："哎呀，武参谋长，这次能活捉'匪首'，可真亏了参谋团运筹得当啊！"

叶蕴仪脚下立即一滞，她不由自主地转过身来，眼睛直直地盯向潘启文，那天，他说过，这里的"匪首"是贺文龙！她竟然把这事给忘得一干二净！

潘启文并不看叶蕴仪，只端起面前的茶杯，在手中把玩着，垂了眸，笑问："哦？这'匪首'叫什么名字？"

刘师长诧异地看了看潘启文，忙答道："叫阮飞雄，司令您……"

潘启文一摆手，止住了刘师长后面的话，他抬起眼皮，淡淡地扫了叶蕴仪一眼，拖长了声音，缓缓地道："哦，原来是我记错了！"

叶蕴仪脸上神情一松，不由狠狠地瞪了潘启文一眼，转身走了。她这个动作实在太过明显，一桌的人看看她，再看看潘启文，都是一脸的莫名和愕然。

潘启文唇角挂起一个自嘲的笑来，将茶杯往桌上一放，大声叫道："林泰，去，把那箱酒拿来，今天咱们不醉不归！"

叶蕴仪扫了一眼饭堂内的格局，向隔了几桌之外的梅果所在的那一桌走去。迎面便见到那中山装下却挺着个肚腩的云义成走过来，她定住了脚步，礼貌地招呼了一声："云主席！"

云义成见到叶蕴仪，眼睛眯成了一条缝，笑呵呵地点点头："Lisa小姐！"

两个人擦肩而过，云义成回头看了看叶蕴仪那姣好的背影，眼中露出一丝猥亵而意味深长的光来。

庆功宴快散场的时候，潘启文喝得有点微微醉了，他抬眼向叶蕴仪那一桌看去，却见她原先的位置上已是空空如也，他眉一皱，抓起桌上的酒瓶，就要再往自己杯里倒酒，却被一旁的武辉杰按住。

武辉杰轻笑一声道："先前我去他们那一桌敬酒时，她好像有些不舒服，请了假回房了，你不过去看看？"

潘启文挥开他的手，一边往自己杯中斟酒，一边哼道："有的是人看着她，用得着我？"

他端起杯，正要将酒往口中倒，却见文四匆匆走来，在他耳边急道："少奶奶不对劲！陆念迅没了主张，三小姐命我赶紧要您过去！"

潘启文手中酒杯"啪"地摔到桌上，他赫然站起身来，急急地往外就走，文四忙扯过他的大衣，追了上去。

叶蕴仪房门外，潘启文见一贯淡定的陆念迅却一脸惶急地在门口走来走去，他心里不由一沉，走上前去，一把抓住陆念迅，沉声问道："怎么回事？"

却听门呼啦一声从里面开了，黎黛走出来，一脸焦灼地看向潘启文，低声道："好像是中了药！"

潘启文眼中霎时冻如寒冰，他低吼一声："文四，所有人等，一律给我挡在十尺以外，若有违者，格杀——勿论！"

同一排营房东头一间，梅果躺倒在床上，浑身燥热无力，脸上泛着诡异的潮红，迷迷糊糊中，只觉得有一双手在解她胸前的衣扣，那手微微有些凉，她身上的燥热竟是缓解不少，她不由自主地将胸口往上挺去，口中禁不住呻吟出声来。

却听耳边一声闷笑："小骚货，这么一点点药，就浪成这样！"

梅果一个激灵，猛然睁开眼来，却赫然看到眼前俯身解她衣裳的竟是云义成！

梅果不由惊叫道："你、你，你怎么在这里？"她挣扎着就要向内滚去，却骇然发现自己浑身发软，连叫声都是如此疲弱无力！

云义成手上动作毫不停留，一双眼色迷迷地盯着她高耸的胸口，梅果心中突然明白过来，不由又惊又怒地叫道："是你，是你给我下了药？"

梅果强忍住心中的恶心，拼命地偏了头，躲开他臭哄哄的嘴，强自叫道："我是潘司令的女人，你就不怕他毙了你吗？"

云义成脸上挂起一个讥讽的笑来，他在她胸口重重地捏了一把，不屑地笑道："潘天一的女人？呵呵，你可真是看得起自己！"

梅果又羞又急，使出全身的力气，一甩手，一个耳光打在了云义成的脸上，她颤声叫道："滚！你给我滚！"

云义成大怒，反手一耳光扇到了梅果脸上，冷冷地笑道："给脸不要脸！滚？等下要你求着老子要你！"说完，便粗暴地撕扯起梅果身上的衣服来，随手拿起床头的一条毛巾，塞住了她的嘴。见梅果还要挣扎，他干脆起了身，拿起床头早就备下的几条绳子，将梅果的手和脚呈大字形，分别绑在了床头。

梅果的意识逐步模糊起来，脑海中，眼前爱抚着她的男人竟虚化成了潘启文，她的呼吸急促起来，扭曲着身子向上迎去。

然而，很快下身那撕裂的痛楚令她清醒过来，她惊恐地看着在她上方起起伏伏的云义成，脑中刹那间一片空白，整个身体也僵硬起来。

不一会儿，云义成精疲力尽地趴倒在了梅果身上，他在她耳边轻笑道："倒没想到，你还是个处！"

梅果又怒又急，止不住再次挣扎起来，一双眼狠狠地瞪向云义成，恨不能将他杀死！

梅果眼中的恨意令云义成一惊，他随即笑了："你恨错人了！你可知，这药是谁给我的？" 只听云义成冷哼着道，"那乔昆是潘天一的人，我早就知道，潘天一让乔昆怂恿着我给你下药，不外乎就是要给我下套，哼，他想将我赶出西南，也不是一天两天了。"

梅果全身都止不住地发起抖来，却见云义成在她脸上摸了一把，邪笑道：“可是，这么好的机会，我怎么能错过？再说了，便许他给我下套，我就不会将计就计？呵呵，我让小丹将这药同时下给你和叶蕴仪，他潘天一不是得不到吗？这么好的机会他怎么会错过？这一来，他便再顾不上来我这儿抓奸，二来嘛，呵呵，那个叶蕴仪恨他入骨，若是真闹了开来，他与南京方面也不好看！”

听了云义成的话，梅果只觉得浑身冰凉！眼泪疯狂地流了下来。

潘启文进到叶蕴仪房中，只见叶蕴仪闭了眼躺在床上，只着了睡衣，满脸潮红，胸口急剧地起伏着，雪白的牙齿死死地咬着下唇，嘴皮上已是渗出鲜红的血丝来。

潘启文见她如此辛苦地忍耐着，不由直直地扑到床前，一把将她抱进了怀中。叶蕴仪的胳膊不由自主地缠上了潘启文的颈项，口中呢喃地唤了声：“阿文！”

这似娇似嗔的一声，令潘启文脑中轰然一响，他眼中心中再无其他，一低头，便噙上了那向上迎来的红唇。那久违了的气息相交，令潘启文竟心如擂鼓，一丝温热，直直地冲向眼底。

叶蕴仪柔软的舌就那样缠了上来，潘启文一口将它含了进去，迅速与它绞扭在一起，心底那压抑已久的渴望和思念，一下子如脱了缰的野马，伴着那火热的舌头一起，扫荡着她口腔内壁每一寸地方，他狂野地纠缠着她，贪婪地吸吮着她所有的气息。

迷离中的叶蕴仪感觉有些透不过气来，她费力地睁开眼，当她看到眼前那张放大的脸时，心中一惊，立时有些清醒起来，她用力去推他，却发现自己的力气小得可怜，正沉浸其中的他，竟一丝感觉也没有。

她闭了闭眼，用尽力气一口咬了下去！

潘启文猛然吃痛，也瞬间清醒过来，他迅速地离开她的唇，带着一丝回味和深深的失落，他深吸口气，强抑下心中澎湃起伏的情愫，小心地将她放回床上，他再离她远了一些，尽量平淡地道：“不是我做的！”

他也不敢看她，他怕，在她眼中，看到一丝一毫的——厌恶。

叶蕴仪轻轻地喘息着，她点点头，有气无力地道：“我知道不是你，是云义成！整个晚上，我就喝了李小丹递过来的半杯红酒！”

潘启文蓦然抬头，他眼中神情瞬息万变，他用力一拍床头，恨恨地叫了声：“混账东西！”

他转头看向叶蕴仪，只见她的眼神半是清醒半是迷离，脸上神情却是说不出的妩媚，而她胸前的衣襟微微敞了开来，雪白的颈项下，那精致的锁骨若隐若现，潘启文呼吸一滞，他竟清晰地听到自己口水吞咽下去的声音。

他慌乱地别开头，轻哼一声：“你总算是信了我一回！”

却听叶蕴仪喘息着说道：“你走吧！既然云义成下了这个套，他不过是要挑唆你与参谋团之间的关系，说不定，过不多久，他就会带着辉杰他们找上门来！”

潘启文的脑中急速运转起来，云义成？这两天忙着去温泉，倒忘记这回事了！

这药是林泰给出去那药，还是云义成另起的心？若是林泰给出的药，本应该是下给梅果的，可为什么却落到了蕴仪身上？今天晚上，蕴仪与梅果还有那个李小丹在一张桌子上，这云义成是故意的，还是说，仅仅是李小丹落错了药？

对于梅果，他本是已有安排，并未打算就此用她便宜云义成，因此，林泰给出去那药，是特意配制的，药性并不厉害，熬一熬，至多一个时辰也就过去了，看蕴仪目前还算清醒，应该就是中的林泰送出的那份药。想到此处，潘启文心下稍安。

可是，现下潘启文的心里身上却有一股子情愫，犹如钻进了一只耗子，热烘烘地到处乱窜，尽管强迫自己不去看她，但叶蕴仪那轻微的喘息声，仍是令他脑中尽是两个人过去的旖旎画面，潘启文只觉自己已是浑身燥热起来。

明知道那药性并不厉害，他却仍是攥紧了拳头，哑声说道：“这里，我已经安排下去，谁也进不来！蕴仪，你中了这药，就让我，帮你，可好？”

叶蕴仪的呼吸却越加地急促起来，她尖叫着道：“不，你走！你走开！潘天一，我不要你帮！”话音刚落，她便将手背塞进口中，狠狠地咬了下去，那手背上立时便起了血红的印子！

潘启文又痛又怒，她便这样讨厌他！宁愿这样为难自己，也不要他帮她！

他走过去，用了力，拉开她塞在口中的手，一把将她扯进自己怀中，箍紧了，恨声道：“好！我不帮你，咱们就这样熬着，叶蕴仪，只要你熬得住，你就熬！”

叶蕴仪又气又恼，却又推他不开，而他那男性的气息直直地穿透她的口鼻，令她本就燥热难耐的心绪越发地紊乱起来。

她拼命地抑制住自己想要拥抱住他的念头，颤声道：“潘天一，你，你不要让我恨你！”

潘启文将她更往自己怀中紧了紧，冷笑一声：“你早便恨上了，多这么一件也不多！”

叶蕴仪的双手被他箍住了，只得再次用力咬向自己的唇，潘启文看着她那鲜血淋淋的下唇，心中一寒，他终是舍不得她如此为难自己，他只得放下她，坐得离她远了些。

只听叶蕴仪轻声道：“你走吧！我有办法解这药性！”

潘启文却摇摇头，坚决地道：“你药性没过之前，我不会走！五年前的事，我不会让它再次发生！”

见他如此，叶蕴仪只得无奈地道：“那你把被子给我盖上，你离远些！背过身去！”

潘启文皱了眉，却仍是按她的话照做了，他为她盖上被子，走到桌边，背对着她坐下，耳边却传来她阵阵压抑的娇喘声，潘启文不由一呆，那声音，那声音……

他一时竟觉口干舌燥，终是心头瘙痒难忍，再忍不住回头看去，却看到被子下叶蕴仪双腿明显向上曲起，整个人在被窝内很小幅度地起起伏伏，潘启文整个人都被惊住，她这是——自己——用手？

他不敢再看，电光火石间，他想起什么，整个人都失了神，当那边的声音终于平静下来后，潘启文再忍不住冲过去，捏紧成拳的双手轻颤着，他只觉嗓子发紧，却仍是从喉咙里挤出一句话来：“那一次，在南京，你也是这样，解了药性？”

叶蕴仪满头大汗，疲惫之极，人却是清醒过来。

她嘴角泛起一个冷笑，他与她之间种种，都是因为那一次她中了药，他却不在她身边而起！但归根结底，却是他根本便不信她！

她脸上掠过一丝屈辱的表情，却是昂起了头，冷冷地道："那一次，是方伯母为我解的！"随即背转过身去，冷漠地吐出一句话，"看完我的狼狈，你可以走了！"

潘启文的身子颤了颤，他什么也没有说，默默地转身，走到门外，轻轻地关上房门。

甫一转身，他便猛然一反手，狠狠地甩了自己一记耳光！

这一声脆响，一下子惊呆了一直候在门外的黎黛等人，只见潘启文脸上迅速起了五道红印，每个人却立刻不约而同地都转过了头，不去看他。黎黛咬咬牙，终是推开门进了去。

潘启文脸上是冷冷的笑，便是这些人，都知道不敢面对他的狼狈，可刚才在屋内，他为什么不离开？非要逼得她要在他面前如此难堪？事后他为什么不能装作不知道？而那样的话，他还怎么能、又怎么敢，问得出口！

呵呵，潘天一，原来这就是你自以为的爱她！一次一次，都是你将她逼入绝境！

一旁的林泰一脸焦灼，他几次欲言又止，半晌，终是硬着头皮，走上前去，轻声道："司令，云义成……"

潘启文一把揪住了林泰的衣领，眼中是噬血的光，他咬牙切齿地叫道："那个混账现在在哪里？"

林泰踮起脚，在他耳边悄声道："他现在梅果房内！"

潘启文一怔："他还是给梅果也下了药？"

林泰点点头，脸上有一丝不忍之色："刚才都只注意到少夫人这边，这会儿，只怕梅果已经……"

潘启文一把松开他，沉默了一秒，森森然地道："我原本只是想将他赶出西南，可现在，他这是自作孽，不可活！"

他的眼中的狠戾一闪而过，厉声道："带上人，跟我走！让人去把武辉杰叫过来！再派两个人，先把那个李小丹给我抓起来！"

林泰点点头，叹口气道："只可惜，少夫人那边无法再……"

这时，一旁的文四突然闪过来，插话道："少爷，不能验身，还有落红！只是这，最好让少奶奶亲见！”

潘启文眼中一亮，随即闪过一丝犹豫，以她现在的状态，他怎么能再让她去面对这些乱七八糟的事？

潘启文轻轻一震，只听林泰轻声道：“司令，若是梅果出了事，现场，最好是有个女人，也方便些！”

潘启文不再犹豫，他点点头：“你们先过去，我马上就来！”

他深深吸了口气，转身推开门走了进去，却见叶蕴仪已换了身衣服，穿戴整齐地坐在桌边，黎黛正倒了杯水递给她。

见他进来，叶蕴仪面色一冷。

潘启文咬咬牙，沉声道：“蕴仪，云义成给梅果也下了药，他现在梅果房中！”

叶蕴仪一惊站起：“那你还不赶快去救人！”

潘启文看看她，犹豫着道：“我们发现太晚了，恐怕……若是现在过去，我们一班男人多有不便，况且，你算是参谋团的人……”

叶蕴仪毫不迟疑地起身，抓起大衣，点点头：“我明白了，我们走！”

潘启文一脚踹开房门，看到床上纠缠在一起的两个赤裸的身影，不由冷笑一声，拔出枪，冲进去，一把将云义成掀翻在地，手中枪已顶上了云义成的头，同一时间，叶蕴仪快速走过去，扯过床上的被子，盖在梅果身上，又急急地去解绑住她手脚的绳子。

云义成赤身裸体被扔在冰凉的地上，全身不由瑟瑟发抖：“潘司令，梅果不过是你不要了的女人，你何必为了她杀人！”

潘启文一脚踹上了他的心口，怒道：“你他妈的放屁！人家梅果明明还是黄花大闺女，你就这样强暴了她，你让人家以后怎么嫁人？”

话音未落，叶蕴仪和梅果同时一震。梅果满是泪痕的脸上蓦然挂起一个凄厉的冷笑，她将被子往上一扯，盖住了整个头脸，在被窝中，却迅速地将枕边那一方落了红的白色毛巾往枕头下一塞。

就在这时，武辉杰带着参谋团的人匆匆走了进来，潘启文狞笑着道：“武参谋长，你来得正好，当此‘剿匪’之时，他云义成竟敢公然在我西南军中做下这等事，我今日便杀了他，以正军威！你好与我作个见证！”

云义成见到武辉杰，忙叫道：“武参谋长，我冤枉啊，那药明明是潘天一命人给乔昆的！”

潘启文冷笑一声：“哦？乔昆是你的秘书，我为什么要命人给他药？既然你明知是我给的，明知是我给你下的套，你还敢用？”

云义成一时语塞，这时，文四却已将李小丹扔了进来，李小丹瑟缩着哭道：“不关我事！是云主席将药给我，命我分别下在梅果和Lisa的酒中！他说，他说，Lisa中了药，潘司令便没空来管他！”

潘启文眼中冒着怒火，叫道：“云义成，你还有什么话说？”

云义成闭了闭眼，对武辉杰叫道：“武参谋长，我是南京派下来的，即便我犯了事，也应该让我回南京受审！”

武辉杰听说叶蕴仪也被下了药，早已怒不可遏，他看了一眼脸色苍白明显疲累不堪的叶蕴仪，又看看潘启文，眼中闪过一丝复杂的神情，将头别到一边。

云义成见状不由一瘫，却听潘启文怒吼一声道：“还愣着做什么？给我拖下去！”

立时便有士兵上前，将如死狗般的云义成拖了出去，这边厢，梅果趴在床上，哀哀地哭了起来。

当所有人出去，叶蕴仪在梅果的皮箱中翻出一套衣服来，递给她道：“先把衣服穿上吧！”

梅果默默地接过衣服套上，叶蕴仪又拎过开水瓶，将热水倒进洗脸架上的盆中，轻声道：“你过来洗洗吧！”

梅果一掀被子下了床，扯过洗脸架上的毛巾，擦拭起来。

叶蕴仪下意识地往床上一看，只见床单上有一片片令人恶心的污渍，却并没有落红！

她心里不由一痛，随即嘴角泛起一个冷笑，叶蕴仪，这与你什么关系？

只听梅果幽幽地道：“同是他的女人，同样中了这样的药，他却只想到救你！”

她突然恨恨地道：“叶蕴仪，你为什么要回来？”

叶蕴仪僵直了背，淡淡地道："我回来，与他无关！"说完，她径直向门外走去，一边走，一边轻声道："既然你不想见我，我就先出去，若你需要，我可以让黎黛来陪你！"

"我亲眼见到林泰给过乔昆一包东西！"梅果的话令叶蕴仪脚下一顿。

叶蕴仪回过头来，皱眉道："若说他要给云义成下套，有的是方法，犯不着牺牲你！"

梅果凄然一笑："若是他为了摆脱我呢？叶蕴仪，就因为你回来了，还带着你的一双儿女回来了！他就急于要摆脱我了！"

叶蕴仪突然笑了，眼中泛起一丝厌恶之色："梅果，你把你自己看得太高了！他潘天一如果不要一个女人，从来就用不着这么麻烦！"

这句话脱口而出，叶蕴仪自己不由微微一怔，心中疑惑陡起，她直直地看向梅果："你从来也没有得到过他，对不对？"

这一句来得突然而肯定，叶蕴仪敏锐地捕捉到梅果眼中那一丝惊慌，也不待梅果回答，她脸上掠过一丝淡淡的释然和哀伤，轻声道："他潘天一浑是浑，但他，绝不是一个吃了还当面不认账的人！所以，梅果，你是个聪明人，你想要得到他，问题从来不在我这儿！"

丢下这句话，叶蕴仪匆匆地出了门，只觉身上阵阵发冷。

潘启文一把抓住对他视而不见的叶蕴仪，急急地问道："蕴仪，你可有看到那个——"顿了顿，他终是咬牙道，"落红。"

叶蕴仪猛然抬头，她不敢置信地看向潘启文，一把挥开他的手，厉声道："潘天一，是你做的，对不对？"

潘启文心里一慌，却见叶蕴仪一脸痛恨地看向他："就在刚刚，我还在跟梅果说，这件事与我无关，可我没想到，你竟然丧心病狂到这种地步！"

叶蕴仪一指房内，颤声道："你再不喜欢她，不要她，可她是一个人，一个女人！她也有父母家人，也有哥哥！你想想，当初黛儿被人设计，你是怎样处置那人的？而你竟然、竟然让那样一个恶心的人强暴了梅果，只为了，证明你跟她没有关系？"

这时，房门突然打开，梅果一脸凄然地看向潘启文，摇头哭道："我究竟做错了什么？你可以不要我，可你，为什么要这样毁了我？”

潘启文却一脸焦灼地看向叶蕴仪，急急地道：“不是这样的！我原本安排的她不会有事！只要在云义成还未得手前冲进去，因为这未遂的罪名要轻得多，云义成定会要求为梅果验身，只要验出梅果还是处子，云义成会被赶出西南，这事，就算完结了！”

“可是，没想到云义成竟然给你也下了药，我以为他是给你下药来反将我一军，没想到他竟是同时也给梅果下了，我一心在你身上，等发现梅果这边的事时，已经晚了！”

梅果瞪大了眼，脸上是一个似哭似笑的表情：“原本只要让人给我验身，这事自然会传到叶蕴仪耳中，你便证明了我与你没有关系，而现在被云义成这样一来，你便只好让她亲自来见证我的落红，是也不是？”

潘启文垂下眼帘，淡漠地吐出一个字：“是！”

梅果却哭道：“那药呢？她中了药，有你给她解，我中了药，你打算让谁来为我解？”

潘启文皱眉道：“那药药性并不强，只要忍耐上一个时辰……”他猛然住了口，怔怔地看向叶蕴仪。

叶蕴仪脸色骤变，她冷冷地一笑：“只要忍耐上一个时辰，那药就可自解，对不对？”

她一把挥开潘启文要来拉她的手，转身就走。

潘启文脸上掠过一丝慌乱的表情，他冷声对梅果扔下一句：“我会杀了云义成，为你报仇！”便匆匆跟了上去。

梅果呆呆地看着潘启文的背影消失在暗夜中，半晌，她惨然一笑，从始至终，他甚至都没有看过她一眼！连那番解释，都是对着叶蕴仪说的！可明明她才是受害者！

梅果突然奔进屋内，从枕头下摸出毛巾，突然便觉自己的可怜可笑！转了身，跌跌撞撞地就往外奔，也不知自己要走到哪里去，她只知道，不想让自己被冻死，她就得一直走下去。

突然，背后有人一把捂住了她的嘴，一股恶心的男人味道扑面而来，梅果闭了眼，也不反抗，任由对方箍住了她的脖子，反剪了双手，将她按在了地上。

第六十九章

水落石出

潘启文跟了叶蕴仪一路，想要解释，却又开不了口，眼见她目不斜视地越过他的房门口，就要向隔壁走去，潘启文再忍不住，一把扯过她，将她箍进自己怀中，在她还没反应过来时，已半挟半抱地将她拖进了自己房内，“砰”的一声踢上了门。

叶蕴仪一边用力推拒着他，一边怒道：“潘天一，你想要做什么？”

潘启文双手将她按在门板上，直视着她的眼中，是森森的阴霾，他沉声道：“你听我解释！”

叶蕴仪别开了头，冷冷地道：“有什么好解释的？潘天一，故意不说那药性可以自解，看着我那么狼狈不堪，你很有成就感，是不是？”

潘启文艰难地开口解释：“蕴仪，我承认，我不说，是因为我对你存了念想，可是，我绝对没有要看你笑话的意思！若是，若是我知道……”

叶蕴仪点点头，淡淡地道：“好，我明白了！我听过你解释了，可以放我走了吗？”

她那云淡风轻的表情一下子刺痛了他，潘启文心中的邪火“噌噌噌”直往上蹿，他恼火地道：“你明白什么了？每次你都这样！不听解释，自以为是！若不是因为你不信我，若不是被你逼得没有办法，我怎么会安排下这样一个套给云义成和梅果？”

叶蕴仪轻笑一声：“潘司令，你……”

话未开始，便被潘启文的怒吼打断：“别他妈的再叫我潘司令！”

叶蕴仪点点头，轻叹一声：“好，潘天一，就算你证明了你跟梅果没有关系，那又怎么样呢？我早就说过，是不是误会都好，我们之间，结果不会改变！”

潘启文咬牙切齿地道：“你不是口口声声说我为了别的女人不要你和孩子吗？现在证明了我跟梅果没有关系，你总该要相信我，当初并没有不要你和孩子！”

叶蕴仪冷声道：“潘天一，你若真是为了梅果，还算个正常人，只不过薄情负心而已，可现在证明你不是为了别的女人，只会更让我心寒！”

潘启文一愣：“你说什么？”

叶蕴仪冷冷地笑：“你当初编造出那个可笑的化验单，是为了什么？不就是为了证明我肚子里的孩子不是你的吗？你证明孩子不是你的，是要做什么？而那时，你即便认定我与宗尧有染，你也不能肯定我肚子里的孩子就不是你的，就凭那一点怀疑，你就要打掉我腹中胎儿，这不是更令人齿冷？”

潘启文挥舞着双手，怒气冲冲地道：“我都说了，那张化验单搞错名字了！那时，我只以为那孩子不是我的！”

叶蕴仪嗤笑一声：“潘天一，你道当初我无缘无故地为何要在去南京前找陆念迅吗？就是因为，我去霍夫曼那里拿维生素，他告诉我，你根本就知道那化验单拿错了，你根本就知道，你完全可以生育！呵呵，潘天一，那时，你正愁不知怎么处理我肚中这个不知是谁的孩子吧？于是，这张化验单你就将错就错了，对不对？”

潘启文猛然呆住：“你说什么？”

心里似有什么东西要骤然跳出，他一把抓上了叶蕴仪的肩，那力道几要将她的骨头捏碎，他急急地问道：“你是说，你去南京前，霍夫曼就告诉你那化验单拿错了？”

叶蕴仪肩上吃痛，不由皱起了眉，冷冷地道：“你那时不能断定孩子是谁的，为了唬我将孩子拿掉，便将错就错，拿出那张化验单来，现在看到孩子是你的，又来跟我说化验单拿错了，潘天一，你这翻手为云覆手为雨的军阀习性，倒是一点没改！”

潘启文脸上神情变了几变，鼻子里发出一声冷哼：“蕴仪，若我说，我是在一个月前才知道那化验单拿错了，你是定然不会相信的，对不对？”

叶蕴仪一愣，一丝不安在心里滑过，却仍是摇头道：“不，当初霍夫曼甘冒风险令我出了司令府，他是我的朋友，不可能骗我！”

潘启文咬咬牙，缓而重地点头：“好、好！”

他松开她的肩，在她刚离开门板时，突然将她往自己怀中一扯，一只手箍住了，急速往后退一步，另一只手一把拉开房门，对外吼道：“文四，去，把黎黛给我叫来！”

黎黛很快过了来，潘启文沉声对文四吩咐道：“你，把门关上，给我走到十尺开外去，不叫你，不许过来！”

潘启文眼睛盯着叶蕴仪，冷声说道：“黛儿，你告诉她，那张化验单，我们是怎么知道搞错了的。”

听完黎黛的讲述，叶蕴仪一下子呆住：“怎么会这样？”

黎黛苦笑道：“这事以前我们谁都不知道，直到这个时候，我才明白当初为什么文四会给你下药，为这事，大哥将二哥揍了个半死！”

叶蕴仪心里一紧，下意识地向潘启文的脸上看去，却对上他眼中那阴郁的火苗，她心头一跳，慌忙别过了头。

潘启文仍是一只手将叶蕴仪箍在怀中，另一只手打开房门，对外叫道：“文四，你进来！”

文四远远地哈着白气，跑了过来，关上门，神情恭敬地低了头：“少爷？”

潘启文说道：“化验单的事，你所知道的，从头到尾说一遍！”

文四这一次从潘启文将维生素拿去给霍夫曼检查，顺便问及为什么没有孩子，霍夫曼要求潘启文检查，出来结果不育，再到潘启文向David求证，并服用David寄过来的药，最后到一个月前的事，详细说了一遍。

末了，文四突然“扑通”一声跪在了叶蕴仪面前，红了眼，叫道：“少奶奶，当初少爷虽然痛苦不堪，却迟迟不肯下决心拿掉您的孩子，是我，我怕您有事，这才擅自作主！结果这事被我爹知道了，他一再追问，我逼不得已说出了孩子不是少爷的话，才会有后来我爹所做出的事来！”

整个过程，潘启文僵直地挺立着，一双眼紧紧地盯着叶蕴仪，直到文四和黎黛离开，他也一动未动。

叶蕴仪浑身轻颤着，双手死死地抓住了潘启文的胳膊，她无法相信，也不能相信，五年来的种种痛苦，仅仅是源于这样一个令人啼笑皆非的乌龙！

潘启文胸口急剧起伏，他也无法相信，当初蕴仪是因着这样的误会下才找了陆念迅，后来文管家的事，更导致了她的离开，而就是因为陆念迅和方宗尧的出现，他才会以为她早知道孩子是方宗尧的，才会以为她本便要抛开他们之间的一切，与方宗尧双宿双栖！

在那样的怨怒之下，他才会发了那样一份声明！

半晌，潘启文才哑声说道："刚刚，我没离开你半步，特意叫他二人分开来说，便是想让你知道，我没有串通他们来骗你！你若还不信，回去以后，还可以问黎昕，还有那个David！至于霍夫曼为什么会那么说，回去后，我跟你一起去找他，总要弄个明白！"

叶蕴仪早已是信了，尤其是听到文四说潘启文当初心中是如何的痛苦挣扎，她的心里竟如针扎一般地疼！

叶蕴仪心中一时混乱之极，她以为，五年过去，她早已心如止水，所以，她才敢带着孩子来这里。

前几天，无论他说什么，做什么，她皆冷眼旁观，视若浮云，她甚至可以冷静理智地让他与孩子一起共享天伦，甚至还将他与孩子未来的关系理了个清楚。

可是今晚，她才发现，她的心，乱了！

潘启文眼见着叶蕴仪神情由愕然到惊颤，再逐步平静，以至再恢复了惯有的清冷，心里不由一凉，他清楚知道，若说过去种种误会总能解开，可是，那份声明，却是他自己挖掘的、现在他怎么样也跨不过去的鸿沟！

他终于松开她，垂下眼睑，声音暗哑："蕴仪，我，只求一个机会，哪怕是，为了孩子！"

叶蕴仪转过身去，手握上了门闩，淡淡地道："我说过，你永远是孩子的父亲！"

潘启文闭了闭眼，垂下想要去拉她的手，艰难地问道："那么，我与你呢？”

叶蕴仪的背僵了僵，轻声道：“潘天一，或许，我会为了孩子，试着，不再——恨你！”

潘启文灰败的眼中闪过一丝光亮，他颤声问道：“若是，你能不再恨了呢？”

良久，他听到叶蕴仪一声叹息：“潘天一，你的爱太过狭隘和霸道，你本是一个狂妄不羁的人，可偏偏在这段感情里，你却极度不自信，你的骨子里，时时提防着别人抢走我或是我变了心，你从未尝试去相信我的感情、我的心，我们已经生生死死折腾过两回，皆源于此！以你的性子，若是这些事再来一次，该发生的，还是会发生！”

她摇了摇头，语态萧瑟：“对不起，我折腾不起第三回了！”

潘启文眼中是沉沉的灰霾，随着他的呼吸吐出几个字：“我明白了！”

或许是他平时嚣张惯了，现在他语气中那一种绝望后的宁静，明明是淡淡的几个字，却犹如一片锐利的刀锋，生生地划过叶蕴仪心里，竟令她疼得不能自已。

第七十章

儿女被绑

武辉杰刚要睡下，便听到房门被砸得咚咚咚响，拉开门一看，却是潘启文将手上的两瓶酒往上一举，高声叫道：“小武子，来，陪我喝两杯！”

武辉杰身形一侧，让他进了门，闻到他身上已有的酒气，不由皱眉道：“这个时候你还跑我这儿来做什么？蕴仪怎么样了？”

潘启文将酒瓶往桌上重重地一顿，大剌剌地往长条凳上一坐，沉声道：“别提她！咱们兄弟在一起，只谈大事、国事！”

他一挥手：“国家危亡，咱男人老狗的，自是以国事为重，那些个什么儿女私情，都是屁！”

武辉杰嘴角抽了抽，拿过两个搪瓷盅，放到他面前，笑道：“好！说来我来西南这几天都是面上的事，咱兄弟还没单独喝过！咱们今晚真的不醉不归！”

话未说完，便见文四门也没敲，直接推门进了来，满脸慌乱地道：“少爷，少奶奶……”

潘启文把酒盅往桌上一顿，怒道：“别提她！老子在谈正事！”

文四急道：“小少爷和小小姐不见了！”

潘启文与武辉杰都赫然站起身来，潘启文急急地冲过去，一个踉跄，衣袖带翻了桌上的酒瓶，他一把揪住文四，吼道：“什么叫不见了，说清楚！”

文四瞄了一眼武辉杰，这才说道：“具体的我也不清楚，三小姐只叫我赶紧让你去少奶奶屋里！”

话音未落，潘启文已如风般卷了出去。

看见潘启文冲进来，叶蕴仪脸色惨白地站起身来，一旁的黎黛赶紧扶住她，她颤着手递给潘启文一张纸，那纸上粗粗地写着几个大字：“明天正午南风岭，换阮飞雄！”

潘启文“啪”地一声将纸拍在桌上，怒气冲冲地叫道：“好你个贺文龙，给我来这一手！”

叶蕴仪猛然抓住了他的手，叫道：“跟贺文龙又有什么关系？”

潘启文深吸了口气，看向她，皱眉道：“你也不用急，明天我亲自去，定会将小宇和小风完好无缺地带回来！”

叶蕴仪却紧张地摇摇头：“不，你跟我说清楚，到底怎么回事，你知道，是不是？”

潘启文扫了一眼屋内，黎黛赶紧转身，将屋内的两个妈子、陆念迅和文四一起拉了出去，带上了门。

潘启文轻轻扒开叶蕴仪紧紧抓住自己的那只手，淡声道：“贺文龙是西南赤匪最大的头，我私下与他达成协议，只要他不出格，‘剿匪’的事，我就睁只眼闭只眼，而若是我出兵打日本人，他的那一队人马就归我所用。这次剿匪，本是我跟贺文龙商量好的，送参谋团一个功劳，抓阮飞雄也是事先商量好的，但为防走漏风声，他们那边也就几个人知道，这事，只怕其中还有误会！”

睥到叶蕴仪眼中泛红，眼底却沉着青黑，潘启文抑下划过心底的那丝锐痛，背转了身，负手而立，沉声道：“他们既是要换人，当不会伤到孩子，明天我先去找贺文龙，若找不到他，中午我就亲自带着阮飞雄去换人，中间的关系，阮飞雄也是知道的，到时让他讲清楚就是，孩子肯定不会有危险！”

叶蕴仪稍稍放下心来，身子一松，不由跌坐到凳上，不料那长条凳一跷，她竟是一跤跌到了地上，不由轻呼出声来。

潘启文一惊转身，下意识就要去扶她，手伸到一半，却又停下。叶蕴仪本伸出去想要借力的手一空，再往下一垂，她费力地撑着身体，狼狈地站了起来，恳求道："明天，可不可以让我跟你一起去？"

"不行！"潘启文脱口而出，他怔了怔，随即解释道，"天这么冷，又山高路滑的，带着你，反而慢！"

叶蕴仪走到他面前，恳切地看向他："小宇和小风，他们从没离开过我身边，见到他们前，每一时每一刻都是煎熬！"

潘启文低了头，沉吟半晌方道："你不能去！这事不能让参谋团的人知道！"

叶蕴仪蓦然变了脸色："你怕我出卖你？"

潘启文冷冷一笑，声音中浸着一丝怒气："叶蕴仪，你当我是你对我那般，步步为营，处处设防么？我若防着你，便不会告诉你，我与贺文龙的暗中交易！"

他的眉眼间尽是沉痛之色："武辉杰为什么肯让你跟他一起来西南，其中原因，还需要我说么？你的动静，他就不会注意？在孩子回来之前，我不想横生枝节！"

叶蕴仪心中慌乱得根本无法思考，她扶着桌沿，缓缓坐下，将头埋在胳膊上，大口地喘息着，她带着哭腔的声音闷闷地从桌子下方传出来："那些人真是贺文龙手下么？贺文龙的话，他们真会听么？他们会不会当你是仇敌而伤害孩子？小风、小宇，他们得多害怕！小宇看着坚强，其实他很怕黑！还有小风，她要是看不到我，她会哭会闹，那些人，会不会打她？"

潘启文只觉额上青筋突突直跳，却见叶蕴仪猛然坐起身来，双手抱头，埋在膝盖中，摇着头哭着道："我害怕，我真的好害怕！"

潘启文再忍不住冲过去，一把将她揉进自己怀中，他明显感觉到叶蕴仪的身子猛然一僵，不由狠声道："叶蕴仪，你只是一个女人！今晚发生了这么多事，你一个人扛不起的时候，靠一下又怎么样了？"

顿了顿，他红了眼，咬牙道："孩子回来后，你该怎么恨还怎么恨，该怎么冷漠还怎么冷漠，行不行？嗯？"最后那个带着颤音的"嗯"字里，带上了那样切齿的意味。

潘启文明显感觉到叶蕴仪的身体逐步放松下来，她甚至揪住了他胸前的衣服，抽泣着再一次问道："潘天一，你明天一定会把小宇和小风平安带回来的，对不对？”

两人重逢以来，第一次听到她这样示弱而依赖的话语，潘启文只觉满心酸涩，他点点头，重重地“嗯”了一声。

叶蕴仪却紧追着道：“你发誓？”

潘启文叹口气，一只手轻轻抚上了她的背：“我发誓！”

叶蕴仪莫名地平静下来，一片静默中，她竟昏昏欲睡起来。

感觉到怀中人儿的头直往下点，潘启文轻轻地将她平放在床上，叶蕴仪的身子一颤，一双手已是紧紧地揪住了他，再一次喃喃地问道：“潘天一，明天……”

潘启文无奈地接上她的话：“明天我会将孩子平安带回来，我发誓！”

叶蕴仪终是松了手，沉沉睡去。

潘启文怔忡地看了她半晌，伸出手，轻轻揩去她脸上的泪痕，直起身，轻手轻脚地出了门。

门外，黎黛惊异地看向他：“睡着了？”

潘启文长长地呼出口气：“她今晚中的那个药里，媚药的药性过后，本来就会令人昏睡，她是因为太多事，强撑到现在的！”

第二天一大早，叶蕴仪便醒了过来，她只觉得浑身无力，却仍是支撑着坐了起来，她懵懂地看看四周，猛然一惊：孩子！

一阵轻轻的敲门声传来，叶蕴仪一下子冲上去，拉开门，却是文四拿着一个大信封，一脸忐忑地道：“少奶奶，有人送来一封信，指明要您亲启！”

叶蕴仪心里一沉，打开信封，里面赫然掉出一个红色的穗子来！

叶蕴仪看了那穗子，眼中不由一亮，她急急地从信封中抽出一张信纸来，上面一行清秀的字：“孩子平安勿念，因身份不便前往，特约南凤岭送还，随时恭候，一场误会，必当面致歉。贺。”

叶蕴仪大喜，立刻命文四准备上山，她很快收拾停当，刚要出门，却见武辉杰带着两个参谋团的人匆匆走来，她心里不由一沉！

武辉杰本拟敲隔壁潘启文的门，见了叶蕴仪，微微愣了一下，走过来，皱眉问道：“孩子没事吧？”

叶蕴仪瞄了一眼他身后二人，摇摇头，轻声道："就调皮瞎跑，这会儿又跟着潘天一出去疯玩了。"

武辉杰眼中精光一闪："启文不在？我还说要提审一下那个匪首阮飞雄的！"他笑了笑，"算了，我直接找刘师长提人吧！"说完，转身要走。

叶蕴仪心里一急，一把拉住了他，她扫了一眼四周，对武辉杰轻声道："辉杰，我有话跟你说，进屋吧？"

进了屋，武辉杰脸一沉："蕴仪，怎么回事？我怎么听说昨天晚上潘启文就将阮飞雄提走了？刚刚过来时，又听到文四在找熟悉南风岭地形的人，那可是我们刚刚端掉的匪窝！"

叶蕴仪微微一愣，昨天晚上潘启文就走了？

来不及细想，她换上了一副悲戚的神情，黯然道："昨天晚上有人劫走了小宇和小风，留下字条，让带阮飞雄去换人！"

武辉杰脸色一变："什么？"

他眼中闪过一丝怀疑："所以潘启文就提了阮飞雄上山去了？"

叶蕴仪点点头，轻声道："这毕竟是因私废公，他怕参谋团知道了横生枝节，所以便连我也不让去。"

武辉杰看了看她的脸色，沉声道："不对！蕴仪，这匪徒怎会知道小宇和小风之事？又怎么会知道他们就是潘启文的孩子？再者，且不说这军营戒备森严，单只这么多营房，匪徒又怎么能神不知鬼不觉地就摸上了孩子的房间？"

一丝不安在叶蕴仪心中滑过："你是说，这军营中有内奸？"

武辉杰冷冷一笑："蕴仪，云义成跟我说了一件事，他说，潘司令通匪，而且，他手上有证据！保不齐这就是他潘司令自编自演的一出戏，只为了放掉那个本来应该在明天就毙掉的阮飞雄！"

叶蕴仪一惊抬头："不，不可能！"

武辉杰皱眉道："怎么不可能？你怎么能这么肯定？"

叶蕴仪摇摇头："辉杰，别的我不敢说，但潘启文他爱这两个孩子甚于性命，他绝不会让孩子这样担惊受怕！"

武辉杰微微一怔，他轻笑一声："就在昨天，他亲口跟我说，这些

‘匪’现在是‘匪’，打起日本人来就是兵！他之所以敢这么说，是认定我们抓不到他的证据吧？你说，要是咱们现在就带上参谋团的人一起上南凤岭，看看他如何交换孩子，又会怎样？”

叶蕴仪急道：“不行！辉杰，他是为了我的孩子才这么做，你不能因为这事去抓他的把柄！”

武辉杰叹口气：“可是蕴仪，潘启文做事滴水不漏，你以前所说铁矿和军械厂这事，只怕也抓不到他的痛脚！现在日本领馆的事迫在眉睫，我们就这一个这么好的机会，怎么能放过？”

叶蕴仪蓦然闪现出昨天晚上潘启文那沉痛的眉眼来，他，是因为她的处处设防而痛吧？若是这个时候，在他为了他们的孩子四处奔波的时候，她这样在背后捅上他一刀，不，即便她再恨他，也做不出来！

她不由咬咬牙：“辉杰，我答应你，日本领馆的事，我去跟他谈！”

武辉杰眼神锐利地看向她：“蕴仪，你变了！”

叶蕴仪一呆，她，变了？

却听武辉杰叹道：“蕴仪，既然你这样说，我就信你，这事，我不会再管！”

他转身向门外走去，走到门口，又顿下脚步，轻声道：“这一次来西南，我眼见潘启文如何对你、对孩子，我总在想，你们过去种种，只怕是有误会！”

他转过头来，犹豫了一下，正色道：“日本领馆的事，已迫在眉睫，只怕无论他愿不愿意，这一次的骂名，他都是背定了！他若听南京的，护了日本人，则会背上汉奸卖国贼的骂名；若是，他干脆杀了日本人，一旦开战，而我方未准备好的情况下，仓促应战，一旦失利，他，便会成为历史罪人！而南京，无论如何也会拿他开刀！”

武辉杰看了看叶蕴仪瞬间苍白了的脸色，继续说道：“虽然他隐藏了很多，可是，我走过那么多地方，西南的军队状态却是我见过最好的！他时时刻刻在厉兵秣马，甚至想到变匪为兵这样无所不用其极的备战方式！可是，他一定不会想到，战争会在他身上，以这样的方式到来，若是处理不好，或许他连上战场的机会都不会再有！对于一个军人来说，这是多么的残酷！”

他拉开门，摇摇头道：“蕴仪，若你现在肯站在他的角度想一想，你会发现，与他现在和即将要背负的相比，你那点恨，或许真的不算什么！”

叶蕴仪一下子呆住，她颤声问道：“辉杰，这一次，你肯带我来的目的，究竟是什么？”

武辉杰轻声道：“蕴仪，我带你来的初衷并未瞒你，可是，来了这里以后，见了你们之间种种，见识了潘启文的备战，再一想到他即将面对的，我就在想，有谁，能给他勇气，支撑下去？”

叶蕴仪浑身一震，武辉杰的意思是——她？

却听武辉杰又说道：“这次云义成即便不出事，也会将他调回南京的，方伯伯正在安排，准备尽快让宗尧来这里接任省主席一职，关于保护领馆的一切政令，将由省政府下达，这样，可以减轻启文的压力，更是做出一种姿态，这样的骂名，让方宗尧来跟他潘启文一起背！”

他直直地看向叶蕴仪，掷地有声地道：“蕴仪，方伯父曾交代我，他潘启文绝不能因为这件事被打趴下，他需要支撑的，不仅仅是西南这一片天，更有可能，是我中华最后的反攻之地！”

武辉杰刚刚跨出门槛，就听叶蕴仪在身后轻声道：“辉杰，你头先那些什么要去抓潘启文现形的话，都是为了试探我？”

武辉杰没有回头，只沉声道：“蕴仪，我知道你现在心系孩子，没有心思去想这些问题，我也知道潘启文做过那些混账事，是个人都不能原谅，可是，我们真的没有时间了！我只是想着，这一次孩子的事，或许，对你们之间，是一个契机，所以，我才选择这个时候说这样的话！蕴仪，即便，你不能原谅他，但你至少可以做到，跟宗尧一样，与他并肩作战！这场仗，比真实的上战场更残酷、更考验人的智慧和毅力！”

叶蕴仪深深吸了一口气，强自抑下胸中翻涌的情绪，对门外的文四和陆念迅叫道：“我们走！”

第七十一章

再次团聚

潘启文连夜赶到镇上，没能见到贺文龙，他只能交代了接头的人，命他们赶紧给贺文龙送信，便马不停蹄地带着阮飞雄上了山。因阮飞雄身上有伤，抬着担架，他们走不快，当他赶到南凤岭时，已近正午。

满山的雾霭中，远远的，他看到影影绰绰的人影，一挥手，命身后的人缓了下来，突然，一个熟悉的声音颤声响起："启文？"

薄雾中，有一抹身影向潘启文奔来，他努力地瞪大了眼，整个人还在那一声久违了的呼唤中愣着神，再没有孩子，再没有兵与匪，再没什么见鬼的地形，满心满眼的只有一个意识，她，唤他——启文？

直到那一双柔胰攀上了他的手臂，感受到她的战栗和恐慌，他才皱了眉，咀嚼着刚才无意识灌进耳中的话："孩子不见了？"

他的意识猛然惊醒，反手抓住了她的肩，急道："你说什么？什么叫孩子不见了？"

叶蕴仪身后响起一个愧疚的男声："对不起，我们的人已经出去找了！"

潘启文扒开叶蕴仪，一把揪住那个清瘦男子的衣领，右手已是拔出枪来，直直地顶上了他的太阳穴，厉声道："贺文龙，你又在耍什么花招？"

周围呼啦啦响起一片枪上膛的声音，贺文龙忙喝道："都别动！"

他一脸愧疚地看向潘启文："对不起，我是昨天晚上到的这里，得知他们抓了你和蕴仪的孩子，便连夜叫人下了山，一大早就将信送到你的军营中，本想今天等你们来了便送还孩子，谁知一大早起来，便发现两个孩子都不见了！跟他们同屋照顾的大婶，被砸昏在床上。"

感觉到身后的人死死地抓住了他背后的衣衫，像是寻找支撑般，那股力量直往下扯，潘启文强抑下心中的恐慌，放开贺文龙，一回手，将摇摇欲坠的叶蕴仪揽进怀中，怒道："贺文龙，这是你的地盘，孩子怎么会被人劫走？"

就在这时，只听一身低喊："贺队长，刘婶儿醒了，她说，是孩子砸昏她的！"

潘启文微微一怔，想到那两个鬼灵精怪的孩子，不由有些失笑，他稍稍松了口气，对怀中的叶蕴仪轻声道："别怕，只要不是被人劫走的就好，两个孩子应该走不远，我这就派人搜山！"

却听叶蕴仪带着哭腔道："他们是什么时候走的？晚上黑灯瞎火的，若不小心摔了怎么办？若碰上野兽、毒蛇怎么办？这都快中午了，他们没有东西吃，没有水喝，还这么冷！"

潘启文心里一沉，回头紧声吩咐道："你们，将阮飞雄再押回去！林泰，你速下山去找刘师长，给我派兵来搜山！同时，派人沿着山下各个路口找人！文四，咱们这里所有人，分头往山下找，若有消息，就鸣枪为号！"

叶蕴仪一大早早餐都未吃，便上了山，走了这么远的山路，早已体力不支，刚刚听到孩子不见的消息，便浑身发软，只得死死地抓住潘启文的衣衫以做支撑。

这会儿在他怀中，他温热的气息令她突然心里一慌，她挣扎着离开他胸口，脚下却一个踉跄，幸好被潘启文眼疾手快地捞了回来，只听他的声音在她头顶咬牙怒道："叶蕴仪，我的话，你从来就听不进半句是不是？你撑不住的时候，就靠一下又怎么了？我说过，这事过后，你该怎么恨还怎么恨，该怎么冷漠还怎么冷漠，你还要怎样？"

叶蕴仪身子僵了僵，她也不再挣扎，只轻声道："先去孩子住过的那间屋子周围看看，说不定能发现什么。"

潘启文扶着叶蕴仪，来到那间小木屋，蹲下身，仔细地向每一个脚印看去，不一会儿，他唇角往上一弯，兴奋地站起身来，却听屋内叶蕴仪颤声叫道：“启文！”

潘启文一凛，一脚跨了进去，只见叶蕴仪手上拿着一个绿色的口哨，眼中闪着欣喜的光：“这个是不是你送给他们的？”

潘启文拿过哨子一看，立刻点点头。

叶蕴仪急切地问道：“这个声音是不是可以传得很远？”

潘启文眼神一亮：“你是说？”

叶蕴仪点点头，急急地道：“小宇和小风一直贴身挂着这个，若是遗失这一个，他们两人中应该还有一人在身上！”

潘启文一把拉起她的手：“我们走！”

叶蕴仪任由他牵着，皱了眉，问道：“可是，这山这么大，我们往哪个方向走？”

潘启文一指门外的一行脚印，脸上是禁不住的骄傲之色：“这两个鬼精灵，他们是踩在这一行脚印中走的，不仔细看，根本看不出来！我们只需沿这个脚印走就好！”

看到了希望，叶蕴仪反而更加紧张起来，她反手紧紧地掐住潘启文的手，像要得到保证似的，颤声道：“启文，你是说，沿着这行脚印，就能找到我们的孩子，是不是？”

她的指甲深深地掐进潘启文的肉里，潘启文丝毫不觉痛，只觉心里酸酸胀胀的，这是她第一次说“我们的孩子”！

他安抚地拍拍她，给了她一个肯定的回答：“一定能！”

两个人沿着那脚印向山下走去，每走几步，叶蕴仪便停下来，向四周大声地唤小风小宇的名字，等她的声音歇下，潘启文便将口哨放到嘴里，吹出长长的哨音，然后再看再走，两个人就这样手牵着手，配合默契地一路走去。

然而，一个时辰过去，却没有任何回应。叶蕴仪早已声嘶力竭，抓住潘启文的手也越来越紧，她的眼泪终是忍不住掉了下来，沙哑着嗓子哭道：“启文，你保证过，你会把孩子平安带回来的！”

潘启文的心也是越来越沉，只要有人手，不怕找不到孩子，可是，这么长时间过去，他怕的是，孩子禁不住这样的冻和饿！

然而，他却只能将叶蕴仪一把揽进怀中，安慰道："蕴仪，咱们的孩子一定会没事的！不要怕，啊？"

叶蕴仪却满眼泪光地看向他，喃喃地道："你保证？"

看着叶蕴仪那脆弱依赖的模样，心中隐隐竟升起了一丝的酸涩，这个女人，他眼见她经历过那么多的风浪，她总是能昂然挺过，便连他与她之间，她从来也都是那样的毅然决然，要多狠有多狠，只有因为孩子，她才会如此脆弱吧？

潘启文叹口气，正要说话，突然，叶蕴仪一侧头，一拉他，颤声道："你听！"

潘启文忙凝神细听，隐隐地似有长长的哨音从西边传来，他不由又惊又喜："蕴仪，快，那边！"

叶蕴仪甩开他的手，拔腿就跌跌撞撞地向前奔，潘启文赶紧跟上，一只手揪住她的胳膊，以防她情急之下摔倒，另一只手将口哨放进嘴里，吹出长长的哨音。

越往前走，那断断续续的哨音却越来越清晰，到后来，竟是与潘启文的哨音此起彼伏，一唱一和起来。

叶蕴仪的脚步也越来越快，竟甩开潘启文小跑起来，好几次跌倒在地上，自己爬起来又接着跑。无奈之下，潘启文只得强硬地夹着她，带着她向前跑。

口哨声明明就在耳边，却没有见到孩子的影子，潘启文停下脚步，仔细地聆听起来，突然，他放开叶蕴仪，趴到地上，急速地扒拉着路边的一堆枯草，终于，那个洞口完全露了出来，叶蕴仪急急地趴了过去，哑声叫道："小宇、小风！"

洞内传来小风嘶哑的哭声："妈妈！"

叶蕴仪红了眼，哭道："小风，小宇是不是也在？"

却听小宇镇定的声音传来："妈妈，我在！"

潘启文长长呼出一口气，叫道："小宇、小风，别怕，爸爸就来救你们！"

潘启文看了看那洞，足两人高，他知道，这种山里人用来捕捉野兽的洞，四壁只怕无法攀爬，而这洞的高度，只怕他下去了，也不能将孩子举上来。

他看看四周，冬天到处光秃秃的，连根藤蔓也找不到。

潘启文四处搜寻未果，一转头，却发现叶蕴仪已坐到洞口的地上，双脚伸进去，正准备往下跳，潘启文一把揪住她，怒道：“你做什么？”

叶蕴仪红了眼道：“我要下去陪他们！这么高摔下去，也不知道他们有没有受伤！”

潘启文一只手拽住她，另一只手拔出枪向天开了一枪，很快便有枪声应和，他将枪别回腰间，皱了眉，对叶蕴仪道：“你在上面等着他们，我下去陪孩子！”

叶蕴仪却不管不顾地想要扒开他的手，摇头道：“不，我也要下去！”

潘启文将她往外一拎，离洞口更远了些，不耐烦地低吼道：“叶蕴仪，你不添乱行不？即便你不怕那下面又冷又湿，你也要想想，等下再把你弄上来，可比孩子麻烦得多！”

叶蕴仪身子一僵，垂了眸，从怀中掏出一小包点心来，又捡起地上的水壶，一起递给潘启文，哽咽着道：“他们肯定饿坏了，你叫他们慢慢地吃！还有，你记得检查下，他们有没有哪里摔伤了，对了……”她脱下身上的大衣，递给潘启文，“他们肯定会冷！”

潘启文眉一拧，没有接她手上的东西，只粗声道：“我先下去，你再往下跳，我接着你！”

叶蕴仪猛然抬眼看向他，有些怯怯地道：“你……”

潘启文没有看她，直接往下一跃，同时一声幽幽的叹息飘了上来：“你这个麻烦，只要你肯，我从来就不怕背的！”

叶蕴仪浑身一颤，探头往下看，只见潘启文已一把将两个孩子搂进怀中，连声道：“宝贝，不怕，爸爸来了，妈妈也来了！告诉爸爸，有没有受伤？”

一种温温热热的东西，就那样荡进了叶蕴仪心里，下面小风已是一头扑在潘启文怀中，“哇”的一声大哭起来，上面的叶蕴仪心疼不已，不由怔怔地流下泪来。

不一会儿，就听见潘启文在下面嗡声嗡气地叫：“你先把东西扔下来，你再跳！”

叶蕴仪赶紧把东西一样样往下扔，潘启文一一接住了，往地上一放，然后向上张开双臂，看到他这个姿势，叶蕴仪心中竟是一阵悸动，她双眼瞄过孩子，再顾不得其他，往下一跳。

潘启文接住她时，叶蕴仪下意识地搂住了他的脖子，潘启文紧紧地箍了箍她，下巴在她头顶贪婪地蹭了蹭，这才将她轻轻放下地来，柔声道：“孩子穿得厚，都没受伤，只是可能饿坏了！”

叶蕴仪一屁股坐到地上，将小宇小风搂进怀中，分坐在她的腿上，轮流亲吻着两个孩子的脸颊。

潘启文忙脱下自己的大衣，垫在地上，伸手一环叶蕴仪和两个孩子，将他们抱到衣服上，轻声道：“坐这上面！”

他松开手，转身将地上叶蕴仪的大衣拾起来，披在叶蕴仪身上，再拿过饼干，一小点一小点地掰开来喂小风和小宇。

不一会儿，两个孩子逐步活泛过来，小风更是叽叽喳喳地讲述起他们的历险来，小宇时不时地补充一两句。

“小宇趁那个大婶儿跟我讲话的时候，捡起一块石头砸到大婶儿的头上，大婶儿就倒下了，小宇就拉着我往山下跑。小宇说，山上的人是坏人，一定是抓了我们来威胁爸爸妈妈做什么事，所以我们必须逃，爸爸妈妈才不会有危险。”

“小宇说，跟着别人的脚印走肯定就有路走下山，是我要他踩在别人的脚印里走的哦！”

“后来，我们不小心掉到这个洞里，我好害怕，小宇说，爸爸是司令，有好多兵，他们一定会找到我们的。”

叶蕴仪面带微笑听着，时不时地亲亲小宇和小风的脸颊，潘启文站立着，用自己的身体挡着风口，静静地看着母子三人，满心的感动。

末了，小风得意地笑道：“我就知道这口哨声可以把爸爸唤过来的！”

小宇轻哼一声：“那你的口哨呢？”

小风一下子红了眼：“我昨天晚上想爸爸了，就把那口哨取出来看，结果落在那个屋子里了！”

一丝温热直直地冲上了潘启文眼底，他忙从衣兜里掏出口哨来，笑道：“全靠小风这个哨子，爸爸才能找到你们呢！”

小风直起身，一把抓过那口哨，眉开眼笑地挂在脖子上，她看了看潘启文，转头对叶蕴仪娇声道：“妈妈，可不可以请爸爸去咱们家吃火锅？”

叶蕴仪微微一怔，却听小宇轻轻说了一句：“妈妈，小风说，最开心的是在温泉那两天，有爸爸、有妈妈，一家人在一起！”

洞内一片沉寂，潘启文眼神一黯，他转过身去，烦躁地说了句：“这群笨蛋，怎么还没找来！”说着，他从腰间拔出枪来，对两个孩子说道：“乖，捂上耳朵，爸爸开枪叫人来拉我们上去！”

却听叶蕴仪的声音轻轻响起：“好，咱们回去就吃火锅！”

潘启文握枪的手一颤，他缓缓地转过身来，却听叶蕴仪柔声道：“如果你们想要多跟爸爸在一起玩，那我们就在西南多住一阵子，暂时不回江南可好？”

在孩子软软的欢呼声中，潘启文不敢置信地看向叶蕴仪，这一次，他在她眼中看到的不再是剑拔弩张和冷漠，这么长时间以来，他第一次在她眼中看到了一片温和，还有一丝，他看不懂的情绪，那像是——悲悯？

然而，他无心去体会，他只知道，她和他的孩子们，不会随着参谋团离开，这是不是意味着，他又有了机会？

他那呆滞的模样，令叶蕴仪鼻中一酸，同时一丝不安在心中滑过，武辉杰所说给他的支撑，她能做到的，便是让他感受到孩子和亲情的温暖，让他有勇气去直面即将到来的残酷，至于她么，只怕她再也给不起了，既然给不起，那就不要给他希望的好。

她别开头，轻声叹口气：“我只是为孩子考虑，其他的，你……”

潘启文冰冷的心中刚刚燃起的那一丝火焰，瞬间被浇灭，只觉嘴里又苦又涩，这算什么？因为他出了力，救了孩子的回报？让他多享受一阵子的天伦之乐？

他粗暴地打断她：“我明白的，你不需要特别强调！”

叶蕴仪心里蓦然一疼，她往旁边挪了挪，拍拍身边的位置，轻声道：

“别杵那儿了，你也坐坐吧！”

潘启文将手伸到背后，感觉了一下那风势，轻轻地摇摇头，苦笑道：“蕴仪，何必？你不知道，人一旦在温暖的地方呆过了，会更怕冷吗？”

叶蕴仪垂了眸，将滑下去的小风往上提了提，淡淡地道：“我只是腿麻了，想让你抱抱他们，不能让他们直接坐地上！”

潘启文唇角勾起一个自嘲的笑来，走过去背转身，坐下来，将两个孩子接过来，抱到自己腿上，他解开外衣扣子，将两个小家伙往怀里一裹，自己伸头埋在两个小脑袋中间，深深地吸了口气，喃喃地道：“宝贝，好在，爸爸还有你们！”

一阵寒风袭来，叶蕴仪止不住打了个寒战，她这才蓦然惊起，刚才，她还觉得这洞中比外面暖和，原来是他一直为他们挡着风！而现在，他背过身去，又为孩子挡住了风，却将她晾在了寒风中。

隐隐地洞外传来了脚步声，潘启文将孩子往叶蕴仪腿上一放，站起身来，对着上面大吼了一声：“在这儿！”

第七十二章

风云突变

当他们回到西山军营，已是傍晚，潘启文洗漱过后，吃了饭，还是有点不放心，亲自带了军医，到孩子房中，细细地为两个孩子检查了，看着叶蕴仪哄着孩子入了睡，这才站起身来，准备回房休息。

叶蕴仪跟他一起出了门，轻声说了句：“谢谢！”

潘启文神色一冷：“叶蕴仪，那是我的孩子！”

就在这时，文四手中拿着一张字条匆匆而来，他看了看叶蕴仪，将字条递给潘启文，低声道：“这是贺文龙命人送来的。”

潘启文狐疑地接过纸条，只扫了一眼，脸上瞬间布满了暴戾之气，他狠声道：“去，给我把梅果抓起来！”

叶蕴仪惊道：“你要做什么？”

潘启文瞥了叶蕴仪一眼，默默地将手上的纸条递给她，叶蕴仪展开看了，心中立时了然。她点点头，面无表情地道：“昨天辉杰还怀疑你军营里有内奸，原来是梅果给指的路。”

潘启文恨恨地道：“阮飞雄的手下本来只是捉了她来问关押阮飞雄的地点，她竟然给他们出主意说关押阮飞雄的地点戒备森严，不如挟持我的一双儿女来交换，并清晰地指明了孩子所在的营房位置！”

叶蕴仪轻轻叹口气：“算了吧，既然孩子没事，就没必要跟她计较了，她也只是遭遇不幸，一时失了理智。”

潘启文断然道："不行，这个梅果如此狠毒，这件事我不能就这样算了！"

叶蕴仪冷冷地道："狠毒？潘天一，这世上是有报应的，这就是一报还一报，你作的孽，却要报在我的儿女身上！麻烦你就算是为孩子积点德，放梅果一马行不行？"

潘启文心里一堵，他一把拔出腰间的枪，扔给文四，暴跳如雷地道："去！拿着我的枪，直接去把那个女人给毙了！我看能有什么报应！"

叶蕴仪一把抓住了他的手，急道："潘天一，是你设计她在先，梅果她只是一时糊涂，你不能就凭这个就要了她的命！"

潘启文扒开她的手，冷冷一笑："叶蕴仪，反正在你心目中，我就是一个十恶不赦的混账！我的一切努力，你都视而不见，所以，我有什么必要在意你的看法？"

叶蕴仪手中一空，她垂了眸，轻声道："梅果受辱，终是因我而起，我这心里很难过，这件事，权当与她扯平，还了欠她的债，我的心里也好受些。就当我求你，放过她，好不好？"

听到她那样柔柔的语气，潘启文心里一软，他瞥了瞥她："我要去你东磨街宅子吃晚饭！"

他这突如其来莫名其妙的一句话，令叶蕴仪一怔，她有些哭笑不得地点点头："回去就请你吃火锅！"

潘启文眉眼往上一扬："那是你答应小风的，我要加一个月晚餐！"

叶蕴仪眉一皱："一个月？"

潘启文轻轻一哼，作势要走："文四，去……"

叶蕴仪咬牙切齿地道："好！一个月就一个月！"

潘启文眼神闪了闪，一把抓回文四手上的枪，声音轻快地吩咐道："派人单独将梅果送回去，告诉她，不用再来司令府办公了！"

疲惫之极的潘启文一觉睡到第二天中午，他觉得脸上痒痒的，一睁开眼，便看到小风趴在床头，正用肉肉的手指头扒拉他的眼皮，看到他醒来，小风展开一个大大的笑脸，欢呼一声："爸爸，你醒啦？"

一股明亮的暖意就那样直直地晃进潘启文心中，心底深处那个埋葬已久的奢念，就那样的冒了出来：他要每天睁开眼，就能看到自己的孩子的笑脸，还有，那一个他心心念念的女人！

这个念头刚一冒出，便无限地膨胀起来，胀得潘启文心里直发慌，总觉得要做点什么才好。

他一把将小风拎到自己身上，掐掐她的小脸蛋，由衷地笑：“小风，你怎么在这里，妈妈和小宇呢？”

小风得意地甩甩头：“我跟小宇捉迷藏，我悄悄买通文四叔，他放我进来躲在这儿，他们就找不到我啦！”

潘启文越发好奇起来，正要再问，只听“咚咚咚”的敲门声响起，小风急慌慌地钻进潘启文的被窝中，急道：“别说我在这里！”

潘启文郑重地点点头：“嗯！”又钻进被窝里，顶着小风的头，叭唧亲了一口，认真地捂了捂被子，这才披衣下了床，打开门一看，门外立着的竟是黎昕！

他心里不由一沉，侧身将黎昕让进屋，皱了眉道：“你怎么来了？”

黎昕从大衣口袋里掏出一张报纸递给潘启文，潘启文只扫了一眼，不由惊道：“西安兵谏？校长生死不明？”

黎昕点点头，神色凝重，潘启文急道：“南京那边是何情形？”

一阵急促的脚步声传来，却是刘师长拿着两份电报，匆匆走来，看到门内的情形，他不由愣了愣，有些为难地看着潘启文：“司令？”

这时叶蕴仪走了进来，从潘启文手上抱过小风，轻声道：“小风，咱们先出去玩，爸爸有正事要办！”

潘启文心里莫名一暖，她那平平淡淡的动作和话语，就像是一个平常人家的妻子，在唤着孩子不要打扰丈夫的公事。

小风人在叶蕴仪手中，却伸出手，搂着潘启文脖子，在他耳边悄声道：“爸爸，你办完事来找我！”

潘启文一脸笑意地点点头，忍不住亲了小风两口，一瞟眼，却见门口小宇眼中一闪而逝的羡慕，他放开小风，走到门边，蹲下身来，扶着小宇的肩，笑道：“小宇，等下爸爸带你去打真枪，敢不敢？”

小宇眼中一亮，连连点头，大声道：“敢！”

潘启文摸摸他的头：“嗯，你先带妹妹玩，一会儿爸爸去找你们！”

叶蕴仪领着孩子，转身跟黎黛一起就要离开，却听背后潘启文叫道：

“蕴仪，兹事体大，你也听听！”

叶蕴仪脚下一顿，将孩子交给黎黛，转过身来，却见刘师长脸色微微有些难看，期期艾艾地叫了声：“司令！”

她淡淡地笑了笑：“你们先谈，我就在隔壁，等下叫我就好！”

屋内，刘师长关上门，潘启文狠狠剜了他一眼：“什么事？”

刘师长忙将手上的两份电报递过去，沉声道：“这是南京那边发来的两份密码电报，都是给武参谋长的，原报已经送给了武参谋长，另外，我们的人破译了密码，我让他们抄了一份送过来。”

一丝不祥的预感在潘启文心头掠过，他一把接过电报，并未展开，却直直地盯着刘师长，咬牙道：“与叶蕴仪有关？”

刘师长默默地点点头。

潘启文脸色一变，他抖开电报，细细地看了起来。

两份电报，各只一行字。

西安兵变，切切不可妄议、妄动，速归南京！

形势复杂，当晓以大义，令蕴仪暂留西南，一切以‘稳’字为先，并告蕴仪，宗尧委任状已下，克日启程！

看完电报，潘启文心中不由一冷，她说要暂留一段时间，他不敢奢望她是肯给他机会，至少他以为，她是为了孩子能多享受父爱，却原来，她是另有目的！

从睁开眼便蕴在胸中的那一股暖意，瞬间烟消云散，潘启文的脸不由自主地黑了下来。

黎昕从潘启文僵硬的手中抽出电报看了看，他对刘师长挥挥手：“知道了，你先下去吧！”

刘师长看看黎昕又看看潘启文，欲言又止，黎昕皱了眉：“还有什么事？”

刘师长犹豫了一下，挺直了背脊，一弯腰一低头，言辞恳切：“司令，西南二十万大军系于您一身，更兼身负国恨家仇，这几年咱们厉兵秣马，只为与东洋人一战，还望司令以大局为重！”

黎昕忙喝止他：“刘师长，你先下去！”

潘启文冷声道：“你们是怕我被儿女私情迷了心，中了南京的圈套，失了兵权？”

刘师长咬咬牙：“司令，参谋团这次为什么会来西山，Lisa小姐为何会随参谋团来西南，目的是什么，您心知肚明！而这方宗尧本是军人，又是黄埔嫡系，却来西南，要任何职？意欲何为？”

黎昕脸色一沉，怒道：“刘师长，够了！下去！”

刘师长不敢再说，却立正行了个标准的军礼，转身离去。

室内一片静默，半晌，潘启文轻笑一声，眼神迷离：“黎昕，你知道吗？就在昨晚，我还在为用梅果一条命，换来去东磨街宅子里一个月晚餐而沾沾自喜！”

黎昕看了看潘启文阴沉的脸色，半晌，叹了口气道：“天一，不管什么原因，只要他们留下来，你就有了机会！”

下午，潘启文将武辉杰一行人送出军营外，他握住武辉杰的手，沉声道：“辉杰，南京形势，还望及时通报，我还是那句话，只要是打日本人，我西南军一切服从安排！”

武辉杰看了看身边的人，将潘启文拉过一边，悄声道：“启文，不管你跟蕴仪如何，两个孩子，还是先送去美国吧！南京那边好多高官，都已将家眷送走！”

潘启文一震，不由厉声道：“未打就在言败？这仗如何能胜？”

武辉杰不由跺跺脚，急道：“你小声点！”他顿了顿，叹口气道，“为安全计，至少不能将孩子送回江南！这一点，我跟蕴仪也说过了，是将孩子留在西南，还是去美国，你们自己决定吧，不过，要走就趁早，要真打起来，想走只怕也走不了了！”

送走武辉杰，潘启文叫住正要回营房的叶蕴仪：“蕴仪！”

叶蕴仪驻了足，无视路过自己身边的西南军军官们若有若无的目光，低头看着自己的鞋尖。

潘启文习惯性地掏出香烟盒子，抽出一支烟来，突然想起什么，瞥了她一眼，将打火机放回兜里，将那支烟放在鼻子下闻了闻，轻笑一声：

“我的特种兵团明天就回来了，你不想看看？”

叶蕴仪没好气地瞪他一眼：“参谋团都走了，我对你的特种兵团没兴趣！”

潘启一扬眉，笑了笑：“你没兴趣，或许陆念迅有兴趣呢？”

叶蕴仪立时戒备地看向他：“你什么意思？”

潘启文将那支烟揉进掌心，双手插进裤兜里，淡淡地道：“蕴仪，我不知道陆念迅什么来历，但一看便知他必是军人出身，以他之才干，只做你一个看家护院，你不觉得太委屈他了吗？”

叶蕴仪一凛，她若有所思地看向潘启文：“我只知他曾是保定陆军学校毕业的，至于为何会沦落为护卫，我也没问过。”

潘启文眼中一亮：“我就知道我不会看错！”

他略微有些兴奋地挥起了右手：“千军易得，一将难求啊！”捏在掌心的那烟已被他揉碎，那深褐色的烟丝细细地撒了下来。

叶蕴仪的目光随着那烟沫飘了出去，逐渐有些恍惚起来，这一次来西南，军政之事，基本是别人在与参谋团谈，而在她面前出现的，大多是一个半是颓废半是暴躁的潘天一，而在孩子面前，他的柔情外，更多了一份小心翼翼，这还是她第一次看到他这样扬扬洒洒的模样。

叶蕴仪收回目光，她微微皱了眉：“你想让陆念迅去你的特种兵团任职？”

潘启文肯定地点点头：“我感觉，陆念迅会是一个好的团长！”

叶蕴仪微微一震，她知道，当初他的规划中，特种兵团的团长级别是与师长一样的！陆念迅跟了她这几年，忠心耿耿，办事也极为牢靠，很多时候，已成了她的依靠，但她知道，他心底里藏得有事，他不说，她也便不问。而潘启文说得没错，以陆念迅之才，不应当只为她做个护卫队头目！若是他能有一展才能的空间，她没有理由拦着他！更何况，按照爷爷的意思，将银行的事处理完后，她与孩子迟早是要去美国的，若是陆念迅他们能有一个好的去处，她便没了牵挂！

想到这里，叶蕴仪微微一笑：“这事，你自己跟他谈，我不会拦着！”

潘启文自信地一扬头：“我既然动了这念头，自然有我的方式说服他！”

他又嬉笑着将脸凑过去：“你看，贺文龙那群乌合之众我都打着主意，要是真打起仗来，你那护卫队也借我如何？”

听他这样兴奋地说着打仗，叶蕴仪心中一紧，她竟不敢看潘启文，背过身去，语气不由自主地软了下来，她轻声道：“启文，战争有多残酷，你，真有准备好吗？”

一丝不安滑过潘启文心底，他看着眼前这个女人瘦削而略显悲凉的背影，强忍下揽她入怀的冲动，皱了眉道：“难道你真打算将孩子送去美国？”

叶蕴仪愣了愣，她原本将孩子留下，是希望能给到潘启文一些亲情的支撑，让他有勇气面对即将到来的一切，可现在若真的如武辉杰所说，战争迫在眉睫，她又敢不敢将孩子留下？

她叹口气道：“上个月收到蕴杰的电报，说是很快就会回国，我想他只怕是奉了爷爷之命，来接我们母子三人去美国的！”

潘启文心里一沉，他嘴角不由勾起一个自嘲的笑来：“难怪你这么爽快地答应了陆念迅之事，还积极地向我推荐他！”

听着他那消沉起来的话语，叶蕴仪只觉心里闷闷地痛，她禁不住转过身来，看向他：“启文，你告诉我，如果在最为残酷的时刻，若是有孩子在你身边，你是不是能有勇气面对一切？”

潘启文心底的不安在扩大，他目光沉沉地看向她：“蕴仪，你在担心些什么？”

叶蕴仪看了看空荡荡的四周，沉声道：“有个叫岩井英一的日本人，领了人，正从日本启程，准备来西南重建领事馆！他们来之前，已在日本举行过葬礼！”

潘启文一凛：“他们是故意来找死的？”他随即冷冷一笑，“他们是想以这种方式来挑起战争？挑就挑，我泱泱中华，还真怕了他们不成？”

叶蕴仪却摇摇头，咬牙道：“可是现在我们并没有做好全面战争的准备！南京方面的意思，是要你保护他们的安全！不能授人以柄，由我们首先挑起战争！”

潘启文眼中霎时风暴骤起，他拧了眉，死死地看向她，半晌，方冷冷地道："叶蕴仪，这才是你留下来的目的，对不对？这也才是武辉杰带上你，带上孩子来这里的目的，对不对？"

他俯了头，脸上森寒的笑直逼到叶蕴仪鼻尖去："呵呵，原来如此！以你的性子，即便是为了银行之事，你又怎么肯将孩子带来西南认我？只不过是因为小宇跟我长得太过相像，你要借此解除我当初对你的误会！"

他的语气一句紧过一句："先前只不过是想让我心神大乱，好抓住我的把柄，逼我就范吧？不想西山之行我做得滴水不漏，而西安出了大事，参谋团不得不回去，他们再没时间来揪我的小辫子，于是，便只好出动你来劝我！因为武辉杰不仅看到了我对你对孩子的愧疚之情，更看到了我他妈该死的没有对你叶蕴仪忘情！是不是？"

叶蕴仪浑身一颤，却见潘启文猛地一脚踹上了身边的那棵枯树，转过身来，挥舞着双手，低吼道："叶蕴仪，你到底把我当什么？"

他一把抓上了叶蕴仪的肩，重重地摇晃着她："你到底把我当什么，啊？当初我爹我娘是怎么死的，是你亲见，而现在全国一片抗日声中，这样的要求，你怎么能说得出口？啊？"

潘启文一把推开她，叶蕴仪一个趔趄，竟是摔倒在地上，潘启文恨恨地指向她，叫道："即使你不为我想，你就不怕小风小宇背上一个卖国贼的爹？你让他们以后，如何面对世人？"

潘启文向后倒退着，连连摆头道："不，叶蕴仪，即便我再怎么对你内疚，再怎么爱你，我也不可能因为你，而接受这个！"说完，他一甩头，转过身，踉踉跄跄地向西头走去！

第七十三章

伺机而动

叶蕴仪勉强坐起来，怔怔地看着手心撑地时沾上的沙砾，那细微的沙砾硌得她密密地疼，一丝酸涩在心底刺刺地浸过，她的唇角不自觉地向上勾起一个自嘲的弧度，武辉杰和方伯伯只怕都看高了她在潘启文心中的地位！

前方急步远去的背影上，军呢大衣在寒风中猎猎飘起，“沙沙”地扫过路旁的一株株光秃的树干，令灰白的天空中平添了一份肃杀，叶蕴仪猛然一凛，武辉杰曾再三叮嘱她，日本人重开领馆之事，绝不可提前告知潘启文，一切等方宗尧来了再说，而她，刚才竟在他那沉沉的目光中，情不自禁地说了出来！而他现在，去的却是作战室的方向！

叶蕴仪心里一慌，她急急地爬起来，随手拍拍身上的土，追了上去。

潘启文一脚踹开作战室的门，杀气腾腾地吼：“去，给我把黎昕、刘师长都叫过来！”

门内，黎昕和刘师长一脸愕然地从沙盘前抬起头来，齐齐地看向他，随即目光都越过他，瞄向了他背后那个平时一丝不苟、这会儿看上去却有几分凌乱的女人。

潘启文的背脊微微一僵，身后，一只手无力地拉住了他的衣袖，叶蕴仪微微弯了腰，捂着小腹，喘着气说道：“启文，你听我把话说完！”

潘启文牙齿暗暗咬住了内唇，那一丝生生的疼令他稍稍平静下来，他没有回头，右手往上轻轻一举，毫不费力地扯掉了她的手，径直走了进去，在会议桌前坐下。

叶蕴仪手里一空，挡在身前的人就那样走开，让她突然有种无所遁形的狼狈，她有些不知所措地看了看室内的人，一时进退两难。

黎昕皱了皱眉，一扯刘师长，又给一旁的林泰和文四打了个眼色，几个人都站直了，悄悄地往外挪去。

“命！”潘启文薄唇轻启，他口中沉沉地吐出的一个字，令所有人习惯性地齐齐转身，面向潘启文，站直、挺胸、收腹，定定地看向他。

叶蕴仪心里一慌，急急地唤了声:“启文！”或许是因为急迫，那声音显得有些尖厉而突兀，甚至整个作战室里能听到些些的回声。

潘启文微微抬起眼皮，瞥了叶蕴仪一眼，口中毫不停留地吐出一系列的命令：

“命，情报处处长未能知晓日本新派驻西南领事岩井英一事，着免去处长职务，令副处长暂代其职，三日之内，查清有关岩井英一一行人所有资料和行踪的确切消息！

“命，特种兵团一营一连随时整装待命，一旦有岩井英一的踪迹，不必再报，立即出动，务必在岩井英一等人进入西南地界前剿杀之！不许留下活口，不许留下任何痕迹，否则，军法处置！

“命，即日起，全军秘密进入战备状态，所有官兵不许休假，军械厂日夜不休，加紧生产，军需处一月内将全军半年内的枪支弹药、军粮、被服全部备齐！

“命，在新任省主席到来前，政务处协同省府秘书长，一月内摸清全省粮食等物资底细，拿出有关战时全民物资配给制度方案来，其间不许泄露任何消息，凡有散布谣言、囤积居奇、哄抬物价者，杀！”

潘启文发布这一系列命令时，沉静而冷冽，与刚进门时那个暴怒的潘启文判若两人。

反是一干受命的人，都被他的命令给震住，这是，真的要打仗了？每个人心中都有无数的疑问，却在看到潘启文那森寒的神情时，皆没能张开口。

叶蕴仪呆呆地看着一行人默默不作声地鱼贯而出，直到走在最后的黎昕轻轻地带上了门，听到那一声门响，她才从刚才的震撼中惊醒过来。她完全没有想到，明明刚刚还处于狂乱不理智状态的潘启文，短短的时间内，竟是如此有条有理，杀伐决断！

更重要的是，她还没来得及说出口的话，在如此短的时间内，他已完全想了个透彻，并已做出了应对之策！

他既不愿意听南京的话，在这样敏感的时期保护日本人，背上卖国贼的骂名，却也不愿让挑起战争的祸端落到自己头上，所以，他才要在日本人进西南前截杀之！

可是，这样一来，他把自己撇清了，却将她，不，是将以方淮之为首的军部逼入了绝境！而方淮之却还在为保存他潘启文的实力，派出自己的儿子，来与潘启文共担骂名！

而他刚刚发出命令前对她那一瞥，竟令她心中莫名地慌乱起来，那眼神如此寒凉，这样的眼神，唯一的一次，便是当初她在他的逼迫下，对着他开枪时，在他眼中浮现过！

这样的他，她要怎么说？怎么劝？

叶蕴仪只觉得浑身都在发冷，却见对面那人取了一个搪瓷茶缸，放到桌上，拎起水壶往里倒了些热水，捧了来，递到她手上，漠然一笑：“我还真得多谢你，要不然，我被南京卖了都不知道！若真给那岩井英一进了西南地界，我怎么做都是罪人！”

茶缸里的热气袅袅升起，叶蕴仪抬起头来，透过那层薄薄的雾气，竟看不清他脸上的喜怒，然而，手上传递过来的热度终令她有了一丝暖意，她咬咬牙，诚挚地看向他：“启文，我知你为这场战争，准备了好几年了！可是，即便我不懂军事，却也明白，战争讲究时机，你真认为，目前是一个好的时机吗？”

潘启文冷冷一笑：“时机？什么时候是时机？日本人扶植‘满洲国’时，不是时机？日本人占东三省时，不是时机？到现在，别人要挑起战争，还不是时机？这场仗，躲，就能躲得掉的吗？”

叶蕴仪直直地看向他，眼神逐步清明而坚定起来：“启文，若在前两天，你这样做，我觉得无可厚非，可现如今西安形势不清，委员长生死不明，国内党派林立，群龙无首之下，必然纷争四起，若是这时贸然挑起战争，这后果，谁敢承担？”

她将手中的茶缸重重往桌上一顿：“战争牵一发而动全身，目前我们唯一能统率战事的人都生死不明，这仗要怎么打？凭你西南军一军之力，可能扛得起这全面战争的责任？”

潘启文伸出手，胡乱地往左右口袋摸去，叶蕴仪瞥到他掏出烟来的手微微颤着，她轻叹一声：“启文，那岩井英一为什么要来送死？无论他死在何处，只要是在中国的土地上，这仗就打起来了！日本人就是要趁我们没有准备好时，尽早开战，难道，以你之智，也要去上这个当吗？

“你可曾想过，只你西南军有准备有什么用？一旦开打，血流成河，有多少人会因此枉死？即便你潘启文这一次做得滴水不漏，免去了左右难做的骂名，可以后，面对那些冤魂，你，能心安吗？”

她顿了顿，掷地有声地道：“若是战争因此失利，甚至战败，你潘启文，便是历史罪人！”

潘启文的手一抖，跌坐在椅子上，他怔怔地看着往地上掉去的香烟，猛然站起身来，居高临下地看向她，决然地道：“不，这个骂名我背负不起！我更不能，让我的一双儿女，以后抬不起头来做人！”

叶蕴仪垂了眸，轻声道：“启文，方宗尧已在来西南的路上，就任新的省主席一职，方伯伯的意思，所有保护日本人的政令均由省政府以中央的名义下达，你，只是配合执行！”

潘启文心头巨震！方宗尧早已说过，与他不死不休，可现在，却要来跟他荣辱与共！

叶蕴仪抬起头来，眼中轻雾迷漫：“启文，你说，你不想一双儿女，以后抬不起头来做人，而这卖国贼的骂名，只要你上了战场，自然能洗清！宗尧他恨你入骨，尚且能选择这个时候来与你共担骂名。难道，你想让一双儿女，知道他们的父亲，是一个为了一己之私、而不能担当的人吗？”

潘启文突然走到叶蕴仪的面前，抓住了她的双肩，沉声道：“蕴仪，你告诉我，你为什么会带孩子来西南？又为什么选择带孩子留下来？”

叶蕴仪轻轻一颤，她点点头，轻轻挣脱了他，有些慌乱地抓起桌上的茶缸，喝了一口水，坐了下来，轻声说道：“当初，的确是为了银行来西南，我本没打算带小宇来，可辉杰却硬要我带上。”

潘启文食指一竖，摇摇头：“不，蕴仪，辉杰勉强不了你，可不可以，告诉我你心里的话！”

叶蕴仪嘴角挂起一丝苦笑：“是，辉杰哪里能强迫得了我？细细想来，心底里，或许还是有些不忿吧？当初你那么冤枉我，还发出那样一个声明，我想，不需要我再说什么，小宇便是最好的证据！”

她眼神迷离而凄然：“我没有表面上的那样心如止水，或许，我就是想看你痛、看你悔吧！所以，我才将小宇也带了来！”

潘启文脸上神情一点一点地僵硬起来，他点点头，轻轻放开她，再一次伸手摸索出烟盒来，一片寂静中，打火机“啪”地一响，叶蕴仪的视线不由自主地被那一小簇火苗吸引，耀眼的火星一闪即逝，那张轮廓分明的脸也随之暗淡下来，叶蕴仪突然心中一抽，这件事若是处理不好，他一个时时刻刻准备着打仗、以报国仇家恨的军人，还没有在战场上展开过他最炫丽的人生，却要就此黯淡一生吗？这，对于他来说，何其残忍？

潘启文似乎也失去了寻求先前答案的那份急切，他靠在椅背上，深深地吸了一口烟，缓缓地吐出一个烟圈来，半晌方道：“蕴仪，刚刚你问我，如果在最为残酷的时刻，若是有孩子在我身边，我是不是能有勇气面对一切？”

明明灭灭的烟头后，便只余了他一双眸还闪着亮光，他的声音略微有些嘶哑：“带着孩子留下，只是你的权宜之计吧？你是打算好了，这件事过后，你带着孩子去美国的吧？可是，蕴仪，你知不知道，一个人全部的勇气，来自于对未来的希望？”

叶蕴仪心口一跳，却听他继续说道：“你也知道，若是让日本人进了西南，就算是方宗尧来，就算是向全世界宣告是南京的意思，可谁不知道西南是我的地盘？当年张汉卿丢了东北，谁不知道那是南京的意思？可结果呢？所有的骂名还不是他背了？要不然，就不会出现如今西安之事！所以，日本人一旦进了西南，怎么处理，我都会背负一身骂名，若是处理不好，或许，我连上战场的机会都没有！”

他猛然站了起来，双手撑在桌上，身体微微向前倾，明明还隔了几个座位之远，可叶蕴仪却感受到了那扑面而来的压迫。潘启文声音里带上了一丝决然："不！既然我的人生毫无希望，那么，我宁愿选择在战场上死！这一仗，就由我来挑起好了！至于那些因此而枉死的人，我定会血战到底，下去陪他们就好！死了，也就无所谓身后之名了！"

叶蕴仪浑身一颤，想都不想便脱口而出："潘启文！你怎么能如此轻易言死！你即便不考虑你一人之身，牵系着整个西南军，甚至全国的局势，你又怎么能让小宇小风，刚刚知道自己有了父亲，便从此失去！"

叶蕴仪站了起来，恨恨地指着他，抖索腔调道："早知你有如此想法，当初我就不该让他们认你！"

听着她那颤不成声却又严厉的话语，潘启文眸中的光亮一盛，他用力摁熄了手中的烟头，借着这一摁之力，掩去了心中翻涌的情绪，他捏着眉心，撑住了头，黯然道："蕴仪，那你让我怎么办？我已经撑了五年，当我知道当初真相那一刻起，当我连对你的恨意都不复存在了时，当我知道你对我的所有情感，只余下了恨时，我便再也撑不下去了！"

他抬起头来，直直地逼视着她："战死沙场，是我唯一、也是最好的选择！"

"战死沙场"几个字，一下子震住了叶蕴仪，他这哪里是要打仗？他的目的不是赢得战争，他这是要去送死！

她一下子心慌意乱起来，他一再提到的那个"死"字，令到她完全无法思考，只是胡乱地连连摇头："不，不应该是这样的！"她急急地走到他面前，一把抓住了他的手，语无伦次地道，"不，启文，我再恨你，也从没想过要你死，你，你还是小宇、小风的爸爸，你想想，想想两个孩子，啊？"

她的手冰凉，手心里已是冷汗涔涔，一丝惊喜，竟悄然滑落在潘启文那疼得不能自已的心上，然而，他却狠狠心，扒开她的手，冷冷地道："孩子？我的孩子是我的吗？他们的母亲很快就要带着他们远走高飞，即便我苟活着，我这一生，又还能见他们几回？"

叶蕴仪心头一颤，她有点无措地背转身去，却听潘启文在背后，静静地加了一句："蕴仪，你知道我要什么！你知道，我的希望在哪里！"

叶蕴仪撑在桌面上的手一抖，没有回头，只挣扎着道："启文，你不要逼我！过去种种虽是误会重重，我可以不再恨你，可是，我真的是累了，也怕了，生生死死过两回，我怕，我再也给不起了！”

潘启文淡淡的声音从背后传来：“好，你有你的选择，我也有我的选择，谁也逼迫不了谁！”

叶蕴仪猛然回过头来，直直地盯向他，却听他苦笑一声道：“蕴仪，我不至于无耻到拿这样的事来要挟于你，而是，我的的确确是再也撑不下去了！所以，战死……”

“够了！”叶蕴仪陡然厉声止住了他，一听得那个“死”字从他口中就那样随意的迸出，她便再无法承受！

她浑身战栗着，无力地挥着手：“你让我想想，让我再想想！”

潘启文蓦然站起身来，他心中酸痛，眼神却晶亮，他知道，这是他最后的机会了，否则，他是真的撑不下去了！

当他得知她带着孩子来，竟是为了那样一个目的，他就要疯了！那一系列命令的后果是什么他清楚，贸然挑起战争的后果，他也清楚！可他，就是疯了一般，想要挑起那场战争，除了对日本人的仇恨以外，心底里，未尝没有一份要毁了天、灭了地的念头！

他本已存了必死之心，可是，她却告诉他，她从未想过要他死！虽然她口口声声的全是为国为民，为了孩子，可她的神情、她的语气、她战栗的身躯，通通在告诉他，她其实，舍不得他死！这个认知，让他本已绝望的心竟又活泛了起来。

其实，她并不知道，即便日本人要来，虽然艰难，可他也并非没有应对之策，就如她所说，暂时的骂名，以后自能洗清，若是应对得好，甚至连这短暂的骂名也不用背。

她想要通过孩子来给他支撑，他就知道，她，把这件事，想得过于严重了。对他来说，日本人的事，远不如知道她利用孩子来为南京做说客来得绝望，也远不如知道她与孩子将会彻底离开他来得绝望！对他来说，日本人的事，不过是兵来将挡而已！而对于她，他却毫无办法！

可是，他却不能告诉她，他能够担得起！因为，这真的是他唯一的机会了！

当她总于松了口，肯说出那句“让我想想”时，他已禁不住在心底里仰望上苍，满心感激。

潘启文的手从背后扶住了她的肩，轻声说道："蕴仪，我不敢强迫于你，我，只求一个机会！现在，你总要让我看到未来的希望！"

叶蕴仪脆弱地转过身来，怔怔地看向他："启文，我不知道……"

潘启文竖起食指贴在她唇边："蕴仪，给我一次机会，试着重新接受我！"他轻轻摇摇头，缓缓地道，"蕴仪，不是权宜之计，而是真正地尝试接受我，哪怕到最后，你还是不能接受，我也认了！"

他低下了头，额头抵在她的额头上，柔声道："蕴仪，这不仅仅是给我一次机会，也是给孩子们一次机会！我们欠了他们的，欠了他们父母双全、其乐融融的五年！难道，你就不想，让他们也能感受到在这样完整的家庭中的完整的童年吗？"

听他提到孩子，叶蕴仪瞬间便被他蛊惑了。

只有她知道，两个孩子有多渴望这样的家庭生活，父亲，是她无论如何也替代不了的角色！

他身上那久违了的男性温热气息就那样扑面而来，叶蕴仪心里一慌，不由往后退了一步，慌乱的脚步碰到了椅子，发出尖锐而刺耳的声音。

"报告！"门外一个响亮而急迫的声音响了起来。

潘启文眼中积聚着沉沉的灰霾，他直直地走到墙边，摁亮了灯，沉声叫道："进来！"

林泰推门进来，他没有看叶蕴仪，径直走到潘启文面前，打开一份文件，递到他手上，郑重地道："情报处说关于岩井英一的情报他们是昨天获知的，因为还有信息今天才确认，正准备上报，情报上说，岩井英一一行已经上了船，预计这两日抵达上海！"

叶蕴仪浑身一颤，怎么会这么快就有了消息？

林泰瞄了一眼叶蕴仪，轻声道："情报和命令刚刚已交给特种兵团，他们已整装待发，只待情报部那边最后落实岩井英一一行人员名单和特征，预计一个小时后，就可出发！"

潘启文死死地盯着叶蕴仪战栗的身影，闭了闭眼，口中冷漠地发出一个字："好！"

林泰的唇角动了动，终是没说什么，直挺挺地向外走去，那脚步沉重而缓慢，一步步似踩在叶蕴仪心上，当他的手扶上了门闩时，听到身后传来一个急切的嗓音："我答应！"

林泰悄悄吐出一口气，唇角微微一勾，他在门边驻了足，却没敢回头，在听到潘启文那句不知喜怒的话"去外面等着"后，他悄悄出了去，带上了门，对负手立于门外的黎昕展颜一笑，悄悄竖起了大拇指，黎昕如释重负般地笑了笑，转了身，向后摆摆手，放轻了脚步，径直往营房去了。

门内，叶蕴仪长长地吸了口气，终是抬起头，跨前一步，来到潘启文面前，恳求地看向他："启文，撤销命令吧，我答应你！我们，再试试！"

潘启文隐去眼中那就要泛滥出来的笑意，缓缓地摇摇头："蕴仪，我说过，我不要你的权宜之计，我要你真心实意地给我一次机会！"

叶蕴仪一怔，她皱了眉："我当然是真心实意！"

潘启文双目炯炯地看向她："那好，回去后，你跟孩子就搬回司令府！"

叶蕴仪脸色蓦然一变，却见潘启文苦笑道："你放心，我不会强迫你做你不愿之事！没有你的许可，我不会踏进你的房间一步！我心里明白得很，我知道自己什么状况，你给我机会，不等于我就能得到你们，只要你肯给我机会，我，会慢慢等！等你肯真正接纳我那一天！"

见叶蕴仪脸上仍是犹豫不定之色，潘启文看向她，轻声道："搬回去，只是因为，我想一家人能生活在一起！蕴仪，即便没有这次领馆的事，我估计，战争爆发也不远了，我只是想，在上战场之前，多给自己留些念想！人吧，只要有了牵挂，总不会那么容易就死！"

叶蕴仪一把捂住他的嘴，恨恨地道："潘启文，我要再从你嘴里听到一个'死'字，我立刻就带孩子去美国！"

潘启文再次抵上了她的额头，蹭了蹭，有些耍赖地道："这事是你给我揽上的，你得想法子帮我，怎么样能既不让我背上骂名，又不能让日本人得了逞！"

叶蕴仪抬起眼皮，离开他的额头，睥他一眼："潘启文，我怎么觉得，日本人来了，你还挺高兴？"

潘启文的头下一空，重重地往下一点，他赶紧稳住了，叹口气道：

“蕴仪，我身上所担负的，有多重，我心里清楚！若是你跟孩子在我身边，便是天与地都压过来，我也能顶得起来！也就是你和孩子，能让我在这沉沉的压力中，稍稍轻松一下，我只是想，天天回到家，能看到你跟孩子，我就心满意足了，便连这，你也不答应么？”

叶蕴仪心里一软，她郑重地点点头：“好，我答应你！”

潘启文有些忘形地一把抱住了她，却感觉到怀中人身子明显一僵，他却舍不得放开，喃喃地说道：“蕴仪，就一下，就给我抱一下就好！”

叶蕴仪鼻子一酸，她微微放松了自己，将头轻轻往他怀中一靠，就这一个轻微的动作，便让潘启文眼中一热，他竟有些不敢再抱下去，仿似上天的恩赐，他不敢，一次就用尽。

叶蕴仪温顺地点点头，略微有些羞涩地转了身，潘启文却突然抓住了她的肩，有些艰涩地道：“蕴仪，我知道我过去浑，可是，这一次，可不可以看在孩子的面子上，坚持下去？”

叶蕴仪脚步下一顿，她回过头，疑惑地看向他：“坚持？”

潘启文死命地咬了咬唇，沉声道：“蕴仪，我说出来，是怕你回去后乱想，或许你又会反了悔，你……”

叶蕴仪皱了眉：“你到底要说什么？”

潘启文咬咬牙，吞吞吐吐地道：“我让你搬回司令府，其实还有一层意思！因为……因为方宗尧要来西南！”

叶蕴仪一时间浑身冰凉！

她怎么就忘记了，当初，潘启文发出那样一份声明，直指她与方宗尧有染！虽说过去了好几年，可无论是潘启文还是方宗尧，明的暗的对头都不少，而现在这个时节，两人都处于风口浪尖上，若有人要做文章，那么，当初的事，便是最好的素材，那么她叶蕴仪，便会成为人们口中最好的话题！不可避免的，两个孩子，只怕也不能幸免地会成为焦点！

潘启文急急地说道：“蕴仪，那些个报纸、电台什么的，我会严命控制住，他们不敢乱写乱说什么的！”

她猛然一把推开他，冷声道：“西南的新闻你能控制，全国的呢？”

潘启文一时语塞，却听叶蕴仪接着说道：“潘启文，即便我搬回司令府，表面上能证明我跟宗尧之间是清白的，可是，我又以什么身份入住司令府？你别忘记了，当初，你的那份离婚声明，已是人尽皆知！”

潘启文稍作沉吟，小心翼翼地看向她：“如果你同意，我可以登报道歉，澄清当初的误会，并声明与你复合，亲自接你这个司令夫人回府，或者，如果你愿意，咱们再结一次婚，也无不可！”

叶蕴仪胸膛急剧起伏着，半晌没有出声，潘启文再沉不住气，一把抓住她的手，那触手的冰凉，令他心里一紧，他不由急道：“蕴仪，你，不会现在就反悔了吧？”

叶蕴仪用力抽出手，垂下眼帘，沉声道：“我答应过的事，不会反悔！我也同意入住司令府，以免给宗尧带来困扰！至于登报什么的，就免了吧，这些事，只会越描越黑，起码现在，我还没打算跟你复合，也不会跟你再结一次婚！”

顿了顿，她轻叹一声：“至于别人要怎么说，就说去吧！”

潘启文心里登时一凉，垂立身侧的双手，死死地捏了捏，他低了眉眼，以尽可能平静的语气，轻声问道：“等会儿，还能一起吃晚餐么？”

叶蕴仪淡漠地扔下一句“你想来就来吧”，转身便向门外走去。

安排完公事，潘启文低了头，缓缓地踱到伙房门口，差点一头撞在一人身上，他恼怒地一巴掌就挥了过去：“走路也不看着点！”却被人一把抓住了手，一抬头，却是黎昕一脸愕然地看向他：“咦，蕴仪不是答应给你机会了吗？你还不趁机去蹭晚饭去，到这儿来发什么火？”

潘启文抽回手，白他一眼：“我来看看菜好了没有，不行啊？”

黎昕审视地看了看他，突然微微一笑：“潘天一，不敢去？”他直直地将脸凑到潘启文跟前，压低了声，嗤笑道，“呵呵，近乡情怯？”

潘启文烦躁地推开他的脸：“去去去，我怯个屁我！”

当文四寻摸到小伙房时，伙房内个个满头大汗的伙计们，齐齐地拿求救的目光看着文四，文四看了看那个站在屋中央、正黑着个脸在那儿挑三拣四的潘司令，赶紧上前笑道：“少爷，少奶奶请吃饭呢，大少爷和三小姐都过去了，就差您了，赶紧的，回去吧！”

潘启文不悦地瞪着眼道：“黎昕和黛儿凑什么热闹？还嫌不够乱是不是？”

文四一怔，忙小心地道：“是少奶奶说，要请大少爷和三小姐的，说是，一家人吃个团圆饭！”

潘启文原先烦躁不安的眼中，蓦然绽放出狂喜的光来，他一把揪住了文四，叫道：“她真这么说？”

文四忙不迭地点头，潘启文一把放开他，对着房内吼道：“起菜，起菜，赶紧的，送过去！”伙计们齐齐松了口气，手忙脚乱地装着菜。

潘启文一指灶台上一个炖盅，叫道：“哎，那个鸽子汤，给我拿个托盘装上，我现在带过去！”

灶台边上的伙计讷讷地道：“您刚才不是说不够鲜，要重做吗？”

潘启文一瞪眼：“刚才不够鲜，现在鲜了行不行？”转头一巴掌拍上正拼命忍着笑的文四的头，“还不赶紧地端上，走！”

走到叶蕴仪房门口，屋内孩子的嬉笑声，夹杂着大人们的谈话声飘出来，那一份热闹，令寒冽的空气中，平添了几分暖意，潘启文心里不由一松，却仍是驻了足，侧耳细听，仔细地分辨着那个人的声音。

叶蕴仪略微不耐却满含着笑意的话语飘了出来：“是的，是的，跟你说过多少遍了，爸爸、妈妈，还有大伯、姑姑，咱们一家人住在一起！妈妈跟你保证，你每天都能看到爸爸，这下你该放心了吧？小祖宗！”

那似嗔却柔的话语，令潘启文脸上的僵硬和紧张一点一点地消散开去，他两只手掌用力搓了搓，温热的掌心按在脸上，将脸上的肌肉缓缓地向侧面提了提，深深吸了一口气，放开来，脸上已是漾起了笑意，仿似为了掩饰余下的那一点手脚的局促，他索性抢过文四手上的托盘，伸脚踢开了门，夸张地叫道：“看一看、瞧一瞧哎，新鲜出炉的鸽子汤哎！”

刚刚吃完饭，黎昕兄妹就离开了。潘启文从兜里掏出一副扑克牌，对着小风和小宇变起戏法来。房间里充满了孩子们叽叽喳喳的声音，时不时夹杂着潘启文那爽朗的大笑，叶蕴仪被小风拉过去，坐在边上，时不时被拉着参与进去，更多的时候，她却只是静静地看着他们，脑袋里突然便冒出一个词来——“岁月静好”。

潘启文跟孩子们笑闹着，一双眼却时不时地瞄向叶蕴仪，见她就那样安安静静地坐在那里，嘴角噙着一丝温柔的笑意，专注地看着一双儿女，心里便满满暖暖的。

玩了好一会儿，叶蕴仪便叫来两个妈子，招呼两个孩子去隔壁他们的房间睡觉。

小风皱着一张小脸，拉着叶蕴仪的手，可怜巴巴地叫：“妈妈，可不可以跟爸爸妈妈一起睡？”

叶蕴仪一怔，微微蹙了眉，却见小风低了头，红着眼圈说：“我长这么大，却从来没有跟爸爸、妈妈一起睡过！”

叶蕴仪心里一疼，不由迟疑着看向潘启文，潘启文眼神一闪，竟不敢看她。

小宇却对小风天真的想法嗤之以鼻：“咱们这几天都是一人睡一张床，这么小的床，你想跟妈妈两个人睡都不可能，怎么可能睡下四个人？”

小风眨眨眼，嘻嘻一笑，拿眼瞅着潘启文：“爸爸会变戏法，让爸爸变一张大床出来。”

叶蕴仪看了看房间内狭小的空间，绝对不可能安下一张大床，忍不住逗她道：“好，只要爸爸能变出大床来，咱们就一家人一起睡。”

小风扑到潘启文怀里，咯咯咯地笑：“爸爸快变！爸爸快变！”

潘启文把小风往上一举：“好，爸爸变给你看！”

叶蕴仪睁大了一双凤眼，目瞪口呆地看着一队士兵鱼贯而入，乒乒乓乓地又搬又抬。不一会儿，整个房间里就满满当当地只剩下了一张大床，那是三张小行军床拼起来的大床。

终于听到小宇和小风平稳的呼吸声，潘启文回过头来，发现不知何时，叶蕴仪竟已坐进了被窝，靠在床头，看着书。

看到叶蕴仪抬头看向自己，潘启文僵硬地举了举想要伸过去揽住她的手，指着孩子们，有些讷讷地道：“他们都睡着了！”

叶蕴仪垂了眸，轻声道：“嗯，你也早点睡吧，文四告诉我，我们来了西南这么多天，你就只把小宇小风带下山来那天，睡了一个囫囵觉。”

潘启文再忍不住一把将她揽进了自己怀中，傻愣愣地一笑：“有些舍不得，我怕，明天一醒来，就发现，这不过是个梦！”

叶蕴仪鼻中一酸，温顺地靠在他怀里，半晌，方说了一句：“我的脚好冷！”

潘启文正贪婪地嗅着她的发香，听到她的话，眼中满满地绽放出不敢置信的惊喜来，他微微拉开她，探究地看向她的眼睛，当看到她眸中那半是羞涩半是欢喜的眼神时，他的心跳骤快，一掀自己的被子，叠在她的被子之上，一双脚已是伸了过去。将她冰凉的双脚夹在自己腿间，那触肤的冰凉，令他心中一疼，这几年的冬天，她是怎么过的？

他吸吸鼻子，柔声道："蕴仪，咱们平心静气地说说话，可好？"

叶蕴仪点点头，轻声道："好，过去的事，咱们都不再提。"

她犹豫了一下，小心地说道："启文，关于宗尧，你可否放下过去的成见，与他携手合作？"

一股酸涩在潘启文心中掠过，她这样说，却是与他生分了！他轻叹一声："蕴仪，以前是我有错在先，若他能放下，我有什么放不下的？"末了，他半开玩笑地道，"晚上我还跟黎昕说，把黛儿介绍给方宗尧呢，只怕你觉得咱家黛儿配不上你的宗尧哥哥！"

叶蕴仪眼中一亮，不由捶了他一拳："你别胡说！黛儿那么好，你看David那样眼高于顶的人，咱们黛儿还看不上呢！"

耳边是那样的软语温言，口鼻中满满是她久违了的气息，眼中只有那一启一合的红唇，潘启文再忍不住，一低头，便噙住了那思念已久的柔软。

心中终是有些惴惴，加上有孩子在侧，他也不敢过于放肆猛浪，只那样轻轻柔柔地将她的唇含进口中，嘬弄着，感觉到她的僵硬，潘启文心里一凛，连忙放开了她，小心地看向她："对不起，我……"

叶蕴仪脸红气喘着，轻轻摇摇头，嗔道："有孩子在呢！尤其是小宇，现在可什么都懂！我有时都有点怕他！"

一阵狂喜，就那样掠过了潘启文的心头，他一把搂过了她，在她头顶颤了声，乐颠颠地、语无伦次地道："那……那回去，蕴仪，你，你可是允了我？"

叶蕴仪恼怒地瞪他一眼："允你什么了？今儿个才说给你一次机会，你就想一步登天了？"

潘启文先前生怕惹恼了叶蕴仪，只是试探性地碰触她，现在见她并无责怪之意，那话里话外的意思，让他哪里还忍耐得住？

他瞄瞄叶蕴仪，又瞄瞄身侧的孩子，强自按下身体的躁热，轻手轻脚地脱掉了外衣，身子一挪，整个人已钻进了叶蕴仪的被窝中，头枕在她腰侧，伸手搂住了她的腰，在被窝里闷声闷气地笑：“好，不一步登天，我给你暖被窝总可以吧？”

潘启文伸手将她那边的被子压实在她身下，安安静静地搂着她，一动不敢动。叶蕴仪嘴角不自觉地向上微微一弯，也不吭声，径直低了头看她的书去。

然而，没一会儿，下面的人便不老实起来，一只手悄悄地摸进了她的衣内，紧贴着她的小腹，那手的热力，令叶蕴仪一下子便心慌气喘起来，内心闪过一丝挣扎，然而却终是抵不过心底和身体里的那份破茧而出的渴望，她没有动，眼睛停留在书上，却再一个字也看不进去。

突然，潘启文的手一僵，像要确认什么似的，手指又急急地抚上了她腹上那条长长的疤痕，停下，又上下移动着，反反复复细细摸索了好几回，终是将手抽了出来。

叶蕴仪心里一空，却见潘启文已坐了起来，他只着里衣，也顾不上冷，一把便将叶蕴仪搂进怀里，他的唇狠狠地压了下去，他抖索着唇在她的唇面上来回地轻蹭着，颤了声，带着浓浓的鼻音道：“蕴仪，以前是我浑，你怎么惩罚我，都是好的！”

感觉到身下的人，双手犹豫着揽上了他的颈项，潘启文背上一阵战栗，他却并没有回应她，而是抱起她，像捧着易碎的珍宝，缓缓地将她放倒在床上，动作轻柔地脱去她的外衣，为她盖上被子，自己也钻了进去。

这样的他，反令叶蕴仪突然有点不知所措起来，她侧了身，背对着他，潘启文整个人都贴了上来，从背后紧紧地抱住了她。潘启文的唇轻轻柔柔地吻上了她的后颈，两个人的呼吸都急促起来，然而，这样的背对着他，潘启文心里终是不踏实，他轻轻扳过她，令她平躺过来。

他一只手撑起身子，另一只手，轻轻地抚上了她的脸庞，就那样来回摩挲着，一双眼迷迷离离地看着她。

被他这样如珠似宝地对待着，叶蕴仪埋藏在心里已久的疲累、委屈，终是如开了闸的洪，再也关不住，她胸膛起伏着，闭了眼，眼泪沿着脸颊倾泻而出。

潘启文心里一慌，他胡乱地伸手去揩，那泪水却越抹越多，她那咬唇隐忍的模样，比她冷漠以对时更令他心疼，心里纵是万分不舍，他仍是轻叹一声，急急地道："对不起，是我心急了！你别哭，我、我这就走，我去隔壁睡去！"

说完，他就要起身，却被身下的人一扯，紧接着一阵剧痛传来，竟是叶蕴仪一口咬上了他的手背，她毫不留情地狠狠撕咬着，潘启文心里一松，心里痛与欢喜交织着，他顺势躺了下来，任她咬着，另一只手却轻轻抚上了她战栗的背脊，轻轻地吻着她的发顶。

半晌，叶蕴仪终是松开了他的手，潘启文这才扳过她的脸，轻轻柔柔地吻去她脸上的泪痕，不一会儿，整个人又钻了下去，在被窝里捞开她的上衣，将长裤轻轻地往下褪到她腰下，他的唇虔诚地印上了她小腹上的疤痕，沿着那条线，从下往上，缓缓地吻上去。

一滴温热跌落在叶蕴仪小腹上，叶蕴仪浑身一震，她的手不由自主地抚上了他的头顶，像是安慰怀中孩子似的，轻轻摩挲着。

潘启文再次爬了上来，两手撑起身体，在她的上方，一双黑眸沉沉地凝视她，潮润的眼中是深切的怜惜与心疼。

叶蕴仪轻叹一声，伸出手揽住他的脖子，将他往下一拉，她的唇迎上了他的，潘启文的舌就那样急急地冲了进去，慌不择路地追逐着她的丁香，迅速地与她纠缠在一起，他们相互撕扯、吸吮着对方，迅速地搅起一摊热气，两人都逐渐气息不稳起来。

潘启文的手探进了她的上衣内，重重地揉捏起那两团丰盈来，却被叶蕴仪一把抓住，只听她轻喘着说道："孩子！"

潘启文身体一僵，半晌，他翻下身来，闷闷地说了一句："蕴仪，不带这样拾掇人的！"

第二天，特种兵团训练场，潘启文拉着小宇站起身来，对走下擂台的陆念迅笑笑："感觉怎么样？"

陆念迅眼中闪着兴奋的光："我看过他们的训练，苗子都是好苗子，可特种兵团不仅仅是擒拿、格斗和射击，更重要的是小组作战的配合，他们都够狠，却不够忍！"

潘启文眉一扬："哦？"

陆念迅沉声道："战场上来讲，特种兵团的作用不是正面作战，更多的是深入敌后，而这首先是要隐忍，保存自己的实力，出其不意地在最关键的时候最关键的位置，给敌人一刀！一旦暴露，便全盘皆输，所以，这个'忍'字，尤其难磨！"

"忍？"潘启文口中咀嚼着这个字，突然眼中一亮，日本人来之事，他心中已有主意，只是这贴身保护又是监视日本人的人，他还没有想好。因为这些人既要保护日本人，又要控制住他们，更要忍受来自各界的压力！本来黑衣卫队去最是放心，可若按他的做法，他却有些不忍让自己的亲卫去承受那些！

只是，现在还不是说这个的时候，潘启文看了看陆念迅，淡淡地道："你先告诉我，你有没有兴趣带这些兵？"

陆念迅一扬眉："你真放心将他们交给我？"

潘启文轻轻一笑："你敢接，我就敢给！"他随即一正色，"不过，陆念迅，你先想好，做我的下属，我要求的是绝对的忠诚！绝对的服从！"

他那眼中的狠厉令陆念迅一凛，陆念迅不由自主地挺了挺胸，直直地看向他："只要这支兵是用来打日本人的，我就敢接！"

潘启文郑重地点头："那当然！回头你可以找找他们的训练教官，我刚给了他一本有关日本人的作战方式研究的书，我要你与他一起，结合我们的特点，研究出一套对付日本人敌后作战的有效的方式来！"

陆念迅眼中一亮，不由点点头："好！"

他随即却又微微蹙起了眉："我会把叶家护卫们交给小柱子。"

潘启文自是明白陆念迅的意思，叶家护卫是姓叶的，而黑衣卫队却是姓潘的！

他心里微微沉了沉，拍拍陆念迅的肩，笑了笑："回去后，你的护卫们一部分都住进司令府去，另外，你们对外保持你们原有的联络方式，你家小姐使唤的，全是你们护卫的人，这样可放心了？"

陆念迅默默点了点头，潘启文却厉声道："陆念迅，你若接下了这支兵，你就是我潘启文的人，只能唯我命是从，再无你家小姐，除非有我的命令，你不得再擅自听命于你家小姐，你可明白？"

陆念迅咬咬牙，立正、敬礼：“是！潘司令！”

潘启文拉着小宇，往营房走去，心中先前的那一丝不安越来越清晰，虽说蕴仪答应了给他这次机会，可那几乎是在他的逼迫之下仓促答应的，若是叶家坚持要接他们母子去美国，他怕，这日本人的事一了，她便会跟蕴杰走！

他心思沉沉地推开房门，看到那将屋内填得满满当当的大床，他突然勾唇一笑，眼睛微眯，昨晚，她可是允过他的亲密，回去司令府后，若是没有孩子在？

潘启文猛然一回头，急吼吼地对文四叫：“快去、去看看少奶奶和小凤在哪儿？赶紧的，收拾东西，咱们回省城！”

第七十四章

权宜之计

黄昏时分，芳华苑门口，潘启文将已睡着的小风抱下马车，递给车旁的妈子，对牵着小宇的叶蕴仪柔声道："今天先在司令府歇下，明天再让他们去东磨街宅子里把东西搬过来，可好？"

叶蕴仪轻轻皱了皱眉，还未说话，却听一个男声干脆利落地响起："不行！"

叶蕴仪又惊又喜地向门口看去："蕴杰？"

潘启文定睛看去，却是已与他一般高大的叶蕴杰。

叶蕴杰跨下台阶，一把将叶蕴仪和小宇揽进怀中，一脸戒备地看向潘启文，冷冷地道："潘司令，你要他们以什么身份住进你的司令府？"

看到蕴杰怀中的叶蕴仪浑身一震，潘启文心里顿时一慌，他急急地看向叶蕴仪，却见她垂了眼睑，不知在想什么，心中不由一凉。

这时黎黛走了下来，轻快地笑道："嗨，都杵在门口做什么？先前文四已派人回来报了信，这晚饭可都准备好了，不管怎么样，先吃了饭再说，别饿着孩子！"

叶蕴仪不由自主地抬眼看向潘启文，她看到潘启文就那样抿了唇，一双眼直勾勾地看着她，眼神黑沉得像要将她整个人吸进去一般，她心里一紧，她拍拍蕴杰的手，轻叹一声："蕴杰，吃过饭，姐再跟你慢慢解释。"

蕴杰左手捏了捏拳头，右手却是缓缓松开了叶蕴仪，阴沉着脸，点了点头。

尽管黎黛尽挑些开心的事情来讲，又逗着已醒来吃饭的小风玩，饭桌上的气氛却仍有些沉闷。

潘启文的眼时不时地向身边的女人瞄去，却见她只是不停地给蕴杰夹着菜，一停下筷子，便一脸柔情地看向蕴杰，他的心中越发沁凉起来。

菜刚刚上齐，潘启文拿起桌上的酒壶，向着蕴杰的方向举了举，哑着嗓子笑了笑："蕴杰，几年不见，已经是大小伙子了呢，你现在会喝酒了么？要不要来一杯？"

蕴杰瞥了一眼叶蕴仪，举起面前的茶杯，在手中转着，淡淡地道："看来你都忘记了，我有哮喘，从不敢喝酒！"他轻笑一声，"这酒么，我这一辈子，恐怕都是不敢沾的！"

听了这话，几个人脸色都是一变，叶蕴仪满脸愧疚地看向蕴杰："蕴杰，对不起，都是姐姐害了你！"

蕴杰脸一沉，挑衅地看向潘启文："姐，对不起我的另有人在，你不要什么都往自己身上揽！"

潘启文有些心灰意冷地闭了闭眼，如果说他跟叶蕴仪之间还算是重重误会的话，那么，蕴杰的病，他的确无话可说！更何况，还有那份该死的声明！先前在大门口，当蕴杰问出那句"你让他们以什么身份住进你的司令府"时，他竟然完全无法回答，脑中转过无数个念头，却终觉，怎么说，都是错！

桌下，一只柔软的手轻轻放在了他的掌中，潘启文眼中蓦然一亮，他唇角一勾，大掌一裹，大大方方地将身边女人的手牵到了桌面上，生怕别人看不到似的，微微皱了眉，柔声道："手怎么这么凉？"

叶蕴仪面上微微一红，她悄悄看了一眼蕴杰，不着痕迹地抽出手，捧上潘启文给她掺上热水的茶杯，轻笑道："嗯，还是这个暖手有用！"

潘启文转过头，轻轻拈去小风嘴边一粒饭粒，夹起一根青菜，喂进小风口中，只听黎黛笑骂道："个臭丫头片子，姑姑喂的你就不吃，还明目张胆地说什么嫌弃姑姑的口水，你爸爸的你怎么不嫌了？"

小风口中含着菜，鼓鼓囊囊地道："因为是爸爸呀！"

蕴杰伸出去夹菜的手一滞，他神色复杂地看了看叶蕴仪，又看看两个孩子，眼中闪过一丝淡淡的释然和狡黠，却不动声色地说了句：“姐，爷爷现在身体一天不如一天了，他整天唠叨着，说还没见过两个孩子，让你带去美国给他看看呢。”

潘启文背上一凛，一股寒意油然而生。若是蕴杰硬说奉命接蕴仪和孩子去美国，他自是要想方设法说服蕴仪，可是，蕴杰说出这样一句话，却让蕴仪完全没有拒绝的余地。他不是不让他们去看爷爷，他怕的是，有去无回！

果然，听完蕴杰的话，叶蕴仪已是红了眼圈，想都不想，便点了头：“好，等忙过这段时间，我们就去看爷爷！”

潘启文抓住筷子的手捏得死紧，手背上已是青筋暴绽。

东磨街，叶宅门外，潘启文亲了亲怀中的小风，不舍地将她递给蕴杰，旁若无人地拉起了叶蕴仪的手，沉声道：“蕴仪，别忘记你答应过我的话！”

叶蕴仪还未来得及说话，蕴杰怀中的小风却往潘启文怀中一扑，一只手扯上了潘启文的衣服不肯松开，皱着小脸叫：“爸爸，你今天不跟我们睡了吗？”

潘启文眼中一痛，却强自微笑着对小风道：“今天太晚了，爸爸明天过来接你们，可好？”

小风却拉着潘启文的衣服不肯松手，哭道：“爸爸，你说话不算数，你明明说过接我们一起住的！”

启文无奈地将她抱了过来，小风转头又对着叶蕴仪大哭：“妈妈，爸爸说话不算数！”

叶蕴仪有些尴尬地看看潘启文，又看看蕴杰，没有吭声。

小风见得不到妈妈的响应，又低了头，对站在叶蕴仪身边的小宇叫：“小宇，爸爸说话不算数！爸爸是坏人！你不许再理他！”

小宇瞥了她一眼，轻轻地说了句：“我们不搬去司令府，爸爸可以来我们家啊！”

潘启文眼中一亮，他不由满脸期望地向叶蕴仪看去，却见叶蕴仪欲语还休地望着蕴杰。

蕴杰耸耸肩，鼻子里重重地一哼：“都杵在这里做什么？大冷的天，还不进去？”

潘启文忙不迭地一手抱了小风，一手揽了叶蕴仪，就往里走。

许是下午在马车上睡多了，小风今晚特别闹腾，潘启文费了好大劲，才把小风给哄睡着，他走出房门，看到杵在门外的文四那想笑又不敢笑的神情，他一巴掌拍上了文四的头：“笑什么笑？没听到刚才小风说要四个人睡的大床？还要能在上面打滚那种？明儿个赶紧去整一个来，安孩子房间里！”

文四摸摸自己的头，笑道：“少爷，我只是从来没见你对谁那么耐烦过！”

潘启文想着小风临睡前勾着自己脖子，嘟着嘴亲上来的模样，眉眼不自觉地向上一弯，一挥手：“废话！那是我闺女！”

他按下心中的急切，缓缓地踱到叶蕴仪房前，轻轻呼出一口气，这才抬手，敲了敲门。

半晌，门内没有回音，他犹豫片刻，一推门，走了进去，反手关上了门。

一进屋，他脑子里便全是叶蕴仪昨晚那妩媚的模样，心里犹如百抓挠心般，又急又慌。他径直越过外间，掀开帘子往里走去，放眼一望，却哪里有她的影子。

潘启文心里一凉，却听到隐隐有水声传来，仔细一看，东头浴室的门微微掩着，些些雾气正从那门缝里迷漫出来，潘启文面上一喜，整个人立刻便燥热起来。

当他看到那门外竟摆着一双大大的男式拖鞋时，心里不由一热。他唇角一勾，脱下外套和外裤，只着了里衣，趿了拖鞋，轻轻地推开那扇门，再轻轻地合上。

热气腾腾的沐桶内，叶蕴仪纤细的身影若隐若现，潘启文强制按下心底的悸动，悄悄走到她背后，弯了腰，一双手轻轻地按上了她的肩。

叶蕴仪蓦然回头，微微一笑：“你来啦？”

潘启文眼中一热，轻轻点点头：“嗯。”

这一问一答，便似将他们之间过去隔了重重恩怨的那一段长长的时光生生地抹了去，就好像，他们之间什么也没发生过，她，只是他一直深爱着的蕴仪，他，还是她当初嫁的启文。

叶蕴仪拧着的脖子转了回去，潘启文心头那火烧火燎的欲望竟瞬间沉静下去，他在木桶旁的矮凳上坐了下来，挽起衣袖，拿起木勺，舀了一瓢水，缓缓地从她肩头淋下，轻声笑道："你道小风今天跟我说什么吗？她说，要安一个比西山那个床还要大的床在房间里，嗯，要能在上面打滚！"

叶蕴仪忍不住轻笑出声："这个臭丫头！"

潘启文又轻轻叹了口气："蕴仪，以后，不要再让小宇觉得，家里就他一个男人，这对于现在的他来说，实在太沉重了！"

叶蕴仪一阵默然，潘启文忙道："我不是说你教得不对，只是，我跟小宇约好，他长大了，我再把保护妈妈和妹妹的责任交回给他！"

叶蕴仪挺直的脖子显得有些僵硬起来，一丝不安，掠过潘启文心头，难道她，并不肯将她和孩子的责任再交到他手上？可是，她明明答应给他一次机会，还允了他如此的亲密！

他按在她肩上的左手紧了紧，哑声道："蕴仪，你，怎么了？"

叶蕴仪扭了扭脖子，轻笑一声："我以为，你一进来，就会不管不顾地扑上来！"

潘启文垂下眼睑，轻轻叹口气，再舀起一瓢水淋下："比起那件事，我更想这样跟你安安静静地说上一会子话！"

他幽幽的声音随着那雾气在空中迷漫开来："蕴仪，我做梦都想着，就是这样，安安静静的，只有我们两个人，心平气和地，就是些家长里短，最多的，就是孩子的话题，像无数普通夫妻那样！"

叶蕴仪静静地听着，并不答话。

潘启文心中越发不安起来，他压下口中蔓延出来的丝丝带着恐慌的苦涩，试探地笑道："对了，你找来那个银行的买家，情报处查清楚了，他可是为日本人做事！咱们那银行就不用卖了，若是美国那边缺钱，咱们把银行可以周转的资金都先汇去美国就是！"

叶蕴仪不疑有他，浑不在意地笑笑："没关系，我还有一家备选的，只是可能价格压得低些，总不成，都是替日本人干活不成？"

潘启文只觉得浑身的血液都冻凝了起来，他的声音不由一冷：“蕴仪，你根本就没打算留下来，是不是？”

叶蕴仪浑身一僵，她突然转过身，光洁的双臂一伸，揽上了他的颈项，她的凤眼似娇似嗔地睨向他，她一脸惋惜地叹了口气：“枉我还费了心思往这里撒了干玫瑰花瓣，以为你会喜欢。”

潘启文的视线随着她小臂上滴滴水珠往下滑去，最终停留在了她半掩在水下，若隐若现的双峰上，他喉中一紧，一股热流直直地向下腹冲去，然而，心中的不安终是压下了那蠢蠢欲动的欲望，他恶狠狠地剜了叶蕴仪一眼，咬牙将她的手掰下来，哑声道：“蕴仪，别招我！好好说话！”

叶蕴仪眼中闪过一丝惊慌，她放开他，转过身去，用手掬起一捧水，再看着那水缓缓地从指缝中漏了出去，她再掬起来，微侧了身，将水捧到潘启文面前，轻声道：“启文，或许你想细水长流，可是你看这水，无论你怎么用力捧住了，它总是会流完的。”

潘启文面色一变：“你，什么意思？”

叶蕴仪摊开手来，再掬起一捧水，往身上一洒，笑道：“你看，只要及时地将它泼出去，这样它虽然洒走了，可总归是有了用处，启文，为什么咱们不珍惜现在那水捧在手中的一刻呢？”

潘启文右手一松，手中的木勺掉在桶里，那溅起的水花一下子打进了潘启文的眼，刺得他生生地疼。

他的手死死地扒住木桶边缘，他用尽了全身的力气，才压下胸中那翻涌的情绪，沉沉地说道：“蕴仪，我以为，你已同意给我一次机会！真心实意地给一次机会，而不是敷衍我！”

叶蕴仪背对着他，轻声道：“我当然是真心实意地给你机会，我把自己交给你，怎么会不是真心实意？”

潘启文赫然站起身来，一脸受伤地低叫道：“你的真心实意，就是跟我做一场露水夫妻？！”

他的眼直直地盯着她雪白的后颈，捏紧了拳头，悲凉地摇摇头：“是！是我逼你的！你没有办法，才答应给我一次机会！我又要你不能敷衍我，所以你只好将你自己交给我！可是，你从来就没打算过长长久久，是不是？所以，你才会没名没分地就同意住回司令府，因为，你根本没打算长呆，是不是？所以，你根本就没打算将你和孩子的责任交到我手上，你才不要跟我家长里短、细水长流，是不是？”

枉他从昨晚她允了他的亲热开始，便一直喜滋滋地做着美梦！

却原来，她真的，根本就没有长久的打算！一切，不过是他的一厢情愿！

潘启文心中的悲怒无处可泄，一脚踢翻了身旁的凳子，他指着她，怒吼道：“你还说不是敷衍我？你心里是不是打算好了，等到日本人的事一了，就把银行卖掉，一走了之？那么，我算什么？咱们这一段时间，又算什么？”

他走到她面前，狠狠地抓住她的双肩，用力地摇晃着她，眼中是疯狂的神情：“蕴仪，你说，你到底要怎么样才肯原谅我，啊？”

叶蕴仪闭了眼，幽幽地道：“启文，我真的是，想着一家人在一起，过一段真真实实的日子！你应该了解我，若我真只是敷衍你，我不可能将自己再次交给你！”

潘启文微微一怔，晃动的手不由缓缓停了下来，只听叶蕴仪接着道：“不仅我的身体，我的心，我都打算好了，跟着你转，想你所想，痛你所痛，今天在马车上，一路我就在想，怎么样能让你既不背上卖国贼的骂名，又不会挑起战争。我还想着，万一不能双全，怎么样教小凤哄你开心，让你的日子好过一些。”

潘启文慢慢松开了手，整个人无力地滑跌下去，坐在潮湿的地上，他无力地将头埋在双膝中，语态悲凉：“然后呢？蕴仪，然后呢？你将我捧上天堂，再将我摔下地狱，让我陷入永无止境的黑暗，这，就是你对我的惩罚么？”

叶蕴仪从水中站了起来，围上大毛巾，她跨出浴桶，赤了脚，来到他面前，蹲下身来，手抚上了他的发顶，轻声道：“启文，过去哪一次，我们不是以为我们可以长长久久？可是结果呢？所以，你要的长长久久，我给不了！为什么不惜取眼前呢？”

潘启文猛然抬起头来，赤红的眼死死地盯着她，他一把抓住了她的手，语无伦次地道：“蕴仪，我们再试试，好吗？这一次，你再信我一次，好不好？”

叶蕴仪眼神一闪："我们现在不是在试吗？"

潘启文摇摇头："不，蕴仪，我了解你！你是打定了主意要离开，所以你才会将自己交给我！若你真心实意给我一次长久在一起的机会，你不会这么快给我好脸色，不会这么快就将你自己给我！若这算是对我的补偿，我宁愿不要！"

他那狂乱而悲伤的眼神，令叶蕴仪心中猛然一痛，早在眼眶中打转的泪水，便怔怔地掉了下来。

潘启文伸出手，轻轻抹去她脸上的泪水，喃喃地道："你明明还爱着我的啊，蕴仪！"

叶蕴仪捉住他的手，贴在自己脸上，哽声道："是，我还爱着你，启文！所以，你才可以逼迫得了我！我何尝不是借着你的逼迫，给了自己一个靠近你的借口和台阶！可是，我过不去自己那一关，我更怕，我们过不去命运那一关！启文，我们现在有儿有女，再不敢折腾了，那样生生死死的，也折腾不起了啊！"

潘启文却已站了起来，他缓缓地退到浴室门口，嘴角挂起一个凄凉的笑："蕴仪，我早说过，你从来就是一个狠心的女人！对我狠，对你自己也狠！"

叶蕴仪心里一慌，不由叫道："启文，你要去哪里？"

潘启文转了身，背对着她，心灰意冷地道："你放心，日本人的事，我知道该怎么做！我也想明白了，自己还是有用之躯，再不敢轻言生死！所以，昨天咱们的条件，你可以当它不存在！"

叶蕴仪低低地道："便连这一段念想，你也不肯留下了么？"

潘启文摇摇头，重重地道："蕴仪，我跟你不一样，整个西南军，不能没有我！我还要准备打仗！我怕，从云端跌落地狱，我便再也爬不起来！"

他拉开门，又加了一句："我会尽量抽时间来看两个孩子！"说完，他便头也不回地大步走了出去。

第七十五章

电报释疑

火车站，潘启文与黎昕，领着西南军和省政府的一干人等，静静地伫立在寒风中。

一辆白色雪佛兰轿车缓缓驶进站台，原本静立于潘启文身后的文四，赶紧上前，打开车门。叶蕴杰抱着小风，蕴仪牵着小宇，走下车来。

叶蕴仪俯下身，为小宇紧了紧领口的围巾，眼角余光悄悄瞟向正面无表情与黎昕说着什么的潘启文，不由心里一疼，他，似乎又瘦了些，脸上的棱角越显分明。这几天，因着西安的事，省城反日呼声高涨，而对于就要保护新来的日本领事的他来说，压力，可想而知。

她，已经有好几天没有见过他了。这几天，每次都是傍晚时分，文四前来接小宇、小风去司令府，晚上再将两个孩子送回来。

“司令很忙！可还是想看看小少爷和小小姐！”文四每天都这样讷讷地解释着。而从小宇、小风口中也得知，他的确很忙，常常是匆匆跟两个孩子一起吃餐饭，便又被叫走了。晚上天冷，有空的时候，他也只是呆在房间里，跟孩子下下棋、玩下纸牌，或是给他们讲故事。也不知道他用了什么法子，小风竟也没再闹着要去司令府住。

“爸爸、爸爸！”蕴杰怀中的小风挣扎着下了地，圆滚滚地向潘启文跑去，叶蕴仪赶紧一把揪住她，轻声叱道：“小风，爸爸今天有正事！”

潘启文却跨前一步，弯下腰，将小风抱了起来，眼神淡淡地扫过叶蕴仪，对小风微微笑道：“想爸爸了吗？”小风忽闪着眼，重重地点头，又一迭连声地问：“爸爸，你也来接宗尧舅舅吗？宗尧舅舅长什么样？有我小舅帅吗？”

听到小风口中对方宗尧“舅舅”的称呼，潘启文微微一怔，却见叶蕴仪对着小风伸出手来，皱了眉道：“小风，快过来！都说了爸爸是有正事！”

小风却撇了嘴：“爸爸也是接宗尧舅舅，我们也是接宗尧舅舅，为什么说爸爸就是有正事？”

潘启文瞥了一眼叶蕴仪，将小风递给她，鼻子里却轻哼着对小风道：“爸爸接你宗尧舅舅是公事，小风跟妈妈接他，却是私事！还是分开的好！”

叶蕴仪皱了眉，看向他：“你明知我不是那个意思！”

潘启文轻哼一声，一弯腰，将叶蕴仪身边的小宇抱起来，另一只手一把将叶蕴仪和小风揽进怀中，不置可否地笑道：“好啊，那我们就一家四口一起，开开心心地接宗尧——舅舅！”

叶蕴仪的身体一僵，她抿了唇，正要说话，潘启文却已放开了她，耸耸肩，嘴角勾起一个讥讽的笑来：“我倒是忘记了，若是这么快这么轻易地就原谅了我，叶小姐你，怎么有脸面对方宗尧？”

听到那一声“叶小姐”的称呼，叶蕴仪心里一寒，她一把扯过潘启文手中的小宇，抱了小风，转身就走，口中冷冷地道：“小宇、小风，这里冷，咱们去车上等！”

潘启文眼中闪过一丝晦暗，却是倔强地偏过了头，不再看她。

黎昕皱了眉，看了看叶蕴仪，再看看潘启文，跟着叶蕴仪走到车边，他对叶蕴仪笑道：“蕴仪，那个通和钱庄的钱老板，你还没通知他不用过来谈了吧？”

叶蕴仪一凛，她匆匆地下了车，来到潘启文面前，轻声道：“你过来一下，我有话跟你说！”

潘启文抿了抿唇，跟着她走到一边，低了头看着自己的脚尖，一脸的不耐。

叶蕴仪看了看四周，沉声道：“我想了想，那个通和钱庄的钱老板，还是让他过来吧？这次时间这么巧，只怕与日本人来之事有关联！”

潘启文点点头：“我也正打算跟你说这事，你假意跟他谈着，我会派人盯着他。”

叶蕴仪皱了眉，担心地看向他：“这几天，因着西安的事，省城反日呼声高涨，又是传单、又是游行，还有抵制日货，报纸和电台也跟着凑热闹，你，还是要稍稍压制一下吧？要不然，日本人来了，你这保护的压力，不是更大？”

潘启文轻哼一声：“压制什么？这本就是我命人做的！”

叶蕴仪不由愕然道：“你命人做的？为什么？”她脸上掠过一抹恐慌，不由一把抓住了他的手，“启文，难道你，又反悔了？”

潘启文冷冷一笑：“你当我是什么人了？我这么做自有我这么做的理由！”

叶蕴仪微一沉吟，很快已明其理，她放开他的手，轻声道：“启文，让我帮你！”

她抬了眼，看向他，急切地道：“我知道你煽动起反日情绪，是方便你以保护为由，将日本人一来就软禁起来，强将他们与外界隔离！可这样一来，各国领事和那些外国商人那里，总需要有人去周旋，还有那些外国的报纸记者！况且，即便软禁，也是需要日本人时不时地露下面的，这也需要有人去跟他们沟通！”

说到这里，她垂了眼眸：“强制将日本人软禁起来，固然能做到万无一失，可这样一来，你面对的国内民众的压力却更大！”

潘启文一把抬起她的下巴，用了力，捏得她生疼，他深深地看她一眼，轻笑一声：“蕴仪，你这样的柔情，我要不起！”说完，他放开她，转身要走。

却听叶蕴仪在背后冷冷地道：“潘天一，你不过是个伪君子，真懦夫！”

潘启文赫然转身，一双眼森森地盯着她，叶蕴仪冷笑一声道：“你所谓的求个机会，不过是说得好听而已！什么叫机会？机会本来就是结果不在你控制中，可你从来都是这样，一定先要别人承诺了结果，你才肯往那机会里去试！先有了结果，再去付出！这样的付出，有价值吗？”

潘启文浑身一震，却见叶蕴仪已是红了眼：“你总觉得只有你把自己放得很低，付出了很多，可是，我们前前后后几次折腾里，你到底付出过什么？第一次，我付出的代价是我父母的生命、蕴杰终身的病痛和欠下方家还不完的恩情，还有，那一个孩子！那一次，凭着你为我爷爷挡了一颗子弹，我就原谅了你，结果呢？第二次，我付出的代价是九死一生之下，我和小风的健康，叶家的尊严，还有你带给我和方家的羞辱！而这一次我有了两个孩子，这两个好不容易才存活下来的孩子！是，杀人不过头点地，可那一次，若是我的孩子真的没了命，你即便头点地，又能怎么样？我唯一的就只有他们了，这样的代价，我还怎么敢去付出？”

明明这一切早就知晓，可听到叶蕴仪这样清清楚楚地说出来，潘启文仍是心如刀割，他的手止不住地抖了起来，他蓦然抬头，一双眼上下打量着她，颤声道：“你的健康？蕴仪，你……”

叶蕴仪没有理他，只自顾自地说道：“可是每一次，你又实实在在地付出了什么？你觉得你把自己低到了尘埃里，就是付出么？在南京，即便在经历了文四的下药、文管家的绑架，又亲见你与梅果在一起后，我却仍是给你发出那样一封电报，期望你能回心转意，我，难道就不是把自己低到尘埃里么？可我，等来的是什么？等来的是你的离婚声明！”

潘启文一把抓住了她的双肩，急急地道：“蕴仪，什么电报？你什么时候给我发的电报？”

叶蕴仪一下子愣住，不敢置信地看向他：“你，没有收到？”

“呜——”，火车进站的声音响起，在那一片轰鸣声中，潘启文却不管不顾地大声叫道：“蕴仪，我从来没有收到过你从南京发来的电报！”

叶蕴仪呆了呆，却一把扒开他的手，恨恨地道：“不管怎么样，潘天一，经历了这么多之后，我肯给你一次机会，已是在你的逼迫之下，可你怎么能，又怎么敢要求我，给你承诺永远？这机会，你不要也罢！”

说完，她狠狠地拍下他试图去拉她的手，转身向逐渐停下的火车车厢门口走去。

车厢门打开，台阶上，一身中山装的方宗尧急切的目光向下搜寻着，当他掠过前排的潘启文等人，看到一侧的叶蕴仪母子三人时，脸上的神色终是安定下来。

他跳下火车，微笑着，伸出手去，与潘启文等人一一相握，客客气气地说着场面上的话，他看到，潘启文有些魂不守舍时不时地瞄向叶蕴仪的方向，他轻哼一声，面上却不动声色。

终于，他来到叶蕴仪面前，张开双臂，将她和两个孩子拥进怀中，听到她哽声地唤："宗尧！"

方宗尧放开她，脸上是微微的笑，他朗声道："蕴仪，五年不见，你可真狠得下心！"他这一声，大得跟在身后的潘启文等人足可听到，潘启文心中一动——方宗尧，这是在跟他解释着什么吗？

这时，潘启文走过来，他一把抱起小宇，与抱着小风的叶蕴仪并肩而立，笑道："小宇、小风，叫人！"

两个孩子齐齐甜甜地唤了声："宗尧舅舅！"

听了这个称呼，方宗尧微微一怔，随即笑着应了，从兜里掏出一个小盒子来，他打开盒子，将里面的一个玉观音和一个玉佛拉出来，笑道："呐，男戴观音女戴佛，这可是你们外婆给的，可一定要戴上！"

这声"外婆"一出，潘启文不由暗暗呼出一口气，叶蕴仪再次红了眼，轻声问道："伯父和伯母，还好吗？"

方宗尧忙点点头："都好！"

潘启文出声笑道："都杵在这里做什么？宗尧坐了几天火车，也该回去歇息一下了。"

叶蕴仪瞥了他一眼，看向方宗尧："宗尧，你先去休息一下，晚上，我让蕴杰接你，到家里吃饭吧？"

方宗尧淡淡地扫了潘启文一眼，垂了眸，轻声道："今天不了，刚来，事情比较多，改天吧！"他的声音中那有些刻意的疏离，令潘启文皱了皱眉，却见方宗尧已侧了头，对他正色道："潘司令，今天下午如果有时间，我们碰个面！"

目送方宗尧的车离开，潘启文一把拽住叶蕴仪的手，眸色深深："蕴仪，你坐我的车！"

叶蕴仪手上刺骨的凉直戳得潘启文心头一颤，她转头对蕴杰说道："你先带小宇、小风回去！"说完，轻轻挣脱潘启文的手，率先走向他的车，潘启文手捏了捏拳头，大步跟了上去。

车上，叶蕴仪侧了头，看着窗外，潘启文的目光紧紧地锁在她的秀发上，好几次，话到嘴边，又咽下，终是，什么也没说，就这样一路沉默着，将叶蕴仪送回了东磨街的宅子。

车停下，叶蕴仪的手扶上了车门把手，却被潘启文摁住，她没有回头，也没有动，潘启文就那样紧紧地摁着，没有说话，直到那冰凉的手，有了一丝暖意，潘启文终是松了开来。叶蕴仪拉开车门，手突然轻轻捂上了小腹，她微微弯了腰，步履艰难地下车，却一个不稳，差点跌倒在地。

潘启文一伸手捞住她，却被她惨白的脸色和额上豆大的汗珠所惊住，看着她痛苦扭曲的面孔，潘启文惊恐地抱住了她，一迭连声地叫道："蕴仪，你、你怎么了？你哪里不舒服？"

叶蕴仪咬紧了唇，整个人蜷成了一团，潘启文一把抱起她，急急地走进宅子，门内的小柱子看到，立刻叫道："先将她放床上，我马上找人来！"

潘启文将叶蕴仪抱到她房内床上，看到她紧紧捂着小腹的双手，不由惊慌地道："是不是肚子疼？我，我让人去叫大夫！"

他正要起身，却被叶蕴仪一把拉住了，她的手掐住他，喘息着道："梳妆台上有个檀木的方盒子，里面有药丸，你给我拿一粒来。"

潘启文忙起身取了药，倒了温水，喂她服下后，他将她搂进自己怀中，盖上被子，他的腿伸下去，触及到她的双脚，那冻如寒冰的凉让他心里一哆嗦，他忙将她冰凉的脚夹在自己腿间，又急急地去摸她的一双手，也是刺骨的凉，他将她一双手揣进自己内衣里，紧紧地贴在胸膛上，他的手又捞起她的上衣，探向她的小腹，触手仍是一片寒冰，他摊开自己的大掌，想要将掌上的热力传递给她，咬牙问道："蕴仪，告诉我，你这是怎么了？我给你请大夫看看好不好？"

叶蕴仪有气无力地道："没用的，上海、南京的最好的中医、西医都看过了，都不管用，老毛病了，挺过这几天就好了。"

潘启文心里一紧："几天？还要几天？"他的眼中尽是焦灼与心疼，"蕴仪，你这到底是怎么回事？"

这时，小柱子领着一个护卫模样的人敲门进了来，潘启文一脸迷惑地看向那人，只见他熟门熟路地打开随身带来的小木箱，拿出银针来，叶蕴仪推了推潘启文："你先下去，让大周给我扎针！"

潘启文下了床，坐到一旁，只见大周熟练地挽起叶蕴仪的衣袖，在她手背和手腕处仔细地扎起针来，潘启文眼睁睁看着大周拈着银针在她雪白的肌肤上轻轻地辗磨着，便只觉那针犹如扎在自己心上一般，密密地疼！

不一会儿，一个妈子端了一碗热气腾腾的红糖水进来，一勺一勺地喂叶蕴仪喝了，她一边喂一边叹着气："小姐，明知道就在这几天了，你今天就不该去火车站吹风！"

那针扎了约有大半个时辰，叶蕴仪脸上终算是有了一点血色，原本蜷缩成一团的身子也渐渐打开了些，大周收了针，默默地出了去。

大周刚出门，两个妈子便又进来了，其中一个妈子端着一盆热水，细细地为叶蕴仪抹了汗，为她换了衣服，为她身下垫上了厚厚的一层棉被，另一个妈子拿了厚厚一叠东西进来，放在了床头，又悄悄地出了去。

潘启文一脸震惊地看着下人们有条不紊地做着这一切，一阵惶恐不安就那样涌上了心头，这些年，她到底还经历了什么？

他不由扑到床头，颤声道："蕴仪，你这到底是怎么回事？"

叶蕴仪疲惫地道："没事，老毛病了，估计今天在火车站吹了风，过几天就好了！"说完，她便再无力支撑般，沉沉地睡了过去。

潘启文看了看叶蕴仪，咬咬牙，起身急步走到大门外，一声呼哨，一个黑衣护卫闪身出了来，潘启文急急地吩咐道："去，马上给我把华大夫请来，另外，叫文四也一起过来！"

华大夫很快过了来，候在叶蕴仪房外的陆念迅见了，想要说什么，却终是没有说，默默地将华大夫让了进去。

华大夫诊完脉，重重地叹了口气，一脸凝重地对潘启文道："少奶奶这是血崩之症！"

潘启文被"血崩"两个字给惊得脸色一白，他紧蹙了眉，沉声道："怎么回事？"

华大夫沉重地道："就是每次来月事，便会大量出血，犹如血崩一般，月事期间，整个人也会昏昏沉沉，基本下不了床，同时，月事前或期间，稍有吹风或受凉，便会腹疼如刀搅。"

潘启文惊道："怎么会这样？她以前并无此症！"他的瞳孔猛然一

缩，喃喃地道，“难道，是因为她生产时大出血导致？”

华大夫看了他一眼，斟酌着字句，小心翼翼地说道：“生产时大出血，只要产后调理得当，不会引致这血崩之症，除非生产时，少奶奶身体极度虚弱！”

潘启文心中如被撕裂开来，他眼里尽是恐惧：“若是产前极度虚弱，那生产时，岂不是……”

华大夫点点头：“可说是凶险万分！这病极为少见，是因为，既要产前身体极为虚弱，又遇上生产时大出血，能活下来的，少之又少！所以说，少奶奶能够活下来，已是万幸！”

潘启文赫然站了起来，他吩咐文四：“去把小柱子给我叫来！”

小柱子进来后，潘启文一双眼紧紧地盯着他：“小柱子，你告诉我，你家小姐为何生孩子前身体会极度虚弱？那个时候，明明你们的经济并不困难！”

小柱子看了看床上的叶蕴仪，犹豫了一下，终是冷冷地说道：“那一天，就是小姐看到你在报纸上发的离婚声明那一天，她当场就晕倒了，差点流了产，后来，她在病床上一直忙着处理这些个事，很累，心情一直不好，吃不下，而且吃什么吐什么，营养根本跟不上，只能靠药物保胎，医生说，那药，实际就是强制将母亲的营养分给孩子，令孩子吸收，可是，母亲若吃不下，那么，她自己就会越来越亏，会被孩子吸干！那一次，小姐一直住了一个多月的医院，每天就靠打吊针维持。再后来，我们离开了南京，小姐逐渐能吃得下东西了，可是，她的身子便再也补不起来！”

小柱子恨恨地瞪了潘启文一眼，接着说道：“小姐自知自己身子不好，她怕生产时出事，便提前一个月，悄悄地住进了上海一家最好的妇产科的私人诊所，生之前，她便连身后事都安排好了，若是她有事，我们会将孩子送到方家，再通知蕴杰少爷来将孩子接去美国！”

潘启文再支撑不住，扶着床柱，跌坐到床边的椅子上，一双眼失神地看向叶蕴仪，他突然走到门外，猛然一拳击打在墙上，他的手背上瞬间鲜血淋淋，这一声闷响，惊住了所有人，华大夫一把地抓住他的手，急急地道：“少爷，这病，不是没得治！”

潘启文一把反握住华大夫的手，眼中散发出骇人的光芒：“快说，怎么治？要什么样药，你尽管说！”

小柱子也一脸惊喜地看着华大夫：“真的可以治？”

华大夫的手被潘启文捏得快断了似的疼，他咬牙叫道：“生孩子的病，还得生孩子来治！先调理体内寒毒，若能再次怀上孩子，只要怀孕期间调理得当，这病便能不治而愈！”

潘启文呆了呆，他又急急地问道：“那生孩子之前，可有办法缓解她的病痛？”

华大夫忙道：“以后我来为少奶奶走针，走一趟针，可管一月不疼！只是，月事期间，一定要保暖，尤其是晚上，否则，什么都不管用！”

潘启文立时想起叶蕴仪手脚上那刺骨的冰寒来，心里不由一紧。

他看向一旁的妈子：“她的手脚和小腹，晚上如何保暖？”

那妈子怯生生地道：“都是上热水到暖瓶里，可一般就只能管到半宿，后半宿反而更凉，可是小姐却从不肯晚上让我们到她屋里伺候！”

潘启文眼中闪过一抹痛楚之色，他坚定地点了点头：“现在先给她把暖瓶上好，晚上，我会过来！”

司令府，潘启文办公间。

方宗尧在潘启文对面一落座，便开门见山地道：“潘司令，岩井英一后天就要到了，你可知道？”

潘启文点点头，却并未接上这个话题。他双目炯炯地看向方宗尧，轻笑一声：“宗尧，你刻意地疏远蕴仪，又肯自认是孩子的舅舅，是要做给我看吧？可是，这次咱们想要合作无间，是不是，应该先把前账算一下？”

方宗尧脸色蓦然一变，他重重地放下手中的茶杯，双手一撑而起，他倾身向前，隔着书桌，一把揪住潘启文的领口，冷笑道：“潘天一，若不是目前局势空前紧张，若不是我父亲再三嘱咐，国事为重，若不是武辉杰告诉了我，你与蕴仪间的重重误会，你以为，我会愿意跟你在同一间屋子内这样平心静气地坐着喝茶？你倒要跟我来算账？”

潘启文沉沉地笑：“知道我是怎么要回蕴仪和孩子的吗？我要挟她说，若她不给我一次机会，我就派人在半路截杀日本人！”

方宗尧不由倒吸了一口凉气，若潘启文真的如此做了，这后果，他完全不敢想！

方宗尧胸中的怒火再忍不住，他一拳挥向了潘启文的下巴，低吼道："你这个浑蛋！"

潘启文的唇角迅速泛起一层青紫，他伸手摸了摸嘴角，呲了牙，低低地笑："肿了吧？嗯，再来，再来！"

方宗尧一怔，一把扔开他，怒道："你故意激怒我？"

潘启文脸上泛起一丝苦笑："你揍了我，她心里定会好受一些吧？"他叹口气，"你要是早上当她面揍我，这效果肯定会更好些！"

方宗尧一时间竟被他弄得哭笑不得，他长长呼出一口气，坐了下来。半晌，他睨了潘启文一眼道："说吧，你想要干吗？"

潘启文淡淡一笑："听说军部曾下过对日作战将旷日持久的结论，若真如委员长预计的那样'败而不降，拖垮日本'，则东南沿海一线首先不保，那么，迁都，将势在必行！而这西南之地，自古以来便易守难攻，是迁都最好的选择！只不过，是看选在哪个城市而已！"

方宗尧一凛，不由正色道："你到底要说什么？"

潘启文沉声道："南京迟迟不敢开战，不外乎是因为国内军阀各自为政，军权不够统一集中，同样的，若是要迁都西南，那么，我这个西南军，在中央眼中，便成了烫手的山芋！强龙不压地头蛇，南京既要指望能凭我在西南的势力，帮助中央坐镇新都，另一方面，却又要防着我西南军作乱！"

方宗尧心头剧震，这些，都是南京秘而不宣之事，也正是他父亲方淮之一直以来最大的担忧！便连武辉杰，也并不清楚！而这个潘启文，却看得如此之透彻！

他看向潘启文的眼中带了一丝钦佩之意："你想要怎么做？"

潘启文双目炯炯地看向他："这次日本人的事一了，我便与你一起部署中央军以剿匪名义，入驻西南！然而，因为要备战，中央军能派驻的数量有限，那么中央军随时可与西南军换防，驻守准备迁都的城市周边，西南军驻守外围，一旦有战事，则西南军一部分留守，另一部分出西南，打日本人！"

听完潘启文的话，方宗尧不由拍案而起："好！"

这些问题，是一直压在他父亲心中的大石，这次派他来西南，除了日本人的事外，更重要的却是后面这些备战之事。

这些事，等于一方面逐步瓦解潘启文在西南的势力，另一方面，还要让他心甘情愿为中央所用！做起来，有多难，他们都有心理准备，方淮之曾告诉他：“备战首务是后方，若无一个稳定的后方，则我中华危矣！这一切，均系于潘启文一身！”而且这一次与多年前那次不同，事关民族危亡，他方宗尧再不敢意气用事，所以，他一来，便尽量避免与潘启文起冲突，便连与蕴仪的接触，也小心翼翼！

而现在潘启文却主动提出这样的做法，将他父亲心中所有问题都迎刃而解，方宗尧怎么能不大喜过望？

他兴奋地向潘启文伸出手去：“启文，我父亲没有看错你！你能如此想，国之甚幸！”

潘启文伸手与他紧紧一握，眼中尽显诚挚，他轻叹一声：“我只求，方家能不计前嫌！”

方宗尧浑身一震，潘启文这样做，便等同于逐步瓦解了他自己在西南的势力，以后，他潘启文便再不能独霸一方，甚至，可以说是任人宰割！他瞪大了眼：“你是为了蕴仪？所以才肯如此痛快地将西南之地和盘交予中央？不，准确地说是，通过我来交给中央！”

潘启文缓缓地道：“更重要的原因是军部目前掌权的是你父亲，我相信他的为人，定不会过河拆桥，置我西南军于死地！我也希望你父亲能答应，以后若西南军上战场，不可与其他军混编，我自己的部队，指挥起来，更得心应手！”

方宗尧重重地点头：“这个没问题！”

潘启文咬咬牙，口中问出的却是另一句话：“宗尧，你告诉我，当初在南京，蕴仪是不是给我发过一份电报？”

方宗尧的手一紧，他神情愕然：“你，没看到？”

潘启文缓缓地摇头：“没有！”

方宗尧叹了口气，一字一句地说出了电报的内容：“孩子姓潘，我在南京等你一月！”

第七十六章

君心我心

汽车上，潘启文闭了眼，叶蕴仪那苍白的脸色和凄凉的声音在耳边轰鸣，远远盖过了汽车马达的喧嚣。

“孩子姓潘，我在南京等你一月！”

“我，难道就不是把自己低到尘埃里么？可我，等来的是什么？等来的是你的离婚声明！”

潘启文的心被这字字句句揪得生生地疼！

呵呵，如她所说，在两个人的感情历程中，他潘天一除了替她爷爷挡过一粒子弹以外，他真真实实地付出过什么？

这一次她回来不到一月，他不过受了这几天的气，便自觉委屈。

而五年前，她和孩子却的的确确是九死一生！下药、绑架、难产！当她以为这一切都是自己所爱的人所为，那是怎么样的身和心的痛！

她还要忍受住什么样的难堪和屈辱，去向方家问出解药的真相！

即便那样的情况下，那样骄傲的她，还是发出了那样一份电报。可她，等来的，却是他的那份极具羞辱的混账声明！

还有这五年来病痛的折磨、独自抚养孩子的艰辛！五年不敢面对方家，又自觉拖累愧对叶家，她，难道便不委屈么？

这一次，她肯给他机会，他潘天一不知感激，却生气她不肯承诺永远！

呵呵，潘天一，你凭的什么？

汽车缓缓地停在东磨街叶宅门外，文四拉开后排车门，见潘启文没有下车的意思，又赶紧关上。

文四回到前排座位，轻轻唤了声：“少爷？”

潘启文睁开眼，看向叶宅大门，耳边响起她那句：“这机会，你不要也罢！”嘴角泛起一丝苦笑，是他自己搞砸了这一切，这门，现在还会再为他而开吗？

潘启文终是拉开车门，一弯腰下了车，他一边向大门口走去，一边狠声对文四道：“这两件事，你尽快给我查清楚！我倒要看看，究竟是谁这么大胆子！”

文四应下了，他小心地看了看潘启文的脸色：“少爷，晚上，您还回司令府吗？”

潘启文脸上泛起一阵懊恼之色，他横了文四一眼：“不回！”那话语虽是斩钉截铁，却明显底气不足。

潘启文走到院门前，有些忐忑地抬手拍门，大门“吱呀”一声开了，门后的小柱子看了潘启文一眼，没有说话，却一侧身，将潘启文让了进去，文四看到潘启文进了门，这才长长地松了一口气，转身上车走了。

潘启文整整衣领，缓缓转过影壁，立时便听到孩子的欢笑声，看到透出窗外的那昏黄却温暖的灯光，还有那隐隐飘进心底的饭菜香气，这些，无一不在牵引着他的脚步越来越快，他几乎是向着那一片温暖急奔了过去。

叶蕴仪不能下床，两个孩子的晚饭便摆在了她的房里，看到小宇小风乖巧的模样，叶蕴仪苍白的脸上露出了一丝欣慰的笑容。

看到出现在门口的潘启文，屋内有一刹那的寂静，潘启文有点尴尬地抬了抬手，小心翼翼地看向叶蕴仪：“那个，我过来吃饭！”

叶蕴仪目光在他青紫的嘴角停留了一下，不冷不热地点了点头，吩咐下人加双碗筷，潘启文毫不客气地坐到小风旁边，吃了起来。

吃过饭，妈子便领着两个孩子离开了，叶蕴仪恹恹地躺了下去，背对着潘启文，有气无力地道：“我不舒服，要睡了！”

潘启文却一个跨步上前，趴在床边上，从背后死死地抱住了叶蕴仪，他抱得很紧，紧得叶蕴仪能感到他双臂的轻颤。

叶蕴仪正要挣扎，却听到头顶上一个疲惫之极的声音缓缓响起：“蕴仪，日本人，后天就到了！”

叶蕴仪心底一软，她没有回头，静静地由他抱着她，半晌，她轻声道：“那，你准备好了吗？”

潘启文那原本惴惴的眼中闪过一丝欣喜，却沉声道：“原本该做的，我都做了，可是，宗尧却带来了另一个消息，说至少有两拨人，要来刺杀这些日本人，这两拨人，虽然出发点各不相同，一拨是来自东北的流亡志士，一拨是出于政治目的的政客所派，但他们的目标都是要挑起战争。”

他不无忧虑地叹了口气：“但他们是什么人，他们的行踪如何，却一概不知！所以，后面一段时间，不知道还会出现些什么状况，这一次，将要面临什么，真的是难以预料！”

叶蕴仪心里一沉，若只是面对普通民众的反日情绪也便罢了，可若是有心人的刺杀，这形势陡然便严峻起来！

无论是哪拨人，若是因刺杀而与西南军起了冲突，这中间避免不了流血死人，潘启文便要背上这屠杀爱国志士的罪名！

而那些出于政治目的的刺杀，却更为可怕，现在西安局势微妙，若是普通的政治争斗便也罢了，偏偏现在却是民族危亡时刻，牵一发而动全身，一步错，便有可能成为千古罪人！

潘启文将下巴搁在她的头顶，喃喃道：“蕴仪，我需要你！”

叶蕴仪心里又沉又疼，潘启文这样率性而为的人，更适合在战场上真刀真枪地与敌人厮杀，而眼前他所背负的，实在是太过沉重了！

却听潘启文柔声道：“蕴仪，我好累，让我抱抱你，好不好？”

叶蕴仪身子虚弱极了，坐起来看着孩子吃晚饭已是强撑，这会儿已再无力去思考什么，她任由潘启文上了床，抱着她。

叶蕴仪迷迷糊糊间，只觉得身后似有一个大暖炉，那热烘烘的气息一直环绕着她，将她原本因寒冷而僵硬蜷缩的身体慢慢地烘暖烘软了，她不自觉地将身体放松打开来，小腹上也暖暖的，竟不再疼痛。这一觉，她睡得前所未有的放松。

清晨，叶蕴仪缓缓睁开眼来，一伸展身体，有什么东西从小腹边滚开，而手边和脚边也各有一个硬邦邦的温温的东西，拿起其中一个来看，是打吊针用的玻璃瓶子，里面灌满了热水，许是怕烫着她，外面还裹了一层毛巾。

叶蕴仪这才发现，自己周身竟然都是暖暖和和的。她不由歉意地看向正走进来的张妈："张妈，这暖瓶的水到半夜就凉了，你还起来给我换热水？"

张妈正将水壶往炉子上放，听到叶蕴仪的话，忙回头笑道："不是我，是潘司令！"

叶蕴仪怔了怔："是他？"

张妈点点头："嗯，我昨天给你拿暖瓶过来时，潘司令就命我放了两壶冷水在这炉边上，我看两壶水都没了，想是他半夜烧了水，给你灌瓶子里了。"

叶蕴仪伸手摸了摸毛巾内暖瓶的温度，还有些烫手，她恍然忆起昨晚那舒适的暖意来，心里不由一热，想来，是他早上起来后才上的暖瓶，而昨晚，他一直在用他的身体给她暖着。

张妈拿着一床小棉被走过来，伸手进叶蕴仪被窝内，熟练地抽出原本垫在叶蕴仪身下的小被，再将手上那床小被塞到叶蕴仪身下去，她不由惊呼出声来："没有脏？怎么可能？"

叶蕴仪一愣，这才感觉到下身干爽，并不似以前那般黏黏糊糊地难受，她不由向床头看去，只见昨晚放在床头的那几条月事带和一堆的草纸已然不见，而张妈正从床下拖出一个盆来，里面有换下的月事带和那一堆被浸得血红的草纸，张妈皱了眉道："小姐，你昨晚换了5次？你还怎么睡？"

叶蕴仪耳根轰然一热，那是——他——为她换的？

这时另一个妈子端了一碗药过来，叶蕴仪不由皱了眉："我不是有药丸吗？这又是哪来的？"

那妈子忙道："这是潘司令昨天请了华大夫来看，为您开下的，华大夫说您这身子要是调理好了，还是有得治的，小姐，您说您疼成这样，以前怎么就这么不上心呐！"

叶蕴仪眼中闪过一丝复杂的情愫："华大夫看过了？"

那妈子笑道："是啊！司令还命华大夫在咱们这儿住下了呢。华大夫昨晚还给你用了一趟针，他说，他的针法比大周的管用，只需用一次，就可管这几天不疼！但还是不能接触生冷！我看您今天早上这模样，可是比以前的第一天要强多了！"

叶蕴仪眼中不自觉地泛起一股潮意，好几年了，每个月的这几天，都是那样的生不如死地难受，每一次，她只能一个人硬挺挺地挨过来，这是第一次，感觉到了些许的暖意。

她的耳边不由响起潘启文那恼怒的话语："叶蕴仪，你只是一个女人！你一个人扛不起的时候，靠一下又怎么样了？"

叶蕴仪心里不由一软，他说，他需要她，心底里，她何尝不渴望着那份温暖？

省府办公厅外，群情激昂的学生游行队伍被拦在军警的警戒线外，一浪接一浪的反日口号声此起彼伏。

办公厅内，潘启文与方宗尧的手紧紧地握在一起，两人均面带微笑，朝向那一片耀眼的闪光灯。上方，是一条红底白字的横幅——"西南省主席兼绥靖公署主任方宗尧先生到任记者招待会"。

就在主持人宣布记者会结束时，一个尖厉的声音带着一丝阴笑响起："请问潘司令，当初日本人是被您一手赶出西南，而传闻您曾因您前夫人问题，与方主席不和，那么这一次，你们又要如何精诚团结呢？"

潘启文与方宗尧脸上神色都是一沉。

各报社都是事先打过招呼，绝不允许涉及私人问题，便是先前法新社记者，也是在他们的授意下，才将日本人重启领馆之事透露出来，而这个人，为何会有如此胆量？

潘启文眼中刹那间掠过一丝狠戾，他根本便不答话，只厉声道："哪来的冒牌记者，给我赶出去！"说完目光向旁一瞥。

立时便有黑衣卫队的人，上前一把捂住了那人的嘴，直接拖了出去。众多记者眼睁睁看着那人吱呀着被拖走，根本就没有再说话的机会，立时都噤了声。

潘启文目光森寒地一扫台下，决然一笑："各位若是公事、国事，我潘天一知无不言，即便你们将我骂得一无是处，我潘天一也绝无二话！可若是涉及其他问题，休怪我不客气！报纸上，哪些话该说，哪些话不该说，还请各位回去掂量掂量！”

潘启文那沉沉的皮靴声在空旷的楼梯间响起，一步、一步踏得身后的林泰只觉心惊肉跳。一直来到方宗尧办公室门外，潘启文仍是阴沉着脸，对林泰狠声道：“给我查那人，看是什么来路！”说完，他跟在方宗尧身后进了门。

方宗尧挥手让秘书出了去，亲自倒了杯水，递给潘启文，潘启文有些疲惫地揉了揉眉心，在沙发上坐了下来，他皱了眉，看向方宗尧：“关于那两拨准备刺杀的人，现在南京方面有什么消息吗？”

就在这时，一阵敲门声传来，随着方宗尧一声：“进来！”文四推门而入。

看到文四，潘启文猛然站起身来，眼中掠过一丝惊慌：“不是让你守在东磨街那边吗？是不是少奶奶有什么事？”

文四忙将手上一个信封呈给他：“这是少奶奶命我送来的，说是要紧的事！”

潘启文接过信，有些迷惑地瞄了一眼方宗尧，拆开了信，粗粗一看，不由眼中一亮，他挥挥手让文四退了出去，这才将信纸递给方宗尧，兴奋地笑道：“蕴仪这可真是解了咱们燃眉之急啊！”

方宗尧接过一看，白色的信笺上，只有短短五个字：“嫁祸日本人！”他略一沉吟，也不由眉眼一弯，抚掌道：“此计大妙！可谓一箭双雕啊！”

方宗尧警觉地关上房门，长长地吐出一口气：“我刚刚还在想着，南京派过来刺杀的那拨人，他们上头有人，我们若要抓他们，只怕被他们打着抗日的旗号，反咬一口，若是他们再煽动民众闹事，我们可就抓也不是，放也不是，还十分之棘手！”

潘启文点点头，微微一笑：“现在我们只需放出风去，说是有日本人准备刺杀日本领事，以达到挑起战争的目的，只要稍微做点手脚，便叫他们哑巴吃黄连，有苦说不出！一来可以将这拨人给抓了，到时是关是放，便可由我们说了算，说不定，还可成为你父亲打击对手的筹码！二来，也可以起到警醒那拨东北流亡志士的作用，提醒他们不要上了日本人的当，他们若真这样做了，反倒成了日本人的走狗，他们若真是爱国的，便得掂量掂量！”

他脸色蓦然一变，他急急地拉开门，将文四唤了进来，沉声道：“你回去跟她说，让她好生养着，不要瞎操这些个心！”文四愣了愣，应下了，转身要走，却听潘启文在背后叫道：“回来！”

文四赶紧站住，转身，只见潘启文眼中漾起一丝温柔的笑意，轻声道：“你告诉她，她的主意帮了我们的大忙了！”

方宗尧迷惑地看着潘启文前后不一的措辞，迟疑半晌，终是轻声问道：“启文，你跟蕴仪，到底怎么样了？”

潘启文眼中闪过一抹痛色，他将自己重重地扔在沙发上，掏出烟，点着了，深深地吸了一口，方沉沉地道：“宗尧，蕴仪病了，你去看看她吧！”

方宗尧眉头一紧：“她怎么了？要不要紧？”

潘启文狠狠地吸了一口烟，摇摇头：“恐怕得卧床几天！你也不要在我面前避什么嫌了，我知道你想见她！”

方宗尧皱了皱眉，开口想要解释什么，却被潘启文一挥手止住：“主要是，她也想见你！”

他抬起头来，直直地看向方宗尧：“宗尧，五年前的事，虽说是我混账，可她却一直对你和你父亲，心存歉疚！”

方宗尧点点头，微微笑道：“我明白了，这个结，还得我去解。”他又看向潘启文，“可是，你确定，我的这个结解开了，你与蕴仪之间，就不会有问题了吗？”

潘启文诚恳地看向他：“宗尧，我要你去看她，并不是为了我与她之间，我只是，希望她心底里，能好受些。”

方宗尧突然笑了笑，他走到酒柜旁，倒了两杯红酒，递了一杯给潘启文：“启文，来，喝一杯，稍微放松一下！”

潘启文接过酒，抿了一口，他看了看眼前这个与他一样，爱着同一个女人，又都爱得那么苦的男人，突然开口道：“宗尧，我以前一直不能理解你，也不能理解黎昕，在我的世界里，既然爱了，就要去争取，像你们这样，默默地在一边看着，痛她所痛，伤她所伤，甚至，爱她所爱，却什么也不能做，我完全无法理解！”

他晃了晃酒杯，轻声道：“可是，昨天晚上，我突然懂了！”

他将自己重重地往沙发背上一靠，闭上了眼：“我一个晚上没睡，我一直都在想，我跟蕴仪，到底是怎么了？

“我怎么想也想不通，以前，我总觉着，我爱她，她也爱我，这就够了，我不管别人对我们做了什么，我只知道，我要得到她，我没法放了她，不择手段也好，巧取豪夺也罢，我终是爱她的，她也终是爱我的，只要在一起，总是好的。

“她曾跟我说，我们在一起，除了伤害，还是伤害！若是我们互相早早放手，伤害就不会这么深！我还想反驳她，可是，当我看到她被病痛折磨得不成人形，当我得知这一切都是因我而起，当我得知她真的是因为我而九死一生时，我突然便理解了她！她是怕了！不要说她，我都怕了！真的是怕了！她真的，再没什么可失去的了！她还怎么敢，再将自己完完全全地交付予我？不，应该是交付给与我相关的命运！”

潘启文的眼底一片青黑，声音也逐渐迷离起来：“我明明，已经很努力，很努力地去爱她了啊！可最终，带给她的却全是伤害！我就在想，或许，正因为爱她，我才应该放手，放开她，让她去过她自己的生活！没有我，或许，她就没有那么痛苦！”

一直靠在桌边静静地听着潘启文述说的方宗尧，当他听到潘启文口中吐出的“放手”二字时，他一脸震撼地看向潘启文，不敢置信地重复着他的话：“放手？”

潘启文睁开眼来，嘴角勾起一个自嘲的笑来：“我本以为，我懂了，我应该像你们一样，放手！”

他轻轻叹了口气：“可是，当华大夫跟我说，她的病，完全可以治的时候，我才发现，怎么能放？不说我，她又哪里放得开？她若是放开了，她便不会任由这病折腾了她这么多年，她只要愿意，多的是男人愿意跟她生一个孩子，更何况还有你这么一个大情圣，又跟她是青梅竹马的人，在一直等着她！

“她若是放得开，当初那一次，她怎么会因为她爷爷几句话，便轻轻巧巧地原谅了我？她若是放得开，她就不会怕我死，不会心疼我挺不住！若她放得开，又怎会受我的胁迫，再给我一次机会？她若是放得开，她早就可以带着孩子远走高飞，何必要等到现在？

“她若是放得开，便不会明明自己还被病痛折磨得死去活来，偏偏还殚精竭虑地为我想着对策！”

方宗尧已经被他给彻底搞迷糊了，不由怔怔地问了句：“那你到底是放，还是不放？”

潘启文摇摇头：“当我搂着她那冰凉的身体时，我就想，除了我，她还肯让谁来给她温暖？我若放开她，难道要她下半生都生活在那彻骨的冰寒中吗？”

他一仰头，一口干了杯中的酒，直直地看向方宗尧，唇边是淡淡的笑意，还有一丝的释然：“宗尧，我这次，是真的想明白了！我不放她，只是因为她放不下，她还爱着我！可我再不能，像以前那样，不择手段地逼着她，箍着她，让她喘不过气来！她的心思本就够重了，我再舍不得，再往上面压上一分！只要她开开心心的，即便有一天，她真的爱上了别人，我也认了！可是，只要她一天放不下我，我就不能离开她，说不定，她就需要我了呢？这一次，我不会再强留她在我的天地中，等打完了仗，她要是想去美国，我随她去就是！”

方宗尧点点头，揶揄地笑了笑：“难怪你这么大方地要我去看她！原来，你是真想明白了！”

潘启文放下手中的杯子，站起身来，淡淡地笑了笑：“今天这些事，我回去安排下，先走了！”

方宗尧将他送到门边，拍拍他的肩，轻声道：“启文，这些年，我早已想通了，她，其实放不下你，所以，当我听到辉杰说，你们之间的重重误会之后，我就已放下心中的执念，我，只盼着她好！”

潘启文头一偏，斜睨了方宗尧：“你要真盼着她好，就赶紧自己找个媳妇儿去！省得她总觉着是自己耽误了你，连你面都不敢见，还心里存着愧疚！”

方宗尧轻笑一声：“胃口刁了，一时半会儿的，你让我上哪儿找去？”

回去的车上，闭目养神的潘启文猛然睁开眼来，凌厉的眼神直直地射向前面的林泰："我昨天让文四查的两件事，他有没有跟你说？"

林泰忙道："今天一大早已让电报室那边在查电报收发记录，今天应该就会有结果了！至于霍夫曼那里，他却只说除非见到您本人，否则，他什么也不肯说！"

潘启文一挥手："掉头，去霍夫曼那里！"

东磨街宅子内，听完潘启文的讲述，叶蕴仪靠在床头，闭了闭眼，刚刚有些温热的手脚再次冰凉！

化验单的真相，令她震惊不已！她万万想不到，一个梅果，竟能掀起如此的风浪！那个梅果，心思如此缜密，一个小小的谎言，竟将霍夫曼与她二人玩得团团转！

惊怒、懊悔，还有丝丝的锐痛，在心底翻滚。半晌，她深深吸了口气，睁开眼来，看向坐在床边的潘启文："想来，那份电报也是梅果私自扣下了？"

潘启文的眼中是深深的戾气，他鼻子里重重一哼："电报室那边还在查，八九不离十就是她！"

他眼见着叶蕴仪脸上神色已是变了几变，不由抓住了她的手，急道："蕴仪，你信我，我不知道梅果为什么要这样做，我跟她，从来没有任何关系，就连一丝的言语上的暧昧都没有过！"

叶蕴仪呆呆地看了他半晌，终是轻轻拍了拍他的手，叹口气："启文，或许冥冥中自有天意，这命，不由你不信！"

潘启文一呆："蕴仪，你想说什么？"

叶蕴仪轻声道："说起来，当初梅果来应征你的秘书时，黛儿就反对过，因为她那时就已看出来，梅果已对你有了情愫！"

潘启文瞪大了眼："那你还让她做我的秘书！"

叶蕴仪自嘲地摇摇头："启文，或许是我太过自信了，我从来就没将梅果当成一个情敌来看，就连你，又何尝怀疑过一个小小的梅果，竟能在我们之间掀起风浪？"

潘启文眼中闪过一丝迷茫和不安："蕴仪，这跟你说的命运，又有什么关系？"

叶蕴仪眼中泛起一丝凄楚，一脸惊惧地看向他："你有没有想过，若不是梅果对霍夫曼撒下这个弥天的谎言，我就不会去找陆念迅，若陆念迅没有来，那么，我们的孩子，很可能，已经被文管家一碗药给落掉了！"

潘启文浑身一颤，他不由倒吸了一口凉气，他眼前立刻浮现出一双儿女的小脸，一想到那种可能，一想到，那一双可爱的孩子，很有可能他连面也见不上就从此消失在这天地间，他的心便被揪了起来，手心里，已是冷汗涔涔。

叶蕴仪紧抿着唇，拉起了潘启文的手，她拿出床头的手帕，细细地为他擦去手中的汗水，潘启文怔怔地看着这样柔情似水的她，心中一阵悸动，大掌一握，紧紧地捏住了她的手，喃喃地唤了声："蕴仪？"

叶蕴仪两手捧住了他的手，低了眉眼，轻声道："启文，这几年，我总想着当初我们新婚时那一纸签文，或许命中注定我们没有缘分，就不应该在一起，知道了当初文管家和化验单真相的重重误会，更让我觉得，你和我，即便用尽了全身的力气，赔尽了一切，最终，只怕都只是水中月，一场空！所以，我怕了，我真的怕了！在我们这一场感情中，我最亲的亲人，我的父母、蕴杰，都出了事！若是没有小宇、小风，或许我还敢尝试，可是，有了他们，我真的不敢了！"

潘启文摇摇头，喉中哽塞："蕴仪，我懂！我明白的！"

他伸出另一只手，轻轻抬起她的下巴，他吸了口气，凄凉地笑了笑："蕴仪，你不用担心我，我不会再逼你，只要你跟孩子好好的，我怎么样都好！"

他夸张地咧了咧嘴："你放心，我一个大男人，国事为重，哪有那么多心思儿女情长！我还要打日本人呢！我还要振我国威，打出我西南军的军威呢！"

两滴温热跌落进他的掌中，潘启文被灼得心里一哆嗦，他手忙脚乱地去抹她脸上的泪，却见叶蕴仪拉了他的手，紧紧地贴上了她的脸颊，有什么在心底滑过，潘启文却不敢确定地看向她，只能讷讷地唤："蕴仪？"

叶蕴仪吸了吸鼻子，眼中含着泪，嘴角却挂起一个微微的笑来："启文，你听我说完！梅果这件事，却让我觉得，或许只是命中注定我们之间得有这些劫难，或许老天，并不是要给我们一个凄惨的结局，否则，又怎么会有梅果这样一个小人，明明是来使坏的，实际却是为我们渡了劫，让我们的一双儿女，活了下来，这才让我们之间唯一的牵绊，没有断！你不觉得，这很奇妙么？”

潘启文努力睁大了眼，却仍是有什么模糊了他的视线，他不由自主地颤了声：“蕴仪，你、你想说什么？”

叶蕴仪眼中波光潋滟：“启文，那份声明，我现在还做不到完全释怀和原谅！可是，我想，既然老天让我们之间的牵系不断，小宇小凤又那么地渴望一家团圆，或许，我真的应该再给你、给我们之间一次机会！”

她的眼中泛着真实的笑意，她强调着：“这一次，是真的，我愿意再次尝试，我会尝试放下，或许有一天，我们可以再次承诺永远！”

潘启文一把将她揉进怀中，眼中的温热再止不住滴落在她的头顶，他伸手悄悄揩去那一把湿气，嘴唇虔诚地吻上了她的发端，叶蕴仪缓缓伸手，搂住了他的腰，两个人就这样紧紧相拥着，谁也没有说话。

半晌，潘启文才轻声问道：“蕴仪，你是不是想让我放过梅果？”

叶蕴仪默然良久，方道：“启文，梅果罪不致死，何况，她也已付出了代价！你要怎么处置她，我不想管，但是，你放过她的家人可好？”

潘启文点点头，没有吭声。

一个急切的声音在门外响起：“少爷，您要的绷带、纱布和药棉，都买来了！”

潘启文有些恼怒地瞪向门外，却听叶蕴仪轻唤了一声：“进来！”

文四抱着一大堆东西走了进来，潘启文急慌慌地向文四挥挥手：“东西放下，你先出去！”

叶蕴仪抬起头来，一脸迷惑地看向潘启文：“你买这么多这些东西做什么？”

潘启文脸上浮起可疑的红云，半晌，才扭扭捏捏地道：“那个，我今天在霍夫曼医院里看到别人用纱布包了药棉按在伤口上，那血就浸不出来。”

叶蕴仪皱了眉，眼中更是迷茫：“然后？”

潘启文挠了挠头，四周望望，伸手到床头拿起一条月事带，快速地说道：“我就想着，你这个，下面若是也用纱布将药棉缝在里头，垫在下面，就会舒服很多，也不会浸得那么快，晚上就不用换那么多次，你会睡得好些！”

叶蕴仪又惊又喜地道：“真亏你想得出来！我这就让妈子们缝去！若真的好用，我就可以不用整天躺在床上了！”

话音刚落，她突然想起什么似的，一脸震惊地看着潘启文，一丝暖意就那样漾在心间，令她整个人都熨帖起来，她重重地靠进他怀中，搂住了他的腰，轻声道：“昨天晚上，是我这五年来，这样的日子里，最舒服的一晚！”

第七十七章

岁岁年年

一大早，司令府议事厅内，一排军官正襟危坐，随着那阵熟悉而有力的脚步声传来，所有人的目光都齐齐地看向了门口，一看，便全都傻了眼。

潘启文正将军呢大衣往身后的林泰手上一甩，深绿色军装上，那条粉嫩粉嫩的围巾，显得尤为突兀，那围巾很短，在潘大司令脖子上堪堪围了一圈，打了个结。

与刚刚扔大衣的动作全然不同，潘启文轻手轻脚地解下围巾，原本凌厉的眼神蓦然变得柔软，他小心翼翼地将围巾揣进衣兜里，这才发现了众人怪异的目光，他一边走到自己座位上，一边温和地笑，眼睛眯成了一条缝，他挥挥手："嗨，我闺女心疼我，临出门时，从她自己脖子上摘下来给我的！"

军官中的陆念迅，听了潘启文的话，原本严肃冷凝的眼中，不自觉地带上了笑意。

例行的公事谈完，潘启文将陆念迅留了下来。

"陆念迅，你不是说特种兵团缺乏'忍'的训练吗？这一次，我就将保护日本领馆人员安全的责任全权交给你负责，你要给我将那些日本人'保护'得滴水不漏，你明白？"

陆念迅神色一变："什么？调特种兵团来保护日本人？"

潘启文双眼微微一眯，眼神锐利：“怎么？有问题？”

陆念迅一凛，立刻挺直了背脊，高声道：“没问题！”他咬牙问道，“保护得滴水不漏的标准是什么？”

潘启文轻轻一笑：“以保护为由，不许他们与外界有任何接触，除非是我们安排的，连一只鸟也不许给我飞进领馆去！其余的嘛，只要这些日本人不死就行！”

陆念迅眼神一闪，有些兴奋地重复了一句话：“只要不死就行？”

潘启文点点头：“另外，你们还要负责清除暗中的隐患，领馆外围，命你的人给我明着站岗，即便别人扔鸡蛋，也得给我站直喽！必须做到骂不还口，打不还手，不许与民众起任何冲突，做不做得到？”

陆念迅挺胸答道：“做得到！”

潘启文满意地笑了笑，拍拍他的肩：“既然来了省城，就抽空去东磨街看看吧，小风都念叨你好几回了！”

陆念迅脸上刚毅的线条瞬间柔和了下来，轻轻点了点头，向潘启文敬了个军礼，转身走了。

“老陆叔！”小风一溜烟地向门口的陆念迅跑去，陆念迅忙蹲下身来，小风已是咯咯笑着扑进了他怀里，小风一把搂住了他的脖子，噘了嘴叫，“老陆叔，你为什么这么长时间不来看我？”

陆念迅有一刹那的恍神，耳边响起一个同样软软却怯怯的声音：“爸爸，你什么时候回来看清儿？”

他心里不由一痛，那一年，他的小小的女儿，也才小风这么大呵！他闭了闭眼，强自收摄心神，再不敢想，他怕，一想，便要撕了心、裂了肺。

陆念迅微低了头，掩去眼中那股潮意，他环住了小风，从兜里掏出一个竹蜻蜓，双手一搓，那竹蜻蜓便旋转着升上了空中，小风兴奋得尖叫一声，追着竹蜻蜓去了。

陆念迅站起身来，又从兜里掏出一把弹弓，递给小宇，摸了摸小宇的头，笑道：“回头让小柱子教你，他这个可厉害得很！”

小宇礼貌地谢了陆念迅，陆念迅一抬头，却发现叶蕴仪正倚门而立，面带微笑地看着他，像是迎接熟得不能再熟的亲人一般，轻轻一声：“老陆，你来啦？”

陆念迅心头一热，却仍是恭敬地看向她：“小姐，您的身子，可好些了？”

叶蕴仪侧了身，往门内一让，笑道：“都几天了，已经没事了，来，老陆，进来坐！”

陆念迅迟疑了一下，却听叶蕴仪嗔怪地笑道：“老陆，我跟小宇、小风，早便当你是自家人一般，如今你可是堂堂特种兵团长了，还要跟我守着那些个规矩么？来，进来坐吧！”

陆念迅释然地笑了笑，这才跟着叶蕴仪进了屋，落了座。

叶蕴仪亲自为陆念迅斟了茶，笑着问道：“怎么样，在军队里，可还习惯？”

陆念迅忙双手接过了，点头道：“挺好！”

两人拉了一会儿闲话，叶蕴仪突然问道：“老陆，你比潘天一年长，又任过军校教官，在他那里，可觉着委屈？”

陆念迅眼中掠过一丝钦佩之色，肃然道：“潘司令绝对是一个出色的将军！他对我只是几面之缘，却肯完完全全将他最看重的特种兵团交与我，枉我虚长他几岁，单只用人不疑、疑人不用这一条，我便自愧不如！”

叶蕴仪也正色道：“老陆，不单只特种兵团，这一次，他命你的特种兵团保护日本人，可是将身家性命，都托付予你了啊！若是日本人有事，这挑起战争之责，他潘天一便背负不起啊！”

陆念迅背上一凛，他定定地看向叶蕴仪：“小姐，你放心！潘司令能做到暂且将仇恨摆在一边，以国事为重，我陆念迅也定能做到！潘司令既能如此信任我，我定不负他所托就是！”

叶蕴仪欣慰地笑了笑：“老陆，你，我自是放心的！只是，这一次，民众反应激烈，你跟你的兵们，可要受些委屈了！”

陆念迅忙道：“这不算什么！这些兵，正好拿这件事来练他们的忍耐力呢！”

吃过午饭，陆念迅方才告辞出来，走到门口，他顿住了脚，回头看向叶蕴仪，轻声道：“小姐，潘司令早上，当着所有人的面，摘下小风围在他脖子上的围巾，我听军官们说，从未见过司令如此温柔的眼神！”

叶蕴仪心中一暖，她垂了眼眸，低声道：“谢谢你，老陆！你放心，我正在试着放下过去！”

新建日本领事馆外，整条街已被游行示威的人群围得水泄不通，一阵刺耳的口哨声响起，大批的军警涌了进来，迅速拉起了警戒线，将人群向两边驱逐，一辆黑色雪佛兰轿车缓缓驶了进来，“日本人滚出去！”“还我河山！”“打倒日本帝国主义！”一声声口号，振耳欲聋。

那辆已被砸得惨不忍睹的汽车终于在领馆门外停下，人群中有一瞬间的静默，当车上几个日本人在军警的护卫下，走下车来时，刹那间，鸡蛋、西红柿如暴雨般向那几个身着黑色西服的日本人砸去。周围闪光灯“咔咔咔”地响起，几个金发碧眼的外国记者，用相机记下了这一幕。

突然，几声巨大的枪响，一下子震惊了所有人，一部分军警护着几个日本人迅速退到领馆内，大门立刻紧闭。同时，大批军警一拥而上，将几个人按倒在地，并从他们身上搜出了枪支武器，突然，游行队伍中的一个学生大声喊道：“他们刚才说的是日语！”

这一句，令正准备自发上前抢人的人们蓦然止住了脚步，惊疑不定地看向那几个人，而这时，被按倒的其中一个人，竟是用日语大声叫骂起来，原本愤怒的人群立刻议论纷纷，所有人心中只有一个念头：“为什么日本人要刺杀日本人？”

就在那几个外国记者刚刚反应过来，想要上前拍照时，军警却已将那几个人塞上车，一溜烟地开走了。

司令府，夜色已深，潘启文看着晚报上醒目的标题——《日本人意欲何为？》以及配图的新闻时，他微微一笑，对文四道：“你现在把这报纸给少奶奶拿过去！对了，跟她说，我这里还有事，晚点过去，不要等我！”

文四忙赔着笑道：“少奶奶说，今儿个她的病好了，无论如何要您早点过去！”

潘启文面上一喜：“华大夫允她出房门了？”

见文四点点头，潘启文立刻点点头，抓起椅子上的大衣，兴冲冲地道：“走！”

车上，潘启文皱了眉，他的手在椅背上轻叩良久，终是对文四吩咐道：“蕴仪房间隔壁西头那一间客房是不是空着的？回头你给我收拾收拾，我住那儿去！”

文四一呆，也顾不得忌讳，急道：“少奶奶又赶你了？”

潘启文脸一沉：“赶个屁！”

他嘴角随即泛起一丝苦笑，前几天，蕴仪是来了月事，他每晚抱着她睡，为她取暖，倒也没有什么，可如今她好了，若他再跟她睡在同一张床上，他怕自己——熬不住。

刚开始两天，她全身冷得像冰，刺得他心肝儿都疼得颤，哪还有那些心思？可后来两天，她的身子逐渐地活泛了起来，尤其是昨晚，她已是有了些温热的气息，那样温香满怀，他昨晚搂着她，身下早已是起了反应，他一动不敢动，也不敢让她发觉，只得将下身稍稍挪远一些，就那样直挺挺地僵硬地过了一晚。

而今天，他想，他还是自己睡一间房的好。

现在，她好不容易松了口，肯再给他一次机会，他又怎么敢，轻易去破坏？

她嘴上虽然不说，这几天对他也温柔有加，可他知道，那份声明，便如一道鸿沟，横梗在两人之间，那真真实实的是他潘天一发出的，连一个替罪的人和借口都找不出来！

他知道，她也在努力去忘记，可是，她身上的病痛，却时时刻刻在提醒着她这件事实！

他，只能指望，随着时间的推移，他能用他的真心，还有家的温暖，慢慢地去抚平她心底的伤，心底里，他未尝不是有自己惩罚自己的念头。

他来到叶蕴仪房外，推开门，静悄悄的，他的心有些焦躁起来，走到里间，却发现没有人。

潘启文再次走到外间，一抬眼，却见她端了一个托盘，上面是满满一碗长寿面，正小心地跨过门槛，她的身后，清朗的夜空中，一弯明月高挂在天上，月光下，她的身影是那样的宁静而柔和，潘启文怔怔地立在那里，不由看得痴了。

叶蕴仪走到桌边，放下托盘，将那面捧到他面前，微微笑道：“今天是你的生日，我不会做别的，可这面却是我亲手做的，你尝一尝！”

潘启文的手微微颤着，多年前，她就是这样，年年为他过生日，每一次，总是会有惊喜给他。

自从她离开，他便再没过过生日！

没有她的日子，岁月于他，只是天天月月年年的漫长，每长一岁，心底的绝望便多了一分，没有她给的惊喜，生日又有何意义？除了徒增痛楚，再无其他！不如不想、不念、也不过，任由那绵绵的黑暗将自己淹没，心无处游荡，任它自生自灭。

潘启文喉中哽塞，说不出话来，他坐下来，眼中含着潮气，咧嘴笑了笑，刚拿起筷子，却被叶蕴仪一把抢过去，她在碗里扒拉了一下，将一根长长的面条挑起来，再将夹着面条的筷子递到他手上，略微有些紧张地道：“这根面，你要一口吸进去，不可以咬断！”

潘启文一口气将那面条吸了进去，眼见着叶蕴仪悄悄松了口气，他心里不由一紧。他放下筷子，拉了她的手往下一扯，她顺势坐到了他的腿上，潘启文将她箍在怀中，捋了捋她额前的发，轻声问道：“蕴仪，你以前不这么迷信的，你在怕什么？”

叶蕴仪搂紧了他的腰，将脸贴在他胸口，喃喃地道：“启文，这仗，只怕是真的要打起来了，我听说，原本上海不准中国驻军，可现在却有军队悄悄在勘察地形，研究若是日本人打过来，会从哪里登陆。”

潘启文抚着她的发顶，随意地点点头：“嗯，这本是应该的。”

叶蕴仪抬起头来，一双手不自觉地揪紧了他胸前的衣服，眼中带着一丝迷茫和怯懦：“启文，若是真打起来，你会领兵出西南吗？”

潘启文毫不犹豫地答道：“当然！好男儿自当马革裹……”话未说完，他便顿住，蓦然醒悟般看向怀中的人，眼中闪过一丝欣喜，一低头，便衔上了她的唇，他在她的唇舌中辗转流连，最后，他的脸紧贴着她，柔声道：“蕴仪，你放心，我答应你，即便为了你，为了一双儿女，我也一定会让自己活下去！”

叶蕴仪的手环上了他的脖子，轻声道：“好，我会记得你答应过我的话！”说完，她的唇便情不自禁地贴上了他的颈项，轻轻舐咬着。

潘启文身体内压抑已久的欲望，轰然一下便被点着，他有些粗鲁地拽开她，哑声道：“蕴仪，别招我！”

潘启文眼中发热，大掌一把扣住她的后脑勺，一俯首，便噙住了她的唇。两个人就那样，彼此筋骨交错般紧紧地缠绕在一起，贪婪地吸吮着对方。

半晌，潘启文侧翻下来，将头埋在她胸口，低低地喘息着，死死地压抑着心底那狂野的欲望。

潘启文逐步地平静下来，他终是抬起头来，将叶蕴仪揽进自己怀中，双眸晶亮，在她迷惑的眼神中，他深深地凝向她，语气坚定：“蕴仪，我会等，等你真正肯原谅我，接纳我那一天！”

叶蕴仪轻轻一震，她的眼中闪过一丝慌乱，讷讷地看向他：“启文，我……”

潘启文竖起食指放到她唇边，轻叹一声：“蕴仪，我不是要逼你。你给我的机会，我会珍惜，温暖的灯光，孩子的欢笑，飘香的饭菜，还有你，在等我，你现在能给我这些，我已经很满足。可是你，蕴仪，我说过，这一生，我不会再放过你！哪怕你最后还是要走，也不要紧，打完仗，天涯海角，我随你去就是！”

第七十八章

云开雾散

西南，日本领事馆门外，叶蕴仪领着几个金发碧眼的洋人，费力地挤过人群，来到门前，跟叶蕴仪一起来的文四上前，跟守卫的人低低说了几句话，那守卫的人眼中闪过一丝惊慌，他看了看叶蕴仪，立刻闪身进了门。

很快，一身便衣的陆念迅迎了出来，他一脸诧异地看向叶蕴仪："小姐，你怎么会来这里？"

叶蕴仪指着身后几个洋人，笑道："这几个是英、德、法的记者，不知道他们哪里听来的消息，说是日本领事已被我们给杀了，非要亲眼看到不可！所以，我就领了他们来，我怕有人乱说话，别人翻译我不放心，还是亲自来盯着的好！"

陆念迅脸色变了几变，终是没有说什么，手往里一指："请！"

一行人来到大厅，很快几个日本人被请了出来，见到这些人，叶蕴仪心里不由一沉，只见那几个日本人都是形容槁枯，萎靡不振的模样，其中日本领事岩井英一的脸上，隐隐竟有青紫的痕迹。

见到几个洋人，岩井英一立刻激动地叽里呱啦用日语讲了起来，还时不时愤怒地指着陆念迅。

"这些中国人，虐待我们！很坏很坏！每天只给我们吃一顿饭，还不给吃饱！也不让我们出门，还打我们！就在刚才，还将我们的翻译关在屋内，不许跟我们一起出来！”

听了他的话，叶蕴仪的心直直地沉了下去，她的眼凌厉地扫向陆念迅，却见陆念迅一脸坦然，毫不心虚的模样，一丝不安悄悄地滑过她的心头。来不及细想，几个洋人已是一脸惊异地问了起来。

叶蕴仪脑中迅速地转着，她微微一笑，向几个记者分别用他们的语言翻译道：“岩井先生说，这里的日子很辛苦，外面天天有游行示威的，很吵，还有人往里面扔石头，他们心惊胆战的，吃不下，睡不好！又不敢出门，一点自由都没有！”

岩井英一能听得懂一点英文，听了叶蕴仪的话，立刻气愤地叫了起来，无奈他却不会说，只得颤了手，指着脸上的伤痕，要那几个洋人看。

几个记者终是注意到了他脸上的伤，不由都询问起来，叶蕴仪叹口气道：“岩井先生有一次在我们的保护下出门，却被民众扔的石块给砸中，好几天了，还没好！所以，更不敢让他们出去了！”

几个洋人都不约而同地想起刚刚在门口看到的那一群示威者，看到他们时，那口号喊得震天地响，都不由点点头，一脸同情地看向岩井英一。

几个记者摆好相机，为一脸不忿却又无奈的岩井英一拍了照，又要求参观领事馆，叶蕴仪以问询的目光看向陆念迅，却见陆念迅微一颔首，给了她一个心安的眼神，叶蕴仪这才点点头，让陆念迅前面带头，领着几个洋人参观起来。

几个洋记者走马观花般在领馆内走完一圈，回到大厅，叶蕴仪那一直提着的心终算是放了下来。几个洋记者又拍了些照片，便告辞出来，叶蕴仪与陆念迅一直将几个记者送到大门口。

陆念迅一挥手，紧闭的大门缓缓开启，门外此起彼伏的口号声刹那间静了下来，所有人的眼睛都直直地盯着大门口。

就在这时，紧跟在那几个记者身旁的岩井英一，突然用汉语大声叫道：“陆念迅，你是东北人吧？你的女人叫李秀荷吧？你的女儿是不是叫灵灵？呵呵，真是个水灵的闺女啊！呵呵，你知道，她们是怎么死的吗？”

叶蕴仪只觉背上一寒，下意识地想要阻止岩井英一，可是四周一看，众目睽睽之下，那几个洋人更已是将相机对准了岩井英一和陆念迅，她却什么也不能做！

她立刻焦灼地向陆念迅看去，只见走在前面的陆念迅蓦然转过身来，紧握成拳的双手不停地发颤，他的脸色惨白，一双眼死死地盯着岩井英一。

叶蕴仪咬咬牙，强抑住纷乱的心神，走到陆念迅面前，紧紧地抓住了他的手臂，摇摇头，轻声道："老陆，你不能上他的当！"

却听岩井英一阴森森地笑道："你的女人，被二十个士兵给上了，她是死在帝国士兵的身下的！"

门外的人群一时鸦雀无声，有的女子已是捂上了嘴，陆念迅一挥手，甩开了叶蕴仪，一把拔出了腰间的枪，直直地对上了岩井英一的头，叶蕴仪脚下一个踉跄，文四一个箭步上前扶住了她，不由对陆念迅怒道："陆念迅，你要做什么？"

文四转头对门内门外的守卫大声喝道："还不快上去，下了他的枪！"

陆念迅颤着嗓子怒吼一声："都别动！"守卫的特种兵团的士兵们立时止住了脚步，都垂了头，不敢上前。他的枪正指着岩井英一，文四便也不敢再动。

叶蕴仪却顾不得许多，她一闪身，挡在了岩井英一身前，沉声道："老陆，杀日本人，不在这一时！"

陆念迅的手颤了颤，却见岩井英一一闪身，抢到叶蕴仪身前，轻笑一声道："你的女儿才五岁吧？你知道吗？她是被刺刀给挑开了肚子，里面的肠子全都流了出来！"他的声音突然变得尖厉起来，"你知道那是谁挑的吗？是我！是我亲自挑的！呵呵，陆念迅，难道你们中国男人都是像你这样的孬种吗？明明看到仇人就在眼前，也不敢开枪！"

叶蕴仪赶紧一闪身再挡在岩井英一面前，叫道："快将岩井英一拖下去！"

文四疾步上前，就要去拖岩井英一，就在岩井英一再次闪到叶蕴仪前面时，陆念迅一步上前，枪口已是顶上了岩井英一的头，叫道："谁也不许动！"

叶蕴仪满心焦急，她悄悄向文四打了个眼色，对陆念迅厉声道："陆念迅，谁没有父母家人，谁没有国仇家恨？你知道潘司令的父母是被日本人刺杀而亡，那你可知道，我的父母又是怎么死的吗？”

陆念迅一凛，握枪的手一颤，就在这一刹那间，一枚铜钱飞至，陆念迅下意识地一扣扳机，只听一声枪响，早已冷笑着闭上眼的岩井英一被人一推，他听到一声女子的痛呼，他赫然睁开眼来，只见那枪已偏离了半寸，那子弹擦过他的耳边，却直直地打进了伸手推他的叶蕴仪的胳膊上。

这时，文四早已飞起一脚，踢掉了陆念迅手中的枪，旁边的士兵已迅速将岩井英一拖了下去。

陆念迅脸色灰败，整个人都失了神，一下子跌坐到地上，抱了头，全身都在发抖！

这时只听一声怒吼：“把陆念迅给我押下去！”却是潘启文飞奔而来，他一把将正被文四扶住的叶蕴仪扯进怀中，颤声叫道：“蕴仪，你怎么样？”

叶蕴仪的胳膊上血流如注，整个人已快要虚脱下来，她歪倒在潘启文怀中，脸色苍白，只怔怔地看向正被几个士兵架起来的陆念迅，已是疼得说不出话来！

“放了他！”人群中传出一声怒吼，紧接着是一片愤怒的声音，“放了他！放了他！”

在一片声讨声中，领馆大门迅速关上，几个洋记者犹自在拍着照片，潘启文一把抱起叶蕴仪，迅速地上了车，吼道：“快开车，去医院！”

车上，潘启文脱掉外套，一把撕下衬衣的一角，紧紧地扎住叶蕴仪的胳膊，叶蕴仪忍住剧痛，她的手无力地攀上了他的，喘息着道：“启文，你不要为难老陆！”

潘启文眼中满满的是心疼、愤怒和自责！他亲亲她的额头，哑声道：“乖，别说话！”

叶蕴仪用力地摇摇头，气息微弱地道：“启文，我好疼！你答应我！”

潘启文慌乱地连连点头：“好，我答应你，我什么都答应你！”

叶蕴仪一口气泄了，头一歪，已是昏迷过去。

潘启文红了眼吼道：“开快点！”

黎昕兄妹赶到医院时，潘启文正抱着头坐在手术室外，看到他身上的血迹，黎昕一惊，一把扯起他："你也受伤了？"

潘启文摇摇头："这是蕴仪的血！"

黎昕安慰地拍拍他："蕴仪只是伤了胳膊，应该没事的！"

潘启文失神地看向黎昕，语无伦次地道："她哪还有血可以流？她生产时大出血，又常年是血崩之症，她的手脚冰得跟死人一样，她怎么还敢去挡子弹！"

他两只手揪住了自己的头发，用了力地向外扯，他喃喃地道："黎昕，你知道吗？她曾经说，要信命，可我却偏不肯信！之前跟我在一起那几年，她没过过几天安生日子。她离开我五年，虽说有病痛，总还算平平安安！可这才回来一个多月，她就遇到被下药，孩子被绑，现在，还受了枪伤！"

他抬起头来，一把抓住了黎昕的手，红着眼叫道："你说，我是不是非要害死她，我才会甘心呐！"

黎昕心里一紧，一时间竟找不出什么话来安慰他。

走廊里传来一阵急而重的脚步声，叶蕴杰如旋风般卷了过来，他一把揪起潘启文的衣领，将他拎起来，恨恨地道："潘天一，我不管你什么国仇家恨，不管你什么大局为重，等她一出院，我就带她和孩子离开！"

潘启文闭了闭眼，轻轻地说了声："好！"

蕴杰一愣，他一把甩开潘启文，冷哼一声："你不要反悔才好！"

叶蕴仪醒来时，一侧头，入眼的便是潘启文那乱蓬蓬的头发，她忍不住抬起右手想要抚上他的发，胳膊上却传来一阵剧痛，她嘴角泛起一丝苦笑，她吃力地换了左手，轻轻地揉了揉他的头顶，那硬硬的发丝扎得她的手刺刺的，她突然便笑了笑。

潘启文一抬头，便看到她这样的笑容，心底里那层层叠叠的灰霾，犹如被突来的阳光照射进来般，瞬间烟消云散，而最深处，却又被那光灼得生生地疼。他甚至没来得及问她感觉怎么样，便怔怔地来了句："蕴仪，你笑什么？"

叶蕴仪嘴角弯了弯，轻声道："你这头发扎人得很，我刚在想着，你可不就是个‘刺儿头’吗？”

这样平常的一句玩笑话，却令潘启文红了眼眶，他将头埋进她的掌心里，闷闷地道：“蕴仪，我就是个刺儿头，专门扎伤我最爱的人，蕴仪，都是我害了你！”

叶蕴仪愣了愣，她眼中闪过一抹不安和心疼，却半开玩笑地嗔道：“刚刚我还在担心着，你会不会怪我把陆念迅推荐给你，差点坏了你的大事呢，你自己倒先怪起自己来了！”

潘启文站起身来，双手紧握成拳，那手背上的青筋鼓鼓地暴绽着，他不敢看她，背过了身，深深吸了口气，轻声道：“蕴仪，蕴杰说，等你好了，就带你们回美国，我，答应了！”

叶蕴仪一呆，她还抬在半空的手不由无力地垂落下来，她闭了眼，半晌，没有吭声。

半天没有听到动静，潘启文心里一慌，转过身，扑到床前，一把抓住她的手，叫道：“蕴仪，你怎么了？是不是哪里不舒服？”

两滴晶莹顺着叶蕴仪的眼角滴落，她缓缓地睁开眼来，眼中是掩不住的失望，她冷冷地吐出一句话：“你走！我不想看到你！”

有什么在潘启文身体里狠狠地撕扯着，像要将一颗心生生地剥离出来般，他弓了背，再承受不住地叫道：“蕴仪，你说过，跟我在一起，除了伤害，还是伤害！我现在信了！真的是信了！因为我，便连你最信任、最亲近的人都能向你开枪，我还怎么敢不信命？我又还怎么敢再留你在我身边？”

叶蕴仪用了全身的力气，一把推开他，眼泪疯一般地掉下来，她哭道：“潘天一，你这个混蛋！你若早打定主意，信了命，你就不该千方百计地接近我，认下孩子！你若是一早打算不要我们，你就不该告诉我，过去的一切伤害都是误会重重！你为什么要千方百计令我早已死掉的心又死灰复燃，而你为什么又偏偏要在这颗心刚刚复活时，又狠狠地再捅上一刀？”

潘启文急急地扑上前去，紧紧地压住了她胡乱挥舞着的胳膊，恸声叫道：“蕴仪，我，我怎么会不要你、不要孩子！”他趴在床前，将脸埋在她的手心，颤声叫道，“我只是，怕我再要不起啊！”

叶蕴仪轻轻一颤，她渐渐地安静下来，看着眼前这个男人微微耸动的双肩，她的眼中涌满了心疼，她深深地吸了口气，缓缓伸出手，扒了扒他的头发，轻声道："启文，你生日那天，我身子大好了，就跟黛儿一起去庙里求签，路过一个解签的摊子，听到一个解签的长者，对一个女人说道'若是无缘，何来牵绊'！"

潘启文浑身一震，他猛然抬起头来，眼中闪出期冀的光来，口中喃喃地重复着："若是无缘，何来牵绊？"

叶蕴仪鼻中一酸，点点头道："还记得，那天知道梅果在我们中间作祟后，我说的那番话吗？我说，冥冥之中，自有天意，便连梅果这样的小人，都能无意之中竟令到我们之间的牵系，也就是我们的孩子，还活了下来。如果说，那番话还只是我心中想要为我们能够再在一起，找到一个理由，找到一个安慰自己的借口的话，那么，这个解签人的话，却如醍醐灌顶，令我猛然醒悟！"

她的眼中再次流下泪来："我们之间的牵绊，何只是孩子？过去种种，办铁矿、开银行、兴经济、振军队，甚至对付日本人，应对南京，应对洋人，哪一样里没有我们共同携手的影子？我们还有着共同的国仇家恨！更重要的是，我们之间的爱和恨，都已融入到我们的生命里去，这样刻骨铭心的牵绊，又怎么能剪得断、忘得了？"

潘启文就那样一眨不眨地，直愣愣地看向叶蕴仪，只见她毫无形象地抹了抹鼻子，含了泪笑道："启文，当初我找上武辉杰来西南，心底里，何尝不是因着对你的牵绊？爱也好，恨也罢，总是因着这些个东西，才支撑着我能在九死一生中，活下来！如今，随着之前误会的层层解开，我对你的恨也一点点消散，若是连那份爱，你也要拱手丢弃，你让我，还怎么活？"

潘启文眼中的灰霾悄然散去，一丝欢喜滑进心底，迅速地无限膨胀，直至泛滥成狂喜的浪潮，瞬间将他整个人淹没。一层薄雾在潘启文眼中腾起，眼前的人在雾气中恍然虚无起来，他努力地瞪大了眼，想要看清她，然而，那个早已刻进骨血中的身影却越来越模糊，他终是忍不住眨了眨眼皮，两滴温热就那样直直地跌落在她的掌心。

叶蕴仪颤了手，抚上他的眼角，放松了语气道："潘天一，都说你是混世魔王，怎么这么一点小事，你就怕了？我还以为，即便是上了天、入了地，为了我跟孩子，你也敢跟老天斗上一斗！这一次，你可真让我失望！”

潘启文猛然低头，虔诚地吻上了她的额头，喃喃地道：“对不起，是我又犯浑了！”

说完，他的唇向下滑去，一口噙上了她的唇，他不敢孟浪，只轻轻柔柔地地吮吻着她，半晌，他抬起头来，眼神晶亮，咧了嘴，吸吸鼻子，笑：“蕴仪，我再混世魔王，即便真的上了天、入了地，还是翻不出你的掌心！”

叶蕴仪撇撇嘴，狠狠地揪了一把他的耳朵，轻哼着道：“我本来还说，等日本人的事过去，我跟孩子就搬回芳华苑去的，现在么……”

潘启文一把抱住了她，胡乱地叫道：“蕴仪、好妞！别介啊，我错了，我错了，还不行吗？”

叶蕴仪口中“咝”地一声，呻吟着叫道：“疼！”

潘启文慌不迭地放开她，手忙脚乱地检查起来：“哪里疼？是不是我压着胳膊了？”

叶蕴仪小心地看了看胳膊，隐去脸上疼痛的表情，咬牙切齿地道：“心里疼！你这个浑人！”

潘启文的唇轻轻地贴上了她胳膊的伤处，轻声道：“蕴仪，我不要你跟孩子就这样搬回芳华苑，等日本人的事一了，我要风风光光地，重新迎你进门！”

因着药物的作用，叶蕴仪再次沉沉睡去，潘启文趴在床边，轻轻摩挲着她的眉眼，痴痴地看了她半晌，直到这半蹲半趴的姿势令到他腿发麻，这才缓缓站起身来。

潘启文嘴边挂着一个抑不住的笑意，从兜里掏出烟来，放在鼻下闻了闻，轻手轻脚地开了门，走出去，反身轻轻关上房门。一转身，却发现黎昕倚墙而立，一脸铁青。

一丝不安在潘启文心中升起，他甚至不敢问，只以询问的眼光看向黎昕，黎昕默默地将手中的文件夹递给他。看到那办公常用的文件夹，潘启文心里莫名一松，嘴上不由问道：“公事？”

黎昕低了头，没有答话。潘启文的手虚空一抓，用力地捏了捏，这才翻开那夹子。只一眼，他的瞳孔便急剧收缩，呼吸也急促起来。

文件夹里是一张没有刊头报名的小报，上面清楚地记载了昨天日领馆门口，叶蕴仪为岩井英一挡子弹的过程，还配发了照片。

小报大肆渲染了陆念迅家破人亡的悲惨遭遇，并指出井岩英一当众承认罪行，强烈呼吁释放陆念迅，惩处凶手岩井英一。

这张小报还将当初潘启文发表的离婚声明也原原本本地印了上去，直指叶蕴仪水性扬花，明明当初已抛夫离开，如今却又受人唆使，不知廉耻地再次迷惑潘天一，令到本对日本人痛恨不已的潘天一，竟然转为保护日本人。

报上还大幅刊登出偷拍的叶蕴仪在东磨街宅子门口送方宗尧的照片、潘启文抱着孩子与叶蕴仪一起进入宅子的照片，以及前几天方宗尧与潘启文召开记者会时握手微笑的照片，用极具嘲讽的文字，暗指潘天一与方宗尧共用一个女人。

潘启文五指一拢，那张小报被捏成了一团，他对黎昕斩钉截铁却又简简单单地说了几个字："查！抓人！销毁！"他瞥了一眼病房的方向，眼中布满了绝望的灰霾，低了声道，"先瞒住，切记不可让她知道！"

黎昕点点头，叹口气道："已经安排下去了，只是这种无名无头的小报最是难查，尤其是他们在街头到处张贴散发，也没个数，恐怕很难瞒啊！"

潘启文冷笑一声："再去审上次我们抓的那几个南京派过来刺杀的人！哼，受人唆使，受谁唆使？不就是指的方宗尧父子吗？"

黎昕恍然大悟般："是，我这就去！"

潘启文步履沉沉地走到大门外，无力地靠在柱头上，掏出打火机来点烟。他的手有些抑不住地发抖，打了几次，才打着火，刚将烟头凑上去，一阵风吹来，将那火又吹熄了。"混蛋！"潘启文狠狠地将打火机往地上一摔，那银色的小方块刹那间四分五裂。

他怔忡地看着那小碎片处出现的一双黑色皮鞋，视线往上，映入眼帘的竟是一只捏着与刚刚那张一模一样的小报的手，他猛然抬头，却是蕴杰，正沉了脸站在他面前。身旁的黎黛正一脸惶恐地看看蕴杰，又看看他，却又不知该说什么好。

蕴杰瞥了潘启文一眼，没有吭声，只将那早已皱皱巴巴的小报捏紧了，抬脚往里要走。

“蕴杰！”擦身而过之际，潘启文一反手抓住了蕴杰的胳膊，他没有回头，只哑声道，“我不是想瞒她，只是她现在身子虚弱，受不得这些。”

蕴杰驻了足，并未出声。半晌，他缓缓摊开手，将捏在那报纸中间的一张电报单抽了出来，递给潘启文。潘启文展开一看，那上面赫然写着：“爷爷病重，速带孩子回美国！”

潘启文心里一下凉透，爷爷病重，他没有任何理由阻止她和孩子去美国，还偏偏在发生了这样的事之后，她要离开！

他闭了闭眼，无力地道：“蕴杰，再快，也要等她出院了才能走。现在告诉她爷爷的事，并无好处！”

蕴杰没有回答他的话，却问道：“医生有没有说，她什么时间可以出院？”

潘启文黯然道：“五天！”

蕴杰转了身，点点头，沉声道：“我会买五天后去上海的火车票，还有上海出发的船票。”

潘启文缓缓地松开了蕴杰的手，转身向病房内走去。却听背后蕴杰轻声道：“小报的事，我不会替你瞒着！”

潘启文顿下脚步，回头看向蕴杰，眼中尽是绝望与恳求：“可不可以，你们离开后，再告诉她？”

五天的时间里，除了在叶蕴仪睡着后偶尔出去抽抽烟，潘启文没有离开过病房一步。他将前来照顾的妈子统统赶走，亲手打理着叶蕴仪的一切。喂她吃饭、为她擦身。她醒着的时候，陪着她絮絮叨叨地说话。

晚上，他将病房内另一张床与她的拼在一起，晚晚搂着她入睡，只小心地避开她那只受伤的胳膊。

“蕴仪，我听说，美国有一种可以装炭的暖炉，可以保持通宵都是暖和的，回头，让蕴杰给你买几个，晚上睡觉的时候，就不会冷！”出院的头一天晚上，潘启文将叶蕴仪的手揣在自己怀中，搂着她，轻声地说着话。

叶蕴仪的头贴在他胸口，将手伸进他衣内去，在他胸口抚了抚，轻笑一声：“你可不就是个大暖炉？还冒着热气儿呢，整个被窝里都是暖的！”

潘启文眼中泛起一层雾气，他用了力地眨眼，将那雾气逼了回去，淡声地笑：“是，我可不就是个大暖炉？只是，我要是出差或打仗去了，你还可以让小风或小宇跟你一起睡啊，也暖和。”

叶蕴仪轻轻叹口气：“小风自己还需要暖瓶呢，小宇是男孩子，也懂事了，总不能老跟着我睡。”

潘启文的声音有些僵硬起来：“他们两个，国文一定要学好，可千万别整成个假洋鬼子，忘了本。”

叶蕴仪戳戳他，嗔道：“这又不是在美国！过了年，就送他们进学堂去，国文还是学校老师教得好，外文我在家里教他们就好。”

潘启文心里一抽，又淡淡地道：“小风是女孩子，惯着些没事，小宇，他已经很懂事了，你也别对他太严。”

叶蕴仪笑了笑：“还说呢，自从你跟小宇说了那啥分担责任的话来以后，小宇现在动不动就跟我说‘有爸爸呢！我还小！’”

潘启文眸中的那一层灰白缓缓地撕裂开来，喉中哽痛，再也说不出话来。

半晌没有听到回答，叶蕴仪不由抬起头来看向潘启文，当看到他那几近扭曲的面容时，她不由一惊：“启文，你怎么了？”

潘启文拢了拳放到唇边，轻咳一声，勉强地挂起一个笑来，粗着嗓子道：“可能受凉了，喉咙有点痛！”

叶蕴仪立刻伸手探向他的额头，末了，松出一口气：“还好没发烧！”她一脸心疼地看向他，“你看你，这几天又瘦了，多的是人来照顾我，何必要什么事都你自己动手？”

潘启文将她的头摁在自己胸前，不让她看到自己已然潮红了的眼，下巴在她头顶贪婪地蹭了蹭，哽声道：“这几年，你生孩子，又月月生病，我都没照顾过你，就这么伺候一回，算什么？”他生生抑下心底里那句：“以后，只怕再也没有机会了。”

是的，他知道，他再也没有机会了，便连黎昕兄妹，也都没有再劝他，只是以那种悲悯的眼光看着他。而方宗尧，也只是叹了口气：“让她先离开一段时间，也好！”

他却知道，她这一离开，或许，他就真的再没有机会了。可是，这一次，他便连争取的勇气也没有了，一次又一次，是人，都会伤，他宁愿自欺欺人地过上那么几天一家人其乐融融的日子，也不愿看到她眼中的憎恨与绝望！所以，他才会请求蕴杰，在他们离开后再告诉她。

叶蕴仪只道他还为以前的事内疚，心里一阵发疼，她直起身来，径直用自己的唇堵上了他的嘴，却在潘启文来势汹汹的掠夺中，品尝到了那一分咸涩，她心里一慌，想要安慰他，却再推不开他那几近疯狂的唇舌，她只得揽紧了他的脖子，手轻抚上他的背，想以此来给他一丝的慰藉。

东磨街宅子门口，游行示威的人群刚刚被强制驱散，一辆黑色轿车便停了下来，潘启文小心翼翼地扶着吊着胳膊的叶蕴仪下了车，口中叫道：“小风，离妈妈的手远点儿！”

晚饭是一家四口一起吃的，潘启文将头埋在碗中，却一口也没吃下去，两只眼露在外面，痴痴地看着那一大两小，小风一双灵动的大眼忽闪着，时不时发出“咯咯”的笑声，小宇一丝不苟地吃着饭，时不时一脸沉静地应对着小风，叶蕴仪自己吃两口，再给孩子们夹着菜，微笑的脸上，温柔与宠溺尽现。

这一刻，潘启文突然便明白了那以前总觉矫情的“肝肠寸断”是什么感觉，这是他的女人和孩子呵！为什么，命运要如此残忍，明明他们之间的误会，已被重重解开，明明那么难，她也已原谅了他，一步步再次向他靠近，为什么偏偏要在他以为幸福已唾手可得之时，再一刀斩断他们之间那刚刚才建立起来的，本便脆弱的牵绊！

房门被推开，蕴杰神情复杂地看了看潘启文，径直将手中捏着的电报递给叶蕴仪，叶蕴仪打开电报一看，立刻捂了嘴，眼泪直往下掉，蕴杰面无表情地说了句：“明天的火车！”

叶蕴仪突然便明白了潘启文这几天来的不安和反常。

那个晚上，在与他的彻夜欢爱中，她一遍遍地亲吻着他，向他保证：“等我回来！”

他也一遍遍地回答着：“好，我等你！”

火车离开前，他紧紧地拥着她，哽咽着道：“蕴仪，你记得，我会在这里等着你，一直等！”

尾声

终相守

上海，码头。

轮船的豪华套房内，蕴杰扶着脸色苍白的叶蕴仪坐下，低了头道：“姐，对不起，原本我想在上海歇一歇的，可是，如果错过了这班船，就还要等一个礼拜，这样赶，你会不会太辛苦？”

叶蕴仪摇摇头，精神有些恍惚，她眼前尽是离开前一晚，潘启文那痛楚绝望的眼神，尽管她一再地向他保证，她会回来，他却一声不吭，就那样紧紧地拥着她，那淡淡的笑容里是掩不住的凄凉，当她早晨醒来，发现他还是保持着那个姿势，就那样凝望着她，似乎恨不能那一眼，能将她铭刻在心里。

蕴杰咬咬牙，对随行的黎黛道：“你陪着一下我姐，我去看看孩子的房间安排得怎么样了！”

蕴杰出去后，黎黛有些担忧地看向叶蕴仪：“嫂子，你怎么了？”

叶蕴仪甩甩头，拉起了黎黛的手，轻声道：“黛儿，不知怎么回事，我担心你二哥！”

蕴杰来到小宇、小风的房间，正趴在窗户边好奇地看着风景的小风，跳下床来，扑到蕴杰身上，叫道：“舅舅，为什么我们不能跟妈妈一个房间？”

蕴杰一把抱起她，哄道：“妈妈现在伤还没好，万一你们跟她一起睡，不小心碰到怎么办？”

小风却低了头，轻声道：“可是，爸爸说，他不在，要我跟小宇好好照顾妈妈，妈妈一个人住在房间内，胳膊疼的时候怎么办？”

蕴杰眼皮跳了跳，他抚了抚小风的头，笑道：“黛儿姑姑跟妈妈在一个房间呢。”

一直默不作声的小宇，突然望向蕴杰：“舅舅，我们什么时候回来？”

蕴杰心里一紧，他将小风放回床上，走到小宇面前，蹲下身来，柔声笑道：“小宇，有妈妈、舅舅还有太外公在一起，不好吗？”

小宇瞥了一眼正往窗户上哈着气，画着一个个圆圈的小风，摇摇头，惜字如金：“没有爸爸！”

蕴杰心里只觉沉沉的，闷闷的。

他将小宇小风安顿好，再次推开叶蕴仪房间的门，却见叶蕴仪正失神地看着桌面，那上面，赫然摆放着那张小报！蕴杰心里莫名一慌，他狠狠地瞪了一眼黎黛，一步跨上前去，在叶蕴仪面前蹲下，拉了她的手，急急地道：“姐，都过去了！咱们走得远远的，就没事了！”

叶蕴仪轻轻一颤，抬起眼来看向蕴杰，脸色惨白。半晌，她逐渐清明的目光中突然挑起一抹厉色，沉声道：“蕴杰，你说实话，爷爷病重的事，你是不是诓我的？”

蕴杰垂了眸，低声道：“姐，暂时离开那是非之地不好么？”

叶蕴仪的心一直往下沉，她一下子红了眼眶，喃喃地道：“难怪启文他……”她猛然一撑桌子，站了起来，“不，你姐夫现在正是举步维艰之时，我怎么能，这个时候离他而去？”

蕴杰一惊而起，急道：“姐，这个时候，西南谣言四起，你要如何应对？又怎么解释得清？那些恶意中伤，那些明枪暗箭，你躲得过来吗？若你真是心挂姐夫，到了美国就给他发电报，告诉他，事情平息了，你就回来，不就好了吗？”

叶蕴仪含泪轻声道：“蕴杰，我既已打算要重新跟他在一起，这些个事总是避不开，迟早会来！这些个恶言中伤算什么？失去了我跟孩子，你姐夫他便失去了全部的勇气和希望！若是再遇到什么事或是打起仗来，你姐夫他，只怕是再无生机！”

一股寒气直袭上蕴杰的背脊，却见叶蕴仪摇摇头：“蕴杰，发生了这样的事，他，已无颜面对我，更不敢再有奢念，只有我回去，他才会真的相信，我会一直在他身边！”

蕴杰却拉了她的手，沉声道：“姐，即便爷爷没有病重，可他的确是念了你和孩子好几年了！小宇和小风已经五岁了，可爷爷还没见过他的重外孙！”

叶蕴仪心中一紧，爷爷年事已高，为着她与孩子的事，这几年一直心怀歉疚，早就催着她带孩子去美国，她却一拖再拖。如今国内就要打仗，她还要让老人为她和孩子忧心挂念，实为不孝！

只听蕴杰接着说道：“姐，你道潘家为什么将黎黛也送去美国？不就是为了避开战乱？我来之前，大伯一再叮嘱我，国内就要打仗，且不说物资紧缺，即便再是后方，可这轰炸也避免不了，难道你就忍心让两个孩子整天过着那种提心吊胆的日子？去了美国，最起码，可以保证让他们正常上学！”

叶蕴仪心中一时哄乱不已，她九死一生才生下的孩子，这些年，她如珠似宝捧在手心的孩子，她怎么舍得他们去受那样的战乱之苦？更何况，战争结果到底如何，谁也不知，万一西南也不安全呢？潘启文周围情势复杂，万一再有人拿孩子做文章呢？孩子不在身边，潘启文便少了两条软肋，也就少了两分危险！

刹那间，脑中转过无数个念头，最终她定下神来，拉住黛儿的手，咬咬牙道：“黛儿，你跟蕴杰一起，将两个孩子带去美国看爷爷，我要回去，陪你二哥！”

黎黛不由一呆：“你舍得？”

蕴杰也是惊道：“姐，小宇小风从未离过你身边，你怎么可能舍得？他们又哪里肯？”

叶蕴仪红了眼眶，连连摇头道：“蕴杰，小宇小风在你和爷爷身边，我很放心！可是，你没有看到你姐夫的眼神，这几天，我一闭上眼，便是那令人心碎神伤的绝望！”

“呜——”汽笛的鸣叫响彻整个船舱，叶蕴仪浑身一震，她闭了闭眼，快速走到门边，唤道：“小柱子，叫上咱们随行的护卫，下船！”

小柱子惊愕地看了看她：“小姐，我们跟冯老大说好，等你到了公海，我们再坐小船回去！”

叶蕴仪脸一沉：“不是你们，是我不走了！”

小柱子不敢再问，忙道：“好，我这就去抱小小姐和小少爷！”

叶蕴仪哽声说道：“不必了，他们跟着蕴杰去美国，就我们下船！不要告诉他们！”

小柱子一呆：“什么？”

“妈妈！”“妈妈！”两个清脆的童声响起，叶蕴仪不敢回头，一跺脚：“东西不拿了，快走！”

“妈——妈——”，身后，小风凄厉的哭声响起，叶蕴仪的脚下犹如千斤重，再也迈不开。眨眼间，蕴杰已抱着小风来到她面前，接着是黎黛牵着小宇。

叶蕴仪再忍不住伸出手，将小风抱过来，她弯下腰，将小风放到地上，再一把揽过小宇，将头埋在两个孩子中间，脊背不停地战栗着，半晌，她悄悄在小宇胸口蹭去那夺眶而出的泪水，深深地吸了口气，她抬起头来，轻柔地道：“小宇、小风，你们是大孩子了，爸爸现在一个人，很孤单很难过，妈妈要去陪他，你们跟着舅舅去美国看太外公，好不好？”

一贯沉默少言的小宇，这次却率先出了声：“妈妈，我们跟你一起，陪爸爸！”

叶蕴仪摇摇头，郑重地说道：“太外公年纪大了，他很想你们，本来应该妈妈去照顾太外公，可是，妈妈要陪爸爸，所以，你们要替妈妈照顾太外公，明白吗？”

小宇闭了嘴，倔强地别过头，不吭声，小风脸上挂着泪叫道：“我不要陪太外公，我要跟妈妈在一起！”

汽笛再一次长鸣，催得人心里阵阵发紧。

叶蕴仪咬咬牙，厉声道：“好！如果你们不肯离开妈妈，那么，妈妈就跟你们一起去美国，就让爸爸一个人孤独伤心！”

小宇和小风一下子都被吓住了，叶蕴仪缓和了神色，柔声道：“你们跟舅舅先去美国，等妈妈陪爸爸处理完他的公事，爸爸妈妈一起来找你们，可好？”

末了，她闪烁着眼神加了一句：“很快！我保证！”

听了她这句“很快”，蕴杰心里一抽，明明，叶蕴仪在火车上才跟他说过，若是那仗打起来，只怕得好多年！而这个时候把孩子送走，意味着什么，她怎么会不知？

蕴杰捏了捏拳头，禁不住低吼了一句：“姐，那个男人，值得你这样吗？不说这些年你吃了多少苦，受了多少罪？可小宇、小风，是你身上掉下来的肉啊！你怎么舍得？”

叶蕴仪的身体晃了晃，却仍是稳稳地撑住了，她满脸痛苦却目光坚毅：“小宇、小风去了美国还有那么多的亲人，可他们的父亲，却只有我了！”

蕴杰张了张嘴，却被黛儿的手掐得胳膊生疼，他终是垂了头，什么也没有说。

小宇抿紧了唇，思考半晌，他迟疑着对着叶蕴仪伸出小指头，小风见状，也赶紧做出同样的动作，叶蕴仪鼻子一酸，她强忍住早已在眼眶里打转的泪水，伸出小指，跟两个孩子分别一勾，她一把将两个孩子揽进怀中，贪婪地吸了吸他们身上的气息，抖着唇轮流亲吻着他们的面庞，一旁的黎黛早已是泪流满面，蕴杰也是红着眼眶，别开了头。

汽笛再一次长鸣，叶蕴仪浑身一颤，她一把推开两个孩子，站起来，转身就走！

背后，小风“哇”地一下哭出声来，叶蕴仪捂了嘴，飞快地奔跑起来，小柱子领了一班护卫，紧跟其后。

轮船缓缓启动，小柱子看着流着泪拼命向渐渐远去的轮船张望的叶蕴仪，也不由红了眼眶，他哽声道：“小姐，为什么不让小小姐和小少爷也留下来？”

叶蕴仪只是流泪摇头，一句话也说不出来。

西南，司令府，林泰垂首立于潘启文办公桌前，沉声汇报着：“那个扮作送菜的给岩井英一通消息的人，是个日本人，已经抓起来了，还有那个钱老板和他的手下，也都抓了，已安排了公审，并会有报社的人旁听！现在，陆念迅怎么处置？”

潘启文将手上的笔往桌上重重一放："把陆念迅给我带过来！"

一脸憔悴的陆念迅被带进了潘启文的办公室。

办公桌后的潘启文一挥手，沉声道："给他打开手镣！"

一张小报夹着一丝狠戾的风声，跌落在陆念迅脚下，陆念迅一脸木然地向下瞄去，几乎同时，潘启文那阴冷的声音直直地砸向他："你好生看看，这些人是如何利用你，中伤你家小姐的！"

陆念迅浑身一震，他弯了腰，拾起小报，一路看，手一路抖。

潘启文恨声道："陆念迅，你老娘妻儿去世那年，岩井英一就在日本，根本就没去过东北！通和钱庄的钱老板，是日本人的狗，你早就知道，可你又知不知道，那个跟你接触的东北人，根本就是钱老板手下的人？他们先是让那个东北人跟你接触，告知所谓你家人的死因，你终算是忍了下来，只打了那些日本人出出气，他们一计不成，再生一计，又命人传消息给岩井英一，这才有了那天领馆门口那一幕！"

陆念迅不敢置信地看向了潘启文，脸色瞬间惨白，他捏紧了拳头，低吼道："可我的老娘妻儿，的确是死了！"

潘启文一拍桌子站起来，他倾身向前，冷冷地道："陆念迅，你以为，我会对你不加调查便随随便便让你做这个特种兵团的团长？我正是知道你全家老小死在东北，所以我才要你来做这个团长，只有刻骨的恨，打起仗来，才有拼命的狠！也正是因为知道这一点，所以你收拾虐待领馆内的日本人，我才睁只眼，闭只眼，可你呢？你做了什么？你还跟我说什么特种兵团要练'忍'字，我以为，你发泄一下也就算了，大局当前，你当能忍下，谁知道，你忍了这么多天，却仍是在岩井英一的小伎俩面前功亏一篑！"

潘启文手一指陆念迅："你罔顾了你家小姐的信任！"

陆念迅终是无力地一跤跌坐在地上，只听潘启文轻哼一声道："你走吧！"

陆念迅一呆："什么？"他猛然站起身来，"不，司令，我违了军规，应受军法处置！"

潘启文冷冷一笑："军法处置？现在外面因为你，闹得满城风雨，蕴仪的事，现在即便我登报声明道歉，人们只会以为那是迫不得已之举，根本没人会信！我不能替她辩，不能替她出头，否则，这种事，只会越炒越热，愈演愈烈！我只有放了你，才能将这场风波尽快平息下去！同时，也将人们的注意力转移到你的身上来！”

陆念迅毫不迟疑地点头：“你想我怎么做？”

潘启文轻嗤一声：“你不需要做任何事，我只需要放了你，同时将岩井英一那一年在日本任职的履历发布出去，再将前段时间日本人刺杀的事件放到一起，人们自然会得出这是日本人圈套的结论！”

陆念迅痛苦地抱了头，不停地摇晃着，半晌，方哑声道：“小姐她，现在怎么样了？”

潘启文脸色蓦然一变，他轻轻地拿起桌面上那张一家四口的黑白照片，盯着上面那姣好的容颜，眼神空洞：“她走了！带着孩子走了！去美国了！”

陆念迅心里突然一空，走了？他的脸上突然挂起一个比哭还难看的笑来！

走了？他费尽心力护了五年的小姐，那一双他视如己出般疼爱的孩子，当初那么难都没有离开国内，却因为他的一个失误，就这样走了？

陆念迅有些茫然地看向潘启文，他早已家破人亡，是小姐给了他一个大家庭，又给了他报效国家，报仇雪恨的机会！可如今，军队他再回不去，小姐走了，那个家也就散了，他，还能去哪儿？

却听潘启文喃喃地道：“陆念迅，我能放了你，可是有谁，能放了我？”

傍晚，司令府门外，文四快步走下台阶，拉开车门，却迟迟不见潘启文上车，他迷惑地回头看去，却见台阶上的潘启文，正痴痴地看着前方，文四顺着他的目光看去，心里不由一紧。

前面不远处，一辆黄包车刚刚停下，车上一个男子抱着一个小女孩儿，跳下车，再腾出一只手去接抱着一个小婴儿的女人，那女人牵了他的手，小心翼翼地下了车，夕阳下，那场景安逸而温馨，那小女孩儿脸上灿烂的笑容，仿佛能让人隔了这么远，也能听到她发出“咯咯咯”的笑声。

直到那一家四口拐进了一条窄小的巷子，潘启文才在文四的轻唤下回过神来，面无表情地上了车。

清晨，东磨街宅子，些微的光映照到床上，潘启文空洞的眼神睁开来，缓缓地看了看四周，起了身，慢条斯理地穿衣下床。听到响动，文四推门而入，一个妈子打了洗脸水，端了进来。

潘启文木然地洗漱完，走出房间，慢慢地踱到饭厅去。

文四看了看饭厅桌上摆放着的四副碗筷，不由暗自叹了口气。

叶蕴仪走的时候，只说会回来的，这些个护卫和妈子都照常在宅子里各司其职着。每天的早、晚餐，少爷再忙，都会在这宅子里吃，而且，必定是要做够四人的分量，摆上四双碗筷，甚至还要做少奶奶和两个孩子喜欢的菜！护卫和妈子们都迷惑不解，却也都没敢多说，只有文四知道，那是因为，少奶奶和小少爷、小小姐，不会回来了！

潘启文喝了一碗粥，抬眼看了看天，对一旁的妈子道："张妈，今儿个天晴了，记得把孩子房间里的被子拿出去晒一晒！"

文四喉中一哽，他小心翼翼地道："大少爷说，今天休息，想跟您一起去郊外打猎去，我把您的马都牵过来了，就在门外……"

潘启文垂了眉眼，径直打断他："昨天我就跟他说过了，不去！"

文四立刻噤了声，却见潘启文眼中突然迸过一丝疯狂的光芒，他放下碗，站起身来，径直向外走去，文四急忙跟着他来到大门外，却见潘启文一翻身上了马，文四还未来得及反应，潘启文已一挥马鞭，那马已急奔了出去！

省城火车站，小柱子小心地搀扶着叶蕴仪下了火车，他一挥手，几个护卫小心地散在叶蕴仪周围，小柱子四周一望，轻声道："小姐，咱们走得急，也没来得及发电报，只好坐黄包车回去了！"

叶蕴仪憔悴的脸上没有一丝血色，她点点头："我们直接去司令府！"

小柱子跺跺脚："小姐，你几天没睡了，还在发着烧！先回东磨街的宅子休息！我派人去通知潘司令就好！"

叶蕴仪缓缓地摇摇头，笑道："睡觉也不在这一时，我现在要去见他！"

司令府门外，刀疤跟在黎昕身后，正要出门，突然看到一辆黄包车飞奔而来，那黄包车前后左右都有几个青壮男子跟着跑，黎昕心里一突，不由颤声叫道：“刀疤，你给我看看，那是不是、是不是……”他竟有些不敢叫出来，生怕，那满心的期望过后，再是满心的失望！

直到叶蕴仪走到他面前，微微地笑：“黎昕，他呢？”

黎昕从怔忡欢喜中回过神来，忙道：“天一他，这几天一直住在东磨街那边，我让他们送你过去！”一回手，重重地拍在呆愣的刀疤肩上，“还不快去让人把车开来！”

刀疤欢天喜地地跑走了，叶蕴仪心里一疼，他一直住在东磨街那边？她不由看向黎昕：“他，还好吗？”

黎昕轻叹一声：“能吃能喝，还能照常办公！只是……”叶蕴仪眸中一抽：“只是什么？”

黎昕定定地看向她：“除了办公，再看不见其他任何东西！只是像一台机器，眼中，没有一丝丝的热乎气儿！”他顿了顿，又加了一句，“我不知道，他能撑到几时，哪一天，会发疯！”

叶蕴仪眼眶一红，看到车来了，她转身要上车，却被黎昕一把抓住胳膊：“蕴仪，你可知道，你要面临的是什么？你真的准备好了吗？”

叶蕴仪回过头来，眼中含泪，轻轻一笑：“黎昕，我把孩子送去了美国，有蕴杰和黛儿照看，我很放心！我回来，只为了与他，同——生——共——死！你说，我还有什么不能面对的？”

黎昕浑身一震，不由松开了叶蕴仪，脸上露出一个欣慰的笑来。

叶蕴仪正要上车，却见一匹马飞奔而来，文四连滚带爬地下了马，喘着粗气直叫：“大少爷！少爷不见了！”

叶蕴仪一惊，收回抬起的脚，回转头，颤声叫道：“文四，你说什么？”

冬天的逍遥谷内一派萧瑟，只有那潺潺的小溪才显露了一点点生机。潘启文坐在溪边，那水面上的雾霭中，一幕幕浮现出当年他与叶蕴仪在这谷中嬉戏的场景，潘启文闭了眼，喃喃地道：“蕴仪，这是我们两个人的逍遥谷，能不能，再跟我来一次这里，哪怕，梦里也好！”

背后一声轻笑：“这不是来了吗？”

“啪”的一声，潘启文一直捏在手中的打火机跌落在碎石上，他整个人如定住了般，半晌，方僵直了脖子，慢慢慢慢地转过头来，他终是抑下眸中的狂喜，全身轻颤着，迎来了那一声似涉过千山万水的呼唤：“启文！”

（全文完）

后 记

之所以想写这个民国的题材，是因为偶尔一次，看到关于民国时期的四川军阀范绍增的介绍，他是一个重情义、不拘小节的人，看似憨厚实则滑头奸诈，既有军阀的霸道，也有民族大义，曾率川军抗日，是著名的铁血将军，就这样一个人，却娶了40多个姨太太。在我看来，滥情而不尊重女性是他最大的缺点，所以，便起了重塑一个这样有血有肉却专一深情的男主角的想法。

写这篇文时，也曾查过一些资料，尤其看了一些有关那个时代一些新女性的传记，如林徽因、张爱玲、萧红、陆小曼等等，我发现，那是一个混乱的年代，不仅政治经济混乱，西方文化的冲击也令到人们的思想混乱，需要有一个从无序到消化到整理有序的过程。或许是因为那时中国刚从封建统治中脱离出来，太多的西方思想一下子涌入，所以那时的人们，尤其是女性，在对待爱情与婚姻上，是两个极端，要不就是极保守，要不就是极开放而激进。

所以，文中有了叶蕴仪和黎黛这样两个截然不同的女性形象。

关于人物设定，呵呵，其实有一位叫“油菜花的想念”的网络读者，在她的长评中，对这个问题做出了很好的诠释。

男主角潘启文，虽然接受过现代民主教育，但骨子里仍是有着旧军阀的霸道不羁的习气，他是一个让人又爱又恨的男子，阳光，帅气，有才，痴情而且深情，与他接触过的女子都会将一颗心留在他的身上；但有时他又是狠绝、霸道、冷酷的，会深深伤害他爱的人和爱他的人。

女主角叶蕴仪从小在国外长大，是那个年代的新女性代表，她美丽、知性，本身就是中华文化与西方文化的结合体，这样的女性有着强烈的自主意识，坚决的原则底线，对自己不能认同的事物毫不妥协。她本身的光华强烈地吸引着异性的眼光。

这样两个人，一个是饮茶的，一个是喝咖啡的，虽然相爱，但行为准则和底线有着很大的差异，加上潘启文的特殊身份，各方人马为着自身利益，插入其中，以致两人分分合合，更因重重误会而反目成仇。

然而，所有的风花雪月、纠结矛盾的小我，在生死存亡、民族大义面前都不值一提，所有人在那一刻成长，男女主因误会而分手，却因民族大义再次携手。

男、女主角的性格随着时代的变迁和复杂的经历而越来越成熟，两人的价值观和行为准则也趋向包容，在战火中经历过生死与共之后，两人的爱情久而弥坚，以至永恒。

关于网络版与实体版，可可想说的是，若是没有网络读者的一路互动与相伴，便没有今天这一部《乱世错爱》，一直以来，是读者们与可可一起，随着男女主角的悲欢离合，一路共同欢笑与哭泣，本文的下半部分，情节走向其实是受了网络读者的影响的，谢谢大家的一路支持和鼓励。

网文由于连载的原因，为了保证不断更，往往在文字上无法做到章章精彩，情节逻辑上也会有一些失误，幸好实体版给了我纠正的机会，我想说，网络版内容可能更丰富和细腻，而实体版会更精致和紧凑，两个版本在结局上也有所不同。

由于实体版字数所限，网络版有些情节被删除，如后来抗日战争中男女主角生死与共的情节。同时，网络版上有的人物在实体版中没有出现，如重要的男配角黎昕的夫人柳意，而另一些人物的故事只能简化，如潘天一父母的故事、黎黛的故事、梅果的故事。

网文中，黎黛是一个不断成长的人物，由一个旧时代懦弱悲情的小女人逐步走向独立坚强的新女性，在可可笔下，黎黛的爱情需要的不是怜悯和包容，而是完完全全毫无障碍的充满阳光的接纳。

而在网上备受争议的“小三”——梅果，在她受到进一步惩罚的同时，在那样的时代背景下，可可也给了她一个大彻大悟的机会，虽然她的结局并不太好，但她终是拥有了一段真正属于她的感情。

可可还是那句话，网络小说作者比传统小说作者幸运的就是，网络小说作者因为有了读者及时的鼓励和支持，所以不寂寞。